José Saramago

Portekizli yazar, şair, oyun yazarı ve gazeteci José Saramago, 16 Kasım 1922 - 18 Haziran 2010 tarihleri arasında yaşamıştır. Kitaplarının satış rakamı sadece Portekiz'de iki milyonu geçmiş, yapıtları 25 dile çevrilmiştir. Din konusundaki görüşleri nedeniyle yapıtları Portekiz hükümeti tarafından sansürlenince Kanarya Adaları'nda Lanzarote'ye yerleşen yazar, ölümüne kadar burada yaşamıştır. Şöhrete ancak ellili yaşlarında, *Baltasar ile Blimunda* adlı romanıyla kavuşan Saramago, 1969'dan ölümüne kadar Portekiz Komünist Partisi'nin bir üyesi olmuştur. Yapıtlarında mitleri, ülkesinin tarihini ve gerçeküstü imgelemi kullanan yazar, pek çok önemli ödül almış, 1998 yılında da Nobel Edebiyat Ödülü'nün sahibi olmuştur. Saramago'nun Kırmızı Kedi Yayınevi'nden çıkan kitapları: *Kabil; Bütün İsimler; İsa'ya Göre İncil; Çatıdaki Pencere; Yitik Adanın Öyküsü; Ölüm Bir Varmış Bir Yokmuş; Baltasar ile Blimunda; Filin Yolculuğu; Kopyalanmış Adam; Bilinmeyen Adanın Öyküsü; Mağara; Defterler; Ölümlü Nesneler*; *Mızraklar, Mızraklar, Tüfekler, Tüfekler; Lizbon Kuşatmasının Tarihi; Körlük; Görmek; Ricardo Reis'in Öldüğü Yıl; Toprağın Uyanışı; Ressamın Günlüğü; Belki de Neşe; Küçük Anılar; Heykelden Taşa ve Nobel Konuşması; Portekiz'e Yolculuk; Dünyanın En Büyük Çiçeği; Suların Sessizliği* ve *Kertenkele*.

Işık Ergüden

1960 İstanbul doğumlu. 250'ye yaklaşan yayımlanmış kitabın çevirmeni; çok sayıda kitabın redaktör ve editörü; *Sessizliğin Anarşisi*, *Hapishane Çağı*, *Sözler, Yazılar, Sorular*, *Kurgusuz ve Yaşanmamış*, *Zifir Olsun!* adlı kitapların yazarı.

KIRMIZIKEDİ

Kırmızı Kedi Yayınevi: 753
Çağdaş Dünya Edebiyatı: 84

Özgün adı: *Ensaio sobre a Cegueira*

Körlük
José Saramago
Çeviren: Işık Ergüden

Yayın Yönetmeni: Enis Batur

Son Okuma: Serra Tüzün
Kapak Tasarımı: Cüneyt Çomoğlu
Sayfa Tasarımı: Serap Bertay

Bu kitabın ilk baskısı 1999 yılında yapılmıştır.
Kırmızı Kedi'de Birinci Basım: Mayıs 2017, İstanbul (Yeni çeviri)
Yirmi İkinci Basım: Mayıs 2020, İstanbul
ISBN: 978-605-298-081-1
Kırmızı Kedi Sertifika No: 40620

Baskı: Pasifik Ofset
Cihangir Mah. Güvercin Cad. No: 3/1 Baha İş Merkezi A Blok Kat: 2
34310 Haramidere/İSTANBUL
T: 0212 412 17 77 Sertifika No: 44451

Kırmızı Kedi Yayınevi
kirmizikedi@kirmizikedi.com / www.kirmizikedi.com
facebook.com: kirmizikediyayinevi / twitter.com: krmzkedikitap
instagram: kirmizikediyayinevi
Ömer Avni Mah. Emektar Sok. No: 18 Gümüşsuyu 34427 İSTANBUL
T: 0212 244 89 82 F: 0212 244 09 48

José Saramago

KÖRLÜK

Çeviren: Işık Ergüden

ROMAN

KIRMIZIKEDİ

Bu kitapta, yazarın kendine özgü yazım şekline sadık kalınmıştır.

Pilar'a
Kızım Violante'ye

Bakabiliyorsan, gör. Görebiliyorsan, fark et.

Nasihatler Kitabı

Sarı ışık yandı. Öndeki arabalardan ikisi yayalar için kırmızı ışık yanmadan hızlanıp geçtiler. Yaya geçidindeki ışıkta küçük yeşil adam figürü belirdi. Beklemekte olan yayalar, siyah asfaltın üzerine çekilmiş beyaz şeritlere basarak karşıya geçmeye başladılar, zebraya bundan daha az benzeyen bir şey olamazdı ama bu şeritlere 'zebralı geçit' diyorlardı. Ayakları debriyajda bekleyen sabırsız sürücüler gerginlik içinde, kırbacın havada şaklayacağını hisseden huzursuz atlar gibi bir ileri bir geri gidiyorlardı. Yayalar karşıya geçmişti, ancak yolun arabalara serbest olduğunu belirten sinyalin yanmasına birkaç saniye daha vardı, görünürde bunca önemsiz bu gecikmenin, şehirde mevcut binlerce trafik lambasının sayısıyla çarpıldığında ve bu lambaların her birindeki üç ayrı renkteki ışığın art arda değişimi hesaba katıldığında, trafikteki sıkışıklığın ya da yaygın deyimle trafik tıkanıklığının en önemli nedenlerinden biri olduğunu iddia edenler vardı.

Yeşil ışık sonunda yandı, arabalar aniden fırladı ama hepsinin aynı hızda öne atılmadıkları hemen anlaşıldı. Orta şeridin en önündeki araba yerinde duruyordu, mekanik bir arıza olmalıydı, gaz pedalı yerinden çıkmış, vites kolu sıkışmış ya da hidrolik sistemde bir arıza meydana gelmiş, frenler bloke olmuş, elektrik devresi kesilmiş olabilirdi, belki de sadece benzini bitmişti, ilk kez oluyor değildi bunlar. Yaya kaldırımında yeniden birikmeye başlayan yayalar, durmakta olan aracın içindeki sürücünün, arkadaki araçlar çılgınca korna çalarken, ön camın ardında elini kolunu salladığını gördüler. Hemen arabalarından çıkan ve aracı trafiği aksatmayacak bir yere kadar itmeye hazır birkaç sürücü, arabanın kapalı camlarına öfkeyle vurdu, içerdeki adam başını onlara doğru çevirdi, önce bir yana, sonra öteki yana bağırarak bir şeyler söylediği görülüyordu, ağız hareketlerinden bir kelimeyi durmadan yinelediği anlaşılıyordu, hayır, bir değil iki kelimeyi, evet, gerçekten iki, adamlardan biri nihayet arabanın kapılarından birini açmayı başardığında anlayacaklardı, Kör oldum.

Kimsenin aklına gelmezdi bu. İlk bakışta, adamın gözleri sağlıklı görünüyordu, gözbebekleri saydam, parlak, gözlerinin akı porselen gibi sağlam ve beyazdı. Ardına kadar açtığı gözkapakları, yüzünün kırışmış derisi, aniden çatılmış kaşları, herkesin görebileceği gibi, bütün bunlar adamın düştüğü dehşet yüzündendi. Sanki o adam gördüğü son resmi, bir trafik lambasındaki kırmızı, yuvarlak ışığı beyninin ta içinde saklamak istercesine, görülecek ne varsa hepsini ani bir hareketle, sıkılı iki yumruğunun arkasına gizlemişti. Arabadan çıkmasına yardım ederlerken, Kör oldum, kör oldum, diye umutsuzca tekrarlayıp duruyordu, gözlerinden boşanan yaşlar, ölü olduklarını iddia ettiği gözlerini iyice parlatmıştı. Geçer, göreceksiniz, geçer, bazen sinir bozukluğundan olur böyle şeyler, dedi bir kadın. Trafik lambasının ışığı yine değişmişti, birkaç meraklı yaya orada toplananlara yaklaşırken, olup biteni bilmeyen arkadaki arabaların sürücüleri, sıradan bir trafik kazası diye düşündükleri bu durumu, kırılan bir far, ezilen bir çamurluk için bu kadar gürültü patırtıya ne gerek var dedikleri olayı protesto ediyorlar, Polis çağırın, diye bağırıyorlardı, çekin şu külüstürü yolun ortasından. Kör adam, Lütfen, biri beni evime götürsün, diye yalvarıyordu. Sinir bozukluğundan söz eden kadın, bir ambulans çağırıp zavallı adamı hastaneye götürmek gerektiğini söyledi, ama kör adam, Hayır, dedi, bunu istemiyordu, sadece oturduğu evin kapısına kadar götürmelerini istiyordu, Buraya çok yakın, bana büyük iyilik etmiş olursunuz. Peki, ya araba, diye sordu bir ses. Başka bir ses yanıt verdi, Anahtarı üstünde, arabayı kaldırıma park ederiz. Buna gerek yok, diye araya girdi bir üçüncü ses, arabayı ben kullanırım, bu beyi de evine götürürüm. Onaylayan mırıldanmalar duyuldu. Kör adam kolundan tutulduğunu hissetti, Gelin, benimle gelin, dedi aynı ses. Sürücünün yanındaki koltuğa oturması için adama yardım ettiler, emniyet kemerini bağladılar, adam, ağlayarak, Görmüyorum, görmüyorum, diye mırıldanıyordu, Nerede oturduğunuzu söyleyin bana, dedi öteki adam. Yeni bir olay görmeye meraklı, iştahlı yüzler arabanın camına yapışmıştı. Kör adam, ellerini gözlerine doğru kaldırdı, oynattı, Hiçbir şey görmüyorum, yoğun bir sis içinde gibiyim, bir süt denizine düştüm sanki, Ama körlük böyle bir şey değil ki, dedi öteki, körler her şeyi kapkara gördüklerini söylerler, Ama ben her şeyi bembeyaz görüyorum, Belki o kadıncağız haklıydı, sinirlerle ilgili olabilir, sinirler şeytani şeylerdir, Ben ne olduğunu biliyorum, bir felaket bu, evet, bir felaket, Nerede oturduğunuzu söyleyin bana, lütfen, aynı anda arabanın motorunun çalıştırıldığı duyuldu. Kör adam, görememesi belleğini zayıflatmış gibi kekeleyerek adresini söyledi, sonra, Size nasıl teşekkür edeceğimi bilemiyorum, dedi, öteki, Bırakın canım, bir önemi yok, bugün sizin başınıza gelir, yarın benim, bizi neyin beklediğini bilemeyiz, diye yanıt verdi, Haklısınız, bu sabah evimden çıktığımda, kim derdi ki başıma böyle bir felaket gelecek. Hâlâ duruyor olmalarına şaşırmıştı, Neden ilerlemiyoruz, diye sordu, Kırmızı ışık yanıyor, diye yanıtladı yanındaki. Ah, dedi kör adam ve yeniden ağlamaya başladı. Artık kırmızı ışığın ne zaman yandığını hiç bilemeyecekti.

Kör adamın dediği gibi evi çok yakındaydı. Ancak kaldırımların kenarlarını arabalar doldurmuştu, park edecek bir yer bulamayınca yan sokaklarda boş yer aramak zorunda kaldılar. Arabayı park edecekleri yerde, sürücünün yanındaki koltuk, kaldırımın darlığı yüzünden duvara bir karış mesafede kalıyordu, bu yüzden, kör adam, bir koltuktan diğerine güçlükle geçmenin sıkıntısını çekmemek ve hem vites kolunun üzerinden hem de rahatsız edecek direksiyonun dibinden geçmemek için, arabadan park edilmeden indi. Sokağın ortasında tek başına kalakalmıştı, şaşkındı, ayaklarının altındaki zeminin kaydığını hissetti, boğazına çöreklenen sıkıntıya hâkim olmaya çalıştı. Ellerini yüzünün önünde sinirli sinirli hareket ettiriyordu, süt denizi diye adlandırdığı şeyin içinde yüzmeye çabalıyor gibiydi, tam ağzını açıp yardım istemek için bağıracaktı ki, son anda öteki adamın eli koluna hafifçe dokundu, Sakin olun, sizi götüreceğim. Ağır ağır yürüdüler, düşmekten korkan kör adam ayaklarını sürüyerek ilerliyor, ama bu kez de kaldırımdaki küçük engebelere takılarak sendeliyordu, Sabırlı olun, neredeyse geldik, diye mırıldanıyordu öteki, az sonra, Evde sizinle ilgilenecek biri var mı, diye sordu, kör adam cevap verdi, Bilmiyorum, karım kuşkusuz işinden dönmemiştir daha, bugün erken çıkayım dedim, başıma bu geldi, Başınıza hiçbir şey gelmeyeceğinden eminim, bir insanın böyle durup dururken kör olduğunu bugüne kadar hiç duymadım, Oysa gözlük kullanmıyorum diye övünürdüm ben, hiç gerek duymamıştım, Görüyorsunuz işte. Binanın kapısına gelmişlerdi, iki komşu kadın bu sahneyi merakla izliyordu, bir komşularını koluna girmiş götürüyorlardı, ama ikisinin de aklına, Gözünüze bir şey mi kaçtı, diye sormak gelmedi, sorulmadığı için de adam onlara, Evet, gözüme bir süt denizi kaçtı, diye karşılık veremezdi. Eve girdiklerinde kör adam, Çok teşekkür ederim, size zahmet verdiğim için beni bağışlayın, artık başımın çaresine bakabilirim, dedi, Olmaz, ben de sizinle birlikte yukarı çıkacağım, sizi burada bırakırsam içim rahat etmez.

Daracık asansörün içine güçlükle sığıştılar, Hangi katta oturuyorsunuz, Üçüncü katta, size ne kadar minnettar olduğumu bilemezsiniz, Bir şey değil, bayım, bir şey değil, bugün sizin sıranız, yarın benim, Evet, haklısınız, yarın da sizin sıranız. Asansör durdu, sahanlığa çıktılar, Kapıyı açmanıza yardım edeyim mi, Teşekkür ederim, kendi başıma yapabilirim herhalde. Cebinden küçük bir anahtar demeti çıkardı, elini tek tek her birinin dişleri üzerinde gezdirdi ve, Bu olmalı, dedi, sol elinin parmak uçlarıyla kilidi yoklayarak kapıyı açmaya çalıştı, Bu değilmiş, Bırakın ben bakayım, size yardımcı olayım. Üçüncü denemede kapı açıldı. Bunun üzerine kör adam içeriye seslendi, Evde misin? Yanıt veren olmadı, adam, Dediğim gibi, daha eve dönmemiş, dedi. Ellerini öne doğru uzatarak, el yordamıyla koridordan geçti, sonra dikkatlice geri döndü, yüzünü adamın bulunduğunu tahmin ettiği yöne doğru çevirerek, Size nasıl teşekkür edebilirim, dedi, Sadece görevimi yaptım, dedi iyiliksever adam, teşekküre değer bir şey yok, ve ekledi, Bir yere oturmanıza yardımcı olmamı ister misiniz, karınız gelinceye kadar yanınızda kalabilirim. Adamın gayretkeşliği kör adamı birden kuşkulandırdı, elbette tanımadığı birinin eve girmesine izin veremezdi, sonuçta, belki de tam o anda, kendisini, korunmasız zavallı bir kör adamı etkisiz hale getirmek için kıskıvrak bağlayıp ağzını tıkamayı, sonra da eline geçen her türlü değerli eşyayı çalmayı planlıyor olabilirdi. Hiç gerek yok, zahmet etmeyin, dedi, ben başımın çaresine bakarım ve kapıyı yavaşça kapatırken, Zahmet etmeyin, zahmet etmeyin, diye yineledi.

Asansörün aşağı indiğini duyunca rahat bir soluk aldı. Gayriihtiyari bir hareketle, içinde bulunduğu durumu unutarak, kapının üstündeki gözetleme deliğinin kapağını kaldırdı ve dışarıyı gözledi. Öte tarafta sanki beyaz bir duvar vardı. Gözetleme deliğinin metal aksamının kaş kemerine temasını hissetti, kirpikleri küçücük merceğe sürtünüyordu, ama hiçbir şey göremiyordu, dipsiz bir beyazlık her şeyi örtmüştü. Kendi evinde olduğunu biliyordu, evini kokusundan, havasından, sessizliğinden tanıyordu, mobilyaları ve eşyaları dokunarak, parmaklarını üzerlerinde hafifçe gezdirerek ayırt edebiliyordu, ama daha şimdiden her şey tuhaf bir boyut içinde erimiş gibiydi, yön yoktu, referans yoktu, ne kuzey vardı ne güney, ne alt vardı ne üst. Kuşkusuz o da herkes gibi ergenliğinde muhtemelen kör olma oyunu oynamış, gözlerini beş dakika kapalı tuttuktan sonra, körlüğün kesinlikle korkunç bir felaket olduğu, yine de böyle bir bahtsızlığın kurbanı olan kişinin, yalnızca renklerin değil, biçimlerin ve düzlemlerin, yüzeylerin ve konturların anısını belleğinde tuttuğu sürece körlüğe nispeten katlanılabileceği sonucuna varmıştı, tabii o kişi eğer doğuştan kör değilse. Hatta körlerin içinde yaşadığı karanlığın sonuçta sadece ışığın yokluğu anlamına geldiğini, körlük dediğimiz şeyin, varlıkların ve nesnelerin görünüşünü örtmekle sınırlı kalıp, onları bu kara perdenin ardında el değmemiş halde bırakan bir şey olduğunu da düşünmüştü zaman zaman. Şimdiyse, aksine, öylesine aydınlık, öylesine kesintisiz bir beyazlığın içine gömülmüştü ki, bu beyazlık sadece renkleri değil, nesneleri ve varlıkları da emmekle yetinmiyor, yutuyor, onları iki misli görünmez hale getiriyordu.

Oturma odasına doğru giderken, yavaş yavaş ve ihtiyatla adım atmasına, elini duvarda duraksayarak kaydırmasına karşın, hiç beklemediği bir anda, çiçek dolu bir vazoyu yere düşürdü. Ya vazonun orada olduğunu unutmuştu ya da karısı işe gitmeden önce o vazoyu, daha sonra uygun bir yere koymayı düşünerek oraya bırakmıştı. Yol açtığı facianın ciddiyetini anlamak için yere eğildi. Vazodaki su, cilalı parkenin üzerine yayılmıştı. Çiçekleri toplamak istedi, ama cam kırıklarını aklına getirmemişti, incecik, uzun bir cam kıymığı parmağına saplandı ve kör adam, akşam çökerken loşlaşmaya başlayan evin ortasında, beyaz bir körlük içinde, acıdan, terk edilmişlikten, bir çocuk gibi, ağlamaya başladı. Çiçekleri elinden bırakmadan, parmağının kanadığını hissederek, cebinden mendilini çıkarabilmek için yan tarafına doğru döndü ve parmağını elinden geldiğince sardı. Sonra el yordamıyla, tökezleyerek, mobilyaların çevresinden dolanarak, ayağının halılara takılmaması için ihtiyatla adım atarak, karısıyla yan yana oturup televizyon izledikleri kanepeye erişti. Oturdu, çiçekleri dizlerinin üzerine koydu ve mendili dikkatle çözdü. Dokununca eline yapış yapış gelen kan midesini bulandırdı, ama bu duygunun kanı göremediği için uyandığını düşündü, kendi kanı, ona ait olsa da bir biçimde yabancı, tehditkâr, renksiz, yapışkan bir sıvıya dönüşmüştü. Usul usul, sağlam eliyle hafifçe dokunarak, minicik bir kılıç kadar keskin, ince cam kıymığını araştırdı ve işaretparmağı ile başparmağının tırnaklarını cımbız gibi kullanarak kıymığı etinden çıkarmayı başardı. Yaralı parmağını yeniden mendiliyle sardı, kanın pıhtılaşması için iyice sıktı ve bitkin, tükenmiş bir halde sırtını kanepeye yasladı. Birkaç dakika sonra, bazen bedenimiz gevşeyeceği ânı seçerken, sadece bütün sinirlerinin gergin ve uyanık olması gerektiğini söyleyen mantığını dinlemek yerine bazı korku ya da umutsuzluk anlarını seçer ya, onun da üzerine bir bitkinlik çöktü, gerçek bir yorgunluktan çok, bir sersemlik haliydi bu, ama onun kadar ağırdı. Kör olsaydım oyunu oynadığı rüyayı görmeye başladı hemen, rüyasında gözlerini defalarca açıp kapatıyordu ve her seferinde, bir yolculuktan dönüyormuş gibi, bütün biçimleri ve renkleri aynı şekilde kendisini bekler buluyor, bildiği dünya da hiç değişmemiş oluyordu. Bu huzur verici kesinliğin altında yine de bir kuşkunun boğuk sızısını algılıyordu, belki de aldatıcı bir düştü bu, kendini hangi gerçekliğin beklediğini şu an için bilemediği bu düşten er geç uyanacaktı. Sonra, ancak birkaç saniye süren bu duruma dermansızlık adı vermek doğru mu bilinmez, çünkü kişinin uyanmaya hazırlandığı yarı uyanıklık durumundaydı, uyanayım mı, uyanmayayım mı, diyerek kararsız kalmanın doğru olmadığını, sonunda risk almaktan başka çare bulamayacağı bir ânın hep geldiğini ciddi olarak düşündü, Kucağımdaki bu çiçeklerle, açmaya korkuyormuşum gibi kapalı tuttuğum gözlerimle burada ne yapıyorum ben böyle, N'apıyorsun burada, kucağında çiçeklerle burada böyle neden uyuyorsun, diye sordu karısı.

Kocasının cevabını beklememişti. Hareketlerini onun gözüne sokarcasına vazo kırıklarını toplamaya, parkeyi paspaslamaya koyulmuştu, bir yandan da sinirlendiğini saklamaya gerek görmeden homurdanıyordu, Seninle hiç ilgisi yokmuş gibi orada uyuyacağına, bu işleri sen de yapabilirdin. Kocası hiç sesini çıkarmadı ve gözlerini kapalı gözkapaklarının ardına sakladı, birden aklına gelen düşünceyle, ürkekçe bir umutla heyecanlandı, Ya gözlerimi açınca görmeye başlarsam, diye düşündü. Karısı yanına yaklaştı, kanlanmış mendilini gördü, huysuzluğu bir anda kayboldu, acıma duygusuyla, Vah zavallım, bu nasıl oldu böyle, diye sordu, üstünkörü yapılmış bandajı açarken. Bunun üzerine, adam, karısını, çok arzuladı, ama sonra onu göremeyeceğinden emin olarak gözlerini açtı, Sonunda uyandın, koca uykucum benim, dedi kadın, gülümseyerek. Bir sessizlik oldu ve adam, Kör oldum, seni göremiyorum, dedi. Karısı kızdı, Aptalca şakalar yapmayı bırak, bazı şeylerle oyun olmaz, Oyun olmasını çok isterdim, ama gerçek şu ki kör oldum, hiçbir şey görmüyorum, Lütfen, korkutma beni, bak bana, buraya, buradayım ben, ışık da yanıyor, Burada olduğunu biliyorum, sesini duyuyorum, sana dokunuyorum, ışığı yakmış olabileceğinin farkındayım, ama körüm ben. Kadın, ağlamaya başladı, ona sımsıkı sarıldı, Doğru değil bu, doğru olmadığını söyle bana. Çiçekler yere düşmüştü, kan lekeli mendilin üzerine adamın yaralı parmağından yine kan damlıyordu, adam ise, sanki başka kelimelerle söylemek istercesine, Beterin beteri var gibisinden bir şeyler mırıldandı, Her şeyi bembeyaz görüyorum, ve ardından hüzünlü bir gülümseme belirdi yüzünde. Karısı yanına oturdu, sıkıca sarıldı, alnını, yüzünü, dikkatle, gözlerini yumuşak yumuşak öptü, Göreceksin geçecek, bir şeyin yoktu ki, kimse böyle birdenbire kör olmaz, Belki olur, Nasıl olduğunu anlat bana, ne hissettin, ne zaman, nerede oldu, ya da hayır, dur, bekle, ilk yapmamız gereken şey bir göz doktoruyla konuşmak, tanıdığın var mı, Hayır yok, sen de ben de gözlük kullanmıyoruz ki, Seni hastaneye götürsem, Görmeyen gözler için acil servis olduğunu sanmıyorum, Haklısın, en iyisi bir göz doktoruna gitmek, telefon rehberine bakayım, yakınlarda muayenehanesi olan birini bulalım. Kadın ayağa kalktı, adama tekrar, Bir değişiklik var mı, diye sordu. Hiç yok, dedi adam, Dikkat et, şimdi ışığı söndüreceğim, sen de bana söyleyeceksin, şimdi, Hiç, Nasıl hiç, Hiç, hep aynı beyazlığı görüyorum, sanki hiç gece olmamış gibi geliyor bana.

Karısının telefon rehberini karıştırdığını duyuyordu, gözyaşlarını tutabilmek için burnunu çekiyor, iç geçiriyordu, nihayet, Bu işimize yarayabilir, umarım bizi kabul eder, dedi karısı. Numarayı çevirdi, doktorun muayenehanesi olup olmadığını, doktor beyin orada olup olmadığını, oradaysa onunla görüşüp görüşemeyeceğini sordu, Hayır, hayır, doktor bey beni tanımıyor, oldukça acil bir durum için aramıştım, evet, lütfen, anlıyorum, tamam, o halde size anlatayım, ama lütfen doktor beye aktarınız, kocam aniden kör oldu, evet, evet, aynen size söylediğim gibi, aniden, hayır, kendisi doktorun hastası değil, kocam gözlük kullanmaz, hiç kullanmadı, evet, gözleri çok iyiydi, ben de öyleyim, ben de çok iyi görüyorum, ah, çok teşekkürler, bekliyorum, bekliyorum, evet, doktor bey, evet, aniden, her şeyi bembeyaz gördüğünü söylüyor, nasıl olduğunu bilemiyorum, bunu ona sorma fırsatım olmadı, az önce eve gelince onu bu halde buldum, kendisine sormamı ister misiniz, ah, çok teşekkürler, doktor bey, hemen geliyoruz, hemen. Kör adam ayağa kalktı, Bekle, dedi karısı, dur da önce şu parmağını tedavi edeyim, bir süre ortadan kayboldu, elinde bir şişe oksijenli su, bir şişe de tentürdiyot, pamuk ve küçük bir kutu yara bandıyla geri döndü. Pansumanı yaparken sordu, Arabayı nereye bıraktın, ve birden aklına geldi, İyi ama bu durumda araba kullanamazdın ki, yoksa eve geldikten sonra mı, Hayır, sokaktaydım, kırmızı ışıkta durduğumda oldu, biri iyilik edip beni buraya kadar getirdi, arabayı yan sokağa bıraktık, Tamam, inelim öyleyse, ben arabayı getirirken sen kapıda beklersin, anahtarları nereye koydun, Bilmiyorum, adam onları bana geri vermedi, Hangi adam, kim o, Beni eve getiren kişi, bir erkekti, Şuraya bırakmıştır, bir bakayım, Arama boşuna, adam içeri girmedi, Ama anahtarlar bir yerde olmalı, Vermeyi unuttu herhalde, farkında olmadan götürmüştür, Bir bu eksikti, Sendeki anahtarları kullan, benimkileri sonra ararız, Tamam, gidelim, ver elini bana. Kör adam, Bu halde kalırsam canıma kıyarım, dedi. Lütfen saçmalama, bu felaket zaten yeterince büyük, Gözleri kör olan benim, sen değilsin, bunun ne demek olduğunu sen anlayamazsın, Doktor seni iyileştirecek, göreceksin, Evet, göreceğim.

Dışarı çıktılar. Aşağıda, merdivenin dibinde, kadın otomatiğe basıp ışığı yaktı ve adamın kulağına fısıldadı, Beni burada bekle, eğer komşulardan biri gelirse, onunla doğal bir şekilde konuş, beni beklediğini söyle, ilk bakışta senin kör olduğunu anlayamazlar, başkalarına dert anlatmak zorunda kalmayalım, Tamam, ama gecikme. Kadın, koşarak sokağa çıktı. Tek bir komşu bile ne içeri girdi ne dışarı çıktı. Kör adam, deneyimle biliyordu ki, otomatik sayacın tik taklarını işittiği sürece merdivenin ışığı sönmeyecekti, dolayısıyla, ses kesildikçe düğmeye bastı. Işık, orada yanan bu ışık onun için bir sese dönüşmüştü. Karısının neden bu kadar geciktiğini anlamıyordu, yan sokağa gitmişti, seksen ya da yüz metre öteye. Daha fazla gecikirsek doktor gider, diye düşündü. Gayriihtiyari sol kolunu kaldırdı ve saate bakmak için başını eğdi. Bir yerine ani bir sancı saplanmış gibi dudaklarını sıktı ve komşulardan biri o anda çıkıp gelmediği için kadere şükretti, çünkü o an birisi bir şey söylese hüngür hüngür ağlardı. Sokakta bir araba durdu, Nihayet geldi, diye düşündü, ne var ki motorun sesi onu şaşırtmıştı, Bir dizel motor sesi bu, bir taksi, dedi kendi kendine ve elektrik düğmesine bir kez daha bastı. Karısı içeri girdi, sinirliydi, Seni korumasına alan o aziz, o iyi yürekli kişi arabamızı alıp gitmiş, Nasıl olur, iyice bakmamışsındır, Elbette iyi baktım, gözlerim iyi görüyor benim, bu son sözler ağzından istemeden çıkmıştı, Arabanın yan sokakta olduğunu söyledin bana, diye lafı çevirdi, ama orada yok, belki başka bir sokağa bıraktınız, Hayır, hayır, o sokağa bıraktık, bundan eminim, Bu durumda, kaybolmuş demektir, Öyleyse, anahtarlar, Senin şaşkınlığından, üzüntünden yararlanıp arabamızı çaldı, Ama ben korkumdan onu eve bile almadım, sen gelene kadar yanımda kalsaydı arabayı çalamazdı, Haydi gidelim, taksi bizi bekliyor, yemin ederim, o dolandırıcının da gözlerinin kör olması için yaşamımın bir yılını vermeye razıyım, Sesini yükseltmeden konuş, Ve birilerinin onu soyup soğana çevirmesi için de, Belki ortaya çıkar, Ha, evet, yarın kapımızı çalar dalgınlığıma geldi diyerek özür diler, senin nasıl olduğunu sorar.

Doktorun muayenehanesine kadar konuşmadılar. Kadın, arabanın çalınmış olduğunu aklına getirmemeye çalışıyor, kocasının ellerini tutup sevgiyle sıkıyordu, şoför dikiz aynasından gözlerini görmesin diye başını öne eğen adamsa, bu kadar büyük bir felaketin gelip kendisini nasıl bulduğunu kendi kendine sorup duruyordu, Neden ben? Taksi yanaşırken trafiğin gürültüsü, şu ya da bu yüksek ses doldu kulağına, biz henüz uykudayken, dış dünyanın sesleri bizi beyaz bir örtü gibi saran bilinçsizlik perdesine değerken de öyle olur bazen. Beyaz bir örtü gibi. İçini çekerek başını salladı, karısı, Sakin ol, ben yanındayım, dercesine usulca onun yüzüne dokundu, adam, şoförün ne düşüneceğini umursamadan başını karısının omzuna dayadı, Benim yerimde sen olsaydın, araba bile kullanamazdın, diye düşündü çocuklar gibi, ve bu düşüncenin ne kadar saçma olduğunu dikkate almayarak içinde bulunduğu umarsız duruma karşın mantıklı akıl yürütmeyi sürdürebildiği için sevindi. Karısının belli etmeden yaptığı yardımla taksiden inerken sakin gözükmeye çalıştı, ama yazgısını öğreneceği muayenehanenin girişinde, sesi titreyerek karısına sordu, Buradan çıkarken nasıl olacağım acaba, ve başını, hiç umudu kalmamış biri gibi salladı.

Karısı, sekreter kıza, yarım saat önce kocasıyla ilgili telefon eden kadın olduğunu söyledi, kız da onları, diğer hastaların beklediği küçük salona aldı. İçerde, tek gözü siyah bantla örtülü bir ihtiyar, annesi olması gereken bir kadının yanında oturan şaşı bir erkek çocuk, koyu renk camlı gözlük takmış bir genç kız, gözle görülür bir belirti bulunmasa da kör olmadıkları anlaşılan –körler göz doktoruna gelmezler– iki kişi daha vardı. Kadın, kocasını boş bir iskemleye götürdü ve başka yer olmadığından onun yanında ayakta durdu, Beklememiz gerekecek, diye fısıldadı kulağına. Adam neden bekleyeceklerini anlamıştı, oradaki insanların seslerini duymuştu, ama şimdi aklını başka bir şeye takmıştı, doktorun onu muayene etmesi ne kadar gecikirse körlüğünün o ölçüde ilerleyeceğini, dolayısıyla da iyileştirilemeyeceğini, çare bulunamayacağını düşünüyordu. İskemlesinde kaygıyla kıpırdandı, tam kuruntularını karısına anlatacaktı ki kapı açıldı ve sekreter kız onlara, Lütfen içeri girin, dedi, sonra, öteki hastalara dönerek, Doktorun talimatı böyle, bu beyin durumu acil, diye açıkladı. Şaşı çocuğun annesi itiraz ederek, Kural kuraldır, dedi, en önce kendisi gelmişti ve bir saattir bekliyordu. Öteki hastalar onu alçak sesle destekledi, fakat hiçbiri, hatta kadının kendisi bile, talebinde fazla ısrarcı olmadı, doktoru sinirlendirmemelilerdi, yoksa bu sabırsızlıklarını onları daha uzun süre bekleterek ödetirdi, daha önce yaşamışlardı bunu. Gözü siyah bantlı ihtiyar yüce gönüllülük gösterdi, Bırakın zavallıyı, içimizde en zor durumda olan o. Kör adam onu duymadı, muayene odasına girmekteydi, karısı, Bu iyiliğinizden dolayı size çok teşekkür ederim, doktor bey, diyordu, kocam, ve bunu derken durdu, aslında gerçekte neler olduğunu tam bilmiyordu, bildiği tek şey, kocasının kör olduğu ve arabalarının çalındığıydı. Doktor, Oturun, lütfen, dedi, hastanın oturmasına yardım etti, sonra, eline dokunarak, doğrudan onunla konuştu, Başınıza ne geldi, anlatın bana. Kör adam, arabasında yeşil ışığın yanmasını beklerken, birden hiçbir şey göremez olduğunu, birilerinin yardımına koştuğunu, yaşlıca bir kadının –bunu ses tonundan çıkarıyordu elbet–, bunun sinirsel bir durum olabileceğini söylediğini, daha sonra bir adamın onu evine kadar götürdüğünü, çünkü evine tek başına dönecek durumda olmadığını anlattı, Her şeyi bembeyaz görüyorum, doktor. Arabasının çalındığını hiç söylemedi.

Doktor adama sordu, Daha önce hiç başınıza gelmiş miydi, yani şimdiki gibi ya da buna benzer bir şey, Hiç gelmedi, doktor bey, gözlük bile kullanmadım, Ve bunun aniden olduğunu söylüyorsunuz, Evet, doktor bey, Kapatılan bir ışık gibi, Daha doğrusu yanan bir ışık gibi, Son günlerde görmenizde bir değişiklik fark ettiniz mi, Hayır, doktor bey, Ailenizde körlük vakası var mı, ya da geçmişte rastlanmış mı, Tanıdığım akrabalarım ya da bana anlatılan yakınlarım içinde hiç kör yok, Şekeriniz var mı, Yok, doktor bey, Frengiye yakalandınız mı, Hayır, doktor bey, Yüksek tansiyonunuz var mı ya da kafatası içi basıncınız yüksek mi, Kafatası basıncı için bir şey diyemem ama, başka bir şikâyetim olmadığını biliyorum, işyerinde düzenli kontrolden geçiyoruz, Bugün ya da dün başınızı bir yere sertçe çarptınız mı, Hayır, doktor bey, Kaç yaşındasınız, Otuz sekiz yaşındayım, Pekâlâ, gözlerinizi muayene edelim şimdi. Kör adam, muayeneyi kolaylaştıracakmış gibi gözlerini açabildiği kadar açtı, ama doktor onu kolundan tutup bir aletin arkasına oturttu, biraz hayal gücü olan biri bunu, sözlerin yerini gözlerin aldığı, günah çıkartanın günahkârın ruhunun ta içine baktığı yeni model bir günah çıkartma yeri olarak düşünebilirdi, Çenenizi şuraya dayayın, dedi, gözlerinizi kapatmayın ve hiç kıpırdamayın. Kadın kocasına yaklaştı, elini omzuna koydu, Bak göreceksin, her şey yoluna girecek, dedi. Doktor, kendi bulunduğu taraftaki çift mercekli düzeneği kaldırıp indirdi, ince ayar vidalarını döndürdü ve muayeneye başladı. Saydam tabakada bir şey bulamadı, göz akında bir şey yoktu, gözbebeğinde bir şey yoktu, ağtabakada, billur cisimde, sarı noktada, göz sinirinde de bir şey yoktu, gözün hiçbir yerinde hiçbir şey bulamadı. Aygıttan uzaklaşıp gözlerini ovuşturdu, sonra hiçbir şey demeden, incelemeye yeniden, en başından başladı ve ikinci kez bitirdiğinde, şaşkınlığı yüzünden belliydi, Dokularda hiçbir bozukluğa rastlamadım, gözleriniz kusursuz. Ellerini kavuşturarak sevinçle bağırdı karısı, Sana demiştim, sana demiştim, her şey yoluna girecek işte. Kör adam karısının sözlerini umursamadan sordu, Çenemi aletten çekebilir miyim, doktor bey, Elbette çekebilirsiniz, kusura bakmayın, Eğer gözlerim kusursuzsa, sizin de söylediğiniz gibi, neden kör oldum öyleyse, Şu an için bir şey söyleyemem, daha ayrıntılı incelememiz, tahliller, ekografi, ansefalogram yaptırtmamız gerekecek, Sizce beyinle ilgili bir şey mi, Böyle bir ihtimal olabilir, ama sanmıyorum, Yine de gözlerimde hiçbir kusur bulamadığınızı söylüyorsunuz, doktor bey, Doğru, bulamadım, Anlamıyorum, Söylemek istediğim şey, fiilen körsünüz, buna karşın körlüğünüz konusunda şu anda bir açıklama bulamıyorum, Kör olduğumdan kuşkunuz var öyleyse, Kesinlikle yok, mesele böyle bir vakaya çok ender rastlanması, şahsen ben bütün meslek yaşamım boyunca böyle bir vakayla hiç karşılaşmadım, hatta, göz hekimliği tarihinde karşılaşılmadığını bile iddia edebilirim, İyileşebilir miyim sizce, Prensipte, evet, çünkü hiçbir doku bozulmasına, kalıtımsal bir yapı bozukluğuna rastlamadım, dolayısıyla bu sorunuzu olumlu yanıtlayabilirim, Ama belli ki öyle değil, Sadece tedbirli davranmak istiyorum, sonradan gerçekleşmeyebilecek bir umut vermek istemiyorum, ondan, Anlıyorum, Durum bu, Bir tedavi uygulanacak mı bana, ilaç verecek misiniz, Şimdilik size reçete yazmayacağım, yazarsam körlemesine yapmış olurum bunu, Tam yerinde bir ifade, dedi kör adam. Doktor, bu sözleri duymazdan geldi, muayene için oturduğu döner tabureden kalktı ve ayakta durarak, gerekli gördüğü inceleme ve tahlilleri bir reçeteye yazdı. Kâğıdı kadına uzattı, Buyrun, hanımefendi, sonuçları alınca kocanızla birlikte bana gelin, bu arada durumunda bir değişiklik olursa bana telefon edip bildirin, Borcumuz nedir, doktor bey, Sekretere ödersiniz. Onları kapıya kadar geçirdi, Göreceğiz, göreceğiz, önemli olan umutsuzluğa kapılmamak, türünden avutucu bir şeyler mırıldandı, yalnız kalınca yan taraftaki küçük banyoya geçerek, aynada yüzünü uzun uzun inceledi, Bu ne olabilir ki, diye mırıldandı. Sonra, muayene odasına geri döndü, sekreteri çağırdı, Sonraki hastayı içeri alın.

Kör adam o gece, rüyasında kör olduğunu gördü.

Kör adama yardım teklif ettiğinde, sonradan arabayı çalan adamın, tam o anda, hiçbir art niyeti yoktu, hatta tam tersine, tek yaptığı, yücegönüllülük ve insan sevgisi denen duygulara itaat etmekti, ki bunlar, herkesin bildiği gibi, insanın en iyi iki özelliğidir, hatta bu duygulara, mesleğinde ilerleme umudu bulunmayan, yoksulun ihtiyaç içinde olmasından yararlanan gerçek işletme sahipleri tarafından sömürülen bizim basit araba hırsızınınkinden çok daha taş kalpli suçlularda bile rastlandığı olur. Sonuçta, ne olursa olsun, kör bir adama önce yardım edip sonra arabasını çalmak ile can çekişen ve eli kolu tutmayan bir ihtiyarın mirasına göz dikerek onunla ilgilenmek arasında çok da büyük bir fark yoktur. Kör adamın evine yaklaşırken, kendiliğinden aklına gelivermişti bu, tıpkı, hani denir ya, herhangi bir önsezi nedeniyle değil, yalnızca karşısına biletçi çıktığı için piyango bileti almaya karar veren, ne yapacağı kestirilemeyen kaderin sunacağı şeye baştan razı olmuş biri gibiydi, ya eline bir şey geçerdi ya da hiçbir şey, ama kişiliğinden kaynaklı bir içgüdüye uyarak bunu yaptığını söyleyenler de çıkacaktır. İnsan doğası hakkında kuşkucu olanlar ise –ki hem sayıca çokturlar hem de inatçıdırlar–, önüne çıkan fırsatların insanı ille de hırsız yapmadığı doğru olsa da hırsız olmasına çanak tuttuğu da doğrudur, derler. Bize gelince, kör adam, sonuçta sahte iyilikseverin ikinci teklifini kabul etmiş olsaydı –ki o son anda adamın iyilik yapma isteği ağır basabilirdi–, yani karısı gelinceye kadar yanında kalmak teklifinden söz ediyoruz, bu şekilde bahşedilen güvenin sonucu olan ahlaki sorumluluğun etkisinin onun suça eğilimini dizginleyip dizginlemeyeceğini, böylelikle de en sefil ruhlarda bile her zaman rastlanabilecek parıltıyı ve soyluluğu yüzeye çıkarıp çıkarmayacağını kimse bilemez. Bir halk deyişiyle sonlandırırsak, kadim bir atasözünün bize bıkıp usanmadan öğrettiği gibi, bizim kör, istavroz çıkaracağım derken gözünü çıkarmıştı.

Bir sürü aptalın saldırısına uğrayan, daha fazlasının da yok saydığı ahlaki vicdan, var olan ve daima var olmuş bir şeydir, yoksa ruh denen şeyin bulanık bir fikirden öte olmadığı Dördüncü Zaman filozoflarının icadı değildir. Zaman geçtikçe, birlikte yaşarken ve genetik değişimler olurken, vicdanımızı giderek damarlarımızda dolaşan kanın rengine ve gözyaşlarımızın tuzuna buladık, bu da yetmiyormuş gibi, gözlerimizi içimizi gören birer aynaya dönüştürdük, sonuçta gözlerimiz, ağzımızla inkâr etmeye çalıştığımız şeyleri çoğu zaman hiç çekincesiz gözler önüne serer hale geldi. Bu genel olguya bir de basit zihinlerde işlenen suçun yol açtığı pişmanlığa çoğu zaman kadim korkular da eklenince, bunun sonucunda, suçlunun işlediği suçun cezası, öyle böyle demeden, hak ettiğinin iki katı olur. Dolayısıyla, bu durumda, arabayı çalmak için motoru çalıştırdığı anda hırsıza korkuların hangi bölümünün ve vicdan azabının hangi bölümünün acı çektirdiğini bilmek mümkün olmaz. Ne var ki, ansızın kör olan adamın iki eliyle tuttuğu aynı direksiyonu tutan, dışarıya bakarken aniden hiçbir şey göremez olduğu aynı ön camdan dışarı bakan biri kendini elbette rahat hissedemez, bu tür düşüncelerin o iğrenç ve sinsi korku canavarını uyandıracağını düşünebilmek için fazlaca hayal gücüne sahip olmak gerekmez, ki bu korku canavarı zaten başını kaldırmaya başlamıştı bile. Ama bu aynı zamanda, daha önce sözünü ettiğimiz gibi, pişmanlıklı, doruk noktasına varmış vicdan azabıydı, ya da daha etkileyici terimlerle ifade edersek, kör adamın kapıyı kapadığı andaki çaresiz görüntüsünü hırsızın gözlerinin önüne getiren ısırıcı dişleri olan bir vicdandı, Gerek yok, gerek yok, demişti zavallı, oysa o andan itibaren yardım almadan tek bir adım bile atacak halde değildi.

Hırsız, bu denli korkunç düşüncelerin zihnini tümüyle meşgul etmesini engellemek için bütün dikkatini yola verdi, en ufak hataya, en küçük dalgınlığa izin vermemesi gerektiğini gayet iyi biliyordu. Polis etrafta dolaşıp duruyordu, içlerinden birinin onu durdurması yeterliydi, Ehliyetiniz ve ruhsat, lütfen, yeniden hapis, ömür boyu. Trafik ışıklarına bütün dikkatini veriyor, kırmızı ışıkta hiç geçmiyor, sarı ışığa uyuyor, yeşil yanmasını sabırla bekliyordu. Bir an geldi, trafik ışıklarına bakmanın bir saplantıya dönüştüğünü düşünmeye başladı. Bunun üzerine, arkadan gelen araç sürücülerini sinirlendirecek şekilde bazen hızlanıp bazen yavaşlayarak, hep bir yeşil ışığa denk gelecek şekilde arabasının hızını ayarladı. Sonunda, kafası öyle karıştı ve sinirleri öyle gerildi ki, trafik lambaları bulunmadığını bildiği bir yan sokağa saptı ve çok iyi bir sürücü olduğundan, arabayı neredeyse gözü kapalı park etti. Kendini sinir krizinin eşiğinde hissediyordu ve bu durumu tıpatıp aynı sözlerle ifade etti, Burada, şu anda bir sinir krizinin eşiğindeyim. Arabanın içinde boğuluyordu. Her iki yandaki camı açtı, ama dışarıda esinti olsa da, içerdeki atmosferi serinletmedi. Ne yapıyorum ben, diye kendi kendine sordu. Arabayı götürmesi gereken baraka uzaktaydı, şehrin dışındaki bir köydeydi, bu ruh haliyle oraya ulaşmayı asla başaramazdı, Bir polise enselenebilirim ya da kaza yapabilirim ki bu daha da kötü, diye mırıldandı. Bunun üzerine, En iyisi bir süre arabadan inmek, zihni hafifletmek, diye düşündü, Belki kafamdaki karanlık düşünceler temizlenir, o adam kör oldu diye benim de başıma aynısının gelmesi gerekmez, grip değil ki bu yakalanayım, şu mahallede bir tur atarsam geçer. Arabadan çıktı, kapıları kilitleme zahmetine girmedi, dönene dek bir şey olmazdı ve uzaklaştı. Otuz adım atmamıştı ki kör oldu.

Muayenehanede son kalan hasta şu iyi yürekli ihtiyardı, hani şu birdenbire kör olan adam hakkında o iyi lafları eden kimse. Sağlam kalmış tek gözünde ortaya çıkan katarakta ameliyat günü belirlemek üzere gelmişti doktora sadece, siyah bant ise olmayan gözünü örtüyordu, şu anki durumla hiç ilgisi yoktu, Bunlar yaşlandıkça ortaya çıkan hastalıklar, demişti doktor biraz önce, iyice ilerleyince ameliyat ederiz, sonra da içinde yaşadığınız dünyayı tanıyamayacaksınız. Gözü siyah bantlı ihtiyar çıktıktan ve sekreter kız da bekleme salonunda başka hasta kalmadığını söyledikten sonra doktor kör olan adamın fişini alıp yeniden okudu, bir daha okudu, birkaç dakika düşündü, sonunda bir meslektaşına telefon etti ve aralarında şöyle bir konuşma geçti, Bilmek istersin diye anlatıyorum, bugün son derece tuhaf bir vakayla karşılaştım, görme yetisini bir anda tamamen yitiren bir adam geldi, incelediğimde fark edilebilir hiçbir doku bozukluğuna rastlamadığım gibi kalıtımsal bir yapı bozukluğu da yok, her şeyi bembeyaz gördüğünü söylüyor, süte benzer, yoğun bir beyazlık gözlerini tamamen kaplamış, bana söylediklerini sana olabildiğince aynen aktarmaya çalışıyorum, evet, elbette öznel, hayır, adam genç, otuz sekiz yaşında, benzer bir vakaya rastladın mı hiç, okudun mu, söz edildiğini işittin mi, ben de öyle düşünmüştüm, şimdilik bir çözüm bulamıyorum, zaman kazanmak için tahlil yaptırmaya gönderdim, evet, önümüzdeki günlerde birlikte muayene edebiliriz, akşam yemeğinden sonra kitaplarıma göz atacağım, bibliyografyayı inceleyeceğim, belki bir ipucu bulurum, evet, biliyorum tabii, agnosia, yani nesneleri tanıyamama, psişik körlüktür belki, ama hastalık ilk kez bu belirtilerle görünüyor olurdu, çünkü adamın kör olduğu kuşku götürmez, agnosia, biliyoruz ki insanın gördüğü şeyi tanıyamamasıdır, şey, aslında amorozis, kısmi körlük de olabileceğini düşündüm, ama sana başta söylediğimi unutma, beyaz bir körlük bu, gözün bütünüyle karardığı amorozisin tam tersi, yani beyaz bir amorozis olduğunu bilmiyorum, beyaz bir karanlık yani, evet, biliyorum, şimdiye kadar hiç görülmemiş bir şey, tamam, yarın ararım onu, birlikte muayene etmek istediğimizi söylerim. Konuşma bitince doktor iskemlesinde arkaya yaslandı, birkaç dakika öyle kaldı, sonra kalktı, yorgun hareketlerle, ağır ağır muayene gömleğini çıkardı. Banyoya gidip ellerini yıkadı, ama bu kez aynaya bakıp o metafizik soruyu, Ne olabilir acaba, sorusunu sormadı, bilimsel bakışını takındı, agnosia ile amorozisin kitaplarda ve uygulamada ayrıntılarıyla tanımlanmış ve saptanmış olması, pratikte bazı değişkelerin, deyim yerindeyse mutasyonların ortaya çıkmayacağı anlamına gelmezdi ve işte sanki o gün gelip çatmıştı. Beynin kilitlenmesi için binlerce neden vardı, başka bir şey değil, sadece bu, tıpkı gecikmiş bir ziyaretçinin kendi kapısını kapalı bulması gibi. Göz doktorunun edebiyat zevki vardı ve uygun alıntılar yapmayı biliyordu.

Akşam, yemekten sonra karısına, Bugün muayenehanede tuhaf bir vakayla karşılaştım, psişik körlüğün ya da amorozisin değişik bir türü olabilir, fakat böyle bir şeye bir kez bile rastlanmış gözükmüyor, dedi, Ne tür bir hastalık bu amorozis ve diğeri, diye sordu karısı. Doktor, karısının merakını giderebilecek, normal zekâlı birinin anlayabileceği bir açıklamada bulundu, sonra, gidip kitapların durduğu raftan uzmanlık kitaplarını aldı, bazıları eski, fakülte zamanından kalma, bazıları yeni, birkaçı da en son yayımlanmış, henüz incelemeye fırsat bulamadığı kitaplardı. Dizinleri taradı, sonra, sistemli bir şekilde, agnosia ve amorozis hakkında bulduğu her şeyi okumaya koyuldu, kendinin olmayan bir alana, hakkında birkaç bilgi kırıntısından fazlasına sahip olmadığı sinir cerrahisinin esrarengiz alanına davetsiz girmenin rahatsızlığını hissetti. Gecenin geç bir saatinde, başvurduğu kitapları kenara itti, yorgun gözlerini ovuşturdu ve sırtını oturduğu iskemlenin arkalığına dayadı. O anda, durum onun gözünde bütünüyle açık seçikti. Eğer agnosia durumu varsa, hastanın her zaman gördüğü şeyleri görmeyi sürdürmesi, yani görme yetisinde herhangi bir azalma olmaması gerekiyordu, sadece bir iskemle gördüğünde beyni onun bir iskemle olduğunu tanıyamaz hale gelmişti, özetle, beyni göz sinirinden geçen ışık uyarılarına doğru tepki vermeyi sürdürüyordu ama konunun uzmanı olmayanların anlayabileceği günlük dille ifade edersek, bildiğini bilme, üstelik, bunu açıklama yeteneğini yitirmişti. Amorozis konusundaysa kuşkuya yer yoktu. Vakanın bu olabilmesi için, hastanın her şeyi kapkara görmesi gerekirdi, fakat mutlak karanlık söz konusu olduğundan, görmek fiilini sınırlı anlamında almak gerekir elbette, Kör adam, burada da bu sözcüğü kullanmamıza izin verilmeli, tekdüze, yoğun, beyaz bir renk gördüğünü açık seçik ifade etmiş, tıpkı açık gözlerle bir süt denizinin içine dalmış gibi, demişti. Beyaz bir amorozis, etimolojik bakımdan bir çelişki olmanın ötesinde, nörolojik açıdan da imkânsızdır, çünkü bu durumda gerçeğin görüntüsünü, biçim ve renklerini algılayamayacak beynin, her şeyi beyaz bir renkle, kalıcı bir beyazlıkla, tıpkı renk bulunmayan, yani bu gerçekliği normal bir görme gücüne iletebilecek –normal bir görme gücünden söz etmek ne kadar sorun olsa da– renkler, biçimler ve resimler görülmeyen bir tabloda olduğu gibi örtmesi mümkün olmaz. Bir çıkmaz sokakta bulunduğunun pekâlâ farkında olan doktor cesareti kırılarak başını eğdi ve çevresine bakındı. Karısı ortalarda yoktu, bir ara yanına gelip başına bir öpücük kondurduğunu hayal meyal hatırlıyordu, Ben yatıyorum, demiş olmalıydı, ev şimdi sessizliğe gömülmüştü, kitaplar masanın üzerinde dağınık duruyorlardı, Şimdi ne olacak, diye düşündü ve birden içine korku düştü, sanki birazdan kendisi de kör olacaktı da bunu şimdiden biliyor gibiydi. Nefesini tutup bekledi. Bir şey olmadı. Ama bir dakika sonra, kitapları rafa koymak üzere toplarken, olan oldu. Önce artık ellerini göremediğini fark etti, sonra kör olduğunu anladı.

Koyu renk gözlüklü genç kızın şikâyeti önemli değildi, basit bir göz iltihaplanmasıydı, dolayısıyla doktorun yazdığı reçetedeki hafif dozlu ilaçları kullanınca birkaç günde iyileşirdi. Zaten biliyorsunuzdur ama bu süre içinde gözlüğünüzü yalnızca yatarken çıkartın, demişti doktor. Yılların şakasıydı bu, hatta göz doktorlarının bu şakayı kuşaktan kuşağa aktardığı bile rivayet edilir, ama etkisini her seferinde gösteriyordu, doktor bunu söylerken gülümsüyor, hasta bunu dinlerken gülümsüyordu ve şimdi de söz konusu şakayı yapmaya değmişti, çünkü genç kızın dişleri güzeldi ve onları nasıl göstereceğini biliyordu. İnsanların içinde doğal olarak bulunan insansevmezlik yüzünden ya da hayatta fazlasıyla düş kırıklığına uğramaktan dolayı kuşkucu olan biri, bu kadının yaşamının ayrıntılarını da biliyorsa eğer, onun gülüşündeki güzelliğin mesleki bir hile olduğunu ileri sürebilirdi, ama bu, kötü niyetli ve temelsiz bir iddia olurdu, çünkü bu gülümseme, çok uzak sayılmayacak bir süre önce, kadın henüz –artık kullanılmayan bir sözcükle– kızken, gelecek onun için henüz kapalı bir mektupken ve onun zarfını açma merakı ruhunda henüz uyanmamışken de aynıydı. Yani, duruma basit yanından bakarsak, bu kadını fahişe adı verilen kategoriye sokabiliriz, ancak burada tasvir edilen dönemin toplumsal ilişkiler ağının karmaşıklığı, bu ilişkiler ister gündüz, ister gece ilişkileri, ister dikey, ister yatay ilişkiler olsun, kesin, mutlak yargılara varma yönündeki herhangi bir eğilimi ılımlılaştırmayı öğütlerken, biz kendimizi abartılı bir şekilde yeterli görmemizi sağlayan bu kötü alışkanlıktan kurtulmayı belki de hiç başaramayız. Tanrıça Hera'nın bulanık bir kişiliği olduğu herkesçe aşikâr olsa da, bir Yunan tanrıçası ile atmosferde uçuşan bir su damlası kadar sıradan bir kütleden ibaret bir karakteri ille de karşılaştıracağım demek hiç doğru olmaz. Bu kadın kuşkusuz para karşılığında yatağa giriyordur, bu da, muhtemelen, fazla düşünmeden, onu fiilen fahişe kategorisine sokmamızı sağlayabilir, fakat bunu yalnızca istediği zaman ve canı kimi isterse onunla yaptığı da ortadayken, böyle bir doğrultu farkını dikkate alarak kadını tamamen bu loncanın dışında tutmak gerekir. Normal insanlar gibi onun da bir mesleği var ve normal her insan gibi o da kendine kalan zamandan bedenine biraz zevk vermek, özel ve genel ihtiyaçlarını yeterince karşılamak için yararlanıyor. Yaptığı şeyi ilkel bir tanımlamaya indirgemek istemiyorsak, sonuçta onun hakkında, canı nasıl istiyorsa öyle yaşıyor, ayrıca yaşamdan elinden geldiğince zevk almaya çalışıyor dememiz gerekir.

Genç kız muayenehaneden çıktığında hava kararmıştı. Gözlüğünü çıkarmadı, çünkü sokak lambalarının, özellikle de reklam panolarının ışığı gözünü rahatsız ediyordu. Doktorun yazdığı ilacı almak için bir eczaneye girdi, onunla ilgilenen kalfa, bazı gözler koyu camlar ardına gizlenmemeli deyince adamın sözlerine aldırmamaya karar verdi, eczacı kalfasının bu gözlemi hem yersizdi hem de, düşünsenize, kızın koyu renk gözlüğün kendisine müthiş bir gizem verdiği şeklindeki düşüncesiyle de çelişiyordu, bu gizemin, gelen geçen erkeklerin ilgisini çekeceğinden emindi, kendisi de muhtemelen bunun karşılığını verebilirdi, eğer bugün bir erkek onu bekliyor olmasaydı, bu buluşmanın, hem maddi doyum bakımından hem de başka bakımlardan iyi şeyler sağlayacağını ummak için nedenleri vardı. Buluşmaya hazırlandığı adamı tanıyordu, onu gözlüğünü çıkaramayacağı konusunda uyardığı zaman sesini çıkarmamıştı, üstelik henüz doktorun uyarısını öğrenmeden, hatta adam bundan hoşlanmıştı, bir yenilikti. Genç kız, eczaneden çıktığında geçen bir taksiyi durdurdu, sürücüye gideceği otelin adresini verdi. Koltuğa gömüldü, dudakların tene ilk ustaca dokunuşundan, ilk mahrem okşayıştan başlayıp onu göz kamaştıran ve baş döndüren –bu benzetmeyi bağışlayın– bir ateş çemberine gerilmiş gibi bitkin ve mutlu kılacak bir orgazmın art arda gelen patlamalarına kadar farklı ve çok çeşitli tensel hazların tadını çıkarmaya başladı, tabii bu deyiş ne kadar yerindeyse. Dolayısıyla, koyu renk camlı gözlük takan genç kızın bu buluşmada –tabii ki partneri görevini zamanlama ve teknik açısından tatminkâr bir şekilde yerine getirirse– sonradan alacağının iki katını her zaman önceden aldığı sonucunu çıkarabiliriz. Genç kızın kafasında bu düşünceler dolanırken, doktora muayene parası ödediği için olsa gerek, bugünden tezi yok, gülümseseten bir iyimserlikle, hak ettiği bedel dediği fiyatını yükseltmenin zamanı gelmiş olabilir, diye düşündü.

İneceği yere bir blok kala taksiyi durdurdu, gideceği yöne doğru ilerleyen kalabalığın arasına karıştı, görünüşte hiçbir kusuru olmayan sıradan biri gibiydi, sanki kendini onlara taşıtıyordu. Otele doğal bir havada girdi, holden geçip bara gitti. Birkaç dakika erken geldiğinden beklemesi gerekecekti, buluşma saati kesin olarak belirlenmişti. Serinletici bir içecek ısmarladı, sakince, etrafına bakmadan içti, sıradan bir erkek avcısı muamelesi görmek istemiyordu. Biraz zaman geçince, bütün bir öğle sonrası müzelerde dolaştıktan sonra, dinlenmek için odasına çıkan bir turist pozuyla asansöre gitti. Herkes bilir ki, mükemmelliğe giden yol taşlıdır ve erdem de bu yolda her zaman engellerle karşılaşır, günahı ve kötülüğüyse şans öylesine destekler ki, genç kız daha asansörün kapısına gelir gelmez kapılar açılır. İçerden yaşlı bir çift çıktı, genç kız asansöre girdi, üçüncü katın düğmesine bastı, beklendiği odanın numarası üç yüz ikiydi, işte burası, kapıya hafifçe vurdu, on dakika sonra çırılçıplaktı, on beş dakika sonra inliyordu, on sekiz dakika sonra aldatmacaya gerek duymadan aşk sözcükleri fısıldıyordu, yirmi dakika sonra aklı başından gitmeye başlamıştı, yirmi bir dakika sonra bedeni zevkten eriyordu, yirmi iki dakika sonra, Şimdi, şimdi, diye bağırdı, bitkin ve mutlu olarak yeniden kendine geldiğinde, Her şeyi hâlâ bembeyaz görüyorum, dedi.

Oto hırsızını evine bir polis memuru getirdi. Bu ihtiyatlı ve merhametli memur, tökezleyip düşmemesi için kolundan tuttuğu adamın aslında kaçmaması için koluna sıkı sıkı yapışması gereken bir suçlu olduğunu hayal bile edemezdi. Öte yandan, hırsızın karısının kapıyı açıp da üniformalı bir polis memuru ile burun buruna geldiğinde, yanında da, yüzündeki üzüntülü ifadeye bakılırsa, kendisini tutuklanmaktan daha beter bir şeyin beklemesi gereken, hapisten kaçmış bir mahkûmu getirdiğini görünce kapıldığı korkuyu kolaylıkla hayal edebiliriz. Kadın bir an için, kocasının suçüstü yakalandığını, polisin de evde arama yapmaya geldiğini düşündü, çelişkili gibi görünse de, rahatlatıcı bir düşünceydi bu, çünkü kocası arabadan başka bir şey çalmazdı, ve boyutları yüzünden bunlar öyle yatağın altına falan saklanacak gibi değildi. Kuşkusu çok kısa sürdü, çünkü polis memuru, Bu beyin gözleri görmüyor, onunla ilgilenin, dedi, nihayetinde polis memuru ona yalnızca eşlik ettiği için içine su serpilmesi gereken kadın, kocasını eve alıp, kocası da kendini onun kollarına bırakıp ağlamaktan harap düşerek bizim zaten bildiğimiz şeyleri anlattığında kaderin sillesinin büyüklüğünü kavrayıverdi.

Koyu renk gözlüklü genç kızı da annesiyle babasının evine bir polis memuru getirdi, ancak, onun körlüğünün ortaya çıktığı müstehcen koşullar, yani bir otelde çığlıklar atan, otelde kalanları ürküten çıplak bir kadın, bu arada, birlikte olduğu ve pantolonunu telaş içinde ayağına geçirdikten sonra, oradan sıvışmaya çalışan bir erkek, bir anlamda, durumun apaçık trajikliğini biraz sulandırıyordu. Körleşen genç kız, görme yetisini yitirmesinin, aydığı hazzın bambaşka ve umulmadık bir sonucu olmadığını anladığında avaz avaz bağırınca, hiç de nazik davranılmayarak alelacele giydirildi ve neredeyse yaka paça otelden atıldı, sahte ahlak bekçileri ve sözde erdemliler kızın yaptığı türden para karşılığı aşka ne kadar homurdansalar da, utançtan eriyordu, utanç makul bir duyguydu, ağlayıp sızlamaya pek cesaret edemedi. Polis memuru, sadece kaba değil alaycı da olan bir ses tonuyla ona nerede oturduğunu sorduktan sonra, taksiye yetecek parası olup olmadığını öğrenmek istedi, Böyle durumlarda, devlet para ödemez, diye uyardı kızı, laf arasında söyleyelim, bu uygulama, bu vesikalı kişilerin ahlakdışı gelirlerinden vergi vermedikleri düşünülecek olursa, aslında mantık dışı sayılmazdı. Genç kız, başıyla param var anlamında bir işaret yaptı, ama kör olduğundan, –tahmin edilebileceği gibi– polis memurunun bu işareti belki de görmediğini düşünerek mırıldandı, Evet, param var, ve kendi kendine konuşur gibi ekledi, Keşke olmasaydı, bu sözlerin konuyla ilgisiz olduğunu düşünebiliriz ama insan beyninin kıvrımlardan oluştuğunu, orada kestirme ve düz yollara yer olmadığını dikkate alırsak, bu sözlerin nihayetinde açık seçik olduğunu kabul edebiliriz, kötü davranışı, ahlaksızlığı yüzünden cezalandırıldığını kastettiğini anlarız, işte buydu. Annesine akşam yemeğinde evde olmayacağını söylemişti, oysa eve vaktinde dönecekti, hatta babasından bile önce.

Göz doktoruysa farklı yaşadı bu durumu, bu yalnızca onun körlüğe evdeyken yakalanmasından değil, doktor oluşundan, bir bedenleri olduğunu yalnızca bir yerleri ağrıdığında fark edenlerin yaptığı gibi, ellerini kavuşturup kendini umutsuzluğa kaptırmamasındandı. Böyle bir durumda bile, korkarken, kendisini huzursuz bir gece beklerken, yine de Homeros'un her şeyden çok bir ölüm ve ıstırap şiiri olan İlyada'da yazdığını hatırlayabildi, Bir hekim, kendi başına, birkaç kişiye bedeldir, bu sözleri doğrudan niceliksel bir açıklama olarak değil, az sonra ortaya çıkacağı üzere, niteliksel olarak anlamamız gerekir. Doktor, karısını uyandırmadan, hatta kadın yarı uykulu halde bir şeyler mırıldanarak yanına sokulmak için yattığı yerde kıpırdanırken bile yatağa yatma cesaretini gösterdi. Doktor saatlerce uyuyamadı, tamamıyla bitkin düştüğünden ara sıra dalıyordu. Mesleği başkalarının gözlerindeki hastalıkları iyileştirmek olan o adam, Kör oldum, demek zorunda kalmamak için gece hiç bitmesin istedi, öte yandan gün ışığının çabuk gelmesini de istiyordu, gün ışığı, tam da bu sözcüklerle, oysa gün ışığını bir daha hiç göremeyeceğini biliyordu. Gözleri görmeyen bir göz doktoru hiçbir işe yaramazdı elbette, ama sağlık görevlilerine durumu haber vermek zorundaydı, ulusal bir felakete dönüşebilecek olan şey konusunda onları uyarmalıydı, şimdiye kadar bilinmeyen türde, ne daha az ne daha fazla, bir körlüktü bu, görünüşe bakılırsa son derece bulaşıcıydı, ve iltihaplanma, mikrop kapma ya da herhangi bir deformasyon gibi ön patolojik belirtiler göstermeden ortaya çıkıyordu, muayenehanesinde gözlerini uzun uzun incelediği körün durumu bunu doğruladığı gibi, kendi durumu da tanıklık edebilirdi, biraz miyobu biraz da astigmatı vardı, ikisi de düşük dereceli olduğundan gözlük kullanmamaya karar vermişti. Artık görmeyen gözler, bütünüyle körleşmiş ama yine de, yeni ya da eskiden kalma kusuru bulunmayan, sonradan olma ya da kalıtımsal en ufak bir doku bozukluğuna rastlanmayan gözler. Kör adamın gözlerini titizlikle incelediğini, muayene aletinde baktığı o gözlerin her bölümünün sağlıklı göründüğünü, hiçbir hastalıklı bozulma belirtisi taşımadığını hatırladı, ki otuz sekiz yaşında olduğunu söyleyen bir insanda, hatta daha gençlerde bile pek rastlanmazdı bu duruma.

Bir an için kendisinin de kör olduğunu unutarak, o adam kör olmamalı diye düşündü, insan böyle özverili olabiliyordu işte, gerçi yeni bir şey değildi bu, farklı kelimelerle ifade etmiş olsa da, Homeros'un söylediklerini unutmayalım.

Karısı kalktığında, uyuyormuş gibi yaptı. Alnına kondurduğu öpücüğü hissetti, yumuşacık bir öpücüktü, derin uykuda olduğunu düşündüğünden uyandırmak istememiş olmalıydı, hatta, Zavallıcık, geç yatmış, o kör adamcağızın olağandışı vakasını araştırmış olmalı, diye düşünmüş olabilir. Göğsüne çöken, onu içerden kör etmek için burun deliklerinden giren yoğun bir bulut yüzünden yavaş yavaş boğulduğunu hisseden doktor, yalnız kalınca, kısa bir inlemenin ardından, gözlerinden fışkıran iki damla gözyaşının –Mutlaka beyazdırlar, diye düşündü– yanaklarından süzüldüğünü hissetti, Doktor bey, kör oluyorum galiba, diyen hastalarının korkusunu şimdi anlıyordu. Salondan, evin ufak tefek gürültüleri duyuluyordu, karısı, uyuyup uyumadığını anlamak için gelmekte gecikmeyecekti, hastaneye gitme vakti yaklaşıyordu. Dikkatle kalktı, robdöşambrını el yordamıyla bulup sırtına geçirdi, banyoya girdi, çişini yaptı. Sonra, yerini bildiği aynanın karşısına gitti, ama bu kez, Ne olacak bu, diye kendi kendine sormadı, İnsan beyninin kilitlenmesi için binlerce neden olabilir, demedi, sadece ellerini uzatıp aynaya değdirdi, kendi görüntüsünün orada olduğunu ve kendisine baktığını biliyordu, görüntü onu görüyor, ama o, görüntüyü görmüyordu. Karısının odaya girdiğini duydu, A, kalktın mı, dedi kadın, Evet, diye yanıt verdi. Sonra, karısının yakınında olduğunu hissetti, Günaydın sevgilim, bunca yıldır evli olmalarına rağmen birbirleriyle hâlâ sevgi sözcükleriyle konuşuyorlardı, bunun üzerine doktor da ona, sanki ikisi bir piyeste oynuyormuş da söz sırası kendisine gelmiş gibi, Çok iyi olduğumu sanmıyorum, gözümde bir şey var, dedi. Kadın, cümlenin yalnızca son kısmına dikkat ederek, İzin ver, bakayım, dedi ve gözlerini dikkatle inceledi, Hiçbir şey görmüyorum, dedi, kuşkusuz yanlış kişi söylemişti bu cümleyi, kadının repliği değildi, kocası söylemeliydi, ama adam sadece şöyle dedi, Görmüyorum, ve ekledi, Sanırım dünkü adamdan bulaştı.

Doktorların eşleri, zamanla ve kocalarına yakın olmalarından dolayı tıp konusunda bazı bilgilere sahip olurlar, bu kadın da, kocasına her bakımdan çok yakın olduğundan, körlüğün bir salgın gibi bulaşma yoluyla geçmediğini, kör olmayan birinin sadece kör birine baktı diye kör olmayacağını, körlüğün o kişi ile onun doğarken sahip olduğu gözleri arasındaki özel bir sorundan kaynaklandığını bilecek kadar bilgiliydi. Bir doktor da, ne olursa olsun, ağzından çıkan sözlerin ne anlama geldiğini bilmekle yükümlüydü, tıp fakültesine bunun için gitmişti, ve eğer bu doktor, kör olduğunu söylemek yanında bu hastalığın kendisine başkasından bulaştığını açıkça ileri sürüyorsa, şimdi bu kadın, bir doktorun eşi olsa bile, nasıl kuşku duyabilirdi. Zavallı kadının, çürütülemez gerçeklik karşısında, herhangi bir eş gibi davranmasını, ki bunlardan ikisini daha önce tanımıştık, anlayabiliriz, kocasına sarıldı, büyük acısının doğal belirtilerini gösterdi, Peki, ne yapacağız şimdi, diyordu, gözyaşları arasında, Öncelikle sağlık yetkililerini, bakanlığı haberdar etmeliyiz, gerçekten de bir salgın söz konusuysa önlem almak gerekecek, Ama körlük salgını görülmüş bir şey değil ki, diye karşılık verdi karısı, bu son umuda tutunmak isteyerek, Durup dururken, görünürde bir neden olmadan körleşen biri de görülmedi, ama şu anda en az iki kişi bu durumda. Son sözcükler ağzından çıkmıştı ki yüzü allak bullak oldu. Karısını neredeyse sertçe itti, kendi de geri çekildi, Uzaklaş benden, sakın yaklaşma, hastalığı sana bulaştırabilirim, sonra, sıktığı yumruklarını kafasına vurdu, Salak, salak, aptal doktor, nasıl oldu da düşünemedim, bütün geceyi aynı yatakta geçirdik, çalışma odamdan çıkmamalıydım, kapıyı kilitlemeliydim, öyleyken bile, Lütfen, böyle konuşma, ne olacaksa olur, haydi gel, sana kahvaltı hazırlayayım, Bırak beni, bırak beni, Seni bırakmayacağım, diye bağırdı kadın, nedir amacın senin, evin içinde düşe kalka dolanmak, telefonu ararken mobilyalara toslamak, görmeyen gözlerinle telefon rehberinde aradığın numarayı bulmaya çalışmak mı, bu arada ben de hastalık bulaşmasın diye cam bir fanus içinde, ilgisiz, sakin sakin bu gösteriyi mi izleyeceğim? Kocasının kolunu sıkıca tuttu ve Haydi gel, sevgilim, dedi.

Doktor, karısının hazırlamakta ısrar ettiği bir fincan kahve ile kızarmış ekmeği bitirdiğinde, ki bundan zevk aldığını hayal edebiliriz, vakit henüz çok erkendi, yani bilgilendirmesi gereken kişileri bürolarında bulamayacağı kadar erkendi. Hem mantığı hem işin gereği, karşılaştığı vakaları en kısa sürede doğrudan sağlık bakanlığının üst dereceden bir yetkilisine bildirmesini duyuruyordu ona, ama kendini yalnızca önemli ve ivedi bilgiye sahip bir doktor kimliğiyle tanıttığında, ne kadar yalvarıp yakarsa da, sekreter kızın onu bağlayacağı orta düzey bir yetkiliyi ikna edemeyeceğini anladığında, bu düşüncesinden kısa sürede vazgeçti. Adam, onu bir üstüne bağlamadan önce, olup biteni öğrenmek isterdi, çünkü içinde en küçük bir sorumluluk duygusu taşıyan bir doktor, karşısına ilk çıkan alt kademeden bir görevliye körlük salgını olduğunu söyleyecek olursa, hemen panik çıkardı. Telefondaki memur, Beyefendi, doktor olduğunuzu söylüyorsunuz, size inandığımı söylememi bekliyorsanız, elbette söylerim, size inanıyorum, ancak ben de bazı yönetmeliklere uymak zorundayım, ya bana olup biteni anlatırsınız, ya da bu konuşma burada biter, dedi, Gizli kalması gereken bir konu bu, Böyle gizli konular telefonla bildirilmez, bizzat buraya gelmeniz daha doğru olur, Evimden dışarı çıkamam, Hasta olduğunuzu mu söylemek istiyorsunuz, Evet, hastayım, dedi kör doktor bir an durakladıktan sonra, Bu durumda yapmanız gereken, kendinize bir doktor çağırmaktır, gerçek bir doktor, diye karşılık verdi memur ve kendi şakasından hoşlanarak telefonu kapattı.

Bu küstahlık karşısında doktor tokat yemiş gibi oldu. Karşılaştığı kabalığı karısına tekrarlayabilecek serinkanlılığa ancak birkaç dakika sonra kavuşabildi. Sonra, çok önce bilmesi gereken bir şeyi yeni keşfetmiş gibi, üzgün bir sesle mırıldandı, Hamurumuz böyle bizim, biraz ilgisiz, biraz da kötü niyetliyiz. Ya şimdi, diye kuşkuyla soracaktı ki, zaman yitirmekte olduğunu anladı, bilgiyi gitmesi gereken yere en güvenli biçimde ulaştırmanın tek yolunun, bürokratların aracılığı olmadan, hastanenin klinik şefiyle doktor doktora karşılıklı konuşmak olduğunu fark etti, o lanet olası resmi çarkları harekete geçirmekle daha sonra uğraşırdı. Karısı, hastanenin numarasını çevirdi, ezbere biliyordu. Karşıdan ses geldiğinde doktor kendini tanıttı, sonra, hızla, İyiyim, teşekkür ederim, dedi, sekreter kız, Nasılsınız, doktor bey, diye sormuştu kuşkusuz, zayıflığımızı belli etmek istemediğimizde, İyiyim, deyip geçiştiririz ya öyle söylemişti, hatta ölecek durumda olsak bile iyiyim deriz, kabaca buna yiğitliğe bok sürdürmemek denir, olayları böyle mantıksızca tersine çevirmek yalnızca insan türüne özgüdür. Klinik şefi telefonu alıp, Söyle bakalım, ne oluyor, dediğinde, doktor ona yalnız olup olmadığını, söyleyeceklerini çevrede duyacak birinin bulunup bulunmadığını sordu, sekreter kızdan çekinecek bir şey yoktu, göz hastalıklarıyla ilgili konuşmayı dinlemekten daha iyi işleri vardı yapacak, zaten kızı tek ilgilendiren kadın hastalıklarıydı. Doktor kısa konuştu ama her şeyi anlattı, sözü döndürüp dolaştırmadı, gereksiz laf etmedi, tekrara düşmedi, durumu klinik bir kurulukla anlatması, doktorun içinde bulunduğu durumda, klinik şefini şaşırttı, Siz de mi kör oldunuz, diye sordu, Tam anlamıyla kör, Her şey bir yana bu bir rastlantı olabilir, gerçekten de kelimenin tam anlamıyla bir bulaşma olmayabilir, Size katılıyorum, bulaştığı henüz kanıtlanmış değil, ama burada her biri kendi evinde, birbirini görmeden kör olmuş iki ayrı vaka yok, adam kör olarak muayeneye geldi ve ben de birkaç saat sonra kör oldum, Bu adamı nasıl bulabiliriz, Muayenehanemde adı ve adresi var, Derhal birini gönderin, Bir doktoru, Evet, bir meslektaş, elbette, Sizce olup biteni bakanlığa iletmemiz gerekmez mi, Bence şu an için erken, bu tür havadislerin halkı telaşa düşüreceği kanısındayım, işin içinde ne olursa olsun, körlük bulaşmaz, Ölüm de bulaşmaz, buna rağmen herkes ölür, Pekâlâ, ben konuyla ilgilenirken siz evden çıkmayın, Bir körü muayene ettiğim için kör olduğumu unutmayın, Kesin değil bu, Ama neden-sonuç ilişkisi bakımından iyi bir varsayım, Kuşkusuz öyle ama sonuç çıkarmak için vakit henüz erken, birbirinden ayrı iki vakanın istatistik açısından bir anlamı yoktur, Tabii eğer bu sayı ikiden fazla değilse, İçinde bulunduğunuz ruh halini anlıyorum ama sonradan asılsız da çıkabilecek bir konuda kötümserliğe kapılmaktan kaçınmalıyız, Teşekkürler, Sizi sonra ararım, Hoşça kalın.

Yarım saat sonra doktor, karısının da yardımıyla acemice tıraş olmayı bitirdiği sırada telefon çaldı. Klinik şefi yeniden arıyordu, ama bu kez sesi değişmişti, Burada, birdenbire kör olmuş küçük bir çocuk var, her şeyi bembeyaz görüyor, annesi, oğluyla birlikte dün sizin muayenehanenizde olduklarını söylüyor, Sanırım sol gözünde şaşılık olan çocuk, Evet, Kuşku yok, o halde, o çocuk, Bu konu beni kaygılandırmaya başladı, durum gerçekten ciddi, Bakanlığa, Evet, tamam, hastane yönetimiyle hemen konuşacağım. Üç saat kadar sonra, doktorla karısı sessizce öğle yemeği yerken, doktor, elindeki çatalla karısının küçük küçük kestiği etleri tabağında yoklayarak bulmaya çalışırken, telefon yeniden çaldı. Karısı telefonu açmaya gitti ve hemen geri geldi, Telefon sana, bakanlıktan. Kocasının ayağa kalkmasına yardım etti, çalışma odasına kadar götürdü ve ahizeyi eline verdi. Konuşma çabuk bitti. Bakanlık dün muayenehanesine gelen hastaların kimliklerini bilmek istiyordu, doktor, her biri için tutulan fişte kimlikleriyle ilgili bütün bilgilerin, ad, soyadı, medeni durum, meslek ve adreslerin bulunduğunu söyledi, bunları almaya gelecek kişi ya da kişilere eşlik etmeye hazır olduğunu bildirdi. Hattın öteki ucundaki ses, Buna gerek yok, diye kesip attı. Telefon el değiştirdi, başka birinin sesi duyuldu, İyi günler, ben sağlık bakanıyım, gösterdiğiniz çabalar için hükümetim adına size teşekkür ederim, ivedi davranmanız sayesinde duruma hâkim olup kontrol edeceğimizden, bu arada sizden ricam, evinizden dışarı çıkmamanız. Bu son sözler, son derece nazik bir ses tonuyla söylenmişti, fakat bir buyruk olduğuna kuşku yoktu. Doktor yanıt verdi, Elbette, sayın bakan, ama telefon çoktan kapanmıştı bile.

Birkaç dakika sonra yine telefon çaldı. Klinik şefiydi, sinirli sinirli konuşuyor, lafı ağzında geveliyordu, Şu anda aldığım bir habere göre, polise iki ani körlük vakası bildirilmiş, Polisler mi, Hayır, biri erkek, öteki kadın, adamı sokakta kör oldum diye bağırırken bulmuşlar, kadın da kör olduğu sırada bir oteldeymiş, anlaşılan bir yatak hikâyesi, Onların da benim hastam olup olmadıklarını öğrenmeliyiz, adlarını biliyor musunuz, Söylemediler, Bakanlık biraz önce benimle konuştu, muayenehaneme gidip fişlere bakacaklar, Amma karışık durum, Bana mı söylüyorsunuz. Doktor telefonun ahizesini bıraktı, ellerini gözlerine götürdü, gözlerini daha büyük bir felaketten korumak istercesine ellerini orada tuttu, sonra kısık bir sesle, Çok yorgunum, dedi, Uyu biraz, seni yatağa götüreyim, dedi karısı, Boşuna zahmet etme, uyuyamam, hem daha gün bitmedi, bir şeyler daha olabilir.

Son kez telefon çaldığında, saat akşamın altısına yaklaşmıştı. Doktor, telefonun yanında oturuyordu, ahizeyi kaldırdı, Evet, evet, benim, dedi, hattın öteki ucundaki kişinin söylediklerini dikkatle dinledi ve telefonu kapatmadan önce hafifçe başını sallamakla yetindi. Kimdi, diye sordu karısı, Bakandı, yarım saat içinde bir cankurtaran gelip beni alacak, Böyle bir şey olmasını bekliyor muydun, Evet, az çok, Nereye götürecekler seni, Bilmiyorum, sanırım bir hastaneye, Bavul hazırlayayım, giysi filan koyayım, Yolculuk değil ki bu, Ne olduğunu bilmiyoruz. Kocasını dikkatle yatak odasına götürüp yatağın üzerine oturttu, Burada sakin sakin otur, ben her şeyle ilgilenirim. Karısının, odanın içinde oraya buraya gittiğini, çekmece ve dolapları açıp kapadığını, giysileri çıkarıp yerde duran bavula yerleştirdiğini duydu, ama bavulun içine, kendine ait giysilerden başka, birkaç etek ve bluz, iki pantolon, bir elbise ve bir çift de kadın ayakkabısı koyduğunu göremezdi. Bu kadar giysiye gerek olmayacağı fikri belli belirsiz aklından geçtiyse de, sesini çıkarmadı, önemsiz şeyleri konuşmanın sırası değildi. Bavulun kilitlerinin sesini duydu, ardından karısı, Tamam, cankurtaran artık gelebilir, dedi. Bavulu, merdivenin karşısındaki kapının yanına bıraktı, Sana yardım etmeme izin ver, edebilirim, o kadar da sakat değilim, diyen kocasının yardım önerisini geri çevirdi. Sonra, oturma odasındaki kanepeye oturdular ve beklemeye başladılar. El ele tutuşmuşlardı, doktor, Ne kadar zaman ayrı kalırız, bilemiyorum, dedi, kadın, Kafana takma, diye yanıtladı.

Bir saate yakın beklediler. Zil çaldığında, doktorun karısı kapıyı açmak üzere kalktı ama sahanlıkta kimse yoktu. Dahili telefona uzandı, zili çalana yanıt verdi, Tamam, aşağı iniyor. Kocasının yanına döndü, Seni aşağıda bekliyorlar, yukarı çıkmamak için kesin talimat almışlar, dedi, Belli ki bakanlık gerçekten korkuyor, Haydi gidelim. Asansöre binip aşağı indiler, kadın kocasının son basamakları inip cankurtarana binmesine yardım etti, sonra bavulu almak için geri dönüp merdivene gitti, bavulu kaldırıp cankurtaranın içine itti. Nihayet kendisi de binip kocasının yanına oturdu. Arabanın sürücüsü ön koltuktan itiraz etti, Yalnızca onu götürebilirim, böyle talimat aldım, sizin inmeniz gerekiyor bayan. Kadın, sakin sakin yanıt verdi, Beni de götürmeniz gerekecek, şu anda ben de kör oldum.

Bu fikir bakanın kafasından çıkmıştı. Hangi açıdan incelenirse incelensin başarılı, hatta kusursuz bir fikirdi, yalnızca sağlık açısından değil, olayın toplumsal etkileri ve bunların siyasal sonuçları bakımından da. Hastalığın nedenleri aydınlanmadıkça, daha doğrusu, uygun bir dille ifade edersek, kulağa hoş gelmeyen bu körlük sözcüğü yerine hayal gücü geniş bir danışmanın esinlenip bulduğu deyimle, bu beyaz felaketin nedenbilimi açıklanamadıkça, yani hastalığı tedavi ve iyileştirme yöntemlerinin, hatta yeni vakalara engel olacak bir aşının bulunması geciktikçe, körlüğe yakalanmış herkes ve de bu kişilerle fiziksel temasta bulunmuş ya da bu kişilerin yakınına gelmiş insanlar toplanıp tecrit edilecek, böylelikle hastalığın daha sonra başkalarına bulaşmaması sağlanacaktı, eğer böyle yapılmazsa, hastalık, bilimsel deyimi kullanırsak, geometrik dizi halinde artardı. Bakan, *quod erat demonstrandum*, diyerek bitirdi sözlerini. Herkesin anlayacağı şekilde açıklayacak olursak, bu kişilerin hepsi, kolera ve sarıhumma salgınları döneminden miras kalmış eski uygulama uyarınca –o dönemlerde hastalığın görüldüğü ya da var olduğundan kuşkulanıldığı durumlarda gemiler limana sokulmaz, kırk gün boyunca açıkta bekletilirdi– karantinaya alınacak ve gelişmelere göre davranılacaktı. Bu gelişmelere göre davranmak lafı, vurgusuna bakılırsa, kasıtlı bir ifade gibi görünüyor, ancak başkaca bir açıklama yapılmadığından bulmacadan farkı olmayan bu sözler bakanın ağzından çıkmıştı, bakan daha sonra ne düşündüğünü açıkladı, Demek istediğim, bu karantina kırk gün de sürebilir, kırk hafta, kırk ay, hatta kırk yıl da, önemli olan, bu kişilerin kapatıldıkları yerden dışarı çıkmamaları. Acilen kurulan ve hastaları nakletmek, tecrit etmek ve beslenmelerini sağlamakla görevli lojistik ve güvenlik komisyonunun başkanı, Şimdi onları nereye koyacağımıza karar vermemiz gerekiyor, dedi, Şu anda ne gibi olanaklara sahibiz, diye öğrenmek istedi bakan, Elimizde başka bir amaç için kullanılmayı bekleyen boş bir akıl hastanesi var, ayrıca ordu son dönemde yeniden yapılandırıldığı için artık işe yaramayan askeri tesisler de var, tamamlanmak üzere olan bir sanayi fuarı da, bunların dışında, neden iflas ettiği bir türlü anlaşılamayan bir de süpermarket var. Sizce, bizim ihtiyacımızı bu mekânların hangisi en iyi biçimde karşılayabilir, Güvenliği en iyi kışla sağlar, Elbette, Ama küçük bir sakıncası var, orası fazlasıyla büyük, oraya kapattığımız insanları gözetmek hem zor, hem de masraflı olur, Anlıyorum, Süpermarkete gelince, büyük olasılıkla bir sürü hukuksal engel çıkacaktır karşımıza, onların yasal haklarını unutmamak gerekir, Ya fuar alanı, Fuar alanını, sayın bakanım, bence hiç dikkate almamalıyız, Neden, Sanayiciler buna kesinlikle itiraz edeceklerdir, fuar alanına milyonlar yatırdılar, Demek ki geriye akıl hastanesi kalıyor, Evet, sayın bakanım, akıl hastanesi, O halde akıl hastanesi olsun, Zaten, her açıdan en iyi koşulları orası sağlıyor, dört bir yanının duvarlarla çevrili, ayrıca binanın iki kanattan oluşması da işimize yarar, kanatlardan birini gerçek körlere ayırır, ötekine de körleşme kuşkusu olanları koyarız, böylece aralarında sonradan kör olanların daha önce kör olanların yanına gönderileceği, deyim yerindeyse, bir insansız bölge olur, Bence bir sorun var, Nedir, sayın bakanım, Bir kanattan diğerine nakilleri yönetebilmek için personel yerleştirmemiz gerekir, oysa bunun için gönüllülere güvenebileceğimizi sanmıyorum,

Bence bu gerekmeyebilir, sayın bakanım, Açıklayın, Hastalığı kapmış olduğundan kuşku duyulanlardan biri kör olduğunda –ki eninde sonunda olacağı budur– emin olun sayın bakanım, ötekiler, yani görme yetisini henüz yitirmemiş olanlar o kişiyi derhal dışarı atacaklardır, Hakkınız var, Aynı şekilde, yer değiştirme fikrine kapılan bir körün aralarına katılmasına da asla izin vermeyeceklerdir, İyi düşündünüz, Teşekkür ederim, sayın bakanım, bu durumda, harekete geçebiliriz, değil mi, Evet, size tam yetki veriyorum.

Komisyon, hemen ve etkin biçimde işe başladı. Henüz akşam olmadan haklarında bilgi sahibi olunmuş körlerin tamamı toplanmıştı, ayrıca hastalığın bulaştığı varsayılan belirli sayıda insanlar da, yani en azından, özellikle körleşenlerin aile ve iş çevrelerinde sürdürülen hızlı bir iz sürme operasyonuyla kimlikleri ve yerleri saptanabilenler de ele geçirilmişti. Kullanılmayan akıl hastanesine ilk gönderilenler doktor ve karısı oldu. Kapıda askerler nöbet tutuyordu. Kapı ancak onların geçebileceği kadar aralandı, sonra hemen kapatıldı. O kapıdan binanın giriş kapısına kadar kalın bir ip gerilmişti ve korkuluk görevi görüyordu, Biraz daha sağa yanaşın, orada bir ip bulacaksınız, o ipe tutunun ve dümdüz yürüyün, hep karşıya doğru, basamaklara kadar, altı basamak var, diye gelenleri uyardı bir çavuş. Binanın içinde ip ikiye ayrılıyor, biri sağa, biri sola dönüyor, diye yine bağırdı çavuş, Dikkat edin, siz sağ tarafa gideceksiniz. Doktorun karısı, bir elinde bavulu sürüklerken, diğer eliyle kocasını, girişe en yakın koğuşa götürüyordu. Burası, gri boyalı, ama boyası epey önce kalkmaya başlamış, karşılıklı iki sıra karyola dizili eski tip revirlere benzeyen, uzun bir salondu. Yatak örtüleri, çarşaflar ve yorganlar da griydi. Kadın, kocasını koğuşun en dibine götürdü, yataklardan birinin üzerine oturtarak, Burada kal, burasının nasıl bir yer olduğunu görmek için etrafa şöyle bir bakınacağım, dedi. Birkaç koğuş, uzun ve dar koridorlar, doktor odaları olması gereken odalar, leş gibi kirli tuvaletler, kötü yemek kokularının sinip kaldığı bir mutfak, üzeri çinko kaplı masaların durduğu büyük bir yemekhane ile duvarları iki metre yüksekliğe kadar keçe dolgulu, tavana kadar da mantar levhalarla kaplı üç hücre bulunuyordu. Binanın arkasında, kabukları soyulmuş izlenimi veren bakımsız ağaçlarıyla, ıssız bir bahçe vardı. Her taraf çöp doluydu. Doktorun karısı içeri girdi. Kapakları yarı açık bir dolabın içinde deli gömlekleri duruyordu. Kocasının yanına geri döndüğünde, Bizi nereye getirdiklerini tahmin edebilir misin, diye sordu, Edemezsin, diye ekledi, bir akıl hastanesine, kocası onun sözünü kesti, Sen kör değilsin, burada kalmana razı değilim, Evet, haklısın, kör değilim, Seni eve geri götürmelerini, benimle birlikte kalabilmek için onları kandırdığını söyleyeceğim, Boşuna uğraşma, burada seni kimse duymaz, duysa bile dikkate almaz, Ama sen görüyorsun, Şimdilik, ama yarın öbür gün, belki de bir dakika sonra benim de kör olacağım kesin, Çık git buradan, lütfen, Üsteleme, zaten eminim ki askerler merdivene adım bile attırmazlar bana, Seni burada kalmaya zorlayamam, Hayır sevgilim, zorlayamazsın, sana yardım etmek için kalıyorum burada, hem gelecek öteki kişilere de, ama onlara benim gördüğümü söyleme, Hangi ötekilere, Burada bir tek bizim kalacağımızı sanmıyorsun değil mi, Delilik bütün bunlar, Elbette öyle, bir akıl hastanesindeyiz biz.

Öteki körler topluca geldiler. Evlerinden teker teker almışlardı onları, önce otomobildeki adamı, sonra onun otomobilini çalan hırsızı, koyu renk gözlüklü genç kızı, şaşı çocuğu, yo hayır, onu evinden değil, annesinin tedavi için götürdüğü hastaneden almışlardı. Annesi onunla gelmemişti, doktorun karısının kurnazlığını gösterememiş, kör olmadığı halde kör oldum demeyi akıl edememişti, basit bir kadındı, kendi iyiliği için bile olsa yalan söylemeyi beceremiyordu. Koğuşa sendeleyerek, elleriyle boşluğu yoklayarak girdiler, içerde tutunabilecekleri, yolu bulabilecekleri bir ip yoktu, acı çekerek öğrenmek zorundaydılar, çocuk ağlıyor, annesini istiyordu, koyu renk gözlüklü genç kız onu sakinleştirmeye çalışıyor, Gelecek, gelecek, diyordu, gözünde koyu renk gözlüğüyle hem kör gibiydi, hem de değil, ötekiler gözlerini sağa sola çeviriyor fakat hiçbir şey görmüyorlardı, oysa genç kız, gözündeki gözlüğüyle, Gelecek, gelecek, dediği için, sanki umutsuz annenin birazdan kapıdan gireceğini görecekmiş gibiydi. Doktorun karısı, ağzını kocasının kulağına yaklaştırarak fısıldadı, İçeriye dört kişi girdi, bir kadın, iki erkek ve bir çocuk, Erkeklerin görünüşü nasıl, diye sordu doktor, alçak sesle. Kadın adamları tarif edince, İlkini tanıyamadım, ama öteki adam, tarif ettiğin kadarıyla, benim muayenehaneme gelen kör olmalı, Küçük çocuk şaşı, kadınsa gözlük takıyor, güzel bir kadın, O ikisi bana muayeneye geldi. Körler, kendilerini güvende hissedecekleri bir yer ararken gürültü ettiklerinden bu konuşmaları duyamadılar, içerde kendileri gibi başka insanların da bulunduğu akıllarına gelmiyordu herhalde, ayrıca kör olmalarının üzerinden uzun süre geçmediğinden, işitme duyuları da henüz normalin üstünde çalışmıyordu. Sonunda, garanti olanı muhtemel olanla değiş tokuş etmeye değmeyeceği sonucuna varmış olacaklar ki her biri çarpıp tökezlediği karyolanın üzerine oturdu, şöyle ki iki erkek birbirine yakın yataklardaydı, ama bundan ikisinin de haberi yoktu. Genç kız, alçak sesle küçük çocuğu avutmaya devam ediyordu, Ağlama, bak göreceksin, annen birazdan gelir. Sonra bir sessizlik oldu, bunun üzerine doktorun karısı, yatakhanenin baş tarafından, kapının yanından, herkesin duyabileceği bir sesle, Biz iki kişiyiz, siz kaç kişisiniz, dedi. Yeni gelenler beklemedikleri anda yükselen bu sesten ürktüler, iki erkek sessiz kalınca yanıt veren genç kız oldu,

Sanırım dört kişiyiz, şu küçük çocuk ve ben varız, Başka kim var, ötekiler neden konuşmuyor, diye sordu doktorun karısı, Ben varım, diye mırıldandı bir erkek sesi, bu sözleri söylemek ona ağır geliyormuş gibi, Ben de varım, diye homurdandı bir başka erkek, canı sıkkın gibiydi sesi. Doktorun karısı, Bu ikisi birbirlerini tanımaktan korkar gibiler, diye düşündü. Kasları gerilmiş, bir şey koklar gibi boyunlarını uzatmışlardı, fakat, tuhaf bir şekilde, yüzlerindeki ifade aynıydı, tehdit ve korku karışımı, ama yine de korkuları aynı değildi, tıpkı tehditlerin de aynı olmadığı gibi. Doktorun karısı, Bu ikisinin arasında ne olabilir, diye düşündü.

Tam o anda, güçlü ve sert bir ses duyuldu, buyruk vermeye alışkın biri olduğu ses tonundan belliydi. Ses, içeri girdikleri kapının üzerinde yer alan bir hoparlörden geliyordu. Üç kez dikkat dedikten sonra, ses konuşmaya başladı, Hükümetimiz, hakkı ve görevi saydığı şeyi, içinden geçtiğimiz ve bir körlük salgını başlangıcı olduğu doğrulanabilecek, şimdilik 'beyaz felaket' diye tanımlanan kriz döneminde, elindeki tüm olanakları seferber ederek halkı koruma görevini en etkili biçimde yerine getirmek zorunda kalmanın üzüntüsünü yaşamaktadır, salgının daha fazla yayılmasını –bu durumun bir salgın olduğunu ve yalnızca açıklanamayan bir dizi rastlantıyla karşı karşıya bulunmadığımızı varsayarak– önlemek için yurttaşlarımızın işbirliğine ve uyumluluğuna güvenebileceğini ümit etmektedir. Hastalığa yakalanmış kişileri aynı mekânda, bu kişilerle herhangi bir biçimde temas etmiş kişileri de buraya yakın, fakat ayrı bir yerde toplama kararı iyice düşünüldükten sonra alınmıştır. Hükümetimiz, sorumluluğunun tam anlamıyla bilincindedir ve ümit ederiz ki bu duyurumuzu dinleyen kişiler de, görev bilinci taşıyan yurttaşlar olarak, üzerlerine düşen sorumlulukları yerine getirecekler ve şu an karşı karşıya bulundukları tecrit durumunun, her türlü kişisel düşüncenin ötesinde, halkımızın geri kalan kesimiyle dayanışma oluşturduğunu teslim edeceklerdir. Bu ifadeyle birlikte, açıklayacağımız talimatlara herkesin uymasını rica ediyoruz, bir, ışıklar sürekli açık kalacaktır, elektrik düğmeleriyle oynamanın hiçbir yararı yoktur, çalışmamaktadırlar, iki, binadan izinsiz ayrılmak, doğrudan ölüm anlamına gelecektir, üç, her yatakhanede yalnızca sağlık ve temizlik gerecine ihtiyaç duyulduğunda kullanılabilecek birer telefon vardır, dört, yatakhanelerde kalanlar çamaşırlarını elde yıkayacaklardır, beş, yatakhane sorumluları seçilmesi önerilmektedir, bu bir talimat değil bir öneridir, burada kalanlar, uygun gördükleri en iyi biçimde örgütlenecekler ve bugünden itibaren, yukarıda belirttiğimiz kurallara uyacaklardır, altı, günde üç kez, giriş kapısının sağına ve soluna yiyecek kasaları bırakılacaktır, yiyecekler hastalar ve hastalık bulaşmasından kuşku duyulanlar için bırakılacaktır, yedi, kalan artıkların yakılması gerekmektedir, artan yiyecekler dışında, yanacak malzemeden üretilmiş kasalar, tabaklar ve örtüler de artık sayılmaktadır, sekiz, artıklar, iç avluda ya da duvarların yakınında yakılacaktır, dokuz, sözü geçen yakma işleminin olası olumsuz sonuçlarından burada kalanlar sorumlu tutulacaktır, on, kazaen ya da kasten yangın çıkarsa itfaiye çağrılmayacaktır, on bir, içerde kalanlar arasında hastalandığını söyleyen, karışıklık çıkaran ya da etrafa saldıran olursa dışarıdan hiçbir şekilde yardım gelmeyecektir, on iki, nedeni ne olursa olsun bir ölüm durumunda içerdekiler ölüyü hiçbir dinsel tören yapmadan bahçe duvarlarının dibine gömeceklerdir, on üç, hastalar koğuşuyla hastalık şüphesi bulunanlar koğuşu arasında yalnızca ana binadan, içeri girdikleri kapı üzerinden bağlantı olacaktır, on dört, hastalığın bulaştığından kuşkulanılanlar arasında körlüğe yakalananlar olursa bunlar derhal körlerin koğuşuna götürülecektir, on beş, bu duyuru, yeni gelenleri de durumdan haberdar etmek için her gün bu saatte yinelenecektir. Hükümetimiz ve ulusumuz, herkesin üzerine düşen görevi yerine getireceğini ümit eder. İyi geceler.

Bu sözleri izleyen sessizlikte, küçük çocuğun sesi işitildi, Annemi istiyorum, ne var ki bu sözlerde ahenk yoktu, sanki aynı cümleyi tekrar tekrar veren, bir cümlede takılıp kalan ve onu yanlış anda duyuran otomatik bir tekrar mekanizması konuşmuştu. Doktor, Biraz önceki talimatlara bakılırsa tecrit edildik, kuşku yok, üstelik sıradan bir tecrit değil bu ve yakalandığımız hastalığa bir çare bulunmadan da buradan çıkma umudumuz yok, dedi, Sizin sesinizi tanıyorum ben, dedi koyu renk gözlüklü genç kız, Ben doktorum, göz doktoru, Siz, beni dün muayene eden doktorsunuz, bu onun sesi, Evet, peki siz, siz kimsiniz, Gözümde bir iltihap vardı, sanırım hâlâ da var ama artık kör olduğuma göre bunun bir önemi yok, Peki, ya yanınızdaki küçük çocuk, Benim değil o, benim çocuğum yok, Dün, gözünde şaşılık olan bir çocuk muayene ettim, o sen misin, diye sordu doktor, Evet, bendim efendim, çocuğun yanıtı kulağa aksi geliyordu, bu fiziksel kusurun söylenmesinden hoşlanmamıştı sanki, hakkı da vardı, çünkü bunun gibi, dikkatli bakmadıkça fark edilmeyen kusurlar, sadece söz edildiğinde gerçekte olduklarından daha kötü görünürdü göze. Tanıdığım başkaları da var mı burada, diye tekrar sordu doktor, dün karısıyla birlikte muayenehaneme gelen hasta burada mı acaba, arabasının direksiyonunda aniden kör olan kişi, O benim, dedi ilk kör, Aramızda bir kişi daha var, lütfen o da bize kim olduğunu söyler mi, burada kim bilir ne kadar birlikte yaşamak zorunda kalacağız, dolayısıyla ister istemez tanışmalıyız. Oto hırsızı lafı ağzında geveledi, Evet, evet, bu sözcüklerin oradaki varlığını belli etmeye yeteceğini düşünmüştü, ama doktor ısrar etti, Sesiniz oldukça genç biri gibi çıkıyor, siz gözü kataraktlı yaşlı hasta değilsiniz, Hayır doktor bey, değilim, Nasıl kör oldunuz peki, Sokakta, Ee sonra, Sonrası yok, sokaktaydım ve aniden kör oldum. Doktor, onun körlüğünün de beyaz körlük olup olmadığını soracaktı ama sustu, çünkü, bunu öğrenmek ne işe yarardı ki, yanıt ister kara körlük, ister beyaz körlük olsun, buradan çıkamayacaklardı ki. Titreyen elini karısına doğru uzattı, yarı yolda onun eline dokundu. Karısı, yüzünü öptü, o üzgün alnı, o solgun ağzı, görür gözüken ama görmeyen korku dolu cam gibi ölü gözleri ondan başka kimse göremezdi, Benim de sıram gelecek, diye düşündü, ne zaman, belki tam şu an, kendi kendime söylediğim bu sözleri bitirmeye zaman bulamadan, herhangi bir anda, onlar gibi, belki kör olarak uyanacağım, belki uyumak için gözlerimi kapattığımda kör olacağım, uyuduğumu düşüneceğim ama kör olarak uyanacağım.

Getirebildikleri üç-beş parça eşyayı ayaklarının dibine koyarak yataklarının üstünde oturan dört köre baktı, küçük çocuk okul çantasıyla, ötekiler küçük bavullarıyla, hafta sonunda tatile çıkar gibi gelmişlerdi. Koyu renk gözlüklü genç kız küçük çocukla alçak sesle gevezelik ediyordu, karşı sıradaysa, ilk kör ile oto hırsızı farkında olmadan birbirine yakın, karşı karşıya oturuyorlardı, aralarında yalnızca boş bir karyola vardı. Doktor, Talimatları dinledik, başımıza ne gelirse gelsin, kimse yardımımıza gelmeyecek, bu yüzden şimdiden bir düzen kurmaya başlamalıyız, çünkü çok geçmeden bu koğuş dolacak, bu koğuş da öteki koğuşlar da, Başka koğuşlar olduğunu nereden biliyorsunuz, diye sordu genç kız, doktorun karısı, Buraya yerleşmeden önce çevreyi biraz tanımaya çalıştık, burası kapıya en yakın yatakhane, diye açıklarken, daha dikkatli olması için kocasının kolunu sıktı. Genç kız, En iyisi, doktor bey sorumlu olsun, doktor her zaman doktordur, dedi, Gözleri görmeyen, elinde ilaç da bulunmayan bir doktor ne işe yarar, Ama bir otoritesi vardır. Doktorun karısı gülümsedi,

Sanırım bu öneriyi kabul etmelisin, tabii diğerleri de aynı düşüncedeyse, Bence bu iyi bir fikir değil, Neden, Şu anda burada yalnızca altı kişiyiz, ama yarın mutlaka daha kalabalık olacağız, her gün başkaları da gelecek, bu insanların kendilerinin seçmediği bir otoriteye boyun eğeceklerini, üstelik, sözünü dinledikleri, otoritesini ve koyduğu kuralları kabul ettikleri halde, karşılığında kendilerine hiçbir şey veremeyecek birine boyun eğeceklerini düşünmek, bahsi baştan kaybetmek demektir. Öyleyse burada yaşamak zor olacak, Yalnızca zor olsa, yine de şanslı sayılırız. Koyu renk gözlüklü genç kız, Ben iyi niyetle söyledim ama doktor gerçekten haklı, herkes kendisini düşünecektir, dedi.

Bu konuşmadan hoşlanmayan ya da öfkesini daha fazla bastırmayı başaramayan erkeklerden biri ansızın ayağa fırladı, Başımıza bu belayı açan işte bu herif, gözlerim görseydi onu şuracıkta gebertirdim, diye haykırdı, doktorun bulunduğunu sandığı yeri işaret ederek. Aşağı yukarı doğru yeri işaret etmişti ama bu dramatik hareketi gülünç bir etki yarattı, çünkü suçlayıcı bir şekilde uzattığı parmağı masum bir komodini gösteriyordu. Sakin olun, dedi doktor, bir salgında suçlu aranmaz, herkes kurbandır, Eğer ben bu kadar iyiliksever biri olmasaydım, onun evine gitmesine yardım etmeseydim, değerli gözlerimi şu anda yitirmemiş olacaktım, Siz kimsiniz, diye sordu doktor, ama bu suçlamayı yapan adam yanıt vermedi, konuştuğuna şimdiden pişman olmuş gibiydi. Birden öteki erkeğin sesi işitildi, Beni evime götürdü, tamam, ama daha sonra, durumumdan yararlanarak arabamı çaldı, Yalan, ben hiçbir şey çalmadım, Evet efendim, çaldınız, Arabanızı çalan olduysa, o kişi ben değilim, yaptığım iyiliğin ödülü kör olmak oldu, ayrıca hani tanık, tanık gösterin, Tartışarak bir yere varamazsınız, dedi doktorun karısı, araba dışarda, ama ikiniz de içerdesiniz, barışsanız daha iyi olur, burada birlikte yaşamak zorunda olduğumuzu da aklınızdan çıkarmayın, Burada onunla birlikte yaşamak istemeyecek birini tanıyorum, dedi ilk kör, herkes dilediğini yapsın ama ben öteki koğuşa gideceğim, bir körü bile soyabilecek tipte birinin olduğu yerde kalamam, benim yüzümden kör olduğunu söyleyip sızlanıyor, neyse ki kör olmuş, hiç olmazsa dünyada biraz adalet kalmış hâlâ. Bavulunu yakaladı ve tökezlememek için ayaklarını sürüyerek, boşta kalan eliyle etrafını yoklayarak, iki sıra yatağın arasındaki koridora yöneldi, Koğuşlar nerede, diye sordu ama, eğer biri yanıt verdiyse de yanıtı işitemedi, çünkü aniden üzerine çöken kollarla bacakların altında kaldı, araba hırsızı başına gelen kötülüklerin öcünü almak isteyerek savurduğu tehditleri becerebildiğince hayata geçirmişti. Alt alta, üst üste boğuşarak, karyolaların bacaklarına çarparak dar boşluğa yuvarlandılar, bu arada yine korkup ağlamaya başlayan şaşı çocuk, anne diye bağırıp duruyordu. Doktorun karısı kavgacıları tek başına ayıramayacağını bildiğinden, kocasının koluna yapıştı, onu öfkeyle, gırtlak gırtlağa boğuşup duran adamların debelendikleri dar koridora götürdü. Kendisi de baş edebileceği körle uğraştı, epeyce uğraşarak ikisini ayırmayı başardılar. Akılsızlık ediyorsunuz, diye azarladı onları doktor, eğer burayı cehenneme çevirmek istiyorsanız doğru bildiğiniz yolda devam edin, fakat kendi kaderimize terk edildiğimizi de unutmayın, dışarıdan hiç yardım gelmeyecek, söylenenleri duydunuz, Arabamı çaldı benim, diye homurdandı ilk kör, ötekine kıyasla yüzü gözü berbat haldeydi, doktorun karısı, Yeter artık, şimdi bunun ne yararı var, dedi, arabanız çalındığı anda zaten onu bir daha kullanacak durumda değildiniz ki, Evet, doğru, ama benim arabamdı o ve bu hırsız onu alıp bilmediğim bir yere götürdü, Arabanız büyük ihtimalle bu adamın kör olduğu yerde duruyor, dedi doktor, Haklısınız, doktor, evet, hiç kuşku yok bildiniz nerede olduğunu, dedi hırsız. İlk kör, kendisini tutan ellerden kurtulmak ister gibi bir hareket yaptı, ama fazla zorlamadı, öfkesinin, haklı olsa bile, arabasını geri getirmeyeceğini, arabası gelse, yitirdiği gözlerini geri vermeyeceğini anlamıştı sanki. Fakat hırsız tehditlerini sürdürdü, Başına hiçbir şey gelmeyeceğini sanıyorsan, çok yanılıyorsun, arabanı çaldım, tamam, arabanı çalan benim, ama sen benim gözlerimi çaldın, söyle bakalım, hangimiz daha fazla hırsızız, sen mi, ben mi, Yetti artık, diye itiraz etti doktor, burada hepimiz körüz, kör olduk diye yakınmıyoruz, kimseyi de suçlamıyoruz, Başkalarının derdinden bana ne, dedi hırsız, aşağılayıcı bir ses tonuyla, Başka koğuşa gitmek istiyorsanız, dedi doktor ilk köre, karım size yardımcı olabilir, onun yön bulma duygusu benimkinden daha gelişmiştir, Fikir değiştirdim, burada kalmayı tercih ediyorum. Hırsız ilk körle alay etti, Çocuk yalnız başına kalmaktan korkuyor, bir canavar gelip onu kapar diye, Yeter artık, diye bağırdı, sabrı tükenen doktor, Doktorcuğum, diye homurdandı hırsız, unutma ki burada hepimiz eşitiz, bana buyruk veremezsin, Buyruk verdiğim yok, bu adamı rahat bırakmanızı rica ediyorum, Tamam, tamam, ama bana karşı dikkatli olun, öfkem burnumda olduğunda kimse yanıma yanaşmasın, herkes gibi ben de dost olabilirim, ama düşmanlıkta pek kimse elime su dökemez. Hırsız, elini kolunu sinirli sinirli hareket ettirerek az önce oturduğu yatağı aradı, bavulunu yatağın altına itti, sonra seslendi, Ben yatıyorum, ses tonuna bakılacak olursa sanki, Arkanızı dönün, soyunuyorum, diye uyarıyor gibiydi. Koyu renk gözlüklü genç kız şaşı çocuğa, Artık sen de uyumalısın, dedi, sen şu tarafta yatacaksın, gece bir şey istersen bana seslen, Çişimi yapmak istiyorum, dedi çocuk. Onu duyan herkes aniden ve acilen işeme isteği hissetti ve aynı şeyi onun kullandığı sözcüklerle ya da daha başka sözcüklerle düşündüler, Bunu nasıl halledeceğiz bakalım, ilk kör, lazımlık olup olmadığına bakmak için eliyle yatağın altını yokladı, bir yandan da olmamasını diliyordu, çünkü başkalarının önünde çişini yapmaya utanacaktı, elbette onu göremezlerdi ama çiş sesi duyulur, gizlenemez, erkekler en azından kadınların başvuramayacağı bir yöntem deneyebilirler, bu bakımdan onlardan daha şanslı sayılırlar. Yatağının üzerinde oturan hırsız, şimdi de söyleniyordu, Lanet olsun, bu barakada nereye işeyebiliriz ki, Sözlerinize dikkat edin, burada bir çocuk var, diye itiraz etti, koyu renk gözlüklü genç kız, Tamam şekerim ama, ya bir yer bulacaksın ya da seninki birazdan altına yapacak. Doktorun karısı, Belki tuvaletleri bulabilirim, dedi, şu taraftan bir koku aldığımı hatırlıyorum, Ben de sizinle geleceğim dedi, koyu renk gözlüklü genç kız, küçük çocuğun elini bırakmadan, Oraya hep birlikte gitmemiz iyi olur, dedi doktor, böylelikle, ihtiyacımız olduğunda hangi yolu izleyeceğimizi öğreniriz, Amacını anlıyorum, diye düşündü oto hırsızı, ama bunu yüksek sesle söylemeye cesaret edemedi, ne zaman çişim gelse, sevgili karıcığının beni işemeye götürmesini istemiyorsun. Bu düşünce, imalı anlamı yüzünden, kamışını hafifçe sertleştirince şaşırdı, sanki kör olduğu için cinsel isteğinin de azalacağını ya da yok olacağını sanmıştı, Tamam, diye düşündü, her şeyimi yitirmiş değilim, ölülerle yaralıların arasından kendini kurtaran çıkacaktır, sohbete katılmaktan vazgeçip hayal kurmaya başladı. Ama buna zaman bırakmadılar, doktor, Tek sıra olacağız, karım önden yürüyecek, herkes elini önündekinin omzuna koyacak, böylelikle birbirimizi kaybetme tehlikesi olmaz, diyordu. İlk kör, Ben bu herifle gitmem, dedi, arabasını çalan adamı kastettiği belliydi.

İster birbirlerine yaklaşmaya ister uzak durmaya çalışsınlar, bu daracık koridorda, yatakların arasında zorlukla hareket ediyorlardı, üstelik doktorun karısı da gözleri görmüyormuş gibi davranmak zorundaydı. Sonunda bir sıra oluşturuldu, doktorun karısının arkasında, şaşı çocuğu elinden tutan koyu renk gözlüklü genç kız vardı, onun arkasında, içdonu ve atletiyle hırsız, onun peşinde doktor ve kuyruğun sonunda, şimdilik saldırılma tehlikesiyle karşı karşıya olmayan ilk kör. Kendilerine kılavuzluk eden kişiye güvenmiyormuş gibi, boştaki elleriyle havayı yokluyorlar, duvar, kapı pervazı gibi sağlam şeylerden destek alarak oldukça yavaş ilerliyorlardı. Koyu renk gözlüklü genç kızın arkasında yürüyen hırsız, kızdan yayılan güzel kokuyla ve biraz önceki ereksiyonunu hatırlayarak uyarılmış olmalı ki, ellerini daha yararlı bir işte kullanmaya karar verdi, bir elini kızın saçlarının altına sokup ensesini okşarken, öteki elini, ansızın ve teklifsizce göğsüne attı. Genç kız bu saygısızlıktan kaçmak için silkindi ama adam onu sımsıkı tutuyordu. Bunun üzerine kız, ayağını çifte atar gibi arkaya sertçe salladı. Ayakkabısının sipsivri ince topuğu, hırsızın çıplak baldırına saplandı, adam şaşırarak ve acıyla bir çığlık attı. Doktorun karısı arkasına bakıp Ne oluyor, diye sordu, Sendeledim, diye yanıt verdi koyu renk gözlüklü genç kız, arkamdan gelenin canını yakmış olmalıyım. Hırsız inliyor, küfürler savuruyordu, uğradığı saldırının neye yol açtığını anlamaya çalışırken parmakları kana bulanmıştı. Yaralandım, bu salak ayağını basacağı yeri göremiyor, Ya siz, siz de ellerinizi nereye koyacağınızı görmüyorsunuz, diye ters ters yanıt verdi genç kız. Doktorun karısı neler olduğunu anlamıştı, önce gülümsediyse de adamın bacağının kötü yaralandığını hemen fark etti, sefil herifin bacağından aşağı kan süzülüyordu, ama yanlarında ne oksijenli su, ne tentürdiyot, ne sargı bezi, ne pansuman malzemesi, ne de dezenfektan vardı, hiçbiri yoktu. Doktor, Yara nerenizde, diye sordu, Şurada, Şurası neresi, Bacağımda, görmüyor musunuz, karının topuğu bacağımı çiviledi, Sendeledim, isteyerek olmadı, diye yineledi genç kız, ama kendini tutamayıp öfkeyle patladı, Bu domuz beni mıncıkladı, beni ne sanıyor ki. Doktorun karısı araya girdi, Şu anda yarayı temizleyip tedavi etmeliyiz, Peki, nerede su var, diye sordu hırsız, Mutfakta var, mutfakta su var ama oraya hep birlikte gitmeyelim, kocamla ben bu beyi oraya götüreceğiz, ötekiler bizi burada beklesin, fazla gecikmeyiz, Benim çişim var, dedi çocuk, Tut biraz, hemen döneceğiz. Doktorun karısı önce sağa, sonra sola dönmesi, sonra da dik açı oluşturan uzun bir koridordan geçmesi gerektiğini biliyordu, mutfak en dipteydi. Birkaç dakika geçmişti ki, şaşırmış gibi yapıp durdu, geri döndü, sonra, Aaa, hatırladım, bağırdı, doğruca mutfağa gittiler, kaybedecek zamanları yoktu, yaradan epeyce kan akıyordu. Musluktan akan su başlangıçta çok kirliydi, durulaşması için beklemeleri gerekti. Ilık bir suydu, boruların içinde uzun zaman kalmış gibi sert ve bulanıktı, ama yaralı adam rahatlayıp iç geçirerek karşıladı suyu. Yara kötü görünüyordu. Peki şimdi bacağını neyle bandajlayacağız, diye sordu doktorun karısı. Bir masanın altında, temizlikte kullanıldığı belli olan pis bezler vardı ama yarayı onlarla bandajlamak doğru olmazdı, Burada hiçbir şey yok sanırım, dedi kadın, arıyormuş gibi yaparak, Ama ben bu halde kalamam, doktor bey, kanama durmadı, lütfen, yardım edin bana, biraz önce kötü davrandıysam da beni bağışlayın, diye sızlanıyordu hırsız, Size yardım etmeye çalışıyoruz, dedi doktor, elimizden geleni yapıyoruz, sonra, Gömleğinizi çıkarın, başka çaremiz yok. Yaralı adam homurdandı, gömleğe ihtiyacı olduğunu söylediyse de çıkardı. Doktorun karısı gömleği hemen yuvarlayıp adamın bacağına sardı, uçlarını iyice çekti, birleştirerek sıkı bir düğüm attı. Bunlar bir körün öyle kolayca başaracağı hareketler değildi, ama doktorun karısı kör taklidi yapmaya devam ederek daha fazla zaman kaybetmek istemiyordu, zaten yolu şaşırmış gibi davranarak epeyce rol yapmıştı. Hırsıza bütün bunlar biraz anormal göründü, mantıklı düşününce, bandajı yapması gereken kişi doktordu, göz doktoru bile olsa, fakat tedavi edilmek onu avutmuştu, kuşkularını gözardı etti, sonuçta bunlar müphem kuşkulardı zaten, aklından bir an geçip gidivermişti. Topallaya topallaya, doktor ve karısıyla birlikte ötekilerin yanına döndü, orada doktorun karısı şaşı çocukcağızın çişini tutamayıp donunu ıslattığını hemen gördü. Ne ilk kör ne de koyu renk gözlüklü genç kız bunun farkına varmıştı. Çocuğun ayaklarının dibinde bir çiş gölü giderek genişliyordu, pantolonunun apış arasından hâlâ çiş damlıyordu. Fakat, doktorun karısı, hiçbir şey olmamış gibi, Haydi, gidip şu tuvaletleri bulalım, dedi. Körler, birbirlerini bulabilmek için kollarını kaldırıp oynatmaya başladılar, ama koyu renk gözlüklü genç kız kendisini mıncıklayan o yüzsüz adamın önünde yürümeyeceğini söyledi hemen, kollarını kaldırmamıştı, sonunda hırsızla ilk kör yer değiştirdi, doktor da aralarına girdi ve yeniden sıra oldular. Hırsız, iyice topallıyor, yürürken ayağını sürüyordu. Bacağındaki bağ rahatsızlık veriyordu, yarası da öyle şiddetle zonkluyordu ki sanki kalbi yer değiştirip yaranın tam ortasına yerleşmişti. Koyu renk gözlüklü genç kız yine çocuğun elinden tutmuştu, ama çocuk dikkatsizliğini biri anlar korkusuyla, mümkün olduğunca uzaktan yürüyordu, anlayan doktor oldu, Burası sidik kokuyor, diye homurdandı, karısı onun bu izlenimini doğrulamanın iyi olacağını düşündü, Evet, gerçekten de bir koku var, kokunun tuvaletten geldiğini söyleyemezdi, çünkü henüz yaklaşmamışlardı oraya, ve körmüş gibi davranmalıydı, kokunun çocuğun ıslanmış pantolonundan geldiğini de fark etmiş olamazdı.

Tuvalete vardıklarında, kadınlar da erkekler de ilk önce çocuğun rahatlaması gerektiğini söylediler, ama sonunda erkekler sıkışıklık ve yaş durumuna bakmaksızın pisuvarlara hep birlikte girdiler, böyle yerlerde pisuvarlar kolektif olurdu, hatta kabinler de. Kadınlar kapının önünde beklediler, onların kendilerini daha kolay tuttukları söylenir ama ne de olsa bunun da bir sınırı vardır, doktorun karısı biraz sonra, Belki başka bir tuvalet daha bulabiliriz, dedi, koyu renk gözlüklü genç kız, Ben bekleyebilirim, dedi, Ben de, diye karşılık verdi doktorun karısı da, önce bir sessizlik oldu, sonra konuşmaya başladılar, Nasıl kör oldunuz, Herkes gibi, aniden görmemeye başladım, Evinizde miydiniz, Hayır, Öyleyse, kocamın muayenehanesinden çıktıktan sonra başınıza geldi bu iş, Öyle sayılır, Ne demek öyle sayılır, Yani hemen oradan çıktıktan sonra olmadı, Acı hissettiniz mi, Hayır, hissetmedim, gözlerimi açtığımda kör olmuştum, Benimki öyle olmadı, Nasıl, öyle olmadı, Benim gözlerim kapalı değildi, kocam cankurtarana bindiğinde kör oldum ben, Şanslıymış, Kim, Kocanız, böylelikle ayrılmamışsınız, Evet, bu konuda da şans bana yardım etti, Hiç kuşkusuz öyle, Ya siz, siz evli misiniz, Hayır, evli değilim ve bundan böyle sanırım kimse de benimle evlenmez, Ama bu körlük salgını o kadar anormal ki, bilimin alanına giren her şeyin dışında, bu yüzden bir yerde bitecektir, Ya yaşamımızın geri kalan bölümünde kör kalmaya mahkûmsak, Biz mi, Herkes, Korkunç olurdu bu, herkesin kör olduğu bir dünya, Hayal bile etmek istemem bunu.

Tuvaletten önce şaşı çocuk çıktı, aslında içeri girmesine gerek yoktu. Pantolonunu dizlerine kadar kıvırmış, çoraplarını da çıkarmıştı, Geldim, deyince koyu renk gözlüklü genç kız elini hemen sesin geldiği yere uzattı, ilk denemede başaramadı, ikincisinde de, ancak üçüncüde çocuğun salladığı elini tutabildi. Bir süre sonra, doktor kapıda belirdi, ardından ilk kör geldi, oradakilerden biri, Neredesiniz, diye sordu, doktorun karısı kocasının kolunu tutmuştu bile, öteki kolunu da koyu renk gözlüklü genç kız sıkıca tuttu. İlk kör, birkaç saniye boyunca, tutunacak kimse bulamadı, sonra biri elini onun omzuna koydu. Herkes burada mı, diye sordu doktorun karısı,

Bacağı yaralı adam başka ihtiyacını da karşılıyor, diye karşılık verdi kocası. Bunun üzerine, koyu renk gözlüklü genç kız, Belki başka bir tuvalet daha buluruz, sıkışmaya başladım, özür dilerim, dedi, Gidip arayalım, dedi doktorun karısı ve el ele tutuşup uzaklaştılar. On dakika sonra geri geldiler, içinde tuvaleti olan bir muayene odası bulmuşlardı. Tuvaletten çıkan hırsız, soğuktan ve ağrıyan bacağından yakınıyordu. Gelişlerindeki sırayı yeniden oluşturdular ve bu kez daha az çabalayarak ve başlarına bir iş gelmeden yatakhaneye döndüler. Doktorun karısı, ustaca, ama kimseye belli etmeden herkesin kendi yatağını bulmasına yardımcı oldu. Daha yatakhanenin dışındayken hepsine, sanki gayet doğal bir şeymiş gibi, yerini bulmanın en kolay yolunun girişten itibaren yatakları saymak olduğunu hatırlatmıştı. Kocamla benimki sağ tarafta, en sonda, on dokuzuncu ve yirminci yatak, dedi. Yatakların arasındaki boşluğa ilk önce hırsız daldı. Neredeyse çıplaktı, soğuktan titriyordu, ağrıyan bacağını rahatlatmak istediği için ona öncelik tanıdılar. Bir karyolanın altına koyduğu bavulu bulmak için eliyle yoklayarak, yatakları teker teker geçti, bavulunu bulunca da bağırarak, Burası, dedi ve ekledi, on dört, Hangi taraf, diye sordu doktorun karısı, Sol taraf, diye yanıt verdi ve bir kez daha şaşırır gibi oldu, sanki kadının bunu sormadan bilmesi gerekiyordu. Sonra sıra ilk köre geldi. Yatağının hırsızla aynı tarafta, onunkinden sonra ikinci yatak olduğunu biliyordu. Artık onun yakınında yatmaktan korkmuyordu, sızlanıp durmasına ve iç çekmelerine bakılırsa, bacağı bu kadar berbat bir haldeyken yerinden kıpırdayacak hali yoktu. Yatağına vardığında, On altı, sol, diye bildirdi ve giysisini çıkarmadan yattı. Bunun üzerine, koyu renk gözlüklü genç kız alçak sesle rica etti, Sizin yakınınıza, karşı tarafa yerleşmemize yardımcı olun, orada rahat ederiz, dedi. Dördü birlikte ilerlediler, kısa sürede yerlerine yerleştiler. Birkaç dakika sonra, şaşı çocuk, Karnım aç, dedi, koyu renk gözlüklü genç kız, Yarın, yarın yemek yiyeceğiz, şimdi uyu, diye mırıldandı, sonra, el çantasını açarak, eczaneden satın aldığı küçük şişeyi bulup aldı. Gözlüğünü çıkardı, başını geriye attı, gözlerini adamakıllı açtı ve bir eliyle ötekine yardım ederek gözlerine birkaç damla göz damlası damlattı. Damlaların hepsi gözüne denk gelmedi, ama böyle iyi tedavi edilirse gözündeki konjonktivit çok geçmeden iyileşirdi.

Gözlerimi açmalıyım, diye düşündü doktorun karısı. Gece boyunca defalarca uyanmış, kapalı gözkapaklarının ardından, yatakhaneyi güçlükle aydınlatan lambaların ölgün ışığını fark etmişti, ama şimdi bir farklılık var gibiydi, bir başka parlak varlık, şafağın ilk ışıklarının etkisi de olabilirdi bu, gözlerinin içine daldığı bir süt denizi de. Ona kadar sayıp gözlerimi açacağım dedi kendi kendine, iki kez böyle dedi, iki kez ona kadar saydı, gözlerini ikisinde de açmadı. Yandaki yatakta kocasının derin derin soluk aldığını işitiyordu, bir başkası horluyordu, Şu adamın bacağı nasıl oldu acaba, diye geçirdi içinden, ama o anda ona gerçek bir merhamet hissetmediğini biliyordu, kafasını başka bir şeyle meşgul etmek, gözlerini açmak zorunda kalmamak istiyordu. Oysa az sonra gözlerini açmıştı bile, kolayca, hem de açmaya karar vermediği halde. Şafağın soluk ve mavimtırak ışıkları, duvarların ortasında başlayıp tavana bir karış kala biten camlardan içeri giriyordu. Kör olmamışım, diye mırıldandı ve aniden paniğe kapılarak yatağında doğruldu, karşısındaki berbat yatakta yatan koyu renk gözlüklü genç kız onu duyabilirdi. Kız uyuyordu. Onun yanında, duvara bitişik yatakta yatan küçük çocuk da uyuyordu, Benim gibi yapmış, diye düşündü doktorun karısı, çocuğa en korunaklı yeri vermiş, birer dayanıksız duvarız biz, yolun ortasına yerleştirilmiş bir taş sadece, düşmanın o taşa takılıp tökezlemesinden başka umudumuz yok, düşman mı, hangi düşman, buraya gelip bize saldırmayacak, dışarıda soyulabilir, öldürülebilirdik, kimse buraya bizi tutuklamaya gelmeyecek, araba çalan adam özgürlüğünden hiç bu kadar emin olamazdı, dünyadan o kadar uzağız ki kim olduğumuzu unutmamız o kadar uzun sürmeyecek, hatta birbirimizin adını söylemek bile aklımıza gelmeyecek, neye yarar ki, adlarımız ne işimize yarayacak, hiçbir köpek bir diğerini bizim koyduğumuz adla tanımaz, eğer tanıyacaksa, onu ayırt eden kokusuyla ve kendini de kendi kokusuyla tanır, biz de burada başka tür birer köpek gibiyiz, birbirimizi havlamamızdan, sözlerimizden tanıyoruz, geriye kalanlar, yüz çizgileri, göz rengi, ten rengi, saç rengi hesaba katılmıyor, sanki bunların hiçbiri yok, ben henüz görüyorum ama ne zamana kadar. Işık hafifçe değişti, tekrar gece olmuyordu herhalde, olsa olsa, gök bulutlarla kaplanıyor, gün gecikiyordu. Hırsızın yatağından bir inleme geldi, Yarası mikrop kapmışsa, diye düşündü doktorun karısı, onu iyileştirecek hiç ilaç yok yanımızda, dışarıdan yardım da gelmeyecek, bu koşullarda en küçük bir kaza bile felakete dönüşebilir, muhtemelen onlar da bunu bekliyordur, yani hepimizin burada birer birer ölmemizi, böcek ölürse zehir de kalmaz. Doktorun karısı yatağından kalktı, kocasının üzerine eğildi, uyandıracaktı ama onu uykusundan çekip almaya cesaret edemedi, gözlerinin hâlâ görmediğine yeniden tanık olamayacaktı. Çıplak ayaklarının ucuna basarak hırsızın yatağına yaklaştı. Adamın gözleri açıktı ve sabit bir noktaya dikmişti. Nasıl oldunuz, diye mırıldandı doktorun karısı. Hırsız, başını sesin geldiği tarafa çevirdi, Kötüyüm, bacağım çok ağrıyor, dedi, doktorun karısı tam, İzin verin bir bakayım, diyecekti ki kendini tuttu, ne büyük bir tedbirsizlik olurdu bu, öte yandan hırsız orada yalnızca körlerin bulunduğunu unutmuşçasına, hiç düşünmeden, birkaç saat önce, başka bir yerde bir doktor, Bir bakayım, dese yapacağı şeyi yaptı ve üzerindeki örtüyü kaldırdı. Gözleri gören biri o loşlukta bile kanlanmış çarşafı, kenarları şişmiş yaranın kara deliğini görebilirdi. Bandaj çözülmüştü. Doktorun karısı örtüyü dikkatle örttü, sonra, elini hızla hareket ettirerek hafifçe adamın alnına koydu. Derisi kupkuru ve çok sıcaktı. Işık yeniden değişti, bulutlar gitmişti. Doktorun karısı yatağına döndü ama yatmadı. Uykusunda konuşan kocasına, ötekilerin gri örtüler altındaki bedenlerine, kirli duvarlara, sahiplerini bekleyen yataklara baktı ve o da sakince kör olmak, nesnelerin görünen kabuğunun altına girmek, ta içlerine nüfuz etmek, oradaki göz kamaştırıcı ve çaresiz körlüğe dalmak istedi.

Ansızın, yatakhanenin dışından, büyük olasılıkla binanın iki kanadını birbirinden ayıran boşluktan, şiddetli bir bağırtı duyuldu, Dışarı çıkın, dışarı, Çıkın dışarı, Defolun, Burada kalamazsınız, Talimatlara uymak zorundasınız. Gürültüler büyüdü, sonra hafifledi, bir kapı çarpılarak kapandı, şimdi sıkıntılı hıçkırıklardan, ayağını bir yere çarpıp sendeleyen birinin çıkardığı, yanlış anlaşılması olanaksız gürültüden başka ses duyulmuyordu. Yatakhanedeki herkes uyanmıştı. Herkes başını girişe çevirmişti, içeri gireceklerin kör olduğunu anlamak için gözlerinin görmesine gerek yoktu. Doktorun karısı ayağa kalktı, yeni gelenlere yardımcı olmak, onlara hoş bir iki söz söylemek, yataklarına kadar eşlik etmek, onları bilgilendirmek isterdi, Sakın unutmayın, bu yatak soldan yedinci yataktır, şu yatak sağdan dördüncü yatak, sakın şaşırmayın, evet, biz burada altı kişiyiz, dün geldik, evet, ilk gelenler bizleriz, adlarımız mı, adlarımızın ne önemi var, hırsızlık yapmış bir adam, sanırım, öbürü malını çaldırmış, koyu renk gözlük takan, gözündeki iltihabı iyileştirmek için gözüne damla damlatan gizemli bir genç kız, mademki körüm, gözlük camlarının koyu renk olduğunu nereden bildiğimi düşüneceksiniz, eh söyleyeyim, çünkü kocam göz doktorudur ve kızcağız da tedavi olmak için ona gelmişti, evet, kocam da burada, herkes bu hastalığa yakalandı, ah, bu doğru, bir de şaşı gözlü küçük bir çocuk var. Yerinden kımıldamadı kadın, sadece kocasına, Geliyorlar, dedi. Doktor, yatağından kalktı, karısı, pantolonunu giymesine yardım etti, oysa bunun önemi yoktu, kim görecekti ki onu, tam o anda körler içeri girmeye başladı, beş kişiydiler, üç erkek, iki kadın. Doktor, sesini yükselterek konuştu, Sakin olun, telaş etmeyin, biz burada altı kişiyiz, siz kaç kişisiniz, herkese yer var. Onlar kaç kişi olduklarını bilmiyorlardı, binanın sol kanadından bu yana gönderildiklerinde birbirlerinin farkına varmışlar, zaman zaman da çarpışmışlardı kuşkusuz ama kaç kişi olduklarını bilmiyorlardı. Yanlarında eşyaları da yoktu. Binanın öbür kanadında, yataklarında kör olarak uyanıp sızlanmaya başladıklarında, ötekiler onları hiç düşünmeden kapı dışarı etmiş, yakınlarına ya da arkadaşlarına veda etmelerine bile izin vermemişlerdi. Doktorun karısı, En iyisi, kendinize numara vermeniz ve kim olduğunuzu açıklamanız, dedi. Körler, tereddüt ediyorlardı, ama içlerinden birinin başlaması gerekiyordu, iki erkek aynı anda konuşmaya başladı, hep böyle olur, sonra ikisi birden sustu, üçüncü erkek konuşmaya başladı. Bir, dedi, sonra durakladı, adını söyleyecek gibi oldu, ama, Polis memuruyum, dedi, doktorun karısı, Adını söylemiyor, burada adların önemsizliğini o da biliyor olmalı, diye düşündü. Ardından, bir başka erkek kendini tanıtmaya başladı, İki, dedi, kendinden öncekini örnek alarak, Ben taksi şoförüyüm. Üçüncü erkek, Üç, ben eczacı kalfasıyım, dedi. Sonra, bir kadın, Dört, ben bir otelde oda hizmetçisiyim, dedi, ve sonuncu kadın konuştu, Beş, ben bir büroda sekreterim. Bu benim karım, benim karım, diye bağırdı ilk kör, neredesin, nerede olduğunu söyle, Burada, buradayım, dedi kadın, ağlıyor ve yatakların arasındaki boşlukta, gözlerini faltaşı gibi açarak, içine gömüldüğü süt deniziyle boğuşmak için ellerini kollarını sallıyor, titreyerek ilerliyordu. Adamın kendine güveni karısından daha fazlaydı, ona doğru ilerledi, sonra da, Neredesin, neredesin, diye mırıldandı, dua eder gibi. Bir el diğeriyle buluştu, hemen sonra birbirlerine sarılmışlar, tek bir beden olmuşlardı, öpücükler öpücükleri arıyor, yanakların, gözlerin, ağızların nerede olduğunu bilemedikleri için bazen de hedefi şaşırıp havada kalıyorlardı. Doktorun karısı da, kocasını yeniden bulmuş gibi, ağlaya ağlaya sıkı sıkı sarıldı ona, ama doktor, Ne büyük bir talihsizlik bu, ne kadar kötü bir yazgı, diyordu. O sırada, şaşı gözlü çocuğun, Benim annem de burada mı, diye soran sesi işitildi. Çocuğun yatağında oturan koyu renk gözlüklü genç kız mırıldandı, Gelecek, üzülme sen, o da gelecek.

Burada herkesin gerçek evi uyuduğu yer olduğundan, yenilerin gelir gelmez, tıpkı öteki koğuşta henüz gözleri görürken yaptıkları gibi, kendilerine hemen birer yatak seçmeye çalışmalarına şaşırmamalı. İlk körün karısı için tereddüde yer yoktu, doğal olarak ona en uygun yer kocasının yanı, yani on yedinci yataktı, böylelikle aradaki on sekizinci yatak, onu koyu renk gözlüklü genç kızdan ayıran bir boşluk oluşturuyordu. Ayrıca, hepsinin birbirine olabildiğince yakın olmaya çalışması da bizi şaşırtmamalı, çünkü onları birbirine yaklaştıran çeşitli nedenler vardı, bazılarını zaten biliyoruz, bilmediklerimiz de çok geçmeden ortaya çıkacak, örneğin, eczacı kalfası, koyu renk gözlüklü genç kıza göz damlasını satandı, taksi şoförü ilk körü doktora götürendi, polis memuru olduğunu söyleyen kişi, kör hırsızı sokakta kaybolmuş bir çocuk gibi ağlarken bulan polisti, oda hizmetçisiyse, koyu renk gözlüklü genç kız çığlıklar atmaya başladığında odaya ilk giren kişiydi. Bununla birlikte, bu yakın ilişkilerin hiçbiri ya fırsat olmadığından, ya kimse bunu aklına bile getirmediğinden ya da sadece duyarlı ve incelikli davranmak istediklerinden açıkça ifade edilmeyecek ve bilinmeyecekti. Oda hizmetçisi, çıplak gördüğü kadının burada olduğunu aklının ucuna bile getirmeyecekti, eczacı kalfasının koyu renk gözlük takan ve göz damlası alan başka müşterilere de hizmet ettiğini biliyoruz, kimse düşüncesizlik edip burada araba çalan bir hırsızın bulunduğunu polise gammazlamayacaktı, şoföre gelince, son günlerde arabasında kör bir müşteri taşımadığına yemin edebilirdi. İlk kör, buraya kapatılanlardan birinin arabalarını çalan rezil olduğunu karısının kulağına fısıldadı elbette, Şu tesadüfe bak, ama bu arada, bacağındaki yara yüzünden o zavallı şeytanın çok berbat bir durumda olduğunu öğrenince, yüce gönüllülük gösterip, Bu ceza ona yeter, diye ekledi. Ve karısı, kör olmanın verdiği büyük üzüntüyle kocasına yeniden kavuşmanın büyük sevinci arasında –üzüntü ile sevinç su ile yağ gibi değildir, birbirine karışabilir–, iki gün önce, –kendi deyişiyle– o alçağın da kör olması için yaşamının bir yılını verebileceğini söylemiş olduğunu hatırlamadı bile. İçinde hıncın son bir gölgesi kaldıysa da, yaralı adam acınası bir halde, Doktor, ne olur yardım edin bana, diye inlediğinde, o da silinip gitti. Kendini karısının rehberliğine bırakan doktor, yaranın çevresine dikkatle dokunuyor, elinden de başka bir şey gelmiyordu, yıkama zahmetine katlanmaya bile gerek yoktu, yaranın mikrop kapması, sokak zeminine ve buraya değmiş ayakkabı topuğunun sert darbesinden kaynaklanmış olabileceği gibi, bunun nedeni akıl hastanesinin eskimiş, çürümüş su borularından gelen, kötü kokulu suyun içinde büyük ihtimalle bulunan mikroplar da olabilirdi. Adamın inlemesini duyunca yatağından kalkan koyu renk gözlüklü genç kız, yatakları birer birer sayarak yavaşça yaklaştı. Öne eğildi, elini uzattı, ama eli doktorun karısının yüzüne değdi, sonra, nasıl olduğunu kendisi de anlayamadan, yaralı adamın ateş gibi yanan elini buldu ve üzgün bir sesle, Sizden özür diliyorum, tamamen benim suçum, öyle davranmamalıydım, dedi, Boş ver, karşılığını verdi adam, hayatta insanın başına her şey gelir, ben de öyle davranmamalıydım.

Hoparlörden bu son sözleri neredeyse bastıran, pürüzlü bir ses yükseldi, Dikkat, dikkat, girişe yiyecekle birlikte sağlık ve temizlik malzemeleri bırakıldığı duyurulur, bırakılanları önce körler gidip alacaktır, körlük bulaşan kişilerin bulunduğu bölümdekilere sıraları geldiğinde haber verilecektir, dikkat, dikkat, girişe yiyecek bırakılmıştır, dışarı önce körler çıkacaktır, önce körler. Yüksek ateş yüzünden yarı baygın durumdaki yaralı adam söylenenlerin hepsini anlamadı, dışarı çıkmalarının emredildiğini, tecridin sona erdiğini sandı, kalkmaya davrandıysa da doktorun karısı ona engel oldu, Nereye gidiyorsunuz, Duymadınız mı, diye cevap verdi yaralı adam, körlerin dışarı çıkmaları isteniyor, Evet, ama bırakılan yiyecekleri almamız için. Yaralı adam, yıkılmıştı, Ah, dedi ve yarasının etini dağladığını bir kez daha hissetti. Doktor, Siz burada kalın, ben gidiyorum, dedi, Ben de seninle geliyorum, dedi karısı. Koğuşun kapısından çıkmak üzereydiler ki öteki binadan gelenlerden biri, Kim bu adam, diye sordu, yanıt ilk körden geldi, Bir doktor, bir göz doktoru, Hayatımda duyduğum en güzel söz bu, dedi taksi şoförü, tombaladan hiç işimize yaramayacak tek doktor çıkmış, Yine tombaladan bizi hiçbir yere götüremeyecek bir de taksi şoförü çıkmış, dedi koyu renk gözlüklü genç kız, sesi alaycıydı.

Yiyecek kasası girişe bırakılmıştı. Doktor, Beni giriş kapısına kadar götür, diye rica etti karısına, Neden, İçimizde yarası fena halde mikrop kapmış birinin olduğunu, hiçbir ilacımızın bulunmadığını bildireceğim, Yaptıkları uyarıyı anımsa, Evet ama belki de somut bir vaka varken, Hiç sanmam, Ben de öyle, ama şansımızı denemek bizim görevimiz. Dışarıya çıktıklarında, gün ışığı kadını sersemletti, oysa hava çok aydınlık değildi, gökten kara bulutlar geçiyordu, belki de yağmur yağacaktı, Aydınlığa alışkanlığımı hemen yitirmişim, diye düşündü. Tam o anda, giriş kapısındaki bir asker onlara bağırdı, Durun, geri dönün, ateş etme emri aldım, ve sonra, silahını doğrultarak, aynı ses tonuyla, Çavuşum, dışarı çıkmaya kalkışan birileri var, Biz dışarı çıkmak istemiyoruz, dedi doktor, Gerçekten çıkmak istemememenizi tavsiye ederim, dedi çavuş, onlara yaklaşırken, giriş kapısının parmaklıkları arkasında belirdiğinde sordu, Ne var, Bacağından yaralanan birinin yarası mikrop kaptı, acilen antibiyotiğe ve başka ilaçlara ihtiyacımız var, Verilen emirler gayet açık, kimse dışarı çıkmayacak, içeriye de yalnız yiyecek girecek, Eğer enfeksiyon şiddetlenirse, ki büyük ihtimalle böyle olacak, adam ölebilir, Beni ilgilendirmez, Öyleyse üstlerinize bildirin, Beni iyi dinle kör adam, ben de sana bir şey bildireyim, ya bu kadınla birlikte derhal geldiğiniz yere dönersiniz ya da üzerinize ateş açarım, Haydi gidelim buradan, dedi kadın, yapacak bir şey yok, adamın suçu yok, korkudan ödleri patlıyor ve aldıkları emirlere uyuyorlar, Bu yapılana inanamıyorum, insanlık dışı bir şey bu, İnansan iyi edersin, bu kadar aşikâr bir gerçekle şimdiye dek hiç karşılaşmamıştın, Hâlâ duruyor musunuz, diye bağırdı çavuş, üçe kadar sayacağım, üç olduğunda hâlâ çekip gitmemişseniz, bir daha asla içeri giremeyeceğinizden emin olabilirsiniz, biiir, ikiii, üüüç, şimdi olmuştu, bu sözler işe yaramıştı, sonra askerlere dönerek, Kardeşim bile olsaydı, dedi, ama kimi kastettiğini açıklamadı, ilaç istemeye gelen adamı mı, yoksa diğeri, bacağı mikrop kapmış olanı mı. İçerde, yaralı adam, ilaçların içeri girmesine izin verip vermeyeceklerini sordu doktora, İlaç istemeye gittiğimi nereden bildiniz, dedi doktor, Tahmin ettim, siz doktorsunuz, Çok üzgünüm, Demek ilaç gelmeyecek, Evet, Eh, öyle olsun.

Yiyecekler tamı tamına beş kişilik hesaplanmıştı. Şişe sütler ve bisküvi vardı, ama tayınları ayarlayan kişi, bardak koymayı unutmuştu, ayrıca ne tabak vardı, ne çatal bıçak, muhtemelen öğle yemeğiyle birlikte verilecekti. Doktorun karısı yaralıya içecek verdi ama adam içtiğini geri çıkardı. Şoför de, süt sevmediğini söyledi, kahve var mı diye sordu. Bazıları yedikten sonra yeniden yattı, ilk kör, çevreyi tanıması için karısını alıp dışarıya çıktı, onlardan başka yatakhaneden çıkan olmadı. Eczacı kalfası doktorla konuşmak istediğini söyledi, yakalandıkları hastalık hakkında kesin bir fikir edinip edinmediğini öğrenmek istiyordu, Şimdilik bunun kelimenin gerçek anlamıyla bir hastalık olarak adlandırılabileceğini sanmıyorum, diyerek söze başladı doktor, sonra, gözleri kör olmadan önce kitaplarda yaptığı araştırmayı basit sözcüklerle özetledi. Birkaç yatak ötede yatan şoför söylenenleri dikkatle dinliyordu, doktor sözlerini bitirince, Bütün bu olanlar, gözlerden beyine giden kanalların tıkanmasından başka bir şey değil, bundan adım gibi eminim, dedi, Salak şey, diye mırıldandı eczacı kalfası, adamı aşağılayarak, doktor da, Kim bilir, diyerek elinde olmadan gülümsedi, gerçekten de gözler birer mercektir, birer objektiftir, asıl gören organ beyindir, tıpkı görüntünün filmin üzerinde belirmesi gibi ve eğer kanallar, bu beyin söylediği gibi, tıkanırsa, Tıpkı karbüratör gibi, diye araya girdi şoför, benzin gelmezse motor çalışmaz, araba da hareket etmez, Bu kadar basit işte, dedi doktor, eczacı kalfasına. Bu durumda burada ne kadar kalırız sizce, doktor, diye sordu oda hizmetçisi, En azından, görmediğimiz süre boyunca buradayız, Peki bu ne kadar sürebilir, Açıkçası bunu bilen olduğunu sanmıyorum, Peki, bu geçici bir durum mu, yoksa kalıcı mı, Bunu bilmek için çok şey verebilirdim. Oda hizmetçisi iç geçirdi ve bir süre sonra, Ben de o kıza ne olduğunu bilmek isterdim, dedi, Hangi kıza, diye sordu eczacı kalfası, Oteldeki kız, beni çok etkiledi, odanın ortasında, anadan doğma haldeydi, sadece gözlerinde koyu renk gözlük vardı ve kör oldum diye bağırıp duruyordu, körlüğün bana ondan bulaştığına eminim. Doktorun karısı, koyu renk gözlüklü kızın, gözlüğünü yavaşça çıkarıp, hareketlerini belli etmeden, yastığının altına koyduğunu gördü, bir yandan da şaşı çocuğa, Bir bisküvi daha ister misin, diye soruyordu. Doktorun karısı, oraya geldiğinden beri ilk kez, varlığının farkında olmayan canlıların davranışını mikroskopla inceleyen biri gibi hissetti kendini ve bu yaptığı ona aniden yakışıksız ve müstehcen göründü. Eğer başkaları beni göremiyorsa benim de onları görmeye hakkım yok, diye düşündü. Genç kız, titreyen elleriyle gözlerine birkaç damla damlattı. Böylece, gözlerinden akanın gözyaşı olmadığını herkese rahatlıkla söyleyebilirdi.

Birkaç saat sonra hoparlörden, öğle yemeğini almaya gidebilecekleri duyurulduğunda, ilk kör ile taksi şoförü, gözlere gerek duyulmayan, dokunmanın yeterli olduğu bu görev için gönüllü çıktılar. Kasalar, girişi koridora bağlayan kapının uzağında duruyordu, onları bulmak için emekleyerek ilerlediler, tek kollarını öne uzatıp zemini yokladılar, öteki kolları da üçüncü ayak görevi görüyordu, geriye dönerken zorluk çekmediler, çünkü doktorun karısı, garanti olsun diye önceden denediği bir fikir ileri sürmüştü, çarşaflardan biri şeritler halinde yırtılacak, bir ucu hep yatakhane kapısının dış koluna bağlı kalacak, öteki ucu ise yiyecekleri almaya gidecek kişinin ayak bileğine bağlanacaktı. İki adam tabakları, kaşık ve çatalları çıkardılar, ama yiyecekler yine beş kişiye göre ayarlanmıştı, muhtemelen nöbetçilerin başındaki çavuş içerde altı kişi daha olduğunu bilmiyordu, çünkü insan bir kez büyük giriş kapısının dışındaysa, içerde neler olup bittiğine dikkat etse bile, insanların bir kanattan ötekine geçtiği, loşlukta ancak rastlantıyla fark edilebilirdi. Şoför, gidip eksik yiyecekleri istemeyi teklif etti ve tek başına gitti, yanına başkasını almadı. Biz beş kişi değil, on bir kişiyiz, diye bağırdı askerlere, aynı çavuş ona uzaktan yanıt verdi, Sakin olun, daha da kalabalık olacaksınız, şoför koğuşa döndüğünde, adamın söylediklerini, Adam beni makaraya aldı, diye anlattığına bakılırsa, çavuşun kendisiyle dalga geçtiğini düşünmüştü. Yiyecekleri paylaştılar, beş kişilik tayını ona böldüler, çünkü yaralı adam yemek istemiyordu, yalnızca su istiyordu, yardımcı olup adamın dudaklarını ıslattılar. Teni alev alev yanıyordu. Üzerindeki örtünün yaraya dokunmasına ve ağırlık yapmasına uzun süre dayanamadığından, zaman zaman bacağını dışarı çıkarıyor, ama yatakhanenin soğuk havası, onu az sonra yeniden örtünmeye zorluyordu ve saatler bu şekilde geçiyordu. Soluğu kesiliyormuş gibi sesler çıkararak düzenli aralıklarla inliyordu, sanki sabit ve yoğun sancı, kendisi onu yakalayamadan ve dayanabileceği sınırların içinde tutamadan, aniden artıyordu.

Akşamüzerine doğru, öteki taraftan kovulmuş üç kör daha girdi içeri. Bunlardan biri, doktorun muayenehanesinde çalışan sekreter kızdı, doktorun karısı onu hemen tanıdı, ötekilerden biri, yine kaderin cilvesi, koyu renk gözlüklü genç kızın otelde buluştuğu adam, diğeriyse kızı evine götüren kaba polisti. Yataklara erişecek ve üzerlerine oturacak vakti ancak bulabildiler, sekreter kız çaresizce ağlıyordu, iki erkekse başlarına ne geldiğinin bilincine henüz varamamış gibi durduklarından, hiç sesleri çıkmıyordu. Ansızın dışardan birbirini bastıran bağrışmalar duyuldu, ulurcasına emirler veriliyordu, bir isyan çığlığı yükseldi. Yatakhanedeki bütün körler başlarını kapıya döndürüp beklemeye başladılar. Görmüyorlardı, ama birkaç dakika içinde olacakları biliyorlardı. Kocasının yanında, yatağın üstünde oturan doktorun karısı, alçak sesle, Olacağı buydu, bize vaat ettikleri cehennem birazdan başlayacak, dedi. Doktor, onun elini sıkarak, Sakın gitme, bundan sonra elinden bir şey gelmez, diye mırıldandı. Bağrışmalar dinmişti, şimdi, binanın girişinden boğuk gürültüler duyuluyordu, körlerin gürültüsüydü, sürü halinde geliyorlardı, itişiyor, kapı boşluğunda birbirlerini sıkıştırıyorlardı, bazıları yolu şaşırıp başka koğuşlara gidiyordu, ama çoğunluk, sendeleyerek, birbirine yapışarak ya da tek tek, boğulan biri gibi ellerini çaresizce sallayarak, sanki dönüp duran bir makine tarafından dışarıdan içeri doğru bastırılıyormuş gibi, burgaçlanarak yatakhaneye girdiler. Birçoğu yere düşüp ayaklar altında çiğnendi. Karyolaların arasındaki daracık koridora sıkışan körler, yavaş yavaş, yatakların arasındaki boşluklara dağıldılar ve orada her biri, fırtınadan kurtulup nihayet korunaklı bir limana sığınan tekneler gibi, demir attığı kendi kişisel alanına sahip çıkıyor, ki bu karyolasıydı, ve orada başkalarına yer olmadığını, sonradan gelenlerin başka yere gitmeleri gerektiğini söylüyordu. Doktor, salonun dibinden bağırarak, başka koğuşlar da olduğunu söyledi, ama boş yatak bulamayan birkaç kişi, salonlardan, koridorlardan, kapalı kapılardan, ancak son anda farkına varacakları merdivenlerden oluştuğunu hayal ettikleri bir labirentin içinde kaybolmaktan korkuyorlardı. En sonunda orada kalamayacaklarına ikna oldular, içeri girdikleri kapıyı epeyce uğraşarak buldular, meçhul bir serüvene daldılar. İkinci körler grubu, ki beş kişiydiler, nihai ve daha emin bir sığınak arar gibi, ilk gelen grupla aralarında kalan boş yatakları ele geçirmeyi başarmıştı. Yalnızca yaralı adam sol taraftaki on dördüncü yatakta tek başına, savunmasız kaldı.

Çeyrek saat sonra, ağlayan, yakınan, sızlanan ve yataklarına yerleşen birkaç kişinin çıkardığı sesler dışında yatakhaneye, dinginlik sayılmasa da sükûnet geri geldi. Artık bütün yataklar doluydu. Akşam yaklaşıyor, ampullerin soluk ışıkları belirginleşiyordu. Ardından, hoparlörün kuru sesi işitildi. İlk gün olduğu gibi, yatakhanelerin kullanımı ve orada kalanların uymaları gereken kurallar yineleniyor, Hükümetimiz, hakkı ve görevi gördüğü şeyi, yani halkı koruma görevini büyük bir hevesle yerine getirmek zorunda kaldığı için üzgündür, içinden geçmekte olduğumuz kriz döneminde... diye devam ediyordu konuşma. Ses kesildiğinde, aşağılandıklarını hissedenler bir ağızdan protestoya başladılar, İçeri tıktılar bizi, Hepimiz ölüp gideceğiz burada, Buna hakları yok, Bize doktor sözü vermişlerdi, nerede onlar, yeni ortaya çıktı bu, yetkililer bize doktor vereceklerini, yardım edeceklerini, hatta tamamen tedavi edileceğimizi söylemişlerdi. Doktor, eğer gerekirse kendisinin onların hizmetinde olacağını söylemedi. Bundan böyle de bunu hiç söylemeyecekti. Bir doktora yalnızca elleri yetmez, hastalarını ilaçla, sakinleştiricilerle, kimyasal bileşiklerle, falancayla filancayı bir araya getirip kullanarak iyileştirir, buradaysa bunların esamisi okunmadığı gibi, ihtiyaç duyulanları sağlama konusunda en ufak bir umut bile yoktu. Üstelik, artık gözleri yoktu ki gözakının solukluğunu fark etsin, dolaşım bozukluğundan kaynaklanan kızarıklığı gözlesin, mukozaların ve pigmentlerin renk değiştirdiğini saptasın, bu dış belirtiler, daha ayrıntılı incelemeye gerek kalmadan eksiksiz bir klinik tablo oluşturarak hastaya tanı koymasını defalarca sağlamıştı. Bu defa kurtuluş yoktu. Yakınlarındaki bütün yataklar kullanıldığından, doktorun karısı, neler olup bittiğini kocasına artık anlatamazdı, ama doktor, son kör grubunun gelişinden beri yatakhaneye ağır, gergin, her an patlamaya hazır bir hava sindiğini seziyordu. Hatta içerideki hava bile ağırlaşmıştı, mide bulandırıcı, yoğun kokular ağır ağır süzülüyordu ortalıkta, Bir hafta içinde buranın hali ne olur, diye düşündü ve bir hafta sonra hâlâ burada kapalı olacağını düşününce korktu. Yiyecek sağlanması aksamasa bile, hiçbir şeye güven olmaz aslında, örneğin dışardakilerin bizim burada kaç kişi olduğumuzu her an bildiklerini sanmıyorum, üstelik sağlık sorunları da var, kör olmamızın üzerinden fazla zaman geçmediğine göre, başkasının yardımı olmadan nasıl yıkanacağız, bilemiyorum, duşlar çalışır mı, çalışırsa ne kadar süre akar, bunları düşünmüyorum bile, diğer şeylerden söz ediyorum, tuvaletlerden biri, tek biri tıkanacak olsa, ortalık kanalizasyona döner. Ellerini yüzüne sürdü ve üç günlük kaba sakalını hissetti, Böylesi daha iyi, umarım bize tıraş bıçağı, makas göndermek gibi kötü şeyler düşünmezler. Bavulunun içinde tıraş olması için gereken her malzeme vardı, ama tıraş olmak hatalıydı, bunu biliyordu, Ayrıca nerede, nerede tıraş olacaktı, burada, koğuşta olamazdı, karım beni tıraş edebilir elbette, ne var ki ötekiler bunu fark etmekte gecikmezler ve içlerinden birinin böyle bir bakım görebilmesi onları şaşırtır, sonra içeride, duşlarda, nasıl bir kargaşa olur, Tanrım, gözlerimizin görmemesi ne büyük bir eksiklik, görmek, görmek, belli belirsiz birer gölge halinde bile olsa görebilmek, bir aynanın önünde durmak ve koyu, zor görülen bir lekeye bakıp, Bu benim yüzüm diyebilmek, öteki ışıklı şeyler bana ait değil.

Protestolar giderek azaldı, öteki yatakhaneden gelenlerden biri ortaya çıkıp, hiç yiyecek kalıp kalmadığını sordu, yanıt taksi şoföründen geldi, Kırıntı bile yok, eczacı kalfası da iyi niyet göstermek için bu katı cevabı yumuşattı, Belki yine gönderirler. Göndermediler. Gece iyice çökmüştü. Dışarıda ne yiyecek vardı, ne bir ses. Yandaki koğuştan bağrışmalar duyuldu, sonra yeniden sessizleşti ortalık, ağlayan olsa bile, çok alçak sesle ağlıyor, hıçkırık sesleri duvarlardan geçmiyordu. Doktorun karısı, hastanın yanına gidip ne durumda olduğuna baktı. Benim, diyerek örtüyü dikkatle kaldırdı. Adamın bacağı ürkütücü bir görünüm almıştı, kalçasından aşağısı tamamen şişmişti ve yara da, çevresinde kanlı mor lekeler oluşmuş kara bir yuvarlaktı, sanki etleri içerden dışarı fışkırıyordu, yaradan iğrenç ve iç bayıltıcı bir koku yükseliyordu. Kendinizi nasıl hissediyorsunuz, diye sordu doktorun karısı, Geldiğiniz için teşekkür ederim, Kendinizi nasıl hissediyorsunuz, söyleyin bana, Kötü, Ağrınız var mı, Hem evet, hem hayır, Daha iyi açıklayın, Acı çekiyorum ama sanki bacağım bana ait değil, bedenimden ayrılmış gibi, size nasıl anlatabilirim bilmiyorum, tuhaf bir his, sanki burada yatıyorum da bana acı veren bacağımı karşıdan izliyorum, Ateş yüzünden, Öyle olmalı, Şimdi uyumaya çalışın. Doktorun karısı elini onun alnına koydu, geri çekilmek üzereydi ki ne uzaklaşmaya ne de iyi geceler dilemeye zaman bulabildi, hasta adam koluna yapışıp onu kendine çekti, yüzünü yüzüne yaklaştırmaya zorladı, Gözlerinizin gördüğünü biliyorum, dedi çok alçak bir sesle. Doktorun karısı şaşkınlıkla yerinden sıçradı ve, Yanılıyorsunuz, nereden geldi bu fikir aklınıza, ben de buradaki herkes kadar görüyorum, diye mırıldandı. Beni kandırmaya kalkışmayın, gördüğünüzü biliyorum, ama içiniz rahat etsin, kimseye söylemeyeceğim, Haydi uyuyun siz, Bana güvenmiyorsunuz, Güveniyorum, Bir hırsızın sözüne güven duymuyorsunuz, Güveniyorum dedim ya, O halde neden bana gerçeği söylemiyorsunuz, Bunu yarın konuşuruz, şimdi uyuyun, Evet, yarın, eğer yarına çıkarsam, Kötü şeyler düşünmeyelim, Ben düşünüyorum, ya da şu ateş benim yerime düşünüyor. Doktorun karısı kocasının yanına döndü ve kulağına fısıldadı, Yara korkunç bir görünüm almış, kangren olabilir, Bu kadar kısa sürede pek ihtimal vermiyorum, Yine de oldukça kötü durumda, Ya biz, dedi doktor, sesini özellikle yükselterek, kör olduğumuz yetmiyormuş gibi, elimiz kolumuz da bağlı gibiyiz. Sol taraftaki on dördüncü yatakta yatan hasta karşılık verdi, Benim elimi kolumu kimse bağlayamaz, doktor bey.

Saatler geçti, körler birbiri ardına uykuya daldı. Bazıları, karanlığın, sahici, zifiri bir karanlığın sönmüş birer güneşe dönmüş gözlerini tamamen karartmasını istercesine başını örtünün altına sokmuştu. Yüksek tavandan sarkan üç ampulden leş gibi yatakların üstüne sarımtırak, kirli, gölge oluşturamayacak kadar cılız bir ışık dökülüyordu. Kırk kişi uyuyor ya da umutsuzca uyumaya çalışıyordu, uykusunda iç çekenler, mırıldananlar vardı, belki de düşlerinde düşte gördüklerini görüyorlardı ya da, Bu bir düşse, uyanmak istemiyorum, diyorlardı. Hepsinin kol saati durmuştu, ya yeniden kurmayı unutmuşlar ya da zahmete değmeyeceğini düşünmüşlerdi, sadece doktorun karısının saati çalışıyordu. Saat sabahın üçünü geçmişti. Araba hırsızı, dirseklerine dayanarak gövdesini ağır ağır kaldırdı. Bacağını artık hissetmiyordu, sadece acı vardı orada, gerisi ona ait olmaktan çıkmıştı. Diz eklemi kaskatıydı. Bedeninin ağırlığını, yataktan aşağı sallandırdığı sağlıklı bacağına verdi, sonra, iki elini de kalçasının altına koyarak, yaralı bacağını da aynı yöne çekmeye çalıştı. Aniden uyanan bir kurt sürüsü gibi, sancılar, her yönden, beslendikleri uğursuz kratere üşüşüverdiler. Ellerinden destek alarak şiltenin üzerinde bedenini yavaş yavaş yatakların arasındaki boşluğa doğru çevirdi. Karyolanın demirlerine ulaştığında, durup biraz soluklanması gerekti. Astımlıymış gibi güçlükle soluk alıyordu, omuzlarının üstünde öne arkaya sallanan başını güçlükle dik tutuyordu. Birkaç dakika sonra, daha düzenli soluk almaya başladı ve sağlam bacağına basarak yavaş yavaş doğruldu. Öteki bacağının hiçbir işe yaramayacağını, gittiği yere peşinden sürüklemek zorunda kalacağını biliyordu. Başı döndü, bedeninin titremesini engelleyemiyordu, soğuktan ve ateşten dişleri birbirine çarpıyordu. Karyolaların demirlerine tutunup, birinden ötekine geçerek, yaralı bacağını bir çuval gibi çekerek uyuyanların arasından ilerledi. Kimse onu fark etmedi, kimse ona, Bu saatte nereye böyle, diye sormadı, soracak olsaydı, cevabı belliydi, İşemeye gidiyorum, diyecekti, istemediği tek şey doktorun karısının ona seslenmesiydi, onu, evet, onu kandıramazdı, ona yalan söyleyemez, tasarladığı şeyi açıklamak zorunda kalırdı, Burada çürüyüp gitmek istemiyorum, derdi, kocanız elinden geleni yaptı, ona minnettarım, ne var ki, bir araba çalmam gerektiğinde, birine gidip, benim için şu arabayı çal, demiyordum, şimdi de aynı şey, kendim gitmeliyim oraya, beni bu halde görünce kötü durumda olduğumu hemen anlayacak ve derhal bir cankurtaran çağırıp hastaneye kaldıracaklardır, yalnızca körler için hastaneler vardır mutlaka, fazladan bir kör daha alsalar ne değişir ki, sonra bacağımı tedavi ederler, beni iyileştirirler, ölüm cezasına çarptırılanlara bile böyle yapıldığını işittim, apandisiti patlasa, önce ameliyat edip sonra idam ediyorlarmış, sağlıklı ölsün diye, beni de, eğer isterlerse, iyileştirdikten sonra buraya geri getirsinler, benim için hiç fark etmez. İnlememek için dişlerini sıkarak biraz daha ilerledi, ama yatakların sonuna varıp dengesini kaybettiğinde, acıyla inlemekten kendini alamadı. Yatakları sayarken yanılmıştı, bir karyola daha var sanıyordu, oysa boşluğa gelmişti. Yere düştü, düşerken çıkardığı gürültünün kimseyi uyandırmadığına emin oluncaya kadar yerinden kıpırdamadı. Sonra, bulunduğu konumun bir kör için en ideal durum olduğunu düşündü, eğer kedi gibi dört ayak üzerinde ilerlerse, yolunu daha kolay bulabilirdi. Böylece girişe varana dek süründü, orada durup ne yapması gerektiğini düşündü, kapıdan seslenmek mi daha iyiydi, yoksa, tırabzan görevi gören ve elbette hâlâ orada olması gereken ipten yararlanarak parmaklıklara mı yaklaşmalıydı? Yardım istemek için şimdi bulunduğu yerden seslenirse, hemen geri dönmesini emredeceklerini çok iyi biliyordu, öte yandan, karyola demirlerinin sağlam desteğine karşın, buraya gelmek için bunca eziyet çektikten sonra, tek alternatif olarak, gevşek ve titrek bir ipten başka bir şeyden yardım alamayacağını düşünmek, tereddüde düşürüyordu onu. Birkaç dakika geçince bir çözüm bulduğuna inandı, Sürünerek ilerleyeceğim, diye düşündü, ipin altından giderim, doğru yönde olup olmadığımı anlamak için de ara sıra elimi kaldırıp ipi yoklarım, tıpkı araba çalmak gibi, her zaman bir çözüm bulunur. Birden, hiç hesapta yokken, vicdanı uyandı ve zavallı bir körün arabasını çalabildiği için adamı açıkça kınadı, Şu anda bu durumdaysam, diye akıl yürüttü, onun arabasını çaldığım için değil, ona evine kadar eşlik ettiğim için, bunu yapmam büyük hataydı. Vicdanı, ayrıntılı muhasebelere girişecek yapıda olmadığından akıl yürütmesi basit ve yalındı, Körler ermiş sayılırlar, gözleri kör olan birinin bir şeyi çalınmaz, Teknik açıdan bakarsak, hiçbir şeyini çalmadım onun, arabası cebinde değildi, suratına tabanca da dayamadım, diye kendini savundu hırsız, Safsatayı bırak, diye homurdandı vicdanı, devam et yoluna.

Şafak vaktinin serin havası yüzünü ferahlattı. İnsan açık havada ne kadar iyi soluk alıyor, diye düşündü. Bacağındaki sancı sanki azalmıştı, ama buna şaşırmadı, birkaç kez daha yaşamıştı aynı durumu. Şimdi binanın dışındaki sahanlıktaydı, az ileride basamaklara ulaşacaktı, Asıl o kısım güç olacak, diye düşündü, merdivenden başım önde inmek zorunda kalacağım. Kolunu kaldırıp ipin hâlâ tepesinde durduğundan emin oldu ve ilerledi. Tahmin ettiği gibi, bir basamaktan diğerine geçmek kolay değildi, özellikle bacağı hiç yardımcı olmazken, bir süre sonra da korktuğu başına geldi, merdivenin ortasında, bir eli basamaklardan birinden kayınca, bütün gövdesi bir yana kaykıldı ve lanet olası bacağının ölü ağırlığı yüzünden aşağıya sürüklendi. Sancılar anında testere, matkap ve çekiçlerle geri geldi, çığlık atmamayı nasıl başardığını kendi de bilemedi. Dakikalarca karın üstü, yüzü yerde, kalakaldı. Zemini yalayan ani bir esinti onu ürpertti. Don gömlekti. Bütün vücudu gibi yarası da yere yapışmıştı, Mikrop kapacak, diye düşündü, aptalca bir düşünceydi bu, yatakhaneden beri bacağını böyle yerde sürüklediği aklına gelmemişti, Tamam, önemi yok, mikrop kapmasına fırsat vermeden tedavi ederler, diye düşündü sonra, kendini sakinleştirmek için ve ipe daha rahat uzanabilmek amacıyla yan döndü. Onu hemen bulamadı. Merdivenden yuvarlandıktan sonra ipe dik açıyla kaldığını bilememişti, yine de içgüdüsüne uyarak yerinden kımıldamadı. Sonra, mantık yürüttü, oturur pozisyonda yön bulmaya çalışarak, yavaş yavaş, merdivenin ilk basamağına böğrü değene dek ilerledi ve elini kaldırıp ipin sertliğini hissedince, içini coşkulu bir zafer duygusu kapladı. Muhtemelen yine bu duygu sayesinde, yarası yere değmeden ilerlemeyi öğrendi, sırtını giriş kapısına dayadı ve belden aşağısı olmayan sakatların eskiden yaptığı gibi, ellerinden koltuk değneği gibi yararlanarak, bedeni dik durumda, küçük küçük hareketlerle ilerlemeyi akıl etti. Geri geri elbette, çünkü başka durumlarda olduğu gibi bu durumda da, kendini itmek çekmekten daha kolaydı. Böyleyken, bacağı fazla acımıyordu, ayrıca, çıkışa doğru zeminin hafifçe eğik olması da işine yarıyordu. İpe gelince, onu yitirme tehlikesi yoktu, çünkü neredeyse başına değiyordu. Giriş kapısına ulaşması için çok yolu kalıp kalmadığını sordu kendi kendine, geri geri, her defasında onar santim, hatta daha az yol almak bir ayağının, daha iyisi iki ayağının üzerinde gitmeye benzemiyordu, Kör olduğunu bir an unutarak, daha ne kadar yol kat etmesi gerektiğini anlamak için başını çevirdi, ama karşısında aynı dipsiz beyazlığı buldu. Gece mi yoksa gündüz mü, diye sordu kendi kendine, gündüz olsaydı, beni şimdiye kadar görürlerdi, üstelik yemek geleli saatler oldu. Kendinde keşfettiği mantıklı düşünme yetisi, akıl yürütmesindeki hız ve kesinlik şaşırtmıştı onu, değişmiş, bir başka insan olmuştu, şu lanet olası bacağını saymazsa, kendini ömrü boyunca hiç bu kadar iyi hissetmediğine yemin edebilirdi. Sırtı, giriş kapısının alt tarafındaki sac kaplamaya çarptı. Varmıştı. Soğuktan korunmak için kulübesine girmiş olan nöbetçi asker, ne olduğunu iyi anlayamadığı hafif sesler duyduğu hissine kapılmış, ama bu seslerin içerden gelebileceğini aklına bile getirmemişti, ağaçlar hafif hafif sallanırken ya da bir dal rüzgârda parmaklıklara değerken çıkmış olabilirdi bu ses. Birden, kulağına bir başka ses daha geldi, ama bu seferki öncekilerden farklıydı, bir darbe, daha doğrusu bir çarpma sesiydi bu, daha açık söylemek gerekirse, rüzgârın çıkardığı ses olamazdı. Tedirgin olan asker, otomatik silahının emniyetini açarak kulübesinden çıktı ve kapıya doğru baktı. Bir şey göremedi. Bununla birlikte, ses bu kez daha yüksek perdeden yinelendi, şimdi, pürüzlü bir yüzeyi tırmalayan tırnakların çıkardığı sese benziyordu. Kapının sac levhası, diye düşündü. Çavuşun uyuduğu çadıra doğru gidecek oldu, ama yanlış bir alarm verecek olursa azarlanacağını düşününce durdu, çavuşlar uykudan uyandırılmaktan hoşlanmaz, bir gerekçesi olsa bile. Yeniden kapıya doğru baktı ve gerginlik içinde bekledi. Madeni iki yatay çubuğun arasından, beyaz bir yüz, yavaş yavaş, hayalet gibi belirdi. Bir körün yüzü. Korkudan askerin kanı dondu ve bu korkuyla, silahını doğrultup aniden yaylım ateş açtı.

Silahın kesik kesik patlamaları, akıl hastanesinin ve içeride tecrit edilenlerin korunmasıyla görevli nöbetçilerden oluşan askerlerin çadırların içinden yarı çıplak bir halde ânında dışarı fırlamasına yol açtığı gibi, binanın içinden de dışarı koşanlar oldu. Çavuş komutayı ele almıştı bile, Neler oluyor burada, Bir kör, bir kör, diye geveledi asker, Nerede, Orada, ve silahının namlusuyla kapıyı işaret etti, Ben orada bir şey görmüyorum, Oradaydı, gördüm. Askerler üniformalarını giymiş, sıraya girmiş, ellerinde silah bekliyorlardı. Işıldağı yakın, diye talimat verdi çavuş. Askerlerden biri, orada duran aracın kasasına çıktı. Birkaç saniye sonra, göz kamaştıran bir ışık kapıyı ve binanın cephesini aydınlattı. Kimse yok orada, salak, dedi çavuş ve benzer üslupta askeriyeye özgü başka güzel sözler de söylemeye hazırlanıyordu ki, parlak ışıkta, kapının altında koyu bir lekenin yayıldığını fark etti. Zımbalamışsın herifi, dedi. Sonra, aldığı kesin emirleri anımsayarak bağırdı, Geri çekilin, bulaşır. Askerler korku içinde geri çekildiler, ama zemindeki taşların arasında yavaş yavaş büyüyen kan gölüne bakmayı sürdürdüler. Herif öldü mü, sence, diye sordu çavuş, Öyle olmalı, salvoyu tam suratının ortasına yedi, diye yanıtladı asker, ne kadar iyi nişancı olduğunu gösterdiği için pek memnundu. Tam o anda, bir başka asker sinirli sinirli bağırdı, Çavuşum, çavuşum, şuraya bakın. Merdiven sahanlığının dışarıda kalan kısmında, ayakta, ışıldağın beyaz ışığının aydınlattığı bir grup kör duruyordu, on kişiden fazlaydılar, İlerlemeyin, diye böğürdü çavuş, bir adım daha atarsanız, hepinizi yakarım. Karşı binaların pencerelerinde, silah seslerine uyanmış birkaç kişi, camların ardından korku içinde bakıyordu. Bunun üzerine çavuş bağırdı, İçinizden dört kişi gelip cesedi alsın. Birbirlerini göremediklerinden ve sayamadıklarından, altı kör harekete geçti, Dört kişi dedim, diye bağırdı çavuş, isterik bir sesle. Körler elleriyle birbirlerine dokundular, tekrar tekrar dokundular, ikisi arkada kaldı. Ötekiler, ip boyunca ilerlemeye başladı.

Buralarda bir kürek ya da bel, yani toprağı kazacak bir alet var mı diye bakmak gerek, dedi doktor. Sabahtı, cesedi büyük çabalarla iç bahçeye taşıyıp, yere, çöplerin ve kuru ağaç yapraklarının arasına koymuşlardı. Şimdi onu gömmeleri gerekiyordu. Ölünün ne halde olduğunu yalnızca doktorun karısı biliyordu, yaylım ateşin dağıttığı bir yüz ve kafatası, boynu ve göğsünde üç kurşun deliği. Bütün binada mezar kazacak hiçbir şey bulunmadığını da biliyordu. Kendilerine ayrılan bölgenin her yerini dolaşmış ve demir bir çubuktan başka bir şey bulamamıştı. Bu da işe yarardı ama yeterli değildi. Ve binanın, hastalık bulaştığından kuşkulanılanlara ayrılmış kanadının bahçe yönünden bakıldığında daha aşağıda kalan uzun koridoru boyunca sıralanan kapalı pencerelerinde, sıralarının gelmesini, yanlarındakilere, Kör oldum, demek zorunda kalacakları o kaçınılmaz ânı bekleyen insanların dehşet dolu yüzlerini görmüştü, başlarına geleni belli etmemeye kalkışacak olsalar, hatalı bir hareket, bir gölgenin peşinden dönen başın bir hareketi, gözleri gören bir insanın normal olarak takılmayacağı bir şeye takılıp sendelemeleri onları ele verirdi. Bütün bunları doktor da biliyordu, biraz önce söylediği cümle karısıyla kurdukları tezgâhın parçasıydı, karısı, Askerlerden bize bir kürek atmalarını istesek, nasıl olur, o da, İyi düşündün, bir deneyelim, diyecek ve herkes bunun iyi bir fikir olduğunu söyleyecekti, bir tek koyu renk gözlüklü genç kız kürek ya da bel konusunda bir şey söylemeyecekti, buna karşılık, sızlanıp duruyor ve gözyaşı akıtıyordu, Benim suçum bu, diye ağlıyordu, ki haklıydı da, kimse bunu inkâr edemezdi, ama doğru olan ve genç kızı teselli edebilecek bir şey daha vardı ki o da şuydu: Her hareketimizden önce bütün sonuçlarını tahmin etmeye çalışsak, bunları ciddi olarak düşünsek, önce kesin sonuçları, sonra olası sonuçları, sonra rastlantısal sonuçları, daha sonra da hayali sonuçları düşünmeye kalksak, kımıldayamayız bile, tek bir adım atamayız. Sözlerimizin ve hareketlerimizin iyi kötü sonuçları, kuşkusuz, gelecekteki bütün günlerimize, hatta bizim bu sonuçları doğrulamak, kendimizi kutlamak ya da başkalarından özür dilemek için artık bu dünyada bulunmayacağımız sonsuz günler dahil, oldukça düzenli ve dengeli biçimde dağılır, zaten bu durumun, üzerinde bunca konuşulan ölümsüzlük denen şey olduğunu ileri sürenler de vardır, Tamam da, bu adam öldü, bizim de onu gömmemiz gerekiyor. Doktorla karısı bu konuyu yetkililerle görüşmeye karar verdiler, bir türlü avutulamayan koyu renk gözlüklü genç kız da onlarla geleceğini söyledi. Vicdan azabından. Tam kapının eşiğine çıkmışlardı ki bir asker onlara, Durun, diye bağırdı ve bu sözlü tehdide, onu ne kadar sert söylemiş olsa da, uyulmayacağından korkmuş olacak ki, havaya ateş etti. Dışarı çıkanlar korkarak giriş avlusunun karanlıkta kalan korunaklı kısmına, açık duran kapının kalın ahşap kanatlarının arkasına doğru gerilediler. Sonra, doktorun karısı tek başına öne çıktı, durduğu yerden askerin hareketlerini izleyebilir, eğer gerekirse hemen geriye çekilebilirdi. Ölüyü gömecek bir şeyimiz yok, dedi, küreğe ihtiyacımız var. Ana giriş kapısında, kör adamın düştüğü yerin karşı tarafından bir başka asker yaklaştı. Bir çavuştu bu, ama önceki çavuş değil, Ne istiyorsunuz, diye bağırdı, Bize bir kürek verin ya da bir bel, Yok burda öyle bir şey, defolup gidin, Cesedi gömmemiz gerekiyor, Gömmeyin, olduğu yerde bırakın çürüsün, Açıkta bırakırsak mikroplar havaya bulaşabilir, Bulaşsın, iyi gelir size, Hava durduğu yerde durmaz ki, bazen burada olur, bazen de sizin tarafa geçer. İleri sürülen sav mantıklıydı, asker düşünmek zorunda kaldı. Kör olan ve hemen kara kuvvetlerine mensup hastaların toplandığı yere götürülen önceki çavuşun yerine gelmişti buraya. Hava kuvvetlerinin ve denizcilerin de kendilerine ait toplanma yerleri vardı elbette, ancak bunlar daha küçük ve sıradandı, çünkü bu iki ordunun askerleri karacılardan sayıca daha azdı. Kadın haklı, diye düşündü çavuş, bunun gibi durumlarda, ne kadar önlem alınsa yetmez. Önlem olarak, gaz maskesi takmış iki asker, kan birikintisinin üzerine iki şişe amonyak dökmüştü, çıkan buharlar askerlerin gözlerini yaşartıyor, boğaz ve burun mukozalarında karıncalanmaya yol açıyordu. Çavuş sonunda, Gidip bir bakayım, bir şey yapabilecek miyiz, dedi, Yiyeceğimiz de yok, dedi, ona bu konuyu hatırlatmak için durumdan yararlanan doktorun karısı, Yiyecekler henüz gelmedi, Sadece bizim koğuşta elli kişiden fazla var, hepimiz açız, gönderdiğiniz yiyecekler bize yetmiyor, Yiyecek sağlamak ordunun görevi değil, Biri bu sorunu çözmeli ama, hükümet bizi doyuracağına söz verdi, İçeri girin, o kapının dibinde kimseyi görmeyeyim, Kürek, diye bağırdı son bir kez doktorun karısı ama çavuş ortadan kaybolmuştu. Yatakhanedeki hoparlörlerden ses duyulduğunda, vakit öğleye yaklaşıyordu, Dikkat, dikkat, içerdekiler bunun yemek anonsu olduğunu düşünerek sevindiler, ama değildi, küreği söylüyorlardı, Gelip alın, ama hep birlikte değil, sadece bir kişi gelsin, Ben gidiyorum, daha önce askerlerle ben konuştum, dedi doktorun karısı. Dış sahanlığa çıktığında küreği gördü. Aletin durduğu yerin mesafesine bakılırsa, merdivenlere değil de giriş kapısına yakındı, dolayısıyla dışarıdan içeri fırlatılmış olmalıydı. Kör olduğumu kesinlikle unutmamalıyım, diye düşündü doktorun karısı, Kürek nerede, diye sordu, Merdivenden in, seni yönlendireceğim, diye karşılık verdi çavuş, gayet iyi, şimdi dosdoğru ilerle, evet, böyle, dur, bir parça sağa dön, hayır, sola, daha az, daha az dön, şimdi doğruca karşıya, sağa sola gitmeden yürürsen tam isabet, yaklaştın, yaklaştın, lanet olsun, sağa sola dönme dedim sana, uzaklaştın, uzaklaştın, yine yaklaşıyorsun, yaklaşıyorsun, biraz daha, tamam, şimdi bir yarım daire çiz, seni yeniden yönlendireceğim, dolap beygiri gibi dönüp durmanı, sonra kendini kapının dibinde bulmanı istemiyorum, O kadar dert etme, diye düşündü kadın, buradan kapıya kadar dümdüz yürüyeceğim, kör olmadığımı düşünsen de umurumda değil, nasıl olsa buraya gelip beni almaya kalkışamazsın. Kazmayı, işbaşı yapmaya giden bir tarla işçisi gibi omzuna koydu ve kapıya kadar düz bir hat üzerinde yürüdü, Çavuş şuna bakın, diye bağırdı askerlerden biri, sanki gözleri görüyormuş gibi yürüyor, Körler yönlerini bulmayı pek çabuk öğrenirler, diye açıkladı çavuş askere, kendinden pek emindi.

Çukuru çok zor kazdılar. Toprak sertti, üzerine çok basılıp çiğnenmişti, yüzeyin hemen altında da ağaç kökleri vardı. Taksi şoförü, iki polis memuru ve ilk kör sırayla kazdılar. Doğal olarak, ölüm karşısında hıncın gücünü ve zehrini yitirmesi beklenir, eski kinlerinse tazeliğini koruduğu, bunun kanıtlarıyla edebiyatta ve yaşamda bol bol karşılaşıldığı söylenir, ama buradaki durumda, doğrusunu söylemek gerekirse, aslında hınç falan hissedilmediği gibi, yıllanmış bir kin hiç yoktu, çünkü bir arabanın çalınmasının, o arabayı çalmış kişinin ölümü karşısında bir değeri olabilir mi, üstelik o ölü sefil bir haldeyse hiç olmaz, o adamın yüzünde ne burun ne ağız kaldığını anlamak için mutlaka görmek gerekmezdi. Üç karıştan daha derine inemediler. Ölü iriyarı biri olsaydı, göbeği mezara sığmazdı, ancak hırsız sıskaydı, kemik çuvalıydı sanki, özellikle de son günlerde çektikleri açlıktan sonra çukura onun gibi iki kişi bile sığardı. Dua etmediler. Başına bir haç dikseydik, diye hatırlattı koyu renk gözlüklü genç kız, yine vicdan azabıyla konuşuyordu, ama oradakiler merhumun yaşarken Tanrı'yla ve dinle arasının nasıl olduğunu hiç bilmiyordu, en iyisi konuşmamaktı, ölünün başında tören yapılmadı, ayrıca nereye adım attıklarını bile görmeyen bunca körün bir olup haç hazırlamaları sanıldığı kadar kolay değildi, üstelik çok da zaman alırdı. Yatakhaneye geri döndüler. En çok bulunulan yerlerde, eğer bina dışında değilse, körler yolunu şaşırmaz, kolunu öne uzatarak ve parmaklarını böceklerin antenleri gibi oynatarak her tarafa gidebilirler, hatta daha da yetenekli körler, frontal görüş denen şeyi bile geliştirmekte gecikmezler. Örneğin doktorun karısının, salon, bodrum ve koridorlardan oluşan bu gerçek yapbozda dolaşıp yönünü bulabilmesi, bir köşeyi tam zamanında dönüvermesi, kapının önünde durup hiç duraksamadan açması, kendi yatağına giderken öteki yatakları saymaması harika bir şey. Şimdi kocasının yatağında oturmuş, her zaman yaptığı gibi onunla alçak sesle sohbet ediyordu, ikisinin de iyi yetişmiş insanlar olduğu belli, her zaman konuşacak şey buluyorlar, öteki çiftin, ilk kör ile karısının durumu böyle değil, buluşmalarının heyecanı geçtikten sonra birbirleriyle doğru dürüst konuşmadılar bile, şu anki üzüntüleri muhtemelen geçmiş aşklarına ağır basmıştı, zamanla alışırlardı. Şaşı çocuk ise sürekli, Acıktım, demekten usanmadığından, koyu renk gözlüklü genç kız neredeyse ağzından lokmasını çıkarıp ona veriyordu. Birkaç saatten beri çocuk, Annemi isterim, diye tutturmaktan vazgeçmişti, ama karnını doyurur doyurmaz, bedeni, hayatta kalabilmenin basit fakat acil ihtiyacının yol açtığı bencil katılıktan kurtulur kurtulmaz annesinin yokluğunun yeniden aklına geleceğine kuşku yoktu. Ya şafak vakti olup bitenler yüzünden ya da bilemediğimiz nedenlerle, sabah kahvaltısını getiren yiyecek kasaları gelmemişti. Şimdi öğle yemeği vakti gelmekteydi, doktorun karısının belli etmeden baktığı kol saati neredeyse biri gösteriyordu ve mide salgıları sabırsızlanıyordu, bu koğuşta olduğu gibi, öteki koğuşta da bazı körlerin giriş avlusuna gidip yiyecek gelmesini beklemek istemelerine de şaşırmamak gerekti, bunun iki geçerli nedeni vardı, bazı körlerin ileri sürdüğü aleni neden, bu şekilde zaman kazandıklarıydı, ötekilerin açıklanmayan nedeni ise, önce gidenin karnının önce doyduğuydu. Dış kapının açılırken çıkardığı gıcırtıyı ve o kutsal kasaları getiren askerlerin ayak seslerini kollayan körlerin sayısı ondan az değildi. Binanın sol kanadında toplanan, körlük bulaşmış olmasından kuşkulanılanlar, avluda bekleyen tecritli körlere yaklaşırlarsa bir anda kör olmaktan korktukları için, dışarı çıkıp onların yanına gitmeye cesaret edemediler, ama içlerinden bazıları, kendi sıralarının gelmesini sabırsızlıkla beklediklerinden, kapının aralığından öbür tarafı gözetlediler. Zaman geçti. Beklemekten yorulan körler yere oturmuşlardı, daha sonra birkaç kişi yatakhaneye geri döndü. Biraz sonra, giriş kapısının başka hiçbir şeye benzemeyen gıcırtısı işitildi. Heyecanlanan körler, itişip kakışarak, dışarıdan gelen seslere göre, kapının bulunduğunu hesapladıkları yere yöneldiler, ama aniden, tanımlama ya da açıklama fırsatı bulamadıkları müphem bir kaygıyla durdular ve yemeği getiren askerlerle onlara eşlik eden silahlı eşlikçilerin ayak sesleri duyulurken karmakarışık bir halde geri çekildiler.

Geceki trajik olayların etkisi sürüyordu ki, kasaları getiren askerler, daha önce az çok yaptıkları gibi, bunları, binanın iki kanadına açılan kapıların yanına değil, girişe bırakmaya karar vermişlerdi, ve, Gelip kendiniz alın, diye seslendiler. Dışarıdaki güçlü ışık askerlerin gözlerini kamaştırmıştı, birdenbire giriş avlusunun loşluğuna geçince, orada bekleyen körleri ilk bakışta göremediler. Ama ardından fark ettiler. Dehşet içinde çığlıklar atıp, ellerindeki kasaları yere düşürdüler, dış kapıya doğru deli gibi koştular. Onlara eşlik eden ve sahanlıkta bekleyen iki askerin de bu tehlike karşısındaki tepkisi tam örnek oluşturacak şekildeydi. Nedenini sadece Tanrı'nın bildiği haklı bir korkuya kapılarak, kapının eşiğine kadar ilerleyip şarjörlerini içeri boşalttılar. Körler birbiri üstüne devrilmeye başladı, yere düşerlerken hâlâ bedenlerine kurşun yemeye devam ediyorlardı ki tam bir cephane israfı sayılırdı bu, her şey inanılmayacak kadar ağır bir tempoda olup bitti, bazen sinemada ya da televizyonda görüldüğü gibi, yere yıkılan bir beden, ardından bir beden daha, bu düşmelerin sonu gelmeyecekmiş gibiydi. Eğer askerlerden biri attığı kurşunların hesabını verecek olsaydı, özsavunma zorunda kalarak ateş ettiğine bayrak üzerine yemin ederdi, üstelik, insani bir görevi silahsız olarak yerine getirirken, ansızın kendilerinden sayıca üstün bir grup körün saldırdığı arkadaşlarını korumak için ateş ettiğini de söylerdi mutlaka. Askerler koşarak kapıya doğru geri çekildiler, bu arada öteki nöbetçi askerler, sanki hayatta kalan körler öç almak için saldırmaya hazırlanıyorlarmış gibi, geri çekilen askerleri korumak için titreye titreye demir parmaklıkların arasından silahlarını körlere çevirmişlerdi. Ateş eden askerlerden biri, korkudan bembeyaz kesilmişti, Ölürüm de oraya bir daha adımımı atmam, diyordu, gerçekten de oraya bir daha adım atmadı. Aynı gün akşama doğru, istirahat vakti geldiğinde, bir anda, o da körlerden bir kör olmuştu, ama asker oluşu sayesinde oradan kurtuldu, yoksa, halktan körlerin, yani öldürdüğü körlerin arkadaşlarının arasında kalacaktı, öyle olsaydı başına ne gelirdi, Tanrı bilir. Çavuş, En iyisi bırakalım açlıktan gebersin bunlar, dedi, böcek ölürse, zehir de kalmaz. Aynı şeyi defalarca söylemiş ve düşünmüş olan askerlerin hiç eksik olmadığını biliyoruz, neyse ki, içinde bir parça insanlık kalmış olmalı ki, şöyle dedi, Bundan böyle kasaları yarı yola kadar götürüp bırakalım, körler de oraya kadar gelip alsınlar, böylelikle gözümüzü üzerlerinden ayırmayız ve en küçük kuşkulu davranışta ateş ederiz. Çavuş komuta yerine yöneldi, mikrofonu açtı ve sözlerini olabildiğince toparlamaya, az çok benzer durumlarda işittiği başka benzer cümleleri hatırlamaya çalışarak, Ordu, acil bir tehlikenin habercisi olan ve dolaylı ya da dolaysız kendisinden kaynaklanmayan bir isyan hareketini silahla bastırmak zorunda kaldığı için çok üzgündür, bugünden itibaren içerde bulunanlar binanın dışına çıkarak yiyeceklerini kendileri gelip alacaklardır, şimdiden uyarırız ki, bugün ve dün akşam olduğu gibi, düzeni bozacak herhangi bir girişim halinde sonuçlarına katlanmak zorunda kalacaksınız, dedi. Biraz ara verdi, konuşmasını nasıl bitireceğini pek iyi bilemiyordu, uygun kelimeleri bulamıyordu, oysa vardı mutlaka, sadece, Bu durumun suçlusu biz değiliz, suçlusu biz değiliz diye tekrar edip durdu.

Girişteki avlunun dar alanında patlayan silahların gümbürtüsü binanın içinde dehşet yaratmıştı. İlk anlarda herkes askerlerin yatakhanelere dalıp, önlerine gelene yaylım ateş açacağını, hükümetin fikir değiştirdiğini, körleri kitle halinde tasfiye kararı aldığını sandı, kendilerini yatakların altına atanlar da oldu, çok korktuğundan olduğu yerden kımıldayamayanlar da, bazılarıysa insanın sağlığının yerinde olmamasındansa yaşamamasının daha iyi olduğunu düşünmüştü, sonunda öleceklerse, bunun acilen gerçekleşmesi daha iyi olurdu. İlk tepki verenler, hastalığın bulaşmış olduğu kişilerdi. Silah sesleri geldiğinde kaçışmaya başlamışlardı, ama ardından gelen sessizlikte geriye dönecek gücü buldular ve giriş avlusuna açılan kapıya yeniden biraz daha yaklaştılar. Üst üste yığılmış bedenleri, karo taş döşeli zeminin üstünde kanın, sanki canlıymış gibi, ağır ağır, kıvrılarak yayıldığını ve yiyecek kasalarını gördüler. Açlık onları oraya koşmaya zorladı, bunca arzuladıkları yiyecekler orada duruyordu, aslında bu yiyecekler körlere getirilmişti, kendilerininki yönetmeliğe uygun olarak az sonra getirilecekti, ama şimdi yönetmeliği kim takardı, kimse bizi görmüyor, alevi en parlak olan mum yolu aydınlatan mumdur, eskiler böyle söylemişti, her zaman ve her yerde, ve yaşlılar yanılmazdı. Bununla birlikte açlık ancak üç adım ilerlemelerine izin verdi, sonra akıl devreye girdi ve o cansız bedenlerde, özellikle de o kanda, sakınmasını bilmeyenleri bekleyen tehlike konusunda uyardı, körlerin delik deşik olmuş etlerinden daha şimdiden hangi buğuların, hangi sızıntıların, hangi zehirli kokuların çıktığını kim bilebilirdi? Onlar ölü, bize hiçbir şey yapamazlar, dedi biri, kendini ve çevresindekileri yüreklendirmeyi isteyerek, ama böyle söylemesi hiç iyi olmadı, körlerin ölü oldukları, artık kıpırdayamayacakları, düzelemeyecekleri, ne hareket edip ne de soluk alabilecekleri doğruydu, ama bu beyaz körlüğün aslında ruhla ilgili bir hastalık olmadığını kim bize söyleyebilir, ve eğer böyleyse, yani bu varsayım doğruysa, bu körlerin ruhları şimdi hiç olmadığı kadar serbestti, bedenlerinin dışındaydı, dolayısıyla istediklerini yapmakta çok daha özgürdüler, özellikle de kötülük yapmakta, ki, herkesin bildiği gibi, kötülük, daima en kolay yapılan şeydir. Fakat, karşılarında yayılmış yiyecek kasalarından gözlerini alamıyorlardı, çünkü mide ne yapacağını bilirdi, kendi iyiliği için bile olsa başka hiçbir şeyi dikkate almazdı. Kasaların birinden sızan beyaz bir sıvı kan birikintisine doğru yaklaşıyordu, bu, kim ne derse desin, süt olmalıydı, beyaz renk yanıltmaz. Hastalık mikrobu taşıyanların arasından en cesaretli ya da en kaderci olan –bunu ayırt etmek her zaman kolay olmasa da– iki kişi ilerledi, açgözlü elleri ilk kasaya neredeyse değecekti ki binanın öbür kanadına açılan kapının eşiğinde birkaç kör belirdi. İnsanın hayal gücü öyle çalışır ki, özellikle de bu gibi marazi koşullarda ondan her şey beklenir, yiyecek eşelemeye giden o iki kişi, yerdeki ölülerin aniden dirildiğini sandılar, kuşkusuz yine kördüler, fakat çok daha tehlikeliydiler, çünkü hiç kuşku yok ki öç alma duygusuyla hareket ediyorlardı. İki adam dikkatle ve sessizce geri geri kendi binalarının girişine çekildiler, belki de körler, hayırseverlik ve saygı duygularıyla öncelikle kendi ölüleriyle meşgul olurlardı ya da bunu yapmasalar da, görmedikleri için, kasalardan birini -küçük de olsa- orada bırakırlardı, aslında mikrobun bulaştığından kuşku duyulanlar çok kalabalık değillerdi, bu yüzden belki de en iyi çözüm körlere şunu demekti, Ne olur acıyın bize, hiç olmazsa küçük kasalardan birini bırakın, çünkü bugün yaşananlardan sonra belki artık yiyecek getirmezler. Körler, körler gibi elleriyle çevreyi yoklayarak, tökezleyerek, ayaklarını sürüyerek ilerliyorlardı, yine de, sanki önceden örgütlenmiş gibi işleri en uygun biçimde bölüştürmeyi bilmişlerdi, birkaçı, yapış yapış kanın ve sütün içinde kaya kaya, cesetleri hemen kaldırıp iç avluya taşımaya başladı, diğerleri de kasalarla ilgilendi, askerlerin bıraktığı sekiz kasayı birer birer alıp götürdüler. Körlerin arasındaki bir kadın, sanki her an her yerdeydi, kasaların taşınmasına yardım ediyor, kör bir kadın için imkânsız görünse de erkeklere rehberlik eder gibi davranıyordu, tesadüfen ya da kasıtlı olarak, başını birçok kez mikrop bulaşmış olanların bulunduğu binaya doğru çevirdi, sanki görebiliyordu ya da onların varlıklarını seziyordu. Giriş avlusu kısa sürede boşaltıldı, geniş kan lekesinden ve ona değen, daha küçük, beyaz bir lekeden, akan sütün lekesinden başka bir iz kalmadı geride, bunların dışında, ayak izleri, kırmızı lekeler ya da yalnızca ıslak izler vardı. Mikroplular kaderlerine boyun eğerek kapıyı kapatıp yerde kırıntı aramaya başladılar, öyle bezginlerdi ki, içlerinden biri şunu söylemekten kendini alamadı ve bu söyleyeceği şey ne kadar umutsuz olduklarını gösteriyordu, Eğer biz de kör olacaksak, eğer yazgımız buysa, şimdiden onların yanına gitsek iyi olur, hiç olmazsa yiyecek bir şeyler buluruz, Belki askerler bizim payımızı da getirirler, dedi bir başkası, Siz askerliğinizi yaptınız mı, diye sordu bir üçüncüsü, Hayır, Bana da öyle gelmişti.

Ölüler her iki yatakhanede kalanlar arasındandı, birinci ve ikinci yatakhanede kalanlar, önce yemek yiyip sonra mı ölülerini gömsünler ya da bunun tersini mi yapsınlar diye karar vermek üzere toplandılar. Kimlerin öldüğünü kimse merak etmez görünüyordu. İçlerinden beşi ikinci yatakhanedendi, önceden tanışıyorlar mıydı ya da, tanışmıyorlarsa, birbirlerini tanıyıp içlerini dökme fırsatı ve zamanı bulabilmişler miydi, bilinmiyor. Doktorun karısı, bu beş körü geldiklerinde gördüğünü hatırlamıyordu. Geri kalan dördünü ise, evet, tanıyordu, yani onlar da kendisiyle birlikte, deyim yerindeyse, aynı çatı altında yatmışlardı, bununla birlikte, içlerinden biri hakkında hiçbir şey bilmiyordu, ayrıca nasıl bilebilirdi ki, kendine saygısı olan bir erkek ilk karşısına çıkana, örneğin koyu renk gözlüklü bir genç kızla bir otel odasında seviştiğini söylemek gibi mahrem konulardan söz etmezdi, o genç kız da, eğer buradaki kızsa sözü edilen, kendisinin her şeyi bembeyaz görmesine neden olan erkeğin şimdiye kadar bunca yakınında olduğunu ve hâlâ yakınında bulunduğunu aklının ucundan geçirmezdi. Ölenler arasında taksi şoförüyle iki polis memuru da vardı, güçlü kuvvetli üç kişi, kendilerine bakabilecek ve meslekleri –farklı yollardan da olsa– başkalarına yardım etmek olan üç kişi, sonuçta, hayatlarının baharında acımasızca tırpanlanmışlardı ve oradakilerin son görevlerini yapmalarını bekliyorlardı. Buradakilerin yemeklerini bitirmelerini beklemek zorundalardı, bu durum, yaşayanların bildik bencilliğinden değil, birinin onlara, mantıklı bir şekilde, dokuz ölüyü bu kadar sert bir toprağa, hem de tek bir kürekle gömmenin en azından akşam yemeğine kadar süreceğini anımsatmış olmasından kaynaklanıyordu. İyi niyetli gönüllüler uğraşırken ötekilerin midelerini şişirmeleri kabul edilebilir bir fikir değildi elbette, bu yüzden ölüleri halletmeyi yemek sonrasına bıraktılar. Yiyecekler kişi başına porsiyon olarak getiriliyordu, dolayısıyla yiyeceklerin tamamını kolayca dağıtabilirlerdi, Bu senin payın, bu da seninki, diye. Oysa pek duyarlı olmayan bazı körlerin telaşları, normal koşullarda kolaylıkla yapılabilecek dağıtım işlemini zorlaştırdı, aslında serinkanlı ve tarafsız düşünülürse, ortaya çıkan bazı aşırılıklar mazur görülebilir, örneğin getirilen yiyeceğin herkese yetip yetmeyeceğinin başlangıçta bilinemeyeceğini hatırlamak yeterli olur. Aslında, körleri saymanın ya da gelen tayını paylaştırmanın kolay olmadığını kuşkusuz herkes anlayacaktır, üstelik ikinci yatakhanede kalanlardan birkaçı, bu namussuzluğu kınamak bile az gelir, gerçekte olduklarından daha kalabalık olduklarına ötekileri inandırmak istediler. Bereket versin doktorun karısı her zamanki gibi meseleye çözüm getirdi. Bazı sorunlar, üzerinde uzun uzun konuşunca kötüye gidebilir, yerinde söylenmiş birkaç sözse onları kolayca çözebilir. Kötü niyetliler ve karaktersizler iki kez yemek almaya yalnızca kalkışmakla kalmayıp bunu başardılar da. Doktorun karısı bu rezil hareketin farkına vardı, ama onların taşkınlığını teşhir etmemeyi daha akıllıca buldu. Kör olmadığının anlaşılmasının yol açacağı sonuçları aklına getirmek bile istemiyordu, en azından herkesin hizmetçisi, birkaçının da kölesi olurdu. Bu tür sorunların, hatta belki daha ciddi sorunların çözümünde ilk başta önerilen, her yatakhaneden bir sorumlu seçilmesi düşüncesi yardımcı olabilirdi, ancak bu sorumlunun otoritesinin, ki elbette dayanıksız, elbette geçici, elbette her an sorgulanan bir otorite olacaktı, herkesin iyiliği için uygulanması ve çoğunluk tarafından da kabul edilmesi koşuluyla. Bunu başaramazsak, diye düşündü doktorun karısı, sonunda birbirimizi öldürmeye başlayacağız. Bu nazik konuyu kocasıyla konuşmaya karar verdi ve tayınları dağıtmaya devam etti.

Bazıları tembellikten, bazılarının da midesi hassas olduğundan, yemeğin ardından mezarları kazmaya yanaşmadılar. Doktor, mesleği gereği kendini diğerlerinden daha sorumlu gördüğünden, biraz da isteksizce, Haydi gidip onları gömelim, dediğinde tek bir gönüllü bile çıkmadı. Yataklarına uzanmış yatan körlerin tek isteği, yediklerini rahat rahat sindirebilmekti, bazıları hemen uykuya daldı, aslında yaşadıkları korku ve sarsıntılardan sonra, bu kadar yetersiz beslenen bedenlerinin şimdi kendini sindirim kimyasının gevşekliğine bırakmış olmasında şaşılacak bir şey yoktu. Daha sonra, güneş batmak üzereyken, gün ışığının azalmasıyla birlikte tavandaki lambaların cılız ışığı biraz canlanmış gibi göründüğünde, ama aynı zamanda, bu cılızlıkları ne kadar az işe yaradıklarını belli ettiğinde, doktor, karısıyla birlikte, kendi koğuşundan iki kişiyi ölüleri birlikte gömmeye ikna etti, en azından, diyordu, yapılacakları kontrol edebilmek ve çoktan katılaşmış cesetleri ayırmak için, çünkü her yatakhanenin kendi ölülerini gömmesi kararlaştırılmıştı. Körlerin, ışık yanılsaması denebilecek bir üstünlükleri vardı. Aslında, ister gündüz ister gece olsun, ister sabahın ya da akşamın alacakaranlığı, şafak vaktinin sessizliği ya da tam öğlenin gürültüsü, körler, siste kalmış güneşe benzeyen görkemli bir beyazlık içinde hareket ediyorlardı. Körlük onlar için, basit bir karanlık içinde değil, parlak bir ışık içinde yaşamaktı. Doktor, budalalık edip cesetleri ayıracaklarını söyleyince ilk kör, ki ona yardım etmeyi kabul edenlerden biri de oydu, ölüleri nasıl tanıyabileceklerini açıklamasını istedi, bir kör için mantıklı sayılan bu soru karşısında doktor ne diyeceğini bilemedi. Doktorun karısı bu kez onun yardımına koşmaması gerektiğini düşündü, yardım ederse kendini ele vermiş olurdu. Doktor, bu güç durumdan ustalıkla sıyrıldı, karşısındakine hak verdi, yani hatasını kabul etti, Bizler, dedi kendisiyle dalga geçercesine, gözlerimizin görmesine o kadar alışmışız ki, bir işe yaramadıkları halde onları hâlâ kullanabileceğimizi düşünüyoruz, aslında ölenlerden dördünün bizden olduğunu biliyoruz, taksi şoförü, iki polis ve burada kalan bir kişi daha, dolayısıyla yapacağımız şey, aralarından rastgele dört ceset seçip usulünce gömmek, böylelikle bize düşeni yapmış oluruz. İlk kör bu öneriyi kabul etti, arkadaşı da ona katıldı ve yeniden, sırayla, mezar kazmaya başladılar. Bu yardımcılar, kör olduklarından, gömdükleri cesetlerin hepsinin, biraz önce tereddütle söz ettikleri cesetler olup olmadığını bilemezlerdi, ve burada sözümona tesadüfün rolü vardır demeye gerek yok, doktorun eli, karısının yönlendirmesiyle, bir ölünün bacağını ya da kolunu yakalıyordu ve İşte, bunu alalım, diyordu. İki cesedi gömmüşlerdi ki, sonunda, onlara yardım etmek üzere yatakhaneden üç kişinin daha geldiğini fark ettiler, çoktan gece olduğunu söyleselerdi, herhalde gelmezdi o adamlar. Psikolojik açıdan, kabul edelim ki, insan kör de olsa, gündüz gözüyle mezar kazmakla güneş battıktan sonra bu işi yapmak arasında büyük fark vardır. Kan ter içinde, üstleri başları toprağa bulanmış, kokuşmaya başlamış cesetlerin ekşimsi kokusunu hâlâ duyarak yatakhaneye döndüklerinde, bilinen talimatları yineleyen ses hoparlörden yükseliyordu. Olaylara hiç değinilmedi, ne açılan ateşten ne de ölülerden söz edildi. İzin almadan binadan dışarı çıkanlar derhal vurulacaktır ya da içerdekiler cesetleri hiçbir tören yapmadan iç avluda gömeceklerdir, gibi talimatlar, şimdi, yaşamın sunduğu acımasız deneyim sayesinde -ki bu deneyim, bütün disiplinlerin en yüce efendisidir– tam anlamını buluyordu, öte yandan, günde üç öğün yiyecek dolu kasalar vaat eden ses, grotesk bir alaya ya da -katlanması daha da güç olan– ironiye dönüşüyordu. Hoparlör susunca, binayı artık en ücra köşesine kadar tanımaya başlamış olan doktor, tek başına, öteki yatakhanenin kapısına gitti, Biz ölülerimizi gömdük, diye bilgi verdi, Bazılarını gömdüyseniz diğerlerini de gömebilirdiniz, diye onu yanıtladı içerden bir erkek sesi, Her yatakhane kendi ölülerini kendi gömecekti, öyle kararlaştırmıştık, biz dört ölü alıp gömdük, Tamam, bizimkilerle yarın ilgileniriz biz, diye karşılık verdi bir başka erkek sesi, sonra, sesinin tonunu değiştirerek, sordu, Başka yiyecek gelmedi mi, Hayır, dedi doktor, Ama hoparlör günde üç öğün yemek diyor, Vaatlerini eksiksiz yerine getireceklerinden emin değilim, Bu durumda, gelen yiyeceği eşit paylara ayırmalıyız, dedi bir kadın sesi, Bence iyi bir fikir bu, isterseniz bunu yarın konuşalım, Tamam, dedi kadın. Doktor arkasını dönüp gidecekti ki ilk konuşan adamın sesi yeniden işitildi, Burada patron kim, bilmek iyi olur. Yanıt gelecek mi diye susup bekledi, ona yanıt veren biraz önceki kadın oldu, Eğer ciddi olarak düzen kuramazsak patronumuz açlık ve korku, zaten onlarla birlikte gidip ölülerimizi gömmememiz yeterince utanç verici, Madem bu kadar zekisiniz, ağzınız da laf yapıyor, siz neden gidip gömmüyorsunuz onları, Tek başıma yapamam ama yardımcı olurum, Tartışmaya gerek yok, dedi ikinci erkek sesi, yarın sabah hallederiz. Doktor iç geçirdi, bunlarla birlikte yaşamak kolay olmayacaktı. Koğuşa dönmek üzereydi ki, acilen tuvalete gitme ihtiyacı hissetti. Bu koğuşun bulunduğu yerden giderek tuvaletleri bulabileceğine pek emin değildi, ama şansını denemeye karar verdi. Keşke biri akıl etmiş olsa da yiyecek kasalarıyla birlikte gelen tuvalet kâğıtlarını tuvaletlere götürmüş olsa, diye umdu. İki kez yanlış yöne gitti, acı çekiyordu, çünkü ihtiyacı giderek daha da artıyordu, dayanamayacak duruma gelmişti ki, pantolonunu indirip oturmasız bir tuvalete çömelmeye zaman bulabildi. Tuvaletten pis, boğucu bir koku yükseliyordu. Sanki yumuşak bir macuna basmıştı, tuvalet deliğini tutturamamış ya da bulmaya çabalamadan içini boşaltmış bir körün dışkısı olabilirdi bu. Bulunduğu yerin nasıl bir yer olabileceğini hayal etmeye çalıştı, ona kalırsa, her şey beyaz, ışıklı, parlaktı, göremediği duvarlar ve zemin de, ve saçma olsa da, buradaki ışığın ve beyazlığın kötü koktuğu sonucuna vardı. Korkudan delireceğiz sonunda, diye düşündü. Sonra, silinmek istedi ama kâğıt yoktu. Arkasındaki duvarı eliyle yokladı, tuvalet kâğıdı ruloları ya da hiç olmazsa kancalara takılmış kâğıtlar bulma umudundaydı, ama hiçbir şey yoktu. Kendini mutsuz, hatta hiçbir şey yapamayacak kadar zavallı hissetti, bacaklarını ayırmıştı, iğrenç zemine değmesin diye pantolonunu eliyle tutuyordu ve kördü, kör, kör, kendini tutamayıp sessizce ağlamaya başladı. Eliyle etrafı yoklayarak birkaç adım atınca karşıdaki duvara tosladı. Bir kolunu öne uzattı, ötekini de uzattı, nihayet bir kapı buldu. Birinin ayaklarını sürüyerek yürüdüğünü işitti, o da tuvaleti arıyor olmalıydı ve tökezleyip duruyordu, Nerede bu lanet olası, diye homurdanıyordu yavan bir sesle, sanki aslında nerede olduğunu hiç umursamıyormuş gibi. Başka bir insanın varlığının farkına varmadan, doktorun bir karış yakınından geçip gitti, ama önemli değildi, utanılacak bir durum olmadı, aslında, doktor bu haldeyken olabilirdi de, ama, utanç duygusuyla hareket eden doktor son anda pantolonunu yukarı çekti. Sonra, yalnız olduğunu düşünerek tekrar indirdi, ama geç kalmıştı, çamaşırının kirlendiğini biliyordu, hayatı boyunca olmadığı kadar kirliydi. Hayvana dönüşmenin birçok yolu var, diye düşündü, bu daha sadece ilki. Yine de çok sızlanmamalıydı, çünkü yanında onu temizlemekten çekinmeyecek biri vardı.

Körler yataklarına yatmış, uykunun dertlerine merhamet gösterip gelmesini bekliyorlardı. Doktorun karısı, sanki ötekiler bu acınası manzarayı görebilirlermiş gibi, kocasının temizlenmesine mümkün olduğunca belli etmeden yardım etmişti. Şimdi yatakhaneye, hastaların uyuduğu ve uykularında acı çektikleri kederli bir hastane sessizliği çökmüştü. Doktorun karısı, aklı başında, oturmuş, yataklara, karanlık siluetlere, birinin yüzündeki sabit solgunluğa, sahibi rüya görürken kıpırdayan bir kola bakıyordu. Bir an gelip ben de onlar gibi kör olur muyum, diye düşündü, şu ana dek hangi açıklanamaz nedenler onu korumuştu acaba? Yorgun bir hareketle, saçlarını geriye atmak için ellerini yüzüne götürdü ve Yakında hepimiz leş gibi kokacağız, dedi kendi kendine. Aynı anda çevresindeki iç çekişleri, iniltileri, bastırılmış küçük çığlıkları, sözcüğe benzeyen, sözcük olması gereken ama hafifçe yükselirken anlamını yitirerek çığlıklara, homurdanmalara, sonunda da hırıltılara dönüşen sesleri duydu. Yatakhanenin dip tarafından birinin, Domuzlar, domuz gibisiniz hepiniz, diyerek protesto eden sesi işitildi. Oysa domuz filan yoktu orada, sadece kör bir kadınla kör bir erkek vardı ve muhtemelen birbirleri hakkında bundan fazlasını bilmiyorlardı.

Yanlış çalışan mide erken uyanır. Körlerin birkaçı gözlerini açtığında sabah olmasına daha epey vardı, uyanmalarının suçlusu karınlarının acıkması değil, biyolojik saatlerinin, ya da adı her neyse onun, ritmini yitirmesiydi, günün aydınlandığını sandılar ve bunun üzerine, şöyle düşündüler, Uyuyakalmışım, sonra böyle olmadığını anladılar, çünkü ötekiler horlamaya devam ediyordu, dolayısıyla uyananlar yanılıyordu. Oysa kitaplardan öğrendiğimiz, ama öncelikle kendi deneyimlerimizden edindiğimiz bilgilere göre, kendi isteğiyle ya da zorunlu olduğu için erken kalkan biri, yanındakilerin sakin sakin uyumasına zor katlanır, hatta sözünü ettiğimiz durumda daha da az katlanır, çünkü uyuyan bir kör ile gözlerini açması hiçbir işe yaramayan bir kör arasında çok büyük fark vardır. Bu anlatıda betimlenmeye çalışılan felaketin muazzam boyutuyla kıyaslandığında önemsiz kalan, psikolojik bağlamdaki bu incelikli gözlemlerin tek amacı, bu körlerin neden bu kadar erken uyandıklarını açıklamaktır, bazısı, ilk başta söylendiği gibi, talepkâr midesinden dolayı uyanır, bazısıysa, kışla ve koğuş gibi toplu yaşanılan yerlerde mecburen çıkan ve tahammül sınırını aşan gürültüler yüzünden –erkenden kalkan, sinirli ve sabırsız olanlar hiç çekinmezler gürültü etmekten– uykularından olur. Burada sadece görgülü, iyi yetişmiş insanlar yok, etraflarında kim olduğuna bakmadan sabah sabah balgam çıkartan ve yellenen görgüsüzler de var, gündüzleri bu durum sürdüğünden, yatakhanenin havası giderek ağırlaşıyordu ve yapacak bir şey de yoktu, dışarı açılan tek yer kapıydı, pencerelere gelince, her biri öyle yüksekteydi ki kimse oralara uzanamazdı.

Doktorun karısı, yatağın darlığı yüzünden kocasının yanına iyice sokularak yatıyordu, ikisi de hoşlanıyordu bundan ve gece boyunca terbiyelerini koruyup 'Domuzlar!' diye bağıran adam gibi davranmamak için kendilerini zorlamışlardı; doktorun karısı saatine baktı. İkiyi on üç geçiyordu. Biraz daha dikkatle bakınca saniye ibresinin hareket etmediğini fark etti. O lanet saati kurmayı unutmuştu, Daha üç günlük bu tecritte bu basit görevi bile yerine getirmeyi akıl edemediğime göre, asıl bana lanet olsun dedi kendi kendine. Kendini tutamadı, büyük bir felaket yaşarmışçasına hıçkıra hıçkıra ağlamaya başladı. Doktor, en çok korktuğu şeyin başına geldiğini sandı, karısının da kör olduğunu düşünerek neredeyse, Sen de mi kör oldun, diye sorma gafletini gösterecekti ki son anda karısının mırıldandığını işitti, Hayır, değil, düşündüğün gibi değil, sonra, başını örtünün altına saklayarak, zor duyulan bir sesle mırıldandı, Tam bir salağım ben, saatimi kurmayı unuttum, dedi ve teselli kabul etmez biçimde ağlamayı sürdürdü. Koyu renk gözlüklü genç kız karşı sıradaki yatağından kalktı ve hıçkırıklara doğru ilerledi, kollarını uzatarak yaklaştı, bir yandan da, Çok üzgünsünüz, bir ihtiyacınız var mı, diye soruyordu, iki eliyle yan yana yatan iki bedene dokundu. Mahremiyete saygı gösterip ellerini hemen geri çekmesi gerekirdi, beyni ona bu buyruğu kuşkusuz vermişti, ama elleri onu dinlemedi, kaba kumaştan ılık örtünün üzerinde hafif ve yumuşak bir dokunuşla gezindi, incelikli bir temasla karşılık verdi. Bir ihtiyacınız var mı, diye tekrar sordu genç kız ve bu kez geri çektiği, kaldırdığı elleri, terk edilmiş gibi, kısır beyazlık içinde kayboldu. Hıçkırmaya devam eden doktorun karısı, yataktan kalkıp genç kıza sarıldı, Bir şey yok, aniden kederlendim, dedi, Siz bu kadar güçlüyken cesaretinizi yitirecek olursanız, bizler mahvoluruz, diye yakındı genç kız. Doktorun karısı biraz sakinleşmişti, genç kızın yüzüne bakarken, gözündeki iltihap neredeyse tamamen geçmiş, bunu ona söyleyememek ne kadar acı, sevinirdi, diye düşündü. Belki, evet, sevinirdi ama sevinci yararsız olurdu, yalnızca kör olduğundan da değil, buradaki herkes de kör olduğundan, görecek kimse olmadıktan sonra, ışıl ışıl, güzel gözleri olması –gözleri güzeldi– neye yarardı. Doktorun karısı, Hepimizin zayıf anları olur, ağlayabildiğimiz için çok şanslıyız, gözyaşları bizi çoğu kez huzura kavuşturur, ağlayamadığımız zaman ölecek gibi oluruz, dedi, Bizim için kurtuluş yok, diye tekrarladı koyu renk gözlüklü genç kız, Kim bilebilir, belki de bizimkisi başka körlüklere benzemiyordur, geldiği gibi gider belki de, Ölenler için çok geç kalmış olur, Günün birinde hepimiz öleceğiz, Ama öldürülmemeliyiz, ben birini öldürdüm, Kendinizi suçlamayın, koşullar yüzünden meydana geldi o ölüm, burada hepimiz hem suçlu, hem de masumuz, başımızda bekleyen askerler çok daha kötüsünü yaptı, buna karşın onlar bile mazeretlerin en büyüğünü, yani korkuyu ileri sürebilirler, O zavallı adamın benim şuramı buramı sıkıştırmasının ne önemi vardı, şimdi o hayatta olacaktı, benim bedenimde de ne eksilme olacaktı ne de bir fazlalık, Daha fazla düşünmeyin bunu artık, dinlenin, uyumaya çalışın. Kızı yatağına götürdü, Haydi yatın, Çok naziksiniz, dedi genç kız, sonra, sesini alçaltarak, Ne yapacağımı bilemiyorum, âdet göreceğim, oysa yanımda koruyucu bir şey getirmedim, Telaşlanmayın, bende var. Koyu renk gözlüklü genç kızın elleri, tutabilmek için boşlukta onun ellerini aradı, doktorun karısı onun ellerini yumuşakça ellerinin içine aldı, Dinlenin haydi, dinlenin. Genç kız gözlerini kapattı, bir dakika kadar öyle kaldı, aniden bir ağız dalaşı başlamasa belki de uyuyacaktı, tuvalete giden biri döndüğünde yatağında başka birini bulmuştu, art niyet yoktu, öteki de aynı amaçla yatağından kalkmış, yolda karşılaşmışlardı, ama, Dönüşte sakın yatağınızı şaşırmayın, demek tabii ikisinin de hiç aklına gelmemişti. Doktorun karısı, ayakta durmuş, iki körün birbiriyle tartışmasını izliyordu, hiç el kol hareketi yapmadıklarını, hatta bedenlerini neredeyse hiç oynatmadıklarını gözledi, şu anda sadece sesin ve kulağın işe yaradığını çabuk kavramışlardı, elbette kolları eksik değildi, itişip kakışabilir, kavga edebilir, hatta, nasıl denir, yumruk yumruğa gelebilirlerdi, ama biri yatağını şaşırdı diye bu kadar ileri gidilmemeliydi, yaşamımız boyunca yaptığımız hatalar keşke bu türden olsaydı, o zaman kolayca uzlaşabilirdik, İki numaralı yatak benimki, üç numara sizinki, öncelikle bu konuda kesin olarak anlaşalım, Kör olmasaydık bu yanlışlık meydana gelmezdi, Haklısınız, başımıza ne geliyorsa körlük yüzünden geliyor. Doktorun karısı kocasına, Dünyada ne varsa tamamı burada, dedi.

Ama tamamı değildi. Örneğin yiyecekler dışardaydı ve gecikiyordu. İki koğuştan birkaç kişi girişte nöbet tutuyor, hoparlörden verilecek emri bekliyorlardı. Sinirli ve sabırsızdılar, ayaklarıyla yeri eşeliyorlardı. Askerlerin yiyecek kasalarını, söz verdikleri gibi, dış kapı ile merdiven arasındaki alana bırakacaklarını, kendilerinin de o kasaları almak için dışarıya çıkmak zorunda kalacaklarını biliyorlardı ve işin içinde bir hile, bir tuzak olmasından kuşkulanıyorlardı, Üzerimize ateş açmayacaklarını nereden bileceğiz, Daha önce yaptıklarına göre, pekâlâ yine yapabilirler, Onlara güvenemeyiz, Ben dışarı çıkmayacağım, Ben de, Yemek yemek istiyorsak, içimizden birinin gidip kasaları alması gerekiyor, Bir kurşunla ölmek mi daha iyi, yoksa açlıktan yavaş yavaş ölmek mi, bilemiyorum, Ben giderim, Ben de, Hepimizin birden gitmesine gerek yok, Askerler hoşlanmayabilir bundan, Kaçmaya çalıştığımızı sanıp korkabilirler, belki de bacağı yaralı adamı bu yüzden öldürmüşlerdir, Bir karar vermeliyiz, Ne kadar tedbir alınsa az olur, dün olanları hatırlasanıza, yok yere dokuz ölü, Askerler bizden korkuyor, Ben de onlardan korkuyorum, Onlar da kör olsa ne kadar hoşuma gider, Onlar kim, Askerler, Bence önce onlar kör olmalıydı. Kimse neden diye kendine sormadı ama herkes bu düşüncede birleşti, buna iyi bir gerekçe bulmalı, çünkü o durumda bize ateş edemezlerdi, demeleri gerekirdi. Zaman geçiyor, hoparlör sessizliğini sürdürüyordu. Ölülerinizi gömdünüz mü, diye sordu birinci yatakhaneden bir kör, bir şey söylemiş olmak için, Henüz değil, Kokmaya başladılar, her şeye mikrop bulaştırırlar, Bulaştırırlarsa bulaştırsınlar, kokarlarsa koksunlar, beni ilgilendiren yanıyla, yemek yemedikçe yerimden milim kımıldamam, ne demişler, aç ayı oynamaz, Usul böyle değil, yanlış konuşuyorsun, genellikle ölüler gömüldükten sonra yenir içilir, Bence tersi geçerli. Birkaç dakika sonra körlerden biri, Bir şeyi evirip çeviriyorum kafamda, dedi, Neyi, Yiyecekleri nasıl paylaşacağımızı, Daha önce yaptığımız gibi yaparız, kaç kişi olduğumuzu biliyoruz, tayınları sayarız, herkes kendi payını alır, en basit ve en doğru yol budur, O zaman işe yaramadı, bazılarımızın ağzına tek lokma girmedi, Bazıları da çift porsiyona kondu, Demek iyi paylaştırılamamış, Saygı ve disiplin olmazsa hiçbir zaman iyi paylaştırılamayacak demektir, İçimizde birazcık da olsa gözleri gören biri olsaydı keşke, O zaman, aslan payını kendine ayırırdı, Eskiler ne demiş, körler ülkesinde tek gözlüler kral olur, Bırak şimdi eskileri, Ama aynı şey değil bu, Burada tek gözlüler bile paçayı kurtaramaz, Bana kalırsa, en doğrusu, gelen yiyeceği iki yatakhane arasında eşit olarak paylaştırmak, ondan sonra her yatakhane kendi payına düşeni alır, başının çaresine bakar, Kim dedi bunu, Ben dedim, Ben, kim, Ben, Hangi yatakhanedensin sen, İkinci, Ben de öyle düşünmüştüm, şu uyanıklığa bakın, siz sayıca daha az olduğunuzdan işinize geliyor, miktar olarak bizden çok daha fazla yemiş olacaksınız, bizim yatakhanemiz ağzına kadar dolu, Ben daha kolay olacağı için söylemiştim, Bir deyiş daha var, böl ve paylaştır ama aslan payını kendine almıyorsan ya aptalsındır ya da beceriksiz, Lanet olsun, bırakın başkası ne derse desin, özdeyişler de sinirlerimi bozuyor, Bence gelen yiyeceğin hepsini yemekhaneye taşıyalım, her yatakhane paylaşım için kendi içinden üç kişi seçsin, altı kişi olunca aldatma ya da hile yapma tehlikesi de olmaz, Peki, ötekiler biz yatakhanede şu kadar kişiyiz dediği zaman doğru söylediklerini nereden bileceğiz, Burada herkes dürüsttür, Bu da mı atasözü, Hayır, benim sözüm, Bak dostum, işin gerçeği biz burada karnı aç insanlarız.

Bütün o zaman boyunca bir parolanın, 'Açıl susam açıl' gibi bir anahtar sözcüğün söylenmesini beklemiş gibi, hoparlördeki ses nihayet işitildi, Dikkat, dikkat, içerdekilerin gelip yiyeceklerini almalarına izin verilmiştir, ancak dikkat etmelisiniz, eğer içinizden biri ana kapıya çok yaklaşacak olursa, öncelikle sözlü uyarıda bulunulacak, derhal geri çekilmezse, ikinci uyarı bir kurşun olacaktır. Körler ağır ağır ilerlediler, içlerinden bazıları, kendilerine daha fazla güvenenler, dosdoğru ana kapının bulunduğunu düşündükleri yere ilerlediler, diğerleri, yeni yeni gelişen yön bulma yetilerine fazla güvenmeyenler duvar boyunca sürünerek ilerlemeyi yeğlediler, böylelikle yollarını şaşırmayacaklardı, köşeye geldiklerinde tek yapmaları gereken, duvara dik açı oluşturacak şekilde yürümekti, kapı karşılarında olacaktı. Hoparlördeki ses biraz önceki talimatı sabırsızca, buyurganca yineledi. Herkesin açık seçik fark ettiği ses tonundaki bu değişim, güvensizlik duymak için bir nedeni olmayan körlerin bile dikkatini çekerek onları korkuttu. İçlerinden biri, Ben dışarı çıkmayacağım, bizi buradan çıkartıp sonra da hepimizi öldürmek istiyorlar, dedi, Ben de çıkmıyorum, dedi bir başkası, Ben de, diye yineledi bir üçüncüsü. Kıpırdamadan, tereddüt ederek, öylece duruyorlardı, aralarında dışarı çıkmak isteyenler vardı ama yavaş yavaş hepsinin yüreğine korku doluyordu. Ses bir kez daha çınladı, Üç dakika içinde gelip yiyecek kasalarını almazsanız, geri götüreceğiz. Bu tehdit korkularını yenemedi, sadece artırdı, kapana kısılmış, saldırıya geçmek için fırsat kollayan bir hayvan gibi, beyinlerinin en kuytu köşelerine yerleştirdi. Korku içinde, birbirlerinin arkasına saklanarak merdivenin sahanlığına çıktılar. Sandıkların, bulacaklarını sandıkları merdiven tırabzanının yakınında olmadığını göremezlerdi, ilerlerken körlerin hepsinin sıkı sıkı tutunduğu ipe, askerlerin, hastalık bulaşır korkusuyla, yaklaşmadıklarını bilemezlerdi. Yiyecek kasaları üst üste yığılmıştı, doktorun karısının ölüleri gömmek için kullandıkları çapayı bulduğu yerin yakınındaydılar. İlerleyin, ilerleyin, diye buyurdu çavuş. Körler, düzgünce ilerleyebilmek için itişip kakışarak sıraya girmeye çalışıyorlardı, çavuş onlara bağırdı, Kasalar orada değil, ipi bırakın, bırakın dedim, sağa doğru ilerleyin, kendi sağınıza, kendi sağınıza, salak herifler, sağ elinizin ne tarafta olduğunu bilmeniz için gözlerinizin görmesi gerekmiyor. Bu açıklama tam zamanında yapılmıştı, çünkü titiz mizaçlı bazı körler verilen buyruğu kelimesi kelimesine anlamıştı, madem sağa denmişti, mantıken bu, konuşan kişinin sağı olmalıydı, böylece, ipin altından geçmeye çalışarak, kasaları kim bilir nerede aramaya gideceklerdi. Başka koşullarda olsa, bu grotesk manzara onları seyreden en ciddi kişilerin bile kahkahalarla gülmesine yol açardı, gerçekten de insan gülmekten ölebilirdi, bazı körler emekleyerek ilerliyordu, domuz yavruları gibi yüzleri yere yakın, tek kolları önde, havayı yoklayarak, başkaları ise, tepelerindeki çatının korumasından çıkarlarsa, beyaz boşluğun onları yutacağından korkarak, ipe umarsızca tutunuyor, kasalara ulaşanların atacağı çığlıkları duyma umuduyla kulak kesiliyorlardı. Askerlerin içindense, gözlerinin önünde, eksik bacaklarını bulmak için hantal kıskaçlarını sallayan topal yengeçler gibi hareket edip duran bu salakların üzerine silahlarını doğrultup, kasıtlı olarak, acımasızca ateş etmek geliyordu. Alay komutanının o sabah, kışlada, körlerin doğurduğu sorunun ancak hepsinin, kör olanların ve olacakların ortadan kaldırılmasıyla çözülebileceğini söylediğini biliyorlardı, sözde insani düşüncelere boş verin demişti, bir bedenin hayatta kalması için kangren olan uzvu kesip atar gibi, demişti, komutan, açıklayıcı olabilmek için, Ölmüş köpeğin kuduzunu doğa tedavi eder, demişti. Böyle mecazlı bir dilin güzelliklerine yeterince duyarlı olmayan bazı askerler, köpeğin kuduzluğunun bu körlerle ne ilgisi olabileceğini bir türlü anlayamamıştı ama bir alay komutanının ağzından çıkan her söz, mecazi konuşmuş olsa da, ağırlığınca değerliydi, her düşündüğünde, söyleyip yaptığında haklı olmayan biri askerlik hayatında o kadar yüksek rütbeye erişemezdi. Sonunda körlerden biri kasalara çarpınca, hemen sarıldı onlara, Burada, burada, diye bağırıp durdu, bu adamcağız günün birinde görme yetisine yeniden kavuşacak olsa, bu şaşırtıcı güzel haberi bundan daha büyük bir sevinçle duyuramazdı herhalde. Birkaç saniye sonra öteki körler, düşe kalka kasaların üzerine atıldılar, kolları bacakları birbirine dolandı, her biri kasaları kendine doğru çekiştiriyor, öncelik hakkı için birbiriyle dalaşıyordu. Bunu ben götüreceğim, Hayır ben götüreceğim. İpe tutunup oldukları yerde çakılı kalanlar sinir içindeydi, şimdi onların korkusu bambaşkaydı, tembelliklerinin ya da ödlekliklerinin cezasını çekerek, yiyecekler paylaşılırken dışlanmaktan korkuyorlardı, Vah, vah, demek kurşun yememek için kıçınız havada yerlerde sürünmek istemediniz, o halde yemeyin, bu gibi durumlarda söyleneni hatırlayın, risk almayan denizi geçemez. Bu ciddi düşünceden çok etkilenen bir kör, tuttuğu ipi bırakıp kollarını boşlukta sallayarak gürültülerin geldiği yöne yürüdü, Beni dışarda bırakamazsınız, fakat sesler aniden kesildi, sadece yerde sürüklenen kasaların gürültüsü, boğuk bağrışmalar duyuluyordu, dağınık ve bulanık bir ses karmaşası, hem her yerden hem hiçbir yerden geliyor gibiydi. Ne yapacağını bilemez halde durdu, ipin güvencesine geri dönmek istedi, fakat yön bulma duygusu yeterli değildi, beyaz gökyüzünde yıldız olmazdı, şimdi kasaları taşıyan körlere merdivene geri dönmeleri için buyruklar veren çavuşun sesi duyuluyordu, ama onun söyledikleri sadece kasaları taşıyanlar için bir anlam ifade ediyordu, çünkü istenen yere gidebilmek, öncelikle nereden geldiğini bilmeyi gerektiriyordu. İpe tutunan kör kalmamıştı, geldikleri tarafın aksi yönünde yol almaları yeterli olmuştu ve şimdi ötekilerin de merdiven sahanlığına ulaşmasını bekliyorlardı. Yönünü şaşıran kör, bulunduğu yerden ayrılmaya cesaret edemiyordu. Kaygıyla çığlık attı, Yardım edin bana, ne olur, askerlerin o anda ona namlularının ucundan bakmakta olduklarını, yaşamla ölümü ayıran o görünmez çizgiyi aşmasını beklediklerini bilmiyordu. Burada mı duracaksın, kör, diye sordu çavuş, sesi hafifçe sinirliydi, çünkü komutanının düşüncesini paylaşmıyordu, Bu felaket belki yarın benim kapımı çalacaktır, askerlere gelince, herkes bilir, emri ver öldürsünler, emri ver ölsünler, Ben söylemeden ateş etmeyin, diye bağırdı çavuş. Bunu duyan kör adam ne büyük bir tehlike içinde olduğunu anladı. Dizlerinin üzerine çöküp yalvarmaya başladı, Lütfen yardım edin bana, ne tarafa gitmem gerektiğini söyleyin, Bu tarafa gel, zavallı kör, bu tarafa, dedi askerlerden biri, sesinde sahte bir dostluk vardı, kör adam ayağa kalkıp üç adım attı, ama yine olduğu yerde çakılıp kaldı, fiilin kullanımı onu kuşkulandırmıştı, gel demek, git anlamına gelmiyordu, bu tarafa gel demek bana doğru gel demek oluyordu, tam bana doğru, bu yöne, çağrıldığın tarafa geleceksin ve orada seni bir başka körlüğe götürecek kurşunla buluşacaksın, anlamına geliyordu. Bu, kötü niyetli bir askerin girişimiydi adeta, çavuş peş peşe iki talimat vererek bu teşebbüsü önledi, köre, Dur, geri dön, dedikten sonra, eline silah verilmemesi gereken insanlardan olduğu kuşkuya yer bırakmayan o disiplinsizi de sertçe bağırarak kendine getirdi. Merdiven sahanlığına ulaşan körler çavuşun iyi niyetli müdahalesinden güç alarak öyle şiddetli bir gürültü kopardılar ki çıkardıkları ses, yönünü bulamayan kör adama manyetik kutup sağlamış oldu. Kendine daha güvenerek dosdoğru ilerlemeye başladı, Devam et, devam et, diyordu çavuş, bu arada körler de uzun, heyecan verici ve çetin bir koşunun son metrelerine tanık olurmuş gibi o körü alkışlıyorlardı. Sahanlığa vardığında herkes onu kucaklayarak karşıladı, o koşullarda bundan azı olmazdı, dost kara günde belli olurdu.

Bu kardeşlik havası uzun sürmedi. Kargaşadan yararlanan birkaç kör bir miktar kasa alıp sıvışmıştı, taşıyabildiklerini almışlardı, elbette yolsuzluktu bu, çünkü amaç, dağıtımda olası adaletsizliklerin önlenmesiydi. İyi niyetli insanlar –kim ne derse desin böyle insanlar hep vardır–, burada böyle yaşanamayacağını söyleyerek durumu öfkeyle protesto ettiler, Birbirimize güvenemeyeceksek bu işin sonu nereye varır, diye soruyordu kimi körler, hitabet güçlerini kullanarak ve çok haklı olarak, kimileri de, O serserileri iyice bir dövmeli, diyordu, seslerinde tehditle, bu bir talep değildi, fakat ne demek istendiğini herkes anlamıştı, bu deyim, sadece yerinde söylendiği için bağışlanabilecek, yumuşatılmış bir sözdü. Binanın girişinde toplanan körler, bu nazik meselenin birinci kısmına çözüm bulmanın en pratik yolu konusunda fikir birliğine vardılar, geriye kalan kasaları –neyse ki kasalar çift sayıdaydı– iki yatakhane arasında eşit olarak paylaştıracaklardı, ayrıca, kaybolan, daha doğrusu çalınan kasaları soruşturmak için eşit sayıda üyeden oluşan bir komisyon kuracaklardı. Artık âdet halini aldığı üzere, öncelik-sonralık konusunda bir süre tartışarak zaman harcadılar, yani önce yemek yiyip sonra mı araştırma yapmalıydı, yoksa tersi mi, saatlerdir zorunlu oruç tuttukları dikkate alındığında, en uygun olanın, önce karınlarını doyurmak, sonra soruşturmalara girişmek olduğu fikri baskın çıktı, Ayrıca, sizin arkadaşlarınızı da gömmeniz gerekiyor, dedi birinci yatakhaneden bir kör, Daha öldürmedik ki, sen de kalkmış gömelim istiyorsun, diye yanıt verdi, ikinci yatakhaneden şakacı bir kör, sözcüklerle neşeli neşeli oynayarak. Herkes güldü. Ne var ki, üçkâğıtçıların koğuşlarda olmadıklarını fark etmekte gecikmediler. Yemeklerin gelmesini beklerken körler her iki koğuşun kapısında toplanmışlardı, koridorlardan telaşla geçenlerin ayak seslerini işittiklerini, ancak içeriye kimsenin girmediğini söylediler, hele yiyecek kasalarıyla kimse girmemişti, buna yemin edebilirlerdi. İçlerinden biri, o uyanıkları ortaya çıkarmanın en emin yolu, herkesin kendi yatağının yanına gitmesidir, dedi, böylece boş kalan yatakların o hırsızlara ait olduğu ortaya çıkacaktı, bu durumda geriye, dudaklarını yalayarak saklandıkları yerden çıkıp gelmelerini beklemek ve kutsal kolektif mülkiyet ilkesine saygı duymayı onlara öğretmek için tepelerine binmek kalacaktı. Bu öneriye uygun davranmak çok mantıklı ve derin bir adalet duygusu içeriyor olsa da, önemli bir sakıncası da vardı, dört gözle bekledikleri ve artık soğumuş kahvaltıyı belirsiz bir zamana ertelemeleri gerekecekti, Önce karnımızı doyuralım, dedi körlerden biri ve bu öneri çoğunluk tarafından kabul edildi, önce yemek yemeleri daha iyiydi. Ne yazık ki, bu yüz kızartıcı hırsızlıktan sonra ellerinde pek az bir şey kalmıştı. O sırada hırsızlar herhalde, sıvaları dökülmüş, harap binanın kuytu bir yerinde, sütlü kahve –elbette soğumuş–, galeta ve margarinli ekmekten oluşan ve böyle beklenmedik bir şekilde iyileştirilmiş tayını ikişer üçer tıkınıyorlardı, dürüst insanların ise iki-üç kez daha azıyla yetinmekten, hatta hiçbir şey yiyememekten başka çaresi yoktu. Binanın birinci kanadındaki bazı körler, kuru ekmeklerini üzgün üzgün kemirirken, mikrofonun, körlük mikrobu bulaşanları kendi yemek paylarını almaya çağırdığını duydular. Körlerden birinin aklına bir fikir geldi, adam yiyeceklerin çalınmasının yol açtığı kötü havadan etkilenmiş olmalıydı, Binanın girişine gidelim ve onları orada bekleyelim, bizi fark edince korkar, belki de kasalardan birkaçını ellerinden düşürürler, dedi, ama doktor, bunun iyi bir fikir olmadığını söyledi, suçu olmayanları cezalandırmak haksızlık olurdu. Herkes yemeğini yedikten sonra, doktorun karısıyla koyu renk gözlüklü genç kız, karton kutuları, boşalmış süt ve kahve kaplarını, karton bardakları, özetle, yenemeyecek ne varsa bahçeye götürdüler, Çöpleri yakmalıyız, ve o korkunç sineklerden kurtulmalıyız, dedi doktorun karısı.

Körlerin her biri kendi yatağına oturdu, etrafa dağılmış koyunların sürüye geri dönmesini bekledi, Bu gibilerine koyun kafalı denir, dedi kalın sesli biri, düşüncesini başka türlü ifade etmeyi beceremeyen birinin anısına gönderme yaptığını anlamadan, ancak serseriler meydanda yoktu, çekiniyor olmalıydılar, dayak yiyeceklerini sezdikleri kuşkusuzdu. Zaman ilerliyordu, körler birer birer yatıyordu, biri uyumuştu bile. Nedir bu yaptığımız, beyler, yiyip içip yatıyoruz. Sonuçta, genel anlamda, o kadar da kötü durumda değiliz. Bir de yiyecekler yeterli olsa, ki yemek olmadan yaşayamayız, otelde kalır gibiyiz. Tersini düşünürsek, dışarısı bir kör için nasıl bir cehennem azabı olurdu, şehir, evet, bizim için gerçek bir cehennem olurdu. Sokaklarda güçbela yürürdük, herkes bizden kaçardı, ailelerimiz dehşete düşerdi, yanımıza yaklaşmaktan korkarlardı, ana sevgisi, evlat sevgisi, hepsi hikâye, belki de bana burada olduğu gibi davranırlardı, bir odaya kapatır, lütfedip kapımın önüne bir kap yemek bırakırlardı. Akıl yürütmemizi hep zorlaştıran önyargılara kapılmadan ve hınç duymadan duruma serinkanlılıkla bakabilseydik, yetkililerin bütün körleri bir araya toplamalarının, her birimizi cüzamlılara yapıldığı gibi, aynı yerde bulundurmanın -ki böylece iyi geçinir herkes- büyük bir ileri görüşlülük olduğunu anlardık, koğuşun öbür ucunda yatan doktor örgütlenmeliyiz dediğinde haklıydı, gerçekten de bizim sorunumuz örgütlenme, önce beslenmeli, sonra örgütlenmeliyiz, bu ikisi yaşamda en gerekli şeyler, disiplinli birkaç kişi seçmeliyiz, onlar bizi bütün bu konuştuklarımız konusunda disiplin altına almalılar, yani bir arada yaşayabilmek için yapılması gereken kurallar saptanmalı, basit işlerin yapılması, örneğin süpürmek, ortalığı toplayıp silmek, hiç yakınmayalım, bize sabun ve deterjan bile verdiler, yataklarımızı toplamalıyız, önemli olan kendimize olan saygımızı yitirmemek, görevlerini yaparak bizi gözetim altında tutan askerlerle tartışmaya kalkışmamak, zaten şimdiye dek yeterince ölü verdik, geceleri bize öyküler anlatabilecek birileri var mı aramızda, bir bakalım, öykü, masal, anekdot, fark etmez, düşünsenize, şansımıza içimizden biri Kutsal Kitap'ı ezbere biliyor olsa, dünyanın yaratılışından bu yana ne olup bittiyse üzerinden yeniden geçerdik, önemli olan birbirimizi dinlemek, bir radyomuzun olmaması büyük talihsizlik, müzik insanı her zaman çok oyalar, ayrıca, haberleri dinleyebilir, örneğin hastalığımıza bir çare bulunup bulunmadığını öğrenebilirdik, burada yaşamadığımız bir sevinci yaşardık.

Sonra, olması gereken oldu. Dışardan silah sesleri geldi. Bizi öldürmeye geliyorlar, diye bağırdı biri, Sakin olun, dedi doktor, mantıklı olmalıyız, bizi öldürmek isteselerdi, içeri girip ateş ederlerdi, dışardan değil. Doktor haklıydı, askerlere havaya ateş etme emrini veren çavuştu, parmağı tetikteyken aniden kör olan bir er değil, ayrıca, otobüslerden sendeleyerek inen yeni körleri bir arada tutup söz dinlemelerini sağlamanın başka yolu olmadığı da unutmamak gerek, Sağlık bakanlığı Savunma bakanlığını uyarmıştı, Size dört otobüs dolusu kör göndereceğiz, Yani kaç kişi, Aşağı yukarı iki yüz kişi, Bütün bu insanları nereye yerleştireceğiz, binanın sağ kanadında körlere ayrılmış üç yatakhane var, elimizdeki bilgilere göre bunlar toplamda yüz yirmi kişi alıyor, şu anda, öldürmek zorunda kaldığımız yaklaşık on iki kişiyi düşersek, içerde altmış-yetmiş kişi kalıyor, Çözüm şöyle, bütün yatakhaneleri dolduracağız, Böyle yaparsak, mikrop bulaşanlar körlerle temas ederler, Büyük ihtimalle onlar da eninde sonunda kör olacak, ayrıca, duruma bakarsak, sanırım hastalık hepimize zaten bulaşmıştır, körlerle göz temasına girmemiş tek bir kişi kalmamıştır, buna eminim, İyi de, körler görmediğine göre, diye soruyorum, hastalığı gözleriyle nasıl bulaştırıyorlar, Generalim, bana sorarsanız bu hastalık dünyanın en mantıklı hastalığı, görmeyen göz körlüğü gören göze bulaştırıyor, bu kadar basit. Burada bir albay var, en basit çözümün, körleri görür görmez öldürmekten geçtiği düşüncesinde, Körler yerine ölüler olması durumu pek değiştirmez, Kör olmak ölü olmak değil ki ama, Doğru, ama ölmek kör olmak demek, Tamam, öyleyse bize iki yüz kadar kör gönderiyorsunuz, Evet, Peki, otobüs şoförlerini ne yapacağız, Onları da içeri alın. Aynı gün akşama doğru Savunma bakanlığı Sağlık bakanlığına yine telefon etti, Haberi duydunuz mu, size sözünü ettiğim albay kör oldu, Bakalım şimdi kendi fikri hakkında ne düşünecek, Düşündü bile, kafasına bir kurşun sıktı, Tutarlı bir davranış, evet, efendim, Ordu örnek olmaya daima hazırdır.

Giriş kapısı ardına kadar açıldı. Kışla alışkanlıklarının etkisiyle çavuş, körlerin beşli saflar halinde sıra oluşturmasını istedi ama körler istenen sayıyı bir türlü tutturamıyordu, sayıları ya daha fazla, ya da daha az oluyordu, sonunda düzen nedir bilmeyen siviller olarak girişe yığıldılar, bir felaket sırasında yapıldığı gibi kadınları ve çocukları ön tarafa almak akıllarına gelmedi. Unutmadan şunu da söylemeli ki, silah seslerinin kaynağı yalnızca havaya sıkılan kurşunlar değildi, otobüs şoförlerinden biri gayet iyi gördüğünü söyleyerek körlerle birlikte gitmeye itiraz etmişti, sonuçta, ölü olmanın kör olmak demek olduğunu ileri süren Sağlık bakanlığı üç saniye sonra haklı çıkmıştı. Çavuş, artık bildiğimiz talimatları onlara da verdi, Dümdüz yürüyün, ileride altı basamaklı bir merdiven var, altı basamak, oraya vardığınızda yavaş yavaş yukarı çıkın, içinizden biri tökezleyecek olursa, başınıza gelebilecekleri düşünmek bile istemiyorum, vermediği tek talimat, ipe tutunarak ilerlemeleriydi, ama buna da hak verilebilir, çünkü körler ipi kullanmaya kalksalardı, becerip de içeri giremezlerdi, Dikkat, diye uyardı çavuş, körlerin hepsi şimdi kapının iç tarafında olduğundan rahatlamıştı, sağ tarafta üç, sol tarafta da üç koğuş var, her koğuşta kırkar yatak bulunuyor, aileler birbirinden ayrılmasın, ayağınızın takılmamasına dikkat edin, içeri girerken sayım yapın, önceden içerde olanlardan yardım isteyin, her şey yolunda gidecek, yerleşin, telaş etmeyin, sakin olun, yiyeceklerinizi daha sonra vereceğiz.

Bu kadar çok körü, meleyerek mezbahaya giden koyunlar gibi düşünmemek gerek, biraz sıkışık durdukları doğru, ama koyunlar da öyledir hep, dip dibe, birbirlerinin soluğunu, kokusunu alarak dururlar. Buradakilerin kimisi ağlıyor, kimisi korkuyla ya da öfkeyle bağırıyor, kimisi de lanet yağdırıyordu, birisi korkunç ve gereksiz bir tehdit savurdu, Sizi bir gün elime geçirirsem, bu sözün askerlere söylenmiş olması gerekir, gözlerinizi oyacağım. Merdivene ilk önce ulaşanlar ister istemez durdular, basamağın yüksekliğini ve derinliğini ayaklarıyla yoklamak zorundaydılar, arkadan gelenler itince öndeki birkaç kişi yere düştü, sadece birkaçının kaval kemiğine denk gelen yerde derileri sıyrıldı, çavuşun uyarısı hayır duası yerine geçmişti. Bir bölümü giriş avlusuna gelmişti, ama iki yüz kişinin yerleşmesi o kadar da kolay değildi, üstelik de kimsenin yol göstermediği körlerden söz ediyoruz, zaten yeterince acı verici olan bu duruma bir de binanın eskiliği, iç dağılımının yeterince işlevsel olmaması ekleniyordu, mesleğini çok iyi bilen bir çavuşun, Her iki tarafta üçer yatakhane bulunuyor, demesi yetmiyordu, binanın içinin nasıl olduğunu da bilmek gerekiyordu, örneğin kapı ağızları şişe boynu kadar dardı, ayrıca koridorlar da binanın eski sakinleri kadar çılgındı, ne başladığı yerin ne de bittiği yerin bir mantığı vardı ve neden öyle yapıldıkları da bilinmiyordu. Körler ordusunun en önünde yürüyenler içgüdüsel olarak iki sıraya ayrılmış, karşılıklı duvarları izleyerek ilerliyorlar, iki tarafta, içeri girebilecekleri bir kapı arıyorlardı, yollarının üzerinde ayaklarının takılacağı bir eşya bulunmadığı düşünülürse, kuşkusuz güvenli bir yöntemdi bu. Binanın yeni konukları, eninde sonunda, beceri ve sabırla, yerlerine yerleşeceklerdi, ama öncelikle, sol sıranın başında yürüyenler ile o tarafta yaşayan mikrop bulaşmışlar arasında çıkan kavganın sonuçlanması gerekiyordu. Bu kavga zaten çıkacaktı. Bir karar verilmişti, hatta Sağlık bakanlığı bu konuda bir yönetmelik hazırlamıştı, binanın o kanadı körlük mikrobu taşıyanlara ayrılacaktı, içeriye kapatılanların tamamının çok büyük bir olasılıkla sonunda kör olacağını öngörmek elbet doğru olurdu, ama şu da doğruydu ki, en yalın mantığa dayanarak, henüz kör olmadıkları sürece gerçekten de körlüğe mahkûm oldukları söylenemezdi. Evinde sakin sakin oturan biri olabilirsiniz, tersini gösteren örneklere rağmen, en azından sizin durumunuzda her şeyin iyi çözümleneceğine eminsinizdir, oysa birden, sizi korkutan kişilerden oluşan bir güruhun uluyarak size doğru geldiğini görürsünüz. Mikrop taşıyanlar önce bunların, daha kalabalık olmakla birlikte, kendileri gibi taşıyıcı gruptan olduğunu sandı, ama gerçeği anlamaları gecikmedi, bu gelenler tam anlamıyla kördü, Buraya giremezsiniz, bu bölüm sadece bizim için, körler için değil, sizin yeriniz öteki bölümde, oraya gidin, diye bağırdı kapıda nöbet tutanlar. Bir kısım kör geri dönüp başka bir kapı bulmaya çalıştı, onlar için sağ ya da sol taraf aynıydı, fakat dışarıdan akın etmeye devam eden kalabalık öndekileri hiç acımadan ileri itiyordu. Mikrop taşıyanlar, kapılarını var güçleriyle savunuyor, körler de ellerinden geldiğince karşılık veriyordu, hasımlarını görmeseler de tekmelerin nereden geldiğini anlıyorlardı. Giriş avlusuna iki yüz kişi birden sığamazdı, hatta daha azına bile yer yoktu orada, dolayısıyla, çok geçmeden, bahçeye açılan kapının eşiği, yeterince geniş olmasına rağmen, tamamen tıkandı, tıpkı bir şişe mantarının sıkışması gibi, kapıya yığılanlar ne geriye ne ileriye gidebiliyorlardı, içerdekiler, sıkışıp eziliyor, girenleri tekmeleyerek kendilerini korumaya çalışıyorlardı, soluk alamıyorlar, yanlarındakilere dirsek atıyorlardı, çığlıklar yükseliyor, kör çocuklar ağlıyor, kör kadınlar bayılıyordu, bu arada içeri girmeyi başaramayan birçok insan her seferinde öndekileri biraz daha itiyordu, bu salaklar sürüsünün neden hâlâ orada durduğunu anlayamayan askerlerin bağrışlarından dehşete düşmüşlerdi. Bu kargaşadan kurtulmak isteyen ve ezilme tehlikesiyle karşılaşacaklarını tahmin ederek boğuşup duranlar, geriye doğru şiddetle savrulup yığılınca, korkunç bir an geldi, kendimizi askerlerin yerine koyalım, içeri girenlerin büyük bir kısmının ansızın geri çıktığını görüyorlar, hemen en kötüsünü düşündüler, yani körlerin hep birlikte dışarı çıktığını, öncekilerin başına gelenleri hatırlayalım, gerçek bir kıyım yaşanabilirdi. Neyse ki krizi önleyen yine çavuş oldu, herkesin dikkatini çekmek için tabancasıyla havaya bir el ateş ederek megafondan bağırdı, Sakin olun, merdivendekiler biraz geri çekilsin, araya mesafe koyun, itişmeyin, birbirinize yardımcı olun. Çavuşun isteğini yerine getirmek pek kolay değildi, içerde mücadele devam ediyordu, fakat, kalabalık bir kör grubunun sağdaki kapıya yönelmesiyle giriş avlusu yavaş yavaş boşaldı, burada onları karşılayan körler gelenleri üçüncü yatakhaneye götürdüler, burası şu ana dek boştu, ayrıca gelenleri ikinci yatakhanedeki boş yataklara da yerleştirdiler. Bir an için bu mücadele mikrop taşıyanların lehine sonuçlanacak gibi göründü, bunun nedeni onların daha güçlü olmaları ya da gözlerinin henüz görmesi değil, körlerin karşı taraftaki girişin açıldığını anlamaları ve çavuşun askerlere savaş stratejilerini ve temel taktikleri anlatırken kullanabileceği deyimle, sıcak teması kesmeleriydi. Yine de, kapılarını kahramanca savunanların sevinci uzun sürmedi. Binanın sağ kanadındaki kapıdan, içerde yer kalmadığını, bütün yatakhanelerin dolduğunu belirten sesler gelmeye başladı, hatta giriş avlusuna doğru itilen körler vardı, hem de o zamana dek ana kapıya tıpa gibi sıkışmış insanlar gevşerken itildiler, bu ileri geri hareket hâlâ dışarda olan körlerin, ki çok kalabalıktılar, içeriye doğru ilerlemesine yaradı ve böylece, askerlerin tehdidinden kaçarak o andan itibaren yaşayacakları çatının altına girebildiler. Pratikte eşzamanlı olan bu yer değiştirmelerin sonucunda, sol kanadın girişindeki kavga yeniden alevlendi, yumruklaşmalar, haykırmalar başladı, ve bu azmış gibi, sıkışıp ezildikleri için doğrudan iç avluya açılan kapıyı keşfedip zorla açan bazı körler oraya daldılar, Burada ölüler var diye çığlıklar attılar. Nasıl korktuklarını bir düşünün. Ellerinden geldiğince geri çekilerek, Burada ölüler var, burada ölüler var, diye tekrarladılar, sanki onların peşinden kendileri de hemen ölecekmiş gibi, bir saniye içinde binanın girişinde, felaket anlarında görülebilecek öfkeli bir anafor doğdu, sonra insan kitlesi ani ve umutsuz bir içgüdüyle sol kanada yöneldi, önüne çıkan her şeyi sürükleyerek, mikrop taşıyanların direncini kırdı, bunların büyük kısmı, artık taşıyıcı değil, tamamen kördü, geriye kalanlar ise, deli gibi koşarak, bu karanlık yazgıdan kurtulmaya çalışıyordu. Boşuna koştular. Peş peşe hepsi kör oldu, hepsinin gözleri, koridorları, yatakhaneleri, iç mekânı istila eden o iğrenç beyaz bataklığın içinde boğuldu. Dışarıda, binanın girişindeki avluda, şaşkın durumdaki körler oradan oraya sürüklenip duruyordu, kimi yediği darbelerden acılar içindeydi, kimi yerlerde sürünüyordu, bunların çoğu yaşlı, kadın ve özellikle çocuktu, genellikle savunmasız ya da daha şimdiden korumasız kalmış kişilerdi, bütün bu yaşananların sonucunda, gömülecek ölülerin sayısının artmaması bir mucizeydi. Sahibini kaybetmiş ayakkabılar yerlerde sürünüyordu, onların yanında, darmadağınık halde, çantalar, bavullar, torbalar duruyordu, hepsinin elinde kalan son zenginlikti bunlar ve artık onlara da sahip değildiler, çünkü kayıp eşya bürosuna kim gitse, bunlar benim diye iddia edebilirdi.

Gözü siyah bantla örtülü yaşlı bir adam avluya girdi. Ya eşyasını kaybetmişti ya da yanında hiçbir şey getirmemişti. Oradaki ölülere ayağı takılan ilk kör o oldu, ama bağırmadı. Ölülerin yanında kaldı, orada durarak ortalığın yatışmasını, huzurun ve sessizliğin geri gelmesini bekledi. Tam bir saat bekledi. Şimdi barınacak bir yer bulma sırası onundu. Kollarını öne uzatarak ağır ağır yolunu bulmaya çalıştı. Sağ kanattaki ilk yatakhanenin kapısına ulaştı, içerideki sesleri duydu, sonra içeri seslendi, Burada bana bir yatak var mı?

Bu kadar çok körün gelmesi beraberinde birçok avantaj da getirmiş görünüyordu. Üzerinde düşününce, avantajlar iki taneydi, bunlardan ilki, deyim yerindeyse psikolojik düzeydeydi, her an yeni kiracıların gelmesini beklemek ve binanın nihayet dolduğunu görmekle bundan böyle komşularla, yeni gelenlerin sürekli işleri bölmesi ve araya girmesi yüzünden şimdiye kadar yaşanan ve iletişim kanallarını durmaksızın yeniden oluşturmak zorunda bırakan rahatsızlıklar olmadan kalıcı ilişkiler kurmak ve devam ettirmek arasında büyük bir fark vardı. İkinci avantaj ise pratikteydi, doğrudan ve yaşamsal yapıdaydı, dışarıdaki sivil ve askeri otoriteler, az çok hoşgörülü, az sayıda oldukları için yemeğin aksamasına ya da gecikmesine hazırlıklı, iki ya da üç düzine insan için yiyecek sağlamakla farklı kökenden gelen, mizaç ve karakter yapıları farklı iki yüz kırk insanı beslemenin ani ve karmaşık sorumluluğuyla karşı karşıya kalmanın aynı şey olmayacağını göreceklerdi. İki yüz kırk kişi, dikkat edin, üstelik bu lafın gelişi, çünkü yatak bulamamış en az yirmi kör de yerde yatıyordu. Ne olursa olsun, on kişiye yetecek yiyeceği otuz kişinin yemesiyle iki yüz kırk kişiye yetecek yiyeceği iki yüz altmış kişiye dağıtmak da aynı şey değil, bunu kabul etmeliyiz. Pek dikkat çekici bir fark sayılmaz. Yine de yetkililer sorumluluklarının arttığını anladılar ve belki de –hiç ihmal edilemeyecek bir varsayım–, yeni ayaklanmalara kalkışılmasından korkarak tutumlarını değiştirdiler ve yiyeceklerin vaktinde ve doğru miktarda gönderilmesine karar verdiler. Elbette, tanık olduğumuz, her bakımdan içler acısı kavgadan sonra, bunca körü anlaşmazlık çıkmaksızın yerlerine yerleştirmek kolay olmazdı, daha önce görüp şimdi görmeyen, mikrop bulaşmış bu bahtsızları, birbirinden ayrılmış çiftleri ve kayıp çocukları, iki-üç kez ayaklar altında kalıp itilip kakılanların yakınmalarını, değerli eşyasını arayıp bulamayanları düşünürseniz bu zavallı insanların çektikleri sıkıntıyı, hiç önemi yokmuş gibi unutmak için tamamen duyarsız olmak gerekir. Bununla birlikte, öğle yemeğinin geldiğini bildiren duyurunun herkesin yüreğini ferahlatan bir merhem etkisi yaptığı inkâr edilemez. Eğer bu kadar çok insanın doyurulması için böyle büyük miktarda yiyeceğin bir araya getirilmesi, amaca uygun bir örgütlenmenin ve gereken disiplini sağlayabilecek bir otoritenin bulunmaması yüzünden yeni tartışmalara yol açsa da, ortamdaki havanın çok değiştiğini, hem de iyi yönde, kabul etmeliyiz, çünkü eski akıl hastanesinde lokmalarını çiğneyen iki yüz altmış ağzın gürültüsünden başka ses işitilmiyordu. Yemekler yenilip içildikten sonra kimin temizleyeceğinin yanıtı şu anda yok, herkesin iyiliği için uyulması gereken doğru davranış kurallarını hoparlör ancak akşama doğru tekrarlayacaktır, bakalım yeni gelenler bu kurallara ne derece uyacak. Binanın sağ kanadındaki ikinci koğuş sakinlerinin sonunda ölülerini gömmeye karar vermiş olmaları da az bir şey değildir, en azından o kokudan kurtulmuş olacağız, böylelikle, aynı derecede pis koksalar da, yaşayanların kokusuna alışmamız daha kolay olacaktır.

Birinci koğuşa gelince, belki de en eski koğuş olduğundan, dolayısıyla da oradakiler körleşeli ve uyum sürecine başlayalı daha uzun zaman geçtiğinden, yemekler yenilip bitirildikten on beş dakika sonra, yerde tek bir kirli kâğıt parçası, unutulmuş tek bir tabak, yemek suyu damlayan tek bir kap kalmadı.

Artıkların ve çöplerin toplanmasında mümkün olan en etkili yolu tutturmak kadar, bu işi en az çabayla halletmeye de dikkat edilerek ve hijyen konusunda mantıklı bir düzenlemeye uyularak her şey toplanıyordu, küçük kaplar büyük kapların içine, çok kirli olanlar daha az kirli olanların içine konuluyordu. Bu tür toplumsal davranışlarda uygulanan koşullar doğaçlama oluşmaz, birdenbire ortaya çıkmaz. İncelediğimiz durum yatakhanenin dip tarafında yatan kör kadının, yani göz doktoruyla evli olanın eğitici davranışının kesin etkisi gibi gözükmektedir, bıkıp usanmadan şöyle demiştir, Tam anlamıyla insan gibi yaşayamıyorsak, en azından tam anlamıyla hayvan gibi yaşamamak için elimizden geleni yapalım, defalarca bunu tekrarladı, ki yatakhanenin geri kalanı özünde basit ve temel olan bu sözleri sonunda bir düstura, hükme, doktrine, yaşam kuralına dönüştürdüler. Muhtemelen, ihtiyaçlara ve içinde bulunulan koşullara anlayışla bakan bu tavır, gözü siyah bantlı yaşlı adam başını koğuş kapısından içeri uzatıp, Burada bana bir yatak var mı, diye sorduğunda, dolaylı biçimde de olsa, karşılaştığı iyi niyetli misafirperverliğe katkıda bulunmuştu. İleride birtakım sonuçlar vereceğe benzeyen mutlu bir tesadüfle, boş bir yatak vardı, tek bir yatak, kim bilir neden boş kalmıştı, yaşanan istiladan nasıl kurtulmuştu, bu yatak otomobil hırsızının tarifsiz acılar çektiği yataktı, belki de bu yüzden orada acılardan bir ayla oluşmuş, bu da insanları uzaklaştırmıştı. Kaderin bir işaretiydi bu, gizemli güçlerin bilinmezliğiydi, üstelik ilk kez olmuyordu, tam tersine, şunu hatırlamamız yeter, gözünden şikâyeti olan ilk hasta muayenehaneye geldiğinde orada bulunan bütün hastalar bu yatakhaneye gelmişti, o zaman bile durumun bu kadarla kalacağı düşünülmüştü. Doktorun karısı, alışkanlık edindiği gibi, oradaki varlığının sırrı keşfedilmesin diye kocasının kulağına çok alçak sesle fısıldadı, Belki o da senin hastalarından biriydi, yaşlı bir adam, başı kel, birkaç tel beyaz saçı var, bir gözünde de siyah bir bant, senin bana böyle bir adamdan söz ettiğini hatırlıyorum, Bant hangi gözünde, Sol, O olmalı. Doktor, yatakların arasındaki koridordan ilerledi ve sesini biraz yükselterek, Bize yeni katılan kişiye dokunmak istiyorum, bu yöne doğru gelebilir mi, ben de ona doğru yürüyorum, dedi. Yolun yarısında karşılaştılar, birbirini antenleriyle tanımaya çalışan iki karınca gibi, parmakları birbirine değdi, ama karıncalar gibi tanışmadılar, doktor izin istedi, elleri yaşlı adamın yüzüne dokununca bandı hemen buldu, Hiç kuşku yok, siz burada eksik olan son hastasınız, siyah bantlı hasta, diye bağırdı, Ne demek istiyorsunuz, siz kimsiniz, diye sordu yaşlı adam, Ben sizin göz doktorunuzum, hatırladınız mı, katarakt ameliyatınızın tarihini saptamıştık, Nasıl tanıdınız beni, Özellikle sesinizden, çünkü ses, göremeyen insanın görme duyusudur, Evet, ses, ben de sizin sesinizi hatırlıyorum, kim düşünürdü ki, doktor bey, artık beni ameliyat etmeniz gerekmiyor, Eğer bu durumun bir çaresi varsa artık ikimize de gerekir, Doktor bey, içinde yaşadığım dünyayı ameliyat olduktan sonra tanıyamayacağımı söylediğinizi hatırlıyorum, ne kadar haklı olduğunuzu artık ikimiz de biliyoruz, Ne zaman kör oldunuz, Dün akşam, Ve sizi hemen buraya getirdiler öyle mi, Dışarıdakilerde öyle büyük bir korku var ki, kör olduğunu fark ettikleri kişileri yakında öldürmeye bile başlayabilirler, Burada daha şimdiden on kişiyi öldürdüler, dedi bir erkek sesi, Onlara rastladım, diye basitçe karşılık verdi gözü siyah bantlı yaşlı adam, Onlar öteki koğuştandı, bize gelince, biz kendi ölülerimizi bir süre önce gömdük, diye ekledi aynı ses, verdiği raporu bitirircesine. Koyu renk gözlüklü genç kız onlara yaklaşmıştı, Beni hatırlıyor musunuz, koyu renk gözlük takıyordum, Çok iyi hatırlıyorum, gözümdeki katarakta rağmen çok güzel bir kız olduğunuzu hatırlıyorum, genç kız gülümsedi, Teşekkür ederim, dedi ve yerine döndü. Oradan seslendi, Küçük çocuk da burada, Ben annemi istiyorum, dedi çocuğun sesi, eskide kalmış, bir işe yaramayan bir ağlamadan yorulmuş gibiydi. Ben de ilk kör olan kişiyim, dedi ilk kör, karımla birlikteyim, Ben de muayenehanedeki sekreterim, dedi sekreter kız. Doktorun karısı, Bir ben kendimi tanıtmadım, dedi ve kim olduğunu söyledi. Bunun üzerine, yaşlı adam, hoş karşılanmasına teşekkür edercesine, Benim bir radyom var, diye duyurdu, Radyo mu, diye bağırdı koyu renk gözlüklü genç kız, ellerini çırparak, müziğimiz olacak, ne hoş, Evet ama küçük bir radyo, pilli, piller de sonsuza dek dayanmaz, diye hatırlattı yaşlı adam, Burada sonsuza kadar kalacağız demeyin bana, dedi birinci kör, Sonsuza kadar değil, sonsuzluk her zaman çok uzun sürer, Haberleri dinleyebileceğiz, dedi doktor, Birazcık da müzik, diye üsteledi koyu renk gözlüklü genç kız, Herkes aynı tür müzikten hoşlanmaz, ama dışarıda neler olduğunu öğrenmeyi hepimiz isteriz, dolayısıyla radyoyu idareli kullanmak iyi olur, Bence de öyle, dedi gözü siyah bantlı yaşlı adam. Küçük radyosunu ceketinin dış cebinden çıkarıp açtı. Haber istasyonlarını aramaya başladı ama henüz yeterince özgüvenli hareket etmeyen eli istasyonları yakalamakta güçlük çekiyordu, başlangıçta yalnızca kesik kesik hışırtılar, müzik ve bölük pörçük konuşmalar işitildi, sonunda eli alıştı, müzik anlaşılır bir hal aldı, Bu müzik birazcık kalsın, ne olur, diye yalvardı koyu renk gözlüklü genç kız, konuşmalar netleşmişti, Haberleri vermiyor, dedi doktorun karısı, sonra, aklına aniden gelmiş gibi yaparak, Saat kaç acaba, diye sordu, oysa kimsenin cevap veremeyeceğini biliyordu. İbre istasyonları ararken küçük kutudan gürültüler çıkmaya devam ediyordu, sonunda bir yerde sabitlendi, bir şarkı duyuldu, sıradan bir şarkı, fakat körler yavaş yavaş toplandılar, tökezlemiyorlar, önlerinde bir şeyin varlığını sezer sezmez duruyorlar ve şarkı söyleyen kadının sesine doğru gözlerini kocaman açarak dinliyor, öylece duruyorlardı, ağlayanlar vardı, muhtemelen yalnızca körlerin ağlayabileceği gibi, gözyaşları musluktan akarcasına yanaklarından aşağı süzülüyordu. Şarkı sona erdi, sunucu, Dikkat, üçüncü sinyalde saat dört olacak, dedi. Körlerden biri gülerek sordu, Akşamın dördü mü, sabahın dördü mü, ama gülüşü sanki kendisini de rahatsız etmişti. Doktorun karısı, belli etmeden, saatini ayarlayıp kurdu, saat akşamın dördüydü, aslında saatin bunu dert ettiği yoktur, birden on ikiye kadar gider, gerisi insanların kuruntusudur. Hafiften duyulan bu ses de ne, diye sordu koyu renk gözlüklü genç kız, bana mı öyle geldi, Bendim, radyoda saatin dört olduğu söylenince saatimi kurdum, defalarca yaptığımız içgüdüsel hareketlerden biri, diye ekledi doktorun karısı. Sonra, bu tür risklere girmenin gereği olmadığını düşündü, vakti anlamak istiyorsa o gün gelen körlerin koluna bakması yeterdi, mutlaka birinin saati düzgün çalışıyordu. Gözü siyah bantlı yaşlı adamın kolunda bir saat vardı, yeni fark etmişti bunu, ve onun saati doğruydu. O sırada doktor, Dışardaki durum nasıl, diye sordu, anlatın bize. Gözü siyah bantlı adam yanıtladı onu, Tamam, ama otursam daha iyi olacak, ayakta duramıyorum. Bunun üzerine, üçü dördü aynı yatağa oturan körler ellerinden geldiğince sessizlik sağladılar, sonra da gözü siyah bantlı yaşlı adam bildiklerini, kendi gözlerinin kör olmadan önce gördüklerini, salgının başlangıcıyla kendisinin kör olması arasında geçen birkaç gün içinde olup bitenler hakkında duyduklarını anlatmaya koyuldu.

Eğer anlatılanlar doğruysa, ilk yirmi dört saat içinde yüzlerce körlük vakasına rastlanmıştı, hepsi aynıydı ve hepsi aynı şekilde, ansızın ortaya çıkıyordu, ilginçti ama hiçbir lezyona rastlanmıyordu, görüş alanında parlak bir beyazlık oluyordu, ne öncesinde ne sonrasında herhangi bir ağrı görülüyordu.

İkinci gün, söylediklerine göre, yeni vaka sayısında belli bir azalma olmuştu, hastalığa yakalananların sayısı yüzlerden onlara düşmüştü, bu gelişme hükümeti, en akla yakın tahminlere dayanarak durumun yakında kontrol altına alınacağını hızla ilan etmeye yöneltmişti. Bu andan itibaren, kaçınılamayacak birkaç yorum dışında, gözü siyah bantlı ihtiyarın anlattıkları kelimesi kelimesine takip edilmeyecek, sözleri yeniden düzenlenerek doğru ve daha uygun sözcüklerin ışığında yeniden değerlendirilecektir. Önceden tahmin edilemeyen bu değişimin gerekçesi, halk diliyle olmayan, "kontrol altında olma" deyimidir, bu deyim anlatıcıyı tamamlayıcı raportör olarak yavaş yavaş saf dışı bırakacaktı, ama o önemliydi kuşkusuz, çünkü o olmasaydı dışarıda neler olup bittiğini, bu olağanüstü olayları öğrenme imkânımız bulunmayacaktı, tamamlayıcı raportör demiştik, bilindiği gibi, herhangi bir olayın betimlenmesini önemli kılan, kullanılan terimlerin kesinliği ve uygunluğudur. Konumuza dönersek, hükümet başlangıçta ortaya attığı varsayımı, yani şimdiye kadar eşi görülmemiş, adı konulamamış, ani etkili, kuluçka dönemi de gözle görülür ya da gizli herhangi bir belirtisi olmayan bir virüsün yol açtığı bir salgın hastalıkla karşı karşıya bulunulduğu varsayımını bir kenara bıraktı. Ortaya konan yeni bilimsel görüşe ve yönetimin buna dayanarak yaptığı yoruma göre, şimdiye kadar henüz kanıtlanmamış koşulların tesadüfi, talihsiz, geçici bir şekilde bir araya gelmeleri söz konusudur, hükümet bildirisinde vurgulandığı üzere patojen gelişiminin mümkün olduğuna, hastalığın eğrisinin aşağıya yönelmesinin yakın olduğuna dair veriler bu olayın sona ereceğine dair işaret sayılabilir. Bir televizyon yorumcusu, hastalığı ya da her neyse onu, yükseğe fırlatılan bir okla kıyasladı, en yüksek noktaya kadar çıktıktan sonra, bir an havada asılı kalan, sonra da zorunlu iniş eğimi çizen bir okla kıyaslayarak doğru metaforu buldu.

Tanrı isterse, böyle dedi yorumcu, sonra insan ilişkilerinin bayağılığına ve kelimenin gerçek anlamıyla salgına döndü, hastalık daha hızlı yayılacak, ta ki hepimize acı çektiren korkunç karabasan kaybolana kadar, belli başlı toplumsal iletişim araçlarında yinelenip duran beş-altı sözcüğü sürekli kullanıyordu, bu konuşmalar sonunda her zaman talihsiz körlerin yitirdikleri görme yetilerine en kısa sürede yeniden kavuşmaları için dindarca dileklerle bitiyordu, bu arada da, resmi ya da özel, örgütlü bütün toplumun onlarla dayanışma içinde olacağı vaat ediliyordu. Uzak geçmişte de benzer düşünce ve metaforlar sıradan insanların sarsılmaz iyimserliği sayesinde örneğin şu türden özlü sözlere dönüşmüştü, Ne iyilik sureklidir ne kötülük, ya da daha edebi bir ifadeyle, Ne mutluluk sonsuza dek sürer ne de mutsuzluk, bu yüce özlü sözleri yaşamın ve kaderin bahtsızlıklarından geçerek öğrenmeye zaman bulanlar söylemişlerdir, körler ülkesinin koşullarına taşındıklarındaysa bunları şöyle okumak gerekir, Dün görüyorduk, bugün görmüyoruz, yarın yine göreceğiz, cümlenin üçüncü ve son kısmında hafif bir soru vurgusu vardır, sanki akıl yanıtın olumlu mu olumsuz mu olmasına, cümlenin umut verici bitişine tereddütlü bir mola eklemeye son anda karar verecekmiş gibi.

Ne yazık ki bu tür dileklerin boşunalığı kanıtlanmakta gecikmedi, hükümetin umutları ve bilim çevrelerinin öngörüleri tamamen boş çıktı. Körlük, her şeyi sular altında bırakarak önüne katıp götüren ani bir deniz kabarması gibi değil, binlerce çalkantılı dereciğin sinsice, toprağa yavaş yavaş sızdıktan sonra, aniden tamamını istila etmesi gibi yayılıyordu. Toplumsal durum iyiden iyiye çığırından çıkmak üzereyken, otoriteler, özellikle göz ve sinir doktorlarıyla acilen tıbbi toplantılar düzenlediler. Organizasyondaki kaçınılmaz gecikmeler yüzünden, bazı üyelerin öngördüğü kongre bir türlü toplanamadı, buna karşın, kimi halka açık, kimi kapalı kapılar ardında düzenlenen birçok kolokyum, seminer ve yuvarlak masa toplantısı eksik olmadı. Tartışmaların yararsız olduğunun açıkça ortaya çıkması, ayrıca bazı ani körlük vakalarının oturumlar sürerken görülmesi, konuşmacının birden, Kör oldum, kör oldum, diye bağırmaya başlaması da buna eklenince, gazeteler, radyo ve televizyon, neredeyse hepsi, bu girişimlerle ilgilenmeyi artık tamamen kestiler, başkalarının mutluluğu ve mutsuzluğundan, her türden sansasyonel olaydan beslenerek, örneğin bir göz profesörünün aniden kör oluşunu, durumun haklı gösterdiği dramatiklikle birlikte canlı aktarmak yönünde ortaya çıkan hiçbir fırsatı kaçırmayan bazı iletişim organlarının akıllıca ve övgüye değer tavrını ise dışarda tutmak gerekir.

Genel ruh halinin sürekli kötüleştiğinin kanıtı, hükümetin bile kendi stratejisini bir hafta içinde iki kez değiştirmesiydi. Başlangıçta, körleri ve körlük mikrobu taşıyanları, içinde bulunduğumuz akıl hastanesi gibi bu işe ayrılmış özel yerlere kapatarak, başımıza gelen kötülüğü belli sınırlar içinde tutmanın mümkün olabileceğine inanılmıştı. Sonra, körlük vakalarının önünün alınamayarak artması, hükümetin nüfuzlu bazı üyelerinin, resmi girişimlerin yeterli olmamasından, politikacılar için ağır maliyetler doğurmasından korkmasına yol açtı, böylece ailelerin kendi körlerini evlerinde tutmalarını, zaten var olan trafik sıkıntısını daha da artırmamak amacıyla onları sokağa salmamalarını teşvik etmeyi, ve henüz gözleri gören, sakinleştirmek amaçlı duyurulara aldırmadan beyaz felaketin, tıpkı kemgöz gibi, göz temasıyla bulaştığına inanan insanların duyarlılığıyla oynanmaması gerektiğini düşünmeye başladılar. Gerçekten de, aklında kendi üzücü, umursamaz ya da neşeli düşünceleri –tabii hâlâ neşeli düşünce kaldıysa– olan birinden, karşıdan kendisine doğru gelen birinin yüz ifadesinin aniden değiştiğini, yüzünde mutlak bir dehşetin tüm izlerinin belirdiğini görürse, ardından da o kaçınılmaz çığlığı, Kör oldum, kör oldum, çığlığını işitirse, farklı bir tepki beklememek gerek. Kimin asabı dayanır buna. En kötüsü de, aileler, özellikle de fazla kalabalık olmayan ailelerin tamamının hızla kör olması, dolayısıyla onlarla ilgilenecek, onlara rehberlik edecek ve görme yetisini yitirmemiş komşulardan koruyacak kimsenin kalmamasıydı, şu açıktır ki, bu körler ne kadar iyi baba, iyi anne, hayırlı evlat olsalar da, birbirlerine yardım edemezler, ya da şu tablodaki körlerin başına gelen onların da başına gelir, birbirlerine tutunup hep birlikte yürür, hep birlikte yere yuvarlanıp, hep birlikte ölürler.

Bu durum karşısında hükümetin hızla geri adım atmaktan başka çaresi kalmamıştı, elinde başka seçenek yoktu, düzenlenmiş yer ve alanlar hakkında koyduğu ölçütleri genişletti, bunun sonucunda, terk edilmiş fabrika, ibadete kapalı dinsel yapı, kapalı spor salonu ve boş antrepo gibi yerler acilen ve alelacele kullanıma alındı, İki gün önce, boş arazilere sahra çadırları kurmaktan söz ediliyordu, diye ekledi gözü siyah bantlı yaşlı adam. Başlangıçta, en başlarda, birçok hayır kurumu körlerle ilgilenecek, yataklarını yapacak, tuvaletlerini temizleyecek, çamaşırlarını yıkayacak, yemeklerini hazırlayacak, gözleri görenler için bile, aksadığında yaşamı zorlaştıran bu gibi asgari özeni yerine getirecek gönüllüler sağlamıştı. Bu zavallı hayırsever kişiler kısa sürede kör oluyorlardı, ama tarih onların bu cömert davranışını kayda geçecekti. O gönüllülerden buraya gelen oldu mu hiç, diye sordu gözü siyah bantlı yaşlı adam, Hayır, diye yanıt verdi doktorun karısı, hiçbiri gelmedi, Belki de sadece söylentiydi, Peki ya şehir, ya trafik, diye sordu ilk kör, kendi arabasını ve onu muayenehaneye götüren ve gömülmesine yardım ettiği taksi şoförünü hatırlamıştı, Trafik tam bir keşmekeş, diye yanıt verdi gözü siyah bantlı yaşlı adam, sonra ayrıntılara, olaylara ve kazalara değindi. İlk kez, bir otobüs şoförü kalabalık bir caddede giderken direksiyon başında birdenbire kör olduğunda, bu felaket ölümlere ve yaralanmalara neden olsa da, insanlar olaya fazla önem vermediler, bunun nedeni, her zamanki gibi, toplu taşıma firmasının halkla ilişkiler sorumlusunun açıklamasıyla, kaza, başka bir şeyden değil sürücü hatasından meydana gelmişti, ki bu da kuşkusuz üzücüydü, fakat, daha iyi düşünüldüğünde, kalbinden hiç şikâyeti olmamış bir insanın birdenbire kalp krizi geçirmesi kadar öngörülemezdi. Firmamızın çalışanları, diye açıkladı müdür, tıpkı otobüslerimizin motorları ve elektrik sistemleri gibi, son derece titiz revizyonlardan düzenli olarak geçirilmektedir, genelde bakıldığında, firmamız araçlarının kaza oranlarının düşüklüğü de neden-sonuç ilişkisini açıkça göstermektedir. Bu uzun açıklama gazetelerde çıktı, ne var ki insanların kafalarını basit bir otobüs kazasından daha fazla meşgul edecek şeyler vardı, sonuçta, otobüsün örneğin frenleri patlamış olsaydı, durum bundan daha kötü olmazdı. Zaten iki gün sonra meydana gelen bir başka kazanın gerçek nedeni fren patlamasıydı, ama dünyanın hali böyleydi, gerçeğin amacına ulaşması için çoğu kez yalanlarla maskelenmesi gerekiyordu, bu olayda da şoförün direksiyon başında kör olduğu dedikodusu yayıldı. Kamuoyunu işin aslına inandırma imkânı bulunamadı ve bir bakıldı ki insanlar birdenbire otobüslere binmez oldular, başkaları kör oldu diye ölmektense, kendimizin kör olmasını beklemeyi yeğleriz, dediler. Bunun hemen ardından yine aynı nedenle meydana gelen üçüncü bir kaza, yolcu taşımayan bir otobüste yaşandı ve halkın ağzında şöyle yorumların ortaya çıkmasına neden oldu, Ya içinde ben olsaydım. Böyle konuşanlar aslında ne kadar haklı olduklarını hayal bile edemezlerdi. Kısa süre sonra, ticari bir uçağın iki pilotu birden aynı anda kör olunca, uçak yere çakılıp yandı, mürettebatla birlikte bütün yolcular öldü, oysa bu kez aracın motorları ve elektronik sistemlerinde hiçbir arıza yoktu, uçaktan geriye kalan tek sağlam parça kara kutu incelenince anlaşılmıştı bu. Bu boyutta bir felaket sıradan bir otobüs kazasıyla aynı değildi tabii, bunun sonucunda içinde hâlâ az da olsa umut taşıyanlar o umutlarını da yitirdiler ve artık motor sesi duyulmaz oldu, küçük ya da büyük, hızlı ya da yavaş, hiçbir tekerlek dönmedi, herkes eskisi gibi yaya gidip gelmeye başladı. Eskiden ulaşımın giderek zorlaşmasından yakınmayı alışkanlık edinmiş insanlar, hareket halinde ya da duran araçların sürekli yollarını kesmesi yüzünden ilk bakışta nereye gideceklerini bilemez gözüken yayalar, ancak defalarca dönüp durduktan sonra araçlarını park edecek bir yer bulabilen sürücüler, bunların hepsi şimdi birer yaya olmuş, eskiden yayalardan yakınırken şimdi yayaların yakındığı şeylerden yakınmaya başlamışlardı, şimdi hepsi halinden hoşnut olmalıydı, ama çok açık olan bir şey vardı, şuradan şuraya gitmek için bile olsa kimse araç kullanmaya cesaret edemediğinden, otomobiller, kamyonlar, motosikletler, hatta varlıkları yoklukları bir olan bisikletler bile bütün şehre karmakarışık saçılmışlardı, korku nerede mülkiyet duygusuna ağır bastıysa orada terk edilmişlerdi, bu durumun grotesk bir kanıtı, ön dingilinden tuttuğu bir otomobili yarı yarıya kaldırmış vinçti, muhtemelen vincin operatörü kör olmuştu. Herkes için kötü olan durum, körler için tam bir felaketti, çünkü, yaygın deyimle, bastıkları yeri görmelerine olanak yoktu. Onların terk edilmiş arabalara birbiri ardına çarpıp bacaklarında sıyrıklar oluştuğunu, bazılarının yere düşüp ağlamaya başladığını görmek insanın içini acıtıyordu, Kalkmama yardım edecek biri var mı, ama yardım eden çıksa da, doğuştan kaba olan ya da çaresizlikten kabalaşan bazı körler, yardım eli uzatan iyiniyetli kişiye lanetler yağdırıp itiyorlardı, Rahat bırak beni, sana da sıra gelecek, bunun üzerine, merhametli kişi birden korkuyor, iyiliksever-liği yüzünden nasıl bir risk altına girdiğini birden fark ederek oradan kaçıp gidiyor, beyaz sis tabakası içinde kayboluyordu, belki birkaç metre ötede o da kör oluyordu.

İşte dışarıda durumlar böyle, diye bitirdi sözünü gözü siyah bantlı yaşlı adam, üstelik ben her şeyi bilemiyorum, iki gözümle ne gördüysem size ancak onları anlatıyorum, sözünün burasında durdu, biraz durup düzeltti, İki gözümle değil, yo, çünkü benim zaten tek gözüm vardı, şimdi o da yok, yani bir gözüm var ama bir işe yaramıyor, Siyah bant yerine neden bir cam göz kullanmadığınızı size hiç sormadım, Neden isteyeyim ki bunu, söyler misiniz, diye sordu gözü siyah bantlı yaşlı adam, Âdet böyle, estetik gerekçeyle, üstelik daha hijyenik, cam gözü çıkarıp temizleyebilir ve yeniden takabilirsiniz, tıpkı takma diş gibi, Elbette, efendim, ama bugün iki gözünü birden yitirmiş, fiziksel olarak yitirmiş demek istiyorum, herkesin camdan iki gözü olsaydı bu ne işe yarardı, söyleyin bakalım, Haklısınız, hiçbir işe yaramazdı, Hepimiz kör oluyorsak, ki öyle gözüküyor, estetik neyimize yarayacak, hijyene gelince, doktor bey, böyle bir yerde hangi hijyen olabilir ki, Muhtemelen her şey gerçek haline körler dünyasında kavuşuyor, dedi doktor, Peki, ya insanlar, dedi koyu renk gözlüklü genç kız, İnsanlar da, artık onları kimse görmeyecek, Aklıma bir fikir geldi, dedi gözü siyah bantlı yaşlı adam, vakit geçirmek için bir oyun oynayalım, İnsan ne oynadığını görmeden nasıl oyun oynar, diye sordu ilk körün karısı, Tam bir oyun sayılmaz aslında, her birimiz kör olduğumuz anda en son gördüğümüz şeyi anlatacağız, Uygunsuz kaçabilir, diye hatırlattı biri, Oynamak istemeyen oynamaz, önemli olan uydurmamak, Bir örnek verin, dedi doktor, Öyle yapacağım, dedi gözü siyah bantlı yaşlı adam, ben kör gözüme baktığım sırada kör oldum, Bu da ne demek, Çok basit, boş göz çukurumun içinin yandığını hissettim, emin olmak için bandı çıkardım, işte tam o anda öteki gözüm de kör oldu, Tıpkı bir mesel, dedi tanımadık bir ses, kendi yokluğunu görmeyi reddeden bir gözün öyküsü, Ben, dedi doktor, evimdeydim, ortaya çıkan bu salgın karşısında, göz hastalıklarıyla ilgili kitapları karıştırıyordum, son gördüğüm şey, kitabın üzerinde duran ellerim oldu, Benim gördüğüm son şey farklıydı, dedi doktorun karısı, kocamın cankurtarana binmesine yardım ederken aracın içini gördüm, Ben başıma geleni daha önce doktora anlattım, dedi ilk kör, trafik ışığında durmuştum, kırmızı yanıyordu, insanlar caddede karşıdan karşıya geçiyordu, işte tam o sırada kör oldum, sonra, önceki gün ölen adam beni evime götürdü, onun yüzünü görmedim, tabii, Benimse, dedi ilk körün karısı, gördüğümü hatırladığım son şey mendilim oldu, evimdeydim, ağlıyordum, tam mendilimi gözlerime götürmüştüm ki kör oldum, Ben, dedi doktorun muayenehanesinde çalışan sekreter kız, asansöre binmiştim, düğmeye basmak için elimi kaldırdım ve birden görmez oldum, nasıl korktum tahmin edebilirsiniz, orada kapalı kalmıştım, tek başıma, yukarı mı çıkmalıydım aşağı mı inmeliydim bilmiyordum, kapıyı açacak düğmeyi bulamıyordum, Benimki daha basit, dedi eczacı kalfası, insanların kör olduklarını işitmiştim, bunun üzerine, ben de kör olsaydım acaba nasıl olurdu diye düşünüyordum, bir deneyeyim diye gözlerimi yumdum, açtığımda kördüm, Bu da bir başka mesel sanki, dedi bilinmeyen ses, kör olmak istiyorsun ve oluyorsun. Sustular. Diğer körler yataklarına dönmüşlerdi, epeyce zordu bu, yatak numaralarını bilseler de, sadece iki uçtan birinden saymaya başlarlarsa, ancak birden ileriye doğru ya da yirmiden geriye doğru gelirlerse doğru yatağı bulduklarından emin olabiliyorlardı. Tekdüze bir dua okur gibi sürüp giden sayma mırıltıları sona erdiğinde, koyu renk gözlüklü genç kız kendi yaşadıklarını anlattı, Bir otel odasındaydım, üzerimde bir erkek vardı, bunu söyleyip sustu, orada ne yaptığını, o anda her şeyin beyaza döndüğünü söylemeye utanıyordu, ancak gözü siyah bantlı yaşlı adam, Birden her şeyi bembeyaz gördünüz, değil mi, diye sordu, Evet, dedi genç kız, Belki de sizin körlüğünüz, bizimkinden farklıdır, dedi gözü siyah bantlı yaşlı adam. Yalnızca oda hizmetçisi anlatmamıştı başından geçeni, Yataklardan birini yapıyordum, bir genç kadın az önce orada kör olmuştu, beyaz çarşafı havalandırıp serdim, kenarlarını güzelce sıkıştırdım ve iki elimle sıvazlayarak düzeltirken birden kör oldum, çarşafı nasıl düzelttiğim aklımda, yavaşça, yatak çarşafıydı, diyerek sustu, sanki özel bir önemi olabilirmiş gibi. Herkes en son ne gördüğünü anlattı mı, diye sordu gözü siyah bantlı yaşlı adam, Başka kimse kalmadıysa ben de kendiminkini anlatacağım, dedi kimsenin tanımadığı ses, Kaldıysa bile sizden sonra anlatır, haydi, anlatın siz, Benim en son gördüğüm şey bir tabloydu, Bir tablo, diye yineledi gözü siyah bantlı yaşlı adam, peki nerede, Bir müzeye gitmiştim, üzerinde kargalar uçuşan bir tarla, serviler ve sanki başka güneşlerin parçalarından oluşmuş gibi duran bir güneş, Bir Hollandalının elinden çıkmış sanki, Ben de öyle sanıyorum, ama bir de toprağa gömülmekte olan bir köpek vardı, zavallı, yarı yarıya gömülmüştü, Bu da olsa olsa bir İspanyol tarafından yapılmış olabilir, ondan önce bir köpeği o durumda hiç kimse resmetmemişti, ondan sonra da kimse kalkışmadı buna, Olabilir, ayrıca bir de saman yüklü, atların çektiği bir araba vardı, ırmağı geçiyordu, Sol tarafta da bir ev, Evet, Öyleyse o ressam bir İngiliz, Olabilir, ama bence değil, çünkü tabloda, kucağında çocuk olan bir kadın da vardı, Kucağında çocuk olan kadınlara tablolarda sık rastlanır, Aslında bunu ben de fark etmiştim, Benim anlamadığım şey, birbirinden bu kadar farklı resimlerin ve ressamların tek bir tabloda buluşması. Yemek yiyen insanlar da vardı, Sanat tarihinde o kadar çok öğle yemeği, ikindi kahvaltısı ve akşam yemeği var ki, dolayısıyla bu açıklama orada yemek yiyen insanların kim olduklarını çıkarmamıza yetmez, Yemek yiyenler on üç kişiydi, Aaa, kolay o zaman, devam edin, Bir de çıplak kadın vardı, sarı saçlı, denizde yüzen bir kabuğun içindeydi, çevresinde de bir yığın çiçek vardı, Bir İtalyan tabii, Ve bir savaş sahnesi, Yemek sahneleri ve kucağında çocuk tutan anneler gibi bu da ressamın kim olduğunu bilmemize yetmez, Ölüler ve yaralılar vardı, Bu doğal, er ya da geç bütün çocuklar ölür, askerler de, Ürkmüş bir de at, Gözleri yuvalarından fırlamak üzere mi, Tam öyle, Atlar böyledir, peki, sizin tablonuzun içinde daha başka hangi tablolar vardı, Bunu öğrenmeye fırsatım olmadı, tam ata bakarken kör oldum, Korku insanın gözünü kör eder, dedi koyu renk gözlüklü genç kız, Doğru söze ne denir, kör olduğumuz anda zaten kördük, korku bizi kör etmişti, korku yüzünden körlüğümüz sürecek, Kim söylüyor bunu, diye sordu doktor, Bir kör, diye yanıt verdi ses, sadece bir kör, buradaki herkes gibi. Bunun üzerine, gözü siyah bantlı yaşlı adam, Körlük olabilmesi için kaç kişinin kör olması gerekir, diye sordu. Bu soruya kimse cevap veremedi. Koyu renk gözlüklü genç kız radyoyu açmasını istedi ondan, haber saati gelmiş olabilirdi. Haberlere daha vardı, bu arada biraz müzik dinlediler. Bir anda koğuşun kapısında bir sürü kör belirdi, içlerinden biri, Keşke gitarımı da getirseydim, dedi. Haberler pek cesaret verici değildi, yakında bir ulusal birlik ve esenlik hükümeti kurulacağı söylentisi dolaşıyordu.

Başlangıçta, burada henüz üç-beş kör varken, ettikleri bir-iki laf birbirlerinin bahtsızlığına yoldaş olmaya yeterdi, üç-dört lafı geçip de karşılıklı hatalar yapılsa bile, bazıları çok ciddi olsa bile, sabırla beklenirse, tamamen olmasa da birbirlerini bağışlarlardı, acil rahatlama ya da ihtiyaçlarını giderme isteğini bedenleri her talep ettiğinde bu bahtsızların ne kadar anlamsız ıstıraplar çekmek zorunda kaldıkları belli oluyordu. Her şeye karşın, kusursuz eğitim almış insanlara ne kadar az rastlandığını, ayrıca, en mütevazı olanların bile ufak tefek zaafları olabileceğini de bilerek, burada tecrit edilen ilk körlerin, az çok bilinçli bir şekilde, insanoğlunun son derece doğal dışkılama ihtiyacının haçını haysiyetle taşımayı becerdiklerini kabul etmemiz gerekir. Ama şimdi, yerlerde yatan körleri saymazsak, iki yüz kırk yatağın tamamının işgal edilmesi durumuyla karşı karşıyayken, karşılaştırma, imgeleme ve eğretileme bakımından ne kadar zengin ve yaratıcı olursa olsun hiçbir hayal gücü, burada biriken pisliği gerektiği gibi betimlemeye yetmez. Sözü edilen, yalnızca cehennemde içine lanetli ruhların boşaltıldığı delikler kadar iğrenç birer kovuk olan tuvaletlerin kısa sürede aldığı durum değil, bazı körlerin diğerlerinin acil ihtiyaçları karşısında yeterince saygılı davranmaması ya da, önceleri ara sıra ama şimdi alışkanlık haline getirerek, koridorlar ve diğer geçiş yerlerini çok geçmeden tuvalete dönüştürmeleriydi. Kimseye aldırmayanlar ya da acil sıkışanlar, Bir önemi yok, nasıl olsa kimse beni görmüyor, diye düşünüp daha uzağa gitmediler. Tuvaletlerin bulunduğu yere varmak her bakımdan olanaksız hale gelince, körler bedensel dışkılarının tamamını ve çıkaracakları ne varsa onu bırakmak için avluyu kullanmaya başladılar. Karakterleri gereği ya da aldıkları eğitim dolayısıyla zarif kişiler, bütün gün kendilerini sıkıyor, ihtiyaçlarını tutarak geceyi bekliyorlardı, koğuşta kalanların çoğu uyuduğunda da gece olduğunu varsayıyor, karınlarını tutarak ya da bacakları titreyerek ilerliyor, halı gibi yayılmış ve üzerlerinden binlerce kez geçilmiş dışkıların üzerinde bir karış boş alan bulabilmeye çalışıyorlardı, ayrıca eski delilerin araştırma manyaklığından kurtulabilmiş birkaç ağaçtan ve bir de şimdiden düzleşmiş, ölülerin üzerini güçlükle örten hafif tümseklerden başka nirengi noktasının bulunmadığı bu sonsuz alanda kaybolma tehlikesi yaşıyorlardı. Günde bir kez, genellikle akşamüzeri, hep aynı saate kurulmuş bir çalar saat gibi, hoparlördeki ses bilinen talimatları ve yasakları yineliyor, temizlik malzemelerinin düzenli olarak kullanılmasının avantajlarını vurguluyor, bu malzemeler eksildiğinde, zaruri ihtiyaçların talep edilmesi için her koğuşta bir telefon bulunduğunu hatırlatıyordu, fakat burada gerçekten ihtiyaç duyulan araç, ortalığa yayılmış bokları temizleyecek güçlü bir arozöz, sonra, muslukları ve su tesisatını onarıp çalışır hale getirecek bir tamirci ekibi, sonra da su, bol miktarda su, kanalizasyonlara akıtılması gereken şeyleri kanalizasyon borularına taşıyacak bol bol su, sonra da, lütfen, gözler, sıradan gözler, bizi bir yerlere götürebilecek, bize rehberlik edebilecek bir yardım eli, bana, Şu taraftan, diyecek bir ses. Bu körler, eğer onlara yardım etmezsek çok yakında birer hayvana dönüşecekler, daha da kötüsü, kör hayvanlara dönüşecekler. Bunu söyleyen, tablolardan ve dünyaya özgü imgelerden söz eden o yabancı ses değil, doktorun karısıydı, demek istiyoruz ki, gecenin bir vakti kocasının yanına yatmış, başları aynı örtünün altında, şunları söylüyordu, Bu dehşete bir çare bulmalı, artık katlanamıyorum, görmüyormuş gibi yapamayacağım artık, Bunun sonuçlarını düşünmelisin, bunu yaptığında herkes seni kendi kölesi yapmaya, bir kör değneği gibi kullanmaya çalışacak, herkesle ve her şeyle ilgilenmek zorunda kalacaksın, senden kendilerine yemek vermeni, onları yıkamanı, yataklarına yatırmanı, kaldırmanı, oraya buraya götürmeni, burunlarını silmeni, gözyaşlarını dindirmeni isteyecekler, sen uyurken bağırıp çağırarak uyandıracaklar, gecikirsen sövüp sayacaklar, Peki ama, bu zavallıları gözlerimle görmeyi sürdürmemi, her zaman gözümün önünde olmalarına karşın onlara yardım etmek için parmağımı bile kımıldatmamaya katlanmamı nasıl isteyebilirsin benden, Sen zaten gereğinden fazlasını yapıyorsun, En büyük kaygım, gözlerimin gördüğünü birinin fark etmesini önlemek olduğuna göre, ne yapıyorum ki, Gözlerin gördüğü için senden nefret edecekler çıkacaktır, körlüğün bizi daha iyi insanlara dönüştürdüğünü sanma, Daha kötü olmadık ama, olmak üzereyiz, bunu anlamak için, yemek dağıtılırken yaşananları görmen yeter, Çok doğru, gözleri gören biri, yiyeceklerin yatakhanedekilere paylaştırılması işini üstlenebilir, bunu hakkaniyetle, mantığını kullanarak yapabilir, böylece protestoların arkası kesilir, beni delirten çekişmeler sona ererdi, birbiriyle kavga eden iki körü seyretmek ne demek bilemezsin, Kavga da her zaman için az çok bir tür körlüktür, Bu dediğin farklı bir şey, Sen doğru bildiğini yap, ama bizlerin burada kör olduğumuzu, sadece kör olduğumuzu, ağzı laf yapmayan, acıma duygusu olmayan birer basit kör olduğumuzu unutma, iyi yürekli körlerin merhametli ve resim gibi dünyası bitti, şimdi katı, acımasız ve amansız bir körler krallığı var, Neler görmek zorunda kaldığımı bir bilebilseydin, keşke kör olsaydım derdin, Sana inanıyorum, ama buna gerek yok, ben zaten körüm, Bağışla beni, sevgilim, ah bir bilebilseydin, Biliyorum, biliyorum, benim hayatım insanların gözlerinin içine bakmakla geçti, göz belki de insan bedeninin içinde hâlâ bir ruh barındıran tek kısımdır ve gözler yitirildiğinde, Yarın herkese gözlerimin gördüğünü söyleyeceğim, Umarım sonradan pişman olmazsın bunu söylediğine, Yarın söyleyeceğim, bir an durdu ve sonra ekledi, Sonunda ben de onların dünyasına katılmazsam tabii.

Bu kez de katılamadı. Doktorun karısı, her zamanki gibi ertesi sabah erkenden uyandığında, gözleri o güne kadar olduğu gibi her şeyi gayet berrak görüyordu. Koğuştaki körler uyanmamıştı. Onlara haberi nasıl vereceğini düşündü, hepsini bir araya toplayıp duyuru mu yapmalıydı, belki de utanıp sıkılarak, böbürlenmeden söylemeliydi, örneğin, durumu pek de önemsemiyormuş gibi, şöyle diyebilirdi, Düşünsenize, bunca körün arasında benim gözlerimin hâlâ görebildiği kimin aklına gelir, ya da, gerçekten körmüş de, sonradan gözleri birdenbire açılmış gibi davranırdı, belki daha uygun düşerdi bu hem de ötekilere biraz umut vermek olurdu, Mademki o yeniden görmeye başladı, derlerdi birbirlerine, belki biz de yeniden görürüz, ama şöyle de diyebilirlerdi, Madem böyle, defolup gidin buradan, böyle derlerse o da onlara, kocası olmadan buradan gidemeyeceğini, çünkü ordunun, karantinadan kimsenin çıkmasına izin vermediğini söylerdi, bu durumda da çaresiz kabul ederlerdi kalmasını. Körlerden bazıları yataklarının içinde sağa sola dönüp duruyorlar, her sabah yaptıkları gibi, bağırsaklarındaki gazları serbest bırakıyorlardı, buna karşın, içerideki mide bulandırıcı hava daha da yoğunlaşmadı, doyum noktasına zaten ulaşılmıştı demek ki. Tuvaletlerden dalga dalga yayılan ve kusma isteği uyandıran iğrenç bir kokunun yanında, bedenleri kendi terlerine batmış, ne yıkanabilen ne de yıkanmayı becerebilen, giysileri her geçen gün daha da kirlenen, boka bulanmış yataklarda yatan iki yüz elli kişi vardı. Duşların çoğu bozukken, ya da boruları yerlerinden çıkmışken, tıkanmış kanalizasyondan geri gelen pis sular duş teknelerinden dışarı taşarak yayılıp koridor taşları arasından, çatlaklarından sızarken, orada burada unutulmuş sabunlar, çamaşır suları, deterjanlar neye yarardı. Kendimi nasıl bir çılgınlığa kaptırmayı düşünüyorum, diye kuşkuya kapıldı doktorun karısı, beni kendilerine hizmet etmeye zorlamasalar bile, aslında bundan hiç emin değilim, yıkamadan, temizlemeden duramam ki, bunları yapmak için yeterli gücüm var mı, bilemem, tek başıma altından kalkabilir miyim bu işin. Başlangıçta sarsılmaz gibi görünen kararlılığı azalmaya başlıyordu, burun deliklerine dolan ve gözlerini acıtan gerçek karşısında, sözlerden eyleme geçme zamanının geldiği şu anda gücünü azar azar yitiriyordu. Ödleğin biriyim ben, diye mırıldandı öfke içinde, cesaretsiz bir misyoner gibi ortalıkta dolaşmaktansa kör olmam daha iyi. Üç kör ayağa kalktılar, giriş avlusuna, kendi yatakhanelerinin payının da olduğu yiyecekleri almaya gittiler, aralarında eczacı kalfası da vardı. Gören göz olmadığından, dağıtımın gören gözlerle yapıldığı söylenemezdi, ha bir kutu eksik ha bir kutu fazla, tersine, sayarken nasıl yanıldıklarını ve en baştan başladıklarını görmek üzücüydü, daha kuşkucu olanlar ötekilerin ne götürdüğünü tam olarak öğrenmeye kalkışıyordu, sonunda her zaman tartışma çıkıyordu, biri diğerini itiyordu, körler birbirini tokatlıyordu, tabii becerebildiklerince. Koğuşta şimdi herkes uyanmış, tayınını bekliyordu, bu konularda deneyim kazandıklarından, oldukça kolay bir dağıtım yöntemi oluşmuştu, işe yiyeceklerin hepsini önce koğuşun dip tarafına götürerek başlıyorlardı, doktorla karısının, koyu renk gözlüklü genç kızın ve annesini isteyip duran küçük çocuğun yataklarının olduğu yere, sonra da herkes oraya gidip payını alıyordu, her seferinde ikişer ikişer, girişe en yakın yataklardan başlayarak, sağdan birinci soldan birinci yatak, sağdan ikinci soldan ikinci yatak, böyle sürüp gidiyordu, öfkelenmeden, tepinmeden, uzun sürüyordu elbet, ama sakin sakin yapılması beklemelerine değiyordu. Birinciler, yani yiyeceklere dokunacak kadar yakın olanlar, yiyeceklerden en son yararlananlar oluyordu, şaşı çocuk hariç tabii, koyu renk gözlüklü genç kız daha kendi payını almadan o her zaman yemeğini bitirmiş oluyordu, dolayısıyla genç kızın payının bir bölümü de hiç şaşmaksızın çocuğun midesine gidiyordu. Körlerin hepsi başını kapıya döndürüyordu, arkadaşlarının ayak sesini, yük taşıyanların o zorlanan, başka sese benzemeyen sesini bekliyorlardı, oysa ansızın duydukları ses böyle bir ses değildi, sanki birileri hızla koşuyordu, ayaklarının nereye bastığını görmeyen insanlar söz konusu olduğundan böyle koşmaya cesaret etmek ne kadar mümkünse artık. Soluk soluğa kapıda belirdiklerinde ancak, Dışarıda ne oldu ki böyle geldiniz, diye sorabildiler onlara, beklenmedik haberi verebilmek için üç kör de aynı anda kapıdan geçmek istiyordu, Yemeğimizi getirmemize izin vermediler, dedi biri, ötekiler de tekrarladı, İzin vermediler, Kim vermedi, askerler mi, diye sordu herhangi bir ses, Hayır, körler, Hangi körler, burada herkes kör, Onların kim olduğunu bilmiyoruz, dedi eczacı kalfası, sanırım en son gelen gruptandılar, Peki, nasıl olur da yemeği alıp götürmenize izin vermezler, diye sordu doktor, şimdiye kadar bu konuda hiç sorun çıkmamıştı, Artık yeter diyorlar, karnını doyurmak isteyen bundan böyle parasını ödeyecekmiş. Yatakhanenin her yanından protesto sesleri duyuldu, Olamaz bu, Yiyeceğimize el koyuyorlar, Hırsız çetesi bunlar, Utanç verici bu, körler körlere karşı, düşünebiliyor musunuz, böyle bir şeyin başıma geleceğini hiç ummazdım, Çavuşa gidip şikâyet edelim. İçlerinden biri daha kararlıydı, hep birlikte gidip alalım kendi payımızı, dedi, Kolay olmayacak bu, diye düşüncesini belirtti eczacı kalfası, bunlar kalabalık, bana kalırsa büyük bir gruplar, en kötüsü silahları var, Silah mı, nasıl yani, En azından sopaları var, koluma vurdular, hâlâ ağrıyor, dedi bir başkası, Bu işi iyilikle çözmeye çalışalım, dedi doktor, sizinle gelip onlarla konuşayım, bence burada bir yanlış anlama olmalı, Evet, doktor bey, aynı fikirdeyim, dedi eczacı kalfası, ama tavırlarına bakılırsa, onları ikna edebileceğimizden çok kuşkuluyum, Ne olursa olsun, böyle elimiz kolumuz bağlı duramayız, Ben de seninle geliyorum, dedi doktorun karısı. Küçük grup koğuştan çıktı, kolunun ağrıdığından şikâyet edense kaldı, görevini yaptığını düşünüyordu ve tehlikeli macerayı koğuştakilere anlattı, Yiyeceklerle aramızda iki adım vardı, ama önlerinde etten bir duvar oluşturmuş, onları savunuyorlardı, hem de sopalarla, diye yineleyip duruyordu.

Birbirlerine sokulup hep birlikte ilerlediler, öteki koğuşlardaki körlerin arasından kendilerine yol açtılar. Giriş avlusuna vardıklarında doktorun karısı, karşı gruptakilerle diplomatik bir görüşme yapmaya imkân olmadığını, bunu muhtemelen asla gerçekleştiremeyeceklerini hemen anladı. Giriş avlusunun ortasında, yiyecek kasalarının etrafında, sopalarla ve karyola demirleriyle donanmış körler halka olmuşlardı, bunları süngü ya da mızrak gibi ileri uzatarak etraflarını kuşatmış, beceriksizce savunma hattına dalmaya çalışan körlere karşı koyuyorlardı, körlerden bazıları, ihmal edilip bırakılmış bir boşluk bulma umuduyla kollarını kaldırıp darbeleri önlüyorlardı, başkalarıysa rakiplerinin bacaklarını yakalayana dek yerde ağır ağır ilerliyor, ama sırtlarına demirler iniyor, tekme yiyorlardı. Deyim yerindeyse, kör dövüşü, yani. Bu tabloda öfkeli protestolar ve kudurmuşçasına atılan çığlıklar da eksik değildi tabii, Yiyecek payımızı istiyoruz, Ekmek hakkımızı istiyoruz, Serseriler, Bu yaptığınız rezillik, Olamaz böyle bir şey, saf birinin ya da bir şaşkının, Polis çağırmalıyız dediği bile oldu, belki aralarında polis de vardı, körlük, bildiğiniz gibi, ne mesleğe ne de makama bakar, ne var ki kör bir polisle kör olmuş polis arasında fark vardır, tanıdığımız iki polise gelince, onlar ölmüş ve büyük zorluklarla gömülmüşlerdi. Bu akıl hastanesinde bozulan barışı onarmaya, adaleti güçlendirmeye, sükûneti geri getirmeye kalkışacak bir yetkili bulmak gibi saçma bir umutla davranan kör bir kadın, ana kapıya olabildiğince yaklaşarak havaya bağırdı, Yardım edin bize, bunlar yiyeceklerimizi çalıyor. Askerler işitmiyormuş gibi yaptılar, çavuşun burayı denetime gelen bir yüzbaşıdan aldığı talimat katı ve kesindi, Birbirlerini öldürmeleri daha iyi, hiç olmazsa azalırlar. Kadıncağız, vaktiyle burada yaşayan deliler gibi gırtlağını yırtarcasına bağırıp duruyordu, o da yarı deliydi, ama onunki yalnızca çektiklerindendi. Sonunda bağırıp çağırmasının bir işe yaramadığını fark etti, sustu, hıçkıra hıçkıra ağlayarak içeriye döndü ve ne tarafa gideceğini bilemediğinden, korunmasız başına bir sopa yiyip yere devrildi. Doktorun karısı koşup onu kaldırmak istedi, ama ortalık öyle karışmıştı ki iki adım bile atamadı. Yiyeceklerden paylarına düşeni almak isteyen körler daha şimdiden bozguna uğrayıp geri çekilmeye başlamış, yönlerini yitirmişlerdi, birbirlerine çarpıp tökezliyor, yerlere düşüyor, ayağa kalkıyor, bir daha düşüyorlardı, bazıları kımıldamaya bile teşebbüs edemiyordu, yüzükoyun yere seriliyor, acılar içinde, tükenmiş, bitmiş halde yatıyorlardı. Doktorun karısı, kör haydutlar çetesindeki körlerden birinin cebinden bir tabanca çıkararak aniden havaya doğrulttuğunu görünce dehşete kapıldı. Tabancadan çıkan mermi, tavandan büyükçe bir alçı tabakası kopardı, alçı parçası ne olduğunu anlamayan insanların kafasına düştü, o zaman panik daha da büyüdü. Kör adam bağırdı, Herkes sakin olsun, susun, sesini yükseltmeye kalkışan olursa üzerine ateş ederim, kimse umurumda değil, sonra ah vah etmeyin.

Körler oldukları yerde kalakaldılar. Tabancalı adam konuşmasını sürdürdü, Diyeceğimizi dedik, artık geri dönüş yok, bugünden itibaren yemekleri biz idare edeceğiz, herkes bunu bilsin, kimse dışarı çıkıp payını almaya kalkışmasın, girişte nöbetçiler olacak, emirlere karşı gelmeye kalkışan sonucuna katlanır, yemekler parayla satılacak, yemek isteyen parasını öder, Nasıl ödeyeceğiz, diye sordu doktorun karısı, Kimse konuşmasın demiştim size, diye homurdandı eli tabancalı adam, silahını önünde sallayarak, Birisi konuşmalı ama, ne yapacağımızı bilmek isteriz, yiyeceklerimizi nereden alacağız, hep birlikte mi geleceğiz, yoksa birer birer mi, Bu kadın kurnazlık yapıyor, diye yorum yaptı gruptaki körlerden biri, onu vurursan, bir boğaz eksilmiş olur, Görebilseydim, göbeğinin ortasına çoktan bir kurşun sallardım. Sonra, herkese seslendi, Şimdi hemen yatakhanelerinize dönün, çabuk, çabuk, yiyeceklerinizi içeri getirdiğimizde ne yapmanız gerektiğini size söyleriz, Peki, ya ödeme, diye sordu doktorun karısı, bir sütlü kahveyle bir bisküvi bize kaça mal olacak, Bu karı bizimle dalga geçiyor, dedi aynı ses, Onu bana bırak, dedi öteki ve sesinin tonunu değiştirerek, Her koğuş aralarından iki sorumlu seçecek, bu kişiler değerli şeyleri toplayacak, değerli her şeyi, ne türden olursa olsun, para, mücevher, yüzük, bilezik, küpe, saat, ne varsa, ve hepsini sol taraftaki üçüncü koğuşa getirecekler, biz oradayız, bir dost nasihati isterseniz, bize numara yapmayı aklınızdan geçirmeyin, içinizden bazılarının üzerindeki değerli eşyalardan bir bölümünü saklayacağını biliyoruz, inanın bana, hiç iyi bir fikir değil bu, bize getirdiklerinizi yeterli bulmazsak, o zaman çok basit, yemek falan yiyemezsiniz, kâğıt paralarınızı çiğner, mücevherlerinizi kemirirsiniz. Sağ taraftaki ikinci yatakhaneden bir kör sordu, Peki nasıl olacak, elimizde ne varsa bir defada mı vereceğiz, yoksa yedikçe mi ödeme yapacağız, Anlaşılan derdimi iyi ifade edememişim, dedi eli tabancalı adam gülerek, önce ödeyeceksiniz, sonra yiyeceksiniz, öbür söylediğin çok karmaşık bir hesap olur, en iyisi ödemeyi bir defada yapmanız, biz de ne kadar yiyecek hak ettiğinize karar verebileceğiz, ama sizi bir kez daha uyarıyorum, herhangi bir şeyi gizlemeye kalkışmayın, çünkü bunu pahalıya ödersiniz, sonradan kurallara aykırı davrandığımızı söylemek istemiyorsanız, neyiniz varsa bize verin, şunu unutmayın, siz teslim ettikten sonra arama yapacağız, ufacık bir şeye bile rastlarsak, yandınız demektir, şimdi hepiniz defolup gidin, çabuk olun. Kolunu kaldırıp bir el daha ateş etti. Tavandan bir parça daha alçı düştü. Ve sen, dedi eli tabancalı adam, senin sesini hiç unutmayacağım, Ben de senin yüzünü, diye yanıt verdi doktorun karısı.

Bir körün, görmediği bir yüzü unutmayacağını söylemesinin ne kadar saçma olduğunun kimse farkına varmadı. Körler, becerebildikleri kadar hızla, çoktan geri çekilmişler, kapıları arıyorlardı, az sonra birinci koğuştaki körler arkadaşlarına durumu anlattılar. İşittiklerimize bakacak olursak, şimdilik onlara boyun eğmekten başka yapabileceğimiz bir şey olduğunu sanmıyorum, dedi doktor, en kötüsü de silahlı olmaları, Biz de silah bulabiliriz, dedi eczacı kalfası, Evet, ağaçların dallarını koparıp sopa diye kullanabiliriz, tabii eğer uzanabileceğimiz yükseklikte dal bulursak, kullanmamız güç olacak ama bir de karyola demirleri var, onların elindeyse en az bir tane ateşli silah var, Ben bana ait olan hiçbir şeyi o orospu çocuğu körlere vermem, dedi bir ses, Ben de vermem, diye tekrarladı bir başkası, O halde ya hepimiz elimizdekileri veririz ya da hiçbirimiz bir şey vermeyiz, dedi doktor, Seçeneğimiz yok, dedi doktorun karısı, üstelik, dışarda bize dayatılan kural burada da geçerlidir sanırım, ödemek istemeyen ödemez, bu onun hakkı, ama bu durumda yemek de yiyemez, çünkü başkalarının sırtından karnını doyuramaz, Hepimiz vereceğiz ve her şeyimizi, dedi doktor, Peki ya verecek bir şeyi olmayanlar, dedi eczacı kalfası, O durumdakiler başkalarının kendisine verdikleriyle karnını doyurur, doğru demiş biri, herkes verebileceğini verir, herkese ihtiyacına göre verilir. Bir sessizlik oldu, ardından gözü siyah bantlı yaşlı adam sordu, Kimi sorumlu seçeceğiz, Ben doktoru seçiyorum, dedi koyu renk gözlüklü genç kız. Oylama yapmaya gerek kalmadı, bütün yatakhane aynı fikirdeydi. İki kişi olmamız gerekiyor, diye anımsattı doktor, gönüllü var mı, diye sordu, Başka aday yoksa ben varım, dedi birinci kör, Çok iyi, öyleyse toplamaya başlayalım, bir torbaya ihtiyacımız var, bir çanta ya da bavul da olur, hepsi işe yarar, Ben şunu boşaltabilirim, dedi doktorun karısı ve nasıl koşullar altında yaşayacağını gelirken bilemediği için tuvalet malzemeleriyle bir sürü ufak tefek doldurduğu çantayı boşaltmaya başladı. Başka bir dünyadan gelmiş şişeler, kutular ve tüplerin yanında bir de sivri uçlu uzun bir makas vardı. O makası oraya koyduğunu anımsamıyordu ama çantada duruyordu. Doktorun karısı başını kaldırdı. Körler beklemedeydiler, kocası birinci körün yatağına gitmiş onunla gevezelik ediyordu, koyu renk gözlüklü genç kız şaşı çocuğa, yemeğin az sonra geleceğini söylüyordu, yerde, bir komodinin arka tarafına doğru itilmiş, üzerinde kan lekeleri bulunan bir kadın bağı vardı, koyu renk gözlüklü genç kız doktorun karısından aldığı bu bağı, ergenlere özgü gereksiz bir utançla, görmeyen gözlerden saklamak istemiş gibiydi. Doktorun karısı makasa bakıyor ve neden böyle baktığını düşünüyordu, Nasıl böyle bakıyorum, nasıl oluyor, ama hiçbir neden bulamıyordu, gerçekten de, iki nikel bıçağıyla, sivri ve parlak uçlarıyla avcunda yatan bu basit uzun makasta hangi neden gizliydi. Buldun mu, diye sordu kocası, Buldum, diye cevap verdi ve boş çantayı tutan kolunu öne uzatırken öteki kolunu makası gizlemek için sırtına götürdü, Ne oldu, diye sordu doktor, Hiç, dedi karısı, şöyle de cevap verebilirdi, Senin görebileceğin bir şey yok, sesimi yabancılamış olmalısın, sadece bu, başka bir şey yok. Doktor, ilk körle birlikte karısının yanına geldi, kararsız elleriyle çantayı aldı ve, Elinizdeki her şeyi hazırlayın, birazdan toplayacağız, dedi. Kadın kolundaki saati çıkardı, kocasınınkini de çıkardı, kulağındaki küpeleri çıkardı, yakut taşlı küçük yüzüğünü, boynundaki altın zinciri, evlilik alyansını, kocasının alyansını çıkardı, bunları çıkarmak zahmetli olmadı, Parmaklarımız incelmiş, diye düşündü, hepsini çantanın içine fırlattı, sonra sıra evden getirdikleri paraya geldi, farklı değerde kâğıt paralar, biraz da bozuk para, Hepsini koydum, dedi, Emin misin, diye sordu doktor, iyice baktın mı, Sahip olduğumuz değerli ne varsa. Koyu renk gözlüklü genç kız da değerli eşyalarını hazırlamıştı bile, pek farklı değildi, sadece fazladan iki bileziği vardı, evlilik alyansı yoktu. Doktorun karısı, kocasıyla ilk körün kendisine arkalarını dönmelerini, koyu renk gözlüklü genç kızın da şaşı çocuğun üzerine eğilmesini bekledi, Beni annen kabul et, diyordu genç kız, hem senin için hem de kendim için ödeme yapacağım, doktorun karısı dipteki duvara kadar geriledi. Orada, öteki duvarlarda da olduğu gibi, delilerin kim bilir hangi kıymetli eşyalarını ve garip şeyleri astıkları iri çiviler, kancalar vardı. Erişebildiği en yüksek kancayı gözüne kestirdi ve makası astı. Sonra gelip yatağına oturdu. Kocasıyla ilk kör ağır ağır kapıya doğru gidiyorlardı, zaman zaman duruyor, bir sağ taraftan bir sol taraftan körlerin teslim ettiği şeyleri topluyorlardı, bazı körler, bunun rezil bir soygun olduğunu söyleyerek protesto ediyorlardı ve bu dedikleri gerçeğin ta kendisiydi, bir kısmı da sahip oldukları şeyleri umursamazca ellerinden çıkarıyorlardı, sanki, ne de olsa nihayetinde bu dünyada mutlak anlamda sahip olduğumuz hiçbir şey yoktur diye düşünüyorlardı, bu da bir o kadar bariz bir gerçekti. İşlerini bitirip koğuşun kapısına geldiklerinde doktor, Herkes elindeki her şeyi verdi mi, diye sordu, kaderine boyun eğmiş sesler, evet, dediler, diğerleriyse sessizliklerini korudu, bunu yalan söylemiş olmamak için mi yaptıklarını ancak zamanı gelince öğreneceğiz. Doktorun karısı makasın durduğu yere baktı. Makası o kadar yüksekte görmek onu şaşırttı, kancalardan birine takılıydı, sanki makası oraya bizzat kendisi asmamıştı, sonra, içinden, makası çantasına koymanın mükemmel bir fikir olduğunu geçirdi, bundan böyle erkeğinin sakallarını düzeltebilecek, onun görünümünü daha uygun hale getirebilecekti, çünkü, bildiğimiz gibi, sözü edilen koşullar altında normal olarak bir erkeğin tıraş olması neredeyse mümkün değildi. Doktorun karısı yeniden kapıya göz attığında iki erkek çoktan karanlık koridorda görünmez olmuşlardı, sol taraftaki üçüncü koğuşa gidiyorlardı, yiyeceklerin bedelini orada ödemeleri emredilmişti. Bugünkü yiyeceklerin, yarınkinin, belki bütün haftanın yiyeceğinin bedeli. Ya sonrası, bu sorunun cevabı yoktu, sahip olduğumuz her şey gidiyordu.

Alışılmışın aksine, koridorlarda kimse yoktu, genellikle böyle olmazdı, koğuştan çıkanlar tökezler, birine çarpıp düşerdi, rahatsız edilenler ötekine hakaret eder, kaba saba konuşur, rahatsız edenler de aynı üslupta karşılık verir, ama kimse bunları önemsemezdi, insanın bir biçimde içini boşaltması gerekir, özellikle de körse. İleriden ayak sesleri ve konuşma gürültüleri geliyordu, bir başka koğuşun sorumluları aynı yükümlülüğü yerine getirmeye gidiyorlardı herhalde. Şu halimize bakın, doktor bey, dedi ilk kör, kör olduğumuz yetmiyormuş gibi, bir de kör hırsızların eline düştük, alnımızda yazılıymış demek ki, önce arabam çalındı, şimdi de yemeğimi çalıyorlar, üstüne üstlük bunların silahları da var, aradaki fark bu işte, silah, Evet ama hep mermileri olacak değil ya, hiçbir şey sonsuza kadar sürmez, yine de, bizim şu durumumuzda, sürmesini dilemeliyiz. Neden, Çünkü eğer mermi kalmazsa, biri onları kullanmış demektir, biz zaten yeterince ölü verdik, Dayanılmaz bir haldeyiz, Buraya girdiğimizden beri zaten dayanılmaz, yine de dayanıyoruz, Doktor bey iyimsersiniz, İyimserlik değil bu, sadece bu yaşadıklarımızdan daha kötüsünün olabileceğini hayal edemiyorum, Bense, kötü yürekliliğin ve kötülüğün sınırı olabileceğine güvenmiyorum, Belki de siz haklısınız, dedi doktor, sonra, kendi kendine konuşur gibi, Burada bir şey gerçekleşmeli, dedi, bu çözüm bir çelişki içeriyordu, çünkü sonuçta ya bundan daha kötü bir şey olacaktı ya da şu andan itibaren her şey düzelecekti, ancak verilen örnek buna işaret etmiyordu. Yürüdükleri yola, döndükleri köşelere bakılırsa, üçüncü koğuşa yaklaşmış olmalıydılar. Ne doktor ne de ilk kör oraya daha önce gelmişti, ama mantıken binanın iki kanadının birbiriyle tam simetrik bir yapıda olması gerekirdi, dolayısıyla sağ kanadı iyi bilen biri sol kanatta da yönünü kolaylıkla bulabilirdi, bunun tersi de doğruydu elbette, kanatlardan birinde sola dönmeniz gerekiyorsa, ötekinde de sağa dönünce yönünüzü rahatlıkla bulabilirdiniz. Sesler duydular, önlerinden gidenlerin sesleri olmalıydı, Beklesek iyi olacak, dedi doktor, alçak sesle, Neden, İçerdekiler ne getirdiğimizi tam olarak bilmek isteyeceklerdir, geciksek de onlar için fark etmez, yemek yediklerine göre aceleleri yoktur, Öğle vaktine fazla kalmamıştır, Gözleri görseydi bile, yemek vaktini bilmeleri bir işe yaramazdı, kollarında saatleri yok ki. Çeyrek saat sonra, bir iki dakika önce ya da sonra olabilir, takas tamamlandı. Doktorla ilk körün önünden iki adam geçti, konuşmalarına bakılırsa yiyecek taşıyorlardı, Dikkat et, yere düşürme, diyordu biri, ötekiyse mırıldanıyordu, Herkese yetecek mi bilmiyorum, Kemerlerimizi sıkacağız. Doktor, peşinden gelen ilk körle birlikte, elini duvarda kaydırarak parmakları kapının pervazına değene kadar ilerledi, Biz sağdaki birinci koğuştanız, diye seslendi içeriye. Bir adım daha atacaktı ki bacağı bir engele çarptı. Bunun, yanlamasına konmuş bir yatak olduğunu anladı, alışveriş yapılırken tezgâh görevi görsün diye yerleştirilmişti oraya, Örgütlüler, diye düşündü, bir anda ayarlanmış olamaz bu. Konuşmalar, ayak sesleri işitti, Kaç kişiydiler acaba, karısı ona on kişi kadar varlar demişti, ama daha fazla olabileceğini de aklında tutmalıydı, muhtemelen yiyecekleri almaya gittiklerinde hepsi giriş avlusunda değildi. Tabancalı adam elebaşıydı, alay edercesine, Haydi bakalım, şimdi de sağ taraftaki birinci yatakhane bize neler getirmiş, görelim, dedi, sonra, sesini alçaltıp, çok yakınında olması gereken birine seslendi, Not al. Doktorun kafası karışmıştı, ne anlama geliyordu bu, not al, demek burada yazabilen biri var, demek kör olmayan biri var, öyleyse gözü gören iki kişi var demektir, Uyanık olmalıyız, diye düşündü, bakarsın biz fark etmeden burnumuzun dibinde bitebilir, ilk kör de tıpkı doktor gibi düşünüyordu, Bir tabanca ile bir gammazın insafına kalmış durumdayız, artık başımızı bile kaldıramayız. İçerdeki kör, yani hırsızların başı, çantayı açmıştı bile, alışkın ellerle içindekileri çıkarıyor, elleyerek nesneleri saptıyordu, paralara, altın olan ve olmayan nesnelere dokunarak ne olduğunu anlayabiliyordu kuşkusuz, kâğıt paralarla bozuk paraların değerini de elleyerek tayin edebiliyordu, eğer deneyimliyseniz kolayca becerebilirsiniz bunu, birkaç dakika sonra doktorun dalgın kulağı, başka bir şeyle karıştırılamayacak bir delme sesi duymaya başladı ve bunun ne sesi olduğunu hemen anladı, yan tarafta bulunan biri kör alfabesiyle yazıyordu, anagliptik yazı da deniyordu buna, sivri ucun kalın kâğıdı delip alttaki madeni tabakaya vururken çıkardığı boğuk ve gayet belirgin çınlaması işitiliyordu. Demek ki, suç şebekesi oluşturmuş körler arasında bir de normal kör vardı, diğerleri gibi o da ağa yakalanmıştı elbette, avcının şunu soracak zamanı olmamıştı, Siz yeni körlerden misiniz eskilerinden mi, nasıl kör oldunuz açıklayın bakalım bize. Bunlar da amma şanslı körler, onlara piyangodan bir kâtip çıkmış, ayrıca rehberlik de edebilir, çünkü körlük eğitimi almış bir kör çok özel biridir, ağırlığınca altın eder. Envanter çıkarma işlemi sürüyordu, eli tabancalı adam ara sıra muhasebecinin fikrini alıyordu, Bunun hakkında ne düşünüyorsun, muhasebeci kayıt tutmaya ara verip görüş belirtiyordu, Hiçbir değeri yok, bunun üzerine eli tabancalı adam, Bunlardan daha fazla çıkarsa yemek yemezler, diye yorumda bulunuyordu ya da muhasebeci, İyi bu, diyordu, bu durumda yorum, Dürüst insanlarla iş yapmak gibisi yok, oluyordu. Sonunda yatağın üzerine üç kasa yiyecek kondu, Alın bunları, dedi eli tabancalı adam. Doktor kasaları saydı, Üç tane yetmez ki, sadece biz varken dört kasa veriliyordu, dedi, aynı anda tabancanın buz gibi namlusunu ensesinde hissetti, bir kör için hiç de fena tutturmamıştı hedefi, Her itirazında bir kasa eksik verdirteceğim, şimdi defol, al bunları ve hâlâ yiyecek bir şey bulabildiğin için Tanrı'ya dua et. Doktor, Tamam, diye mırıldandı, iki tane kasayı yüklendi, üçüncüsünü de ilk kör aldı ve bu sefer acele etmeden –çünkü yük taşıyorlardı– koğuşa giden yolda geri yürüdüler. Issız görünen giriş avlusuna vardıklarında, doktor, Böyle bir fırsat bir daha elime geçmez, dedi, Ne demek istiyorsunuz, diye sordu ilk kör, Tabancasını enseme dayamıştı, elinden çekip alabilirdim onu, Riskli olurdu, Sandığınız kadar değil, ben tabancanın nerede olduğunu biliyordum, o benim ellerimin nerede olduğunu bilemezdi, Yine de riske girerdiniz, O anda onun benden daha kör olduğundan eminim, bunu düşünememem çok yazık oldu ya da düşündüm ama düşündüğümü yapmaya cesaret edemedim, Ya sonrası, diye sordu ilk kör, Ne demek sonrası, Gerçekten de elinden silahı aldığınızı varsayalım, onu kullanmayı göze alamazdınız bence, Durumumuza çözüm getireceğine emin olsaydım, evet, kullanırdım, Ama emin değilsiniz, Doğru, gerçekten de emin değilim, Öyleyse, silahların onlarda kalması daha iyi, tabii bize o silahla saldırmadıkları sürece, Silahla tehdit etmek zaten saldırmak demektir, Tabancasını elinden almış olsaydınız, asıl savaş işte o zaman başlardı, ve büyük ihtimalle biz oradan çıkamazdık, Doğru, dedi doktor, bütün bunları aklımdan çıkaracağım, Bana söylediklerinizi hatırlayın, doktor bey, Ne demiştim size, Mutlaka bir şeyler gerçekleşecek demiştiniz, Bir şeyler oldu zaten, bense bundan yararlanamadım, Başka bir şey olacak, bu değil.

Koğuşa girdiklerinde ve getirdikleri az miktardaki yiyeceği masanın üzerine koyduklarında, onları suçlayanlar çıktı, daha fazlasını isteyip ısrar etmeliydiler, bu amaçla topluluk temsilcisi seçilmişlerdi. Bunun üzerine, doktor orada olup bitenleri açıkladı, kâtiplik eden körden, eli silahlı körün küstahlıklarından söz etti, tabii tabancayı da anlattı. Durumdan hoşnut olmayanlar seslerini kestiler ve sonunda hemfikir oldular, evet efendim koğuş çıkarlarının savunulması emin ellerdeydi. Nihayet yiyecekler dağıtıldı, sabırsızlananlara, hiç yemek olmamasındansa az yemek olması iyidir diye hatırlatıldı, üstelik geçen saatlere bakılacak olursa, öğle yemeği de birazdan gelirdi, İşin kötüsü, şu atın durumu gibi halimiz, hani tam açlığa alışmışken ölmüş ya, dedi biri. Ötekiler bu lafa isteksizce gülümsediler, içlerinden biri, Eğer o at öldüğü âna kadar öleceğini bilmemişse, bu hiç de kötü bir fikir değil, dedi.

Gözü siyah bantlı yaşlı adam, portatif radyonun kullanımını öncelikle içinde pil olup olmamasına, sonra da bu pillerin dayanma süresine bağladığından, cihazın, hem dayanıksızlığı, hem de kullanım süresinin sınırlı oluşu yüzünden yiyecek karşılığı verilmesi gereken değerli eşya listesine girmeyeceğini düşünmüştü. Küçük kutudan çıkan boğuk seslere bakılırsa, ondan pek bir şey beklenemeyeceği ortadaydı. Dolayısıyla, gözü siyah bantlı yaşlı adam ana haber bültenlerini ötekilere anlatmamaya karar verdi, bunun bir nedeni de sol taraftaki üçüncü koğuşta kalan körlerin fikir değiştirerek buraya gelmeleri olasılığıydı, gelselerdi bunun nedeni cihazın maddi değeri olmazdı kuşkusuz, çünkü pratikte bu değer kısa vadede sıfır olacaktı, bu kanıtlanmıştı, fakat o anki kullanım değeri hiç kuşkusuz yüksekti, ayrıca, en azından bir tabancanın bulunduğu yerde pil de bulunması makul bir varsayım olabilirdi. Gözü siyah bantlı yaşlı adam, haberleri bundan böyle yatağında, başını yorganın altına iyice sokarak dinleyeceğini ve eğer ilginç bir haber duyarsa, o zaman diğerlerini haberdar edeceğini söyledi. Koyu renk gözlüklü genç kız, ara sıra birazcık müzik dinlemesine izin vermesini rica etti, Müziği unutmamak için yalnızca, diyerek kendini haklı göstermeye kalktı, ama yaşlı adam hiç ödün vermedi, Önemli olan dışarıda neler olup bittiğini öğrenmek, diyordu, müzik dinlemek isteyen kendi kafasının içini dinlesin, belleğimizden iyi bir şey için yararlanabiliriz. Gözü siyah bantlı yaşlı adam haklıydı, radyodan dinlenen müziğin cızırtıları ancak kötü bir arının yol açabileceği kadar berbattı, bu yüzden de haberlerin başlamasını beklerken radyonun sesini mümkün olduğunca kısık tutuyordu. Sonra, sesi biraz açıp, söylenenlerin tek bir hecesini kaçırmamak için kulak kesiliyordu. Arkasından da, haberleri kendi sözcükleriyle özetleyerek en yakındaki komşularına aktarıyordu. Böylece haberler yataktan yatağa geçirilerek yavaş yavaş koğuşu dolaşıyordu, ama birinden ötekine geçerken her seferinde şekil değiştiriyordu, haberlerin önemi, her aktaranın kişisel iyimserlik ya da kötümserlik derecesine göre ya azalıyor ya da artıyordu. Sonunda sesler kesilip, gözü siyah bantlı yaşlı adamın artık söyleyecek sözü kalmayıncaya kadar bu sürdü. Üstelik bunun nedeni radyonun arızalanması ya da pillerin bitmesi de değildi, yaşam deneyimi ve insan yaşamları zamana egemen olunamayacağını tamamen kanıtlamıştı, bu aygıt pek uzun süre dayanamayacağa benziyordu ve sonuçta radyo susmadan susan biri oldu. Ahlaksız körlerin pençesi altında yaşanmış bu ilk gün boyunca gözü siyah bantlı adam vaktini haberleri dinleyip çevresine aktarmakla geçirmiş, iyimser tınılı resmi kehanetlerin apaçık yanlışlığını bilerek göz ardı etmişti ve şimdi, gecenin bir hayli ilerlemiş şu vaktinde, nihayet başını yorganın altından çıkararak, radyonun iyice zayıflamış pilleri spikerin sesini gürültüye dönüştürdüğünden, duyabilmek için kulağını radyoya iyice yapıştırmıştı ki, birden spikerin bağırdığını duydu, Kör oldum, ardından mikrofona şiddetle çarpan bir şeyin gürültüsü geldi, hemen arkasından karmakarışık sesler, haykırışlar işitildi, sonra da ani bir sessizlik. Cihazın yakalayabildiği tek istasyon susmuştu. Yaşlı adam, sesin geri gelmesini, haberlerin devamını bekliyormuş gibi, cansızlaşmış kutuya kulağını yapıştırıp epey bir süre öylece kaldı. Bununla birlikte, artık radyonun çalışmayacağını seziyor, biliyordu. Beyaz felaket yalnızca spikeri kör etmemişti. Havada uçuşan tozlar gibi her yere yayılarak kısa sürede radyo istasyonunda kime rastladıysa sırayla bulaşmıştı. Bunun üzerine, gözü siyah bantlı yaşlı adam radyoyu yere attı. Alçak körler, gizlenen mücevherleri aramak için yatakhaneye gelip de portatif radyonun neden değerli eşya listesine dahil edilmediğini soracak olurlarsa, bu gerekçeyi onaylarlardı. Gözü siyah bantlı yaşlı adam doyasıya ağlayabilmek için yorganını başına çekti.

Koğuş, cılız ampullerin kirli sarımtırak ışığında yavaş yavaş derin bir uykuya daldı, gün boyunca üç öğün yemek yendiğinden herkesin bedeni rahatlamıştı, epeydir pek yaşanmayan bir şeydi bu. Olaylar böyle devam ederse, sonunda, en büyük kötülüklerin bile, içinde o kötülüğe sabırla katlanmamıza yetecek kadar iyilik barındırdığı sonucuna kaçınılmaz olarak bir kez daha varacağız, buysa içinde yaşadığımız koşullara aktarıldığında, ilk baştaki kaygı verici öngörülerin aksine, yiyeceklerin toplayan ve dağıtan tek bir birimin elinde bulunmasının, inatçılıkları yüzünden aç kalmayı göze alarak kendi olanaklarıyla yaşam mücadelesine devam etmeyi tercih eden bazı idealistler çokça yakınsa da, sonuçta olumlu yanları vardı. Yarını dert etmeyen, peşin ödeyenin her zaman kötü hizmet aldığını unutan körlerin çoğu her koğuşta huzurlu bir uyku çekiyordu. Diğerleri ise, yaşadıkları aşağılanmalardan onurlu bir çıkışı boş yere aramaktan yorgun düşmüş, bolluk içinde olmasa da, daha özgür, bugünden daha iyi günlerin hayalini kurarak, yavaş yavaş uykuya daldılar. Sağ taraftaki ilk koğuşta tek uyumayan doktorun karısıydı. Yatağına uzanmış, kocasının anlattıklarını düşünüyordu, hırsız körler arasında gören birinin olabileceği fikri bir an geçmişti aklından, onu belki de casus olarak kullanacaklardı. Daha sonra kocasının bundan söz etmemiş olması tuhaftı, sanki doktor, alıştığı için, karısının gözlerinin hâlâ gördüğünü unutmuştu. Doktorun karısı bunu düşündü ama bir şey söylemedi, apaçık belli sözleri telaffuz etmek istemedi, Sonuçta, onun yapamayacağı şeyi ben yapabilirim, Neyi, diye soracaktı doktor, anlamamış gibi. Şimdi, gözlerini duvarda asılı makasa diken doktorun karısı kendi kendine, Görüyor olmam ne işe yarıyor, diye soruyordu. Asla hayal edemeyeceği dehşetin daha da ötesini görmesine yaramışlardı gözleri, kör olmayı istemesine yaramışlardı, sadece buna. İhtiyatlı bir hareketle doğrulup yatağında oturdu. Karşısında koyu renk gözlüklü genç kız ile şaşı çocuk uyuyordu. Bu iki yatağın birbirine çok yakın olduğunu fark etti, genç kız kendi yatağını onunkine yaklaştırmıştı, kuşkusuz küçüğe daha yakın olmak için, teselli ihtiyacı duyarsa diye, yitirdiği annesinin yokluğuna döktüğü gözyaşlarını kurutmak gerekirse diye. Nasıl oldu da aklıma gelmedi, diye düşündü, ben de bizim yatakları bitiştirebilirdim, birlikte uyurduk, o yataktan düşer diye sürekli kaygılanmazdım. Yorgunluktan tükenmiş halde derin bir uykuya dalmış olan kocasına baktı. Makas getirmiş olduğunu, bugünlerden birinde sakallarını düzelteceğini ona bir türlü söyleyememişti, makası yüzüne fazla yaklaştırmadığı sürece bu işi bir kör de yapabilirdi. Makası ona söylememesine kendi kendine iyi bir gerekçe buldu, Sonra bütün erkekler bana gelir, ben de sakal düzeltmekten başka bir şey yapamazdım. Bedenini yataktan dışarı kaydırdı, ayaklarını yere bastı, terliklerini aradı. Giyeceği anda durdu, terliklere dikkatle baktı, sonra başını salladı ve onları sessizce yeniden yere bıraktı. Yatakların arasındaki koridorda ilerleyip yavaş yavaş koğuş kapısına yöneldi. Çıplak ayaklarının altındaki zeminin yapış yapış pisliğini hissetti, ama dışarının, koridorların daha berbat olduğunu biliyordu. Bir sağa bir sola göz attı, uyanık bir kör olup olmadığını anlamak istiyordu, ama ister bir ya da birçok kör uyanık olsun, isterse de bütün koğuş, gürültü etmediği sürece bunun hiç önemi yoktu, hatta gürültü etse ne olurdu ki, bedensel ihtiyaçların nasıl zorladığını biliyoruz, bunun saatini seçemeyiz, nihayetinde, kocasının uyanıp onun yokluğunu hemen fark ederek, Nereye gidiyorsun, sorusunu sormasını istemiyordu, kocaların karılarına olasılıkla en sık sordukları soruydu bu, en sık sordukları ikinci soru da, Neredeydindi, tabii. Kör kadınlardan biri yatağına oturmuştu, sırtını yatağın alçak arkalığına dayamış, boş bakışlarını karşısındaki duvara dikmişti, ama duvarı göremiyordu. Doktorun karısı bir an durdu, sanki azıcık dokunsa o ipliği telafisiz bir şekilde koparabilirmiş gibi havada asılı duran görünmez ipliğe dokunmaktan çekiniyordu. Kör kadın bir kolunu kaldırdı, havada titreşen bir ışık fark etmiş olmalıydı, sonra umursamazca yeniden indirdi, komşularının horlamalarından dolayı uyuyamaması ona yetmişti zaten. Doktorun karısı yürümeye devam etti, kapıya yaklaştıkça adımlarını sıklaştırıyordu. Giriş avlusuna doğru yönelmeden önce, o taraftaki öbür koğuşlara giden uzun koridora, sonra daha öndeki tuvaletlere, sonunda da mutfağa ve yemekhaneye baktı. Sırtını duvara dayayıp uyuyan körler vardı, bunlar geldiklerinde boş bir yatak ele geçirememişlerdi, ya herkes saldırırken geride kalmışlardı ya da kavgada güç gösterememiş ve ötekileri yenememişlerdi. On metre kadar ötede, kör bir erkek kör bir kadının üzerine yatmıştı, kadının bacaklarının arasına yapışmıştı, işlerini mümkün olduğunca sessiz görüyorlar, herkesin içinde kendilerini belli etmiyorlardı, ama ne yaptıklarını anlamak için insanın çok keskin bir işitme duyusu olması gerekmiyordu; özellikle de işlerinin bitmek üzere olduğuna işaret eden kesik konuşmaları, iç çekişleri ve inlemeleri ne biri ne diğeri tutabildiğinde. Doktorun karısı durup onlara baktı, imrenerek değil, onun da kocası vardı ve onu tatmin ediyordu, fakat başka türlü bir duygu yüzünden durmuştu, adını koyamıyordu, bir tür sempati duygusu olmalıydı, sanki onlara şöyle demeyi düşünüyordu, Benim burada olmama aldırmayın, durumunuzu anlıyorum, devam edin, bir yakınlık duygusu, duygudaşlıktı belki, O en yüksek haz ânı sizde ömür boyu sürse bile, siz ikiniz asla tek bir beden olamazsınız. Kör adamla kör kadın şimdi dinleniyorlardı, birbirlerinden ayrılmışlardı, yan yanaydılar, ama el ele tutuşmaya devam ediyorlardı, gençtiler, belki de âşıktılar, sinemaya gitmişlerdi ve orada ikisi birden kör olmuştu ya da mucizevi bir tesadüf onları burada birleştirmişti, ama eğer böyleyse, nasıl tanışmışlardı, elbette sesleriyle, gayet açıktı, gözlere ihtiyaç duymayan yalnızca kanın sesi değildi, aşk da, ki kör olduğu söylenir, onun da söyleyecek sözü vardı. Bununla birlikte, en muhtemel olanı, ikisinin de aynı anda kör olmasıydı, bu durumda, elleri şu anda değil, ta başından beri zaten birleşmişti.

Doktorun karısı içini çekti, ellerini gözlerine götürdü, bu hareketi yapması gerekmişti, çünkü bulanık görüyordu, ama korkmadı, bunun gözlerindeki yaşlardan olduğunu biliyordu. Sonra yoluna devam etti. Giriş avlusuna geldiğinde, dışarıya açılan büyük kapıya yaklaştı. Dışarı baktı. Kapının altından içeri vuran ışıkta bir askerin kara silueti belli oluyordu. Sokağın karşı tarafındaki binaların hepsi gölgede kalıyordu. Sahanlığa çıktı. Bir tehlike yoktu. Asker onun siluetini fark etse bile, ancak merdiveni inip, kendisi için güvenlik sınırı olan görünmez bir hatta yaklaştığında, uyarıda bulunduktan sonra ateş ederdi. Yatakhanedeki sürekli gürültüye alışmış olan doktorun karısı sessizliği yadırgadı, bu sessizlik sanki bir yokluğun oluşturduğu boşluğu dolduruyordu, sanki insanlık bütünüyle yok olup gitmişti, geride sadece parlak bir ışık, bir de asker kalmıştı, bu ışığı, ve onu göremeyen kadınları ve erkekleri korumak için. Yere oturdu, yatakhanede gördüğü kör kadın gibi sırtını kapının pervazına dayadı, ve onun gibi gözlerini karşıya dikti. Gece soğuktu, rüzgâr binanın ön yüzünden doğru esiyordu, yeryüzünde hâlâ rüzgârın esmesi, gecenin karanlık olması imkânsız geliyordu ona, bunu kendi adına değil, sonsuz bir gündüzü yaşayan körler adına, evet, onlar adına düşünüyordu. Işıkta bir başka siluet belirdi, nöbet değişimi olmalıydı, gecenin geri kalan bölümünde çadırına gidip uyuyacak olan asker, Vukuat yok, demiş olmalıydı, o iki insan bu kapının ardında neler olup bittiğini hayal bile edemezlerdi, muhtemelen içerde sıkılan kurşunların sesi dışarı ulaşmamıştı, basit bir tabanca fazla gürültü çıkarmaz. Makas ise hiç ses çıkarmaz, diye düşündü doktorun karısı. Böyle bir düşüncenin nereden aklına geldiğini boş yere sormadı kendine, sadece bu düşüncenin yavaşlığına şaşırdı, ilk kelimenin bu kadar geç ortaya çıkışına, ardından gelenlerin oyalanmasına şaşırdı, sonra, o düşüncenin zaten orada olduğunu fark etti, herhangi bir yerdeydi, sadece kelimeler eksikti, tıpkı yatağa yatmayı düşünen bir bedenin içine yerleşeceği, kendisi için hazırlanmış çukurluğu araması gibi aramıştı bu kelimeleri. Asker giriş kapısına yaklaştı, ışık arkadan vursa da, bu tarafa doğru baktığı anlaşılıyordu, hareketsiz siluete bakıyor olmalıydı, şu anda o siluetin yalnızca yere oturmuş bir kadın olduğunu, kollarını bacaklarına doladığını ve çenesini de dizlerine dayadığını görmesine yetecek ışık yoktu, bunun üzerine asker bir fenerin ışığını bu tarafa çevirdi, şimdi artık emin, bir kadındı bu, biraz önce kafasının içinde doğan düşünce kadar yavaş hareketlerle yerinden kalkıyor, ama asker bunu bilemez, bildiği tek şey, yerinden kalkması bir türlü bitmeyen o şekilden korktuğu, bir an, alarm verip vermemesi gerektiğini düşünüyor, sonra bunu yapmamaya karar veriyor, sonuçta o sadece bir kadın ve epey uzakta, yine de, ne olur ne olmaz, önlem olarak silahını ona doğrultuyor, ama silahı doğrultabilmek için önce feneri yere bırakması gerekiyor, bu hareketle fenerin ışığı kendi gözlerine vuruyor, retinası aniden yanmış gibi bir an kamaşıyor. Yeniden görmeye başladığında, kadın gözden kaybolmuş, artık bu nöbetçi, nöbeti devralmaya gelecek olana, Vukuat yok, diyemeyecekti.

Doktorun karısı şu anda binanın sol kanadında, üçüncü koğuşa götüren koridorda. Burada da yerlerde uyuyan körler var, hem de sağ kanattakinden daha fazla. Sessizce, ağır ağır yürüyor, ayaklarının altındaki yapış yapış zemini hissediyor. İlk iki koğuştan içeri baktığında, görmeyi umduğu şeyleri görüyor, yorganların altında yatan kabarık şekiller, yine uykusu kaçmış bir kör, umutsuzca yakınıyor, neredeyse bütün körlerin kesik kesik horladığı işitiliyor. Bedenlerin yaydığı kokuya gelince, tuhaf değil bu, bütün binada başka koku yok zaten, insanın kendi bedeninin, üzerinde taşıdığı giysilerin kokusu bu. Koridorun üçüncü koğuşa giden köşesini döndükten sonra durdu. Kapıda biri vardı, bir başka nöbetçi. Elinde tuttuğu değneği, bir o yana bir bu yana ağır ağır hareket ettiriyordu, yaklaşmak isteyen olursa müdahale edecekti. Burada yerde uyuyan hiç kör yoktu, koridor bomboştu. Kapıdaki kör, eşikte bir aşağı bir yukarı gidip gelmeyi sürdürüyordu, hiç yorulmuyor gibiydi, ama yorulduğu belliydi, birkaç dakika sonra sopayı öbür eline alıyor ve yeniden sallamaya başlıyordu. Doktorun karısı karşı duvarın dibinden ilerledi, adama yanaşmamaya dikkat etti. Değneğin çizdiği yay geniş koridorun ortasına bile ulaşmıyordu, boş bir silahla nöbet tutan nöbetçi gibiydi adam. Doktorun karısı şimdi nöbetçinin tam karşısında duruyordu, adamın arkasından koğuşu görebiliyordu. Yatakların hepsi dolu değildi. Kaç kişidirler acaba, diye düşündü. Biraz daha ilerledi, sopanın ulaşabileceği sınıra kadar yaklaşıp orada durdu, kör adam başını onun olduğu tarafa çevirmişti, sanki anormal bir şey, bir iç çekiş, havada bir ürperti sezmişti. İriyarı bir adamdı, elleri de kocamandı. Önce, sopayı tutan elini öne doğru uzattı, hızlı hareketlerle önündeki boşluğu taradı, sonra ileri doğru küçük bir adım attı, doktorun karısı bir an için adamın onu fark etmiş olmasından korktu, adam sadece ne taraftan saldıracağına karar verememiş olabilirdi, Bu gözler kör değil, diye düşündü, telaşla. Hayır, kördü elbette, bu çatı altında, bu duvarlar arasında yaşayan herkes kadar kördü, herkes, herkes, kendisi hariç. Adam alçak sesle, neredeyse mırıldanır gibi, gerçek nöbetçiler gibi sordu, Kim var orada, Kim oradaki, diye bağırmadı, doğru cevap, Barışçıl biri, olabilirdi, o da kestirip atardı, Uzaktan geç, ama öyle olmadı, adam sadece kendi kendine, Amma aptalım, kim olacak burada, bu saatte herkes uykuda, diye karşılık verir gibi başını salladı. Boş eliyle yoklayarak kapıya doğru geriledi ve kendi sözlerinden rahatlayarak, kollarını indirdi. Uykusu gelmişti, arkadaşlarından birinin gelip nöbeti devralmasını epeydir bekliyordu, ama bunun gerçekleşebilmesi için bir başkasının, içinden gelen görev sesiyle kendi kendisini uyandırması gerekiyordu, çünkü burada çalar saat olmadığı gibi, bunu kullanacak durumda da değillerdi. Doktorun karısı, ihtiyatlı bir şekilde, kapının diğer kanadına yaklaşıp içeri baktı. Yatakhane dolu değildi. Hızla saydı, on dokuz-yirmi kişi kadar olmalıydılar. Dip tarafa yığılmış bir miktar yiyecek kasası fark etti, diğerleri boş yatakların üzerine konmuştu, Bunu tahmin etmeliydim, diye düşündü, gelen yiyeceklerin hepsini dağıtmıyorlar. Kör adam yeniden tedirgin olmuşa benziyordu, ama araştırmak için hiç hareket yapmadı. Dakikalar geçti. İçerden şiddetli bir öksürük geldi, bir tiryakinin öksürüğü. Kör adam başını sıkıntıyla o yana çevirdi, nihayet yatmaya gidebilecekti. Yatanlardan hiçbiri kalkmadı. Bunun üzerine kör adam, nöbet yerinden izinsiz ayrılırken suçüstü yakalanmaktan ya da nöbetçilerin uymaları gereken kuralları ihlal ettiği için görülmekten korkar gibi, girişi engelleyen yatağın üzerine yavaşça oturdu. Bir süre başı sallanıp durdu, ama sonra kendini uyku nehrine bıraktı, uykuya dalmadan önce, Önemi yok, kimse beni görmüyor, diye düşünmüş olduğu kesindi. Doktorun karısı içerde uyuyanları yeniden saydı. Bu adamla birlikte yirmi kişiler, en azından buradan kesin bir bilgiyle dönecekti, geceleyin dolaşmak boşa gitmemiş olacaktı, Ama sırf bu amaçla mı gelmiştim buraya, diye sordu kendine, bu sorunun cevabını almak istemedi. Kör adam, başını kapının kenarına dayamış uyuyordu, sopası elinden kayıp sessizce yere düşmüştü, artık karşısında yere devireceği sütunlar olmayan silahsız bir kördü. Doktorun karısı kendini bu adamın bir yiyecek hırsızı olduğunu, başkalarının hakkı olanı ellerinden zorla aldığını, bebeklerin lokmalarını ağızlarından çekip çıkardığını düşünmeye zorladı, fakat ne kadar düşünmeye çalışsa da, bu tükenmiş beden, arkaya devrilmiş bu baş, kabarmış damarların uzandığı bu boyun karşısında ne küçümseme ne de küçücük bir kızgınlık duyuyordu, yalnızca tuhaf bir acıma hissediyordu. Koğuştan çıktığından bu yana ilk kez soğuktan titredi, taş zemin ayaklarını dondurmuştu sanki, tabanlarıysa yanıyordu, Ateşim çıkmasa bari, diye düşündü. Hayır, çıkmamıştı, sonsuz bir yorgunluk hissediyordu yalnızca, kendi içine kapanmak için delice bir arzu, gözlerini, ah, özellikle gözlerini, kendi içine döndürebilmeliydi, daha çok, iyice döndürmeliydi, ta ki sonunda kendi beyninin içine erişip gözlemleyebilsin, orada görme ile görmeme arasındaki fark, çıplak gözle görülemez. Ağır ağır, bu kez daha da ağır, bedenini sürükledi, geriye, ait olduğu yere döndü, uyurgezer gibi görünen körlerin yanından geçti, o da onların nazarında bir uyurgezerdi, kör numarası yapmasına bile gerek yoktu. Âşık kör çift artık el ele tutuşmuyordu, yan yatmış uyuyorlardı, beden ısılarını korumak için büzülmüşlerdi, kadın, erkeğin bedeninin oluşturduğu yayın içine gömülmüştü, sonuçta, evet, dikkatle bakılacak olursa hâlâ el eleydiler, erkeğin kolu kadının bedenini sarmış, parmakları birbirine dolanmıştı. İçerde, yatakhanede, uykusu kaçmış kör kadın yatağının üzerinde oturmaya devam ediyordu, bedenindeki yorgunluğun, zihnindeki inatçı direnişi kırmasını bekliyordu. Diğer körlerin hepsi uyuyor gibiydi, bazıları imkânsız bir karanlığı ararcasına başlarını yorganın altına sokmuştu. Koyu renk gözlüklü genç kızın gece masasının üzerinde göz damlası şişesi duruyordu. Gözleri iyileşmişti ama o bunu bilmiyordu.

Ahlaksız körler koğuşundaki yasadışı kazançların muhasebesini tutmakla görevli kör, şüpheli ruhunu aydınlatan bir ışığın etkisiyle, üzerinde yazı yazdığı levhalarıyla, kaba kâğıtlarıyla ve kör alfabesi aletiyle birlikte binanın bu kanadına taşınmaya karar verseydi, hiç kuşkusuz, bu yeni ve soyup soğana çevrilmiş yoldaşlarının çektiği sıkıntıların ve diğer pek çok acının aydınlatıcı ve içler acısı günlüğünü tutmakla meşgul olurdu şimdi. Geldiği yerdeki zorbaların her tarafın hâkimi ve efendisi kalabilmek için dürüst körleri kapı dışarı etmekle kalmayıp, sol kanattaki diğer iki koğuşta kalanların, banyo ve lavabo denen yerleri kullanmalarını yasakladıklarını da söylemekle işe başlardı herhalde. Bu utanç verici hâkimiyetin doğrudan sonucunun bütün bu acı çeken insanların bu taraftaki tuvaletlere akın etmesine yol açacağı yorumunu yapardı, buraların halini zaten bilen biri için bu akının sonuçlarını hayal etmek hiç de zor olmasa gerekti. İç avludaki bahçede kimsenin, bağırsaklarını tutamayan ya da çok şey vaat ediyor olmasına rağmen hiçbir çözüm getirmeyen burkulmaların sıkıntısıyla iki büklüm olmuş körlere ayağı takılmadan yürüyemez hale geldiğini aktarır ve gözlemci bir zekâya sahip olduğundan, insanların aldıkları birazcık besinle bol bol dışarı attıkları arasındaki gizli çelişkiyi kaydetmeyi ihmal etmezdi, böylelikle defalarca sözü edilen o ünlü neden-sonuç ilişkisine, en azından nicelik bakımından, her zaman bel bağlanamayacağını belki de kanıtlamış olurdu. Ayrıca şunu da söylerdi ki, kötü niyetli körler koğuşu şu anda yiyecek kasalarıyla dolup taşıyorken, buradaki bahtsızlar yerdeki pisliklerin arasındaki kırıntıları toplamaya mecbur edilmişlerdi.

Kör muhasebeci, hem yargıç hem günlük yazarı çifte özelliğiyle, yiyeceği çok ihtiyaç duyanlara vermek yerine bozulmaya bırakan zorba körleri ağır ceza mahkemesinde mahkûm etmeyi de ihmal etmezdi, çünkü bazı yiyeceklerin özelliğini yitirmeden haftalarca dayanabildiği doğru olsa da, diğerleri, özellikle de pişmiş olanlar, kısa sürede yenmezse derhal ekşir ya da küflenir, böylelikle insanlar için, tabii eğer hâlâ insansalar, işe yaramaz olurdu. Konu değiştiren ama aynı izleği sürdüren günlük yazarı, yüreği derin acılar içerisinde, buradaki hastalıkların sadece hazım sistemiyle ilgili olmadığını ya da yeterli besin yokluğundan kaynaklanmadığını, veyahut yenen besinin doğru dürüst ayrışmamasından da ibaret olmadığını yazardı, bu nedenle, geldiklerinde, kör olsalar da, sadece sağlıkları yerinde olmakla kalmayıp, bazıları sağlık taşan bu kişilerin şimdi ötekiler gibi sefil yataklarından doğrulmakta güçlük çektiklerini, içeri nereden geldiği bilinmez güçlü bir gribe yakalanıp devrildiklerini yazardı. Ve bu beş koğuşun hiçbirinde ateş düşürecek, baş ağrısını geçirecek tek bir aspirin bile bulunmadığını, bulunan birkaç ilacın da hemen bittiğini, kadınlar tuvaletindeki ecza dolabının dibine kadar eşelendiğini söylerdi. Günlük yazarı, tedbirli davranarak, böylesine insanlık dışı bir karantinaya konulmuş üç yüze yakın kişinin çektiği diğer hastalıkları ayıklayarak anlatırdı, fakat, en azından, oldukça ilerlemiş iki kanser vakasından söz etmeden geçemezdi, kör avının başlatıldığı ve körlerin buraya getirildikleri bir dönemde yetkililerin insani laflar işitmek istemediklerini, hatta yasanın herkes için eşit çıkarıldığını ve demokrasinin insanlara ayrıcalık tanımakla bağdaşmadığını söylemeye kadar vardırdıklarını anlatırdı. Yine kötü talih sonucu, bunca insan arasında tek bir doktor vardı, o da göz doktoruydu, yani burada en az ihtiyaç duyulan dalda uzman biriydi. Kör muhasebeci, bu konuya geldiğinde, bunca sefaleti ve acıyı kaleme dökmekten yorularak, elindeki madeni kâğıt delgisini masanın üzerine bırakacak ve mahşerin günlükçüsü olarak üstlendiği görevi yerine getirirken masanın bir köşesine ayırdığı kuru ekmek parçasını titreyen eliyle arayacak fakat bulamayacaktı, çünkü bu ihtiyaç maddesinin kokusunu değerlendiren bir başka kör onu çoktan aşırmış olacaktı. Bunun üzerine, kardeşçe jestinden, kendisini bu kanattakilere yardıma iten özverili atılımı sürdürmekten vazgeçen kör muhasebeci, yapacağı en iyi şeyin, henüz vakit varken sol taraftaki üçüncü koğuşa geri dönmek olduğuna karar verirdi, çünkü orada, kötü niyetli o körlerin haksızlıklarına karşı vicdanen öfke duysa da, en azından aç kalmazdı.

Gerçekten de böyle oldu. Yiyecekleri alıp getirmekle görevli sorumlular koğuşa her seferinde kendilerine verilen daha az miktarda yiyecekle döndüğünde, öfkeli protestolar patlak verdi. Örgütlü ortak bir eylem öneren biri çıktı hep, kitlesel eylem önerildi, defalarca doğrulanmış geçerli argüman olarak da sayı arttıkça gücün arttığı ileri sürüldü, diyalektik savın yücelttiği gibi, genelde birbiriyle bir araya pek gelemeyen iradelerin belirli koşullarda bir araya gelebileceği, hatta bu sayının sonsuza kadar çoğalabileceği ileri sürüldü. Bununla birlikte, çok geçmeden herkes sakinleşti, daha tedbirli olan birinin, bu önerinin getirisini ve götürüsünü karşılaştırmak için gösterdiği basit ve nesnel niyetle, heyecanlı kişilere tabancaların genellikle öldürücü etkileri olduğunu hatırlatması yeterli oldu, En önden gidenler, diyorlardı, kendilerini neyin beklediğini bilirler, onların ardından gideceklere gelince, bize korku salan o adamlar ilk ateş ettiğinde olacakları düşünmesek daha iyi, kurşun yiyerek değil de ezilerek ölürler. Koğuşlardan birinde bir ara çözüm bulundu ve bu da ağızdan ağıza diğerlerine yayıldı, bundan böyle yiyecekleri almaya, her zamanki kaşarlanmış elçileri değil, on-on iki kişiden oluşacak ve bu ifade burada uygunsuz kaçsa da, daha güçlü bir grup gönderilecekti, bu kişiler herkesin hoşnutsuzluğunu hep birlikte ifade edeceklerdi. Gönüllülerin ortaya çıkması istendi, fakat büyük olasılıkla tedbirli kişilerin bilinen uyarılarının etkisiyle, hiçbir koğuştan göreve yeterli sayıda gönüllü çıkmadı. Tanrı'ya şükürler olsun ki, teklifi yapan koğuştan gönderilenlerin nasıl bir sonuçla karşılaştığı öğrenilince ihtiyatlı olma fikrine hak verildi, bu ahlak çöküntüsünün açık kanıtının hiçbir önemi kalmadığı gibi, utanç konusu bile edilmedi. Gitmeyi göze alan sekiz yürekli acımasızca sopa yedi, ve bu arada tek bir kurşun atıldığı doğru olsa da, bu en azından öncekiler gibi havaya sıkılmamıştı, bunun kanıtı da talepte bulunmak üzere oraya gidenlerin, kurşunun başlarının hemen yakınından ıslık çalarak geçtiğine yemin etmeleriydi. Bu kurşun öldürme kastıyla mı sıkılmıştı, bunu daha sonra öğreneceğiz, şimdilik o kurşunu sıkanı kuşku perdesinin ardında bırakalım, ama şu var ki, o kurşun, ciddi olsa da, bir uyarıdan ötesi değildi, ya da ahlaksızların şefi göstericilerin boyları konusunda yanılmış olabilirdi, onları daha kısa boylu hayal etmişti belki, ya da, ki bu varsayım kaygı vericiydi, onları gerçekte olduklarından daha uzun boylu sanmıştı, bu durumda öldürme kastı bulunduğunu ister istemez kabul etmek gerekirdi. Bu önemsiz soruları şimdilik bir kenara bırakarak ve genel çıkara dikkat ederek, zaten önemli olan da budur, şunu söyleyebiliriz ki, talepte bulunanların kendilerini falanca numaralı koğuşun heyeti olarak tanıtması tamamen rastlantısal olsa da gerçekten ilahi bir lütuftu. Böylece sadece o koğuş üç gün oruç tutma cezasına çarptırıldı ki buna da şükretmeliydiler, çünkü sonsuza dek yiyeceksiz de kalabilirdi, kendine yemek veren eli ısırmaya cüret edenin başına tam da bu gelebilirdi aslında.

İsyancı koğuştakilerin o üç gün boyunca koğuş koğuş dolaşıp Tanrı aşkına biraz kuru ekmek dilenmekten başka çaresi yoktu, bu canlar, mümkün olduğunda başka şeylerle de beslenerek açlıktan ölmediler elbette ama epey bir laf işitmek zorunda kaldılar, Fikirlerinizin canı cehenneme, Sizin sözünüzü dinleseydik şimdi kim bilir ne halde olurduk, en kötüsü ise, Sabredin, sabredin, demeleriydi, hakaretler bir yana, işitmesi bundan daha kötü gelen bir söz yoktu. Üç günlük ceza sona erdiğinde ve yeni bir günün başlayacağına inanıldığında, kırk isyancı körü barındıran talihsiz koğuşa verilen cezanın henüz bitmediği anlaşıldı, çünkü zaten yirmi kişiye güç bela yeten yemek öyle azalmıştı ki, bu kez verilenlerle on kişi bile açlığını gideremiyordu. Bu durumda, öteki koğuşlardaki insanların isyanını, öfkesini ve –söylemesi acı ama gerçek gerçektir– muhtaç durumda olanlarca kuşatıldıklarını gören diğer koğuştakilerin içine düştükleri korkuyu varın siz düşünün, insani dayanışmayla daha eski ve en az önceki kadar klasikleşmiş ilke, yani insan önce kendine acımalıdır diyen ilke arasında kalmış bu insanların halini.

İşler bu noktaya varmışken ahlaksızlardan emir geldi, daha fazla para ve değerli eşya toplamalıydılar, çünkü toplanmış olanlar dikkate alındığında, verdikleri yiyecekler başlangıçta ödenen bedelin değerini aşmıştı, üstelik de çok cömertçe hesapladıklarını belirtiyorlardı. Koğuşlar bu isteğe kaygıyla cevap verdiler, ceplerinde tek bir kuruş bile kalmamıştı, toplanan tüm değerli eşya eksiksiz teslim edilmişti ve –ki bu gerçekten utanç verici bir argümandı– yapılan teslimatlar arasındaki değer farkını kasıtlı olarak dikkate almayan herhangi bir karar hiç de hakkaniyetli sayılamayacaktı, yani, daha basit bir ifadeyle, günahkârların cezasını suçsuzlara ödetmek doğru olmazdı, dolayısıyla muhtemelen henüz alacağı bulunanların yiyecekleri kesilmemeliydi. Koğuşların hiçbiri öteki koğuşların teslim ettiği eşyanın değerini bilmiyordu elbette, yine de ötekiler kredilerini yitirmiş de olsa, her birinin karnını doyurmayı sürdürme konusunda kendini haklı çıkaracak gerekçeleri vardı. Neyse ki ahlaksızlar itiraz kabul etmediler, böylece çatışmalar daha doğarken ortadan kalktı, emir herkes tarafından yerine getirilmeliydi, değerlendirmede farklılıklar varsa bile, bu, kâtip körün muhasebesinde gizliydi. Koğuşlardaki tartışmalar ateşli, sert, hatta bazen de şiddetli oldu. Kötü niyetli ve bencil birkaç kişinin eşyalar toplanırken ellerinde bulunan değerli parçaların bir kısmını gizlemiş olmasından, dolayısıyla topluluğun çıkarı uğruna soyulup soğana çevrilmeyi dürüstçe kabullenmiş olanların zararına beslendiklerinden kuşkulananlar vardı. Birtakım kişilerse şimdiye kadar topluluk adına konuşmuş olsalar da, artık kendi adlarına konuşarak, arada asalaklar da beslenmemiş olsa, verdikleriyle daha uzun süre karınlarını doyurabileceklerini ileri sürüyorlardı. Kötü niyetli körlerin koğuşlara gelip arama yapmak ve buyruğa uymayanları cezalandırmak yönünde başlangıçta yaptığı tehdit sonunda her koğuşta uygulandı, iyi körler kötü körlerle, hatta ahlaksızlarla karşı karşıya geldi. Akıl almaz servetlerle karşılaşılmadı ama yine de bir miktar kol saati ve yüzük bulundu, bunlar kadınlardan çok erkeklere aitti. Koğuş içi adaletin verdiği cezalara gelince, rastgele bazı kişileri pataklamaktan, yanlış yere sallanan cılız birkaç yumruktan öteye gitmedi ve daha çok hakaretler işitildi, geçmişte kalmış suçlayıcı bir retoriğe özgü birkaç cümle edildi, örneğin, Sen ananı bile soyarsın, bunun nasıl bir utanç olduğunu hayal edebilirsiniz, sanki böyle bir rezillik ve daha da ağır olan şeyler, bütün insanların kör olacağı, sadece gözlerinin nurunu değil, içlerindeki saygıya yol gösteren ışığı da yitirecekleri gün yaşanabilirmiş gibi. Ahlaksız körler sert misilleme tehditleriyle yiyecek bedelini kabul ettiler, neyse ki daha sonra bunları uygulamadılar, muhtemelen unuttukları varsayıldı, ama kesin olan şey kafalarında aslında başka bir düşüncenin olduğuydu, bunu da öğrenmekte gecikmeyecektik. Tehditlerini yerine getirselerdi, daha fazla haksızlık durumu daha da kötüleştirecekti, belki de derhal dramatik sonuçlar ortaya çıkacaktı, çünkü ellerindeki değerli eşyayı gizlemekle suçlanan koğuşlardan ikisi diğerleri adına da konuşmaya gidip günahsız koğuşlara işlemedikleri suçları yüklediler, oysa bu koğuşlardan biri öyle dürüst davranıp elindeki her şeyi daha ilk gün teslim etmişti. Neyse ki kör muhasebeci, sonradan kendisine fazla iş çıkmasın diye, bu yeni katkıları ayrı bir kâğıda kaydetmeye karar vermişti, böylelikle masum da olsa suçlu da olsa, herkese yaradı bu, çünkü muhasebeci hesapları karşılaştırsaydı, birbirini tutmayan ödemeler kesinlikle dikkat çekerdi.

Aradan bir hafta geçti, ahlaksız körler bu kez de kadın istiyoruz diye mesaj gönderdiler. Tam böyle, basitçe, Bize kadın gönderin. Tamamen alışılmadık olmasa da beklenmeyen bu talep hayal edilmesi kolay bir öfke yarattı, utana sıkıla bu emri getiren aracılar hemen geri dönerek, koğuşların, yani sağ taraftaki üç koğuş ile sol taraftaki iki koğuşun, kadınlı erkekli yerlerde yatan körler de dahil olmak üzere, insan haysiyetinin, söz konusu durumda kadın haysiyetinin bu ölçüde aşağılanamayacağına, eğer sol taraftaki üçüncü koğuşta hiç kadın yoksa bunun sorumluluğunun, tabii böyle bir sorumluluk olabilirse, kendilerine yüklenemeyeceğine itirazla, bu aşağılayıcı dayatmaya uymayacaklarına oybirliğiyle karar verdiklerini ilettiler. Verilen yanıt kısa ve kesindi, Bize kadın getirmezseniz, yemek yok. Aşağılanmış olan elçiler koğuşlara emirle geri döndüler, Ya oraya gidersiniz ya da aç kalacağız. Bekâr kadınlar, yani partneri olmayan ya da belirli bir partneri olmayan kadınlar derhal itiraz etti, başka kadınların erkeklerinin yemek parasını kendi bacak aralarındakiyle ödemeye mecbur tutulamazlardı, içlerinden biri kendi cinsine duyması gereken saygıyı unutarak şunu deme cüretini bile gösterdi, Ben oraya gidecek kadar kadınım, ama kazancım bana ait olur, canım isterse de kalıp onlarla yaşarım, böylece yatağım ve yemeğim garanti olur. Anlamı gayet açık bu sözlerle söyledi söyleyeceğini, ama ardından sözlerini eyleme geçirmedi, çünkü aciliyete bakılırsa kızıştıkları için gözleri kör olmuşa benzeyen, zincirden boşanmış yirmi erkeğe tek başına katlanmaya kalkışırsa olabilecekler tam zamanında aklına geliverdi. Bununla birlikte, sağdan ikinci koğuşta öylesine ortaya atılmış bu düşünce pek de öyle ortada kalmış gözükmüyordu, elçilerden biri, bunu vesile bilip işe el atarak, hizmete gönüllü aramayı önerdi, insanın kendi iradesiyle yapacağı şeyin bedelinin genellikle zorunlu olarak yapacağı şeyden daha az olduğunu ileri sürdü. Sadece son bir dikkat, son bir ihtiyat onun sözlerini bilinen bir özlü sözü alıntılayarak tamamlamasını engelledi, Zevk peşinde koşan yorulmaz. Buna rağmen, konuşmasını bitirir bitirmez şiddetli protestolar patlak verdi, her yandan öfkeli sesler yükseldi, erkekleri hiç acımadan ve gözünün yaşına bakmadan ahlaken çökmüş gördüler, incinen kadınların her biri kendi kültür düzeyine, toplumsal çevresine ve kişisel üslubuna uygun olarak onları yardakçılıkla, pezevenklikle, sülüklükle, vampirlikle, muhabbet tellallığıyla, godoşlukla suçladı. Bazı kadınlar, sırf cömertliklerinden ve merhamet duyduklarından, buradaki bahtsız yoldaşlarının cinsel isteklerine karşılık verdikleri için pişman olduklarını söylediler, oysa şimdi onlar kendilerini kötü mü kötü bir kadere yollayarak böyle teşekkür ediyorlardı. Erkekler de kendilerini savunmaya çalıştılar, durumun tam da böyle olmadığını, dram havası vermemek gerektiğini, insanların ancak konuşa konuşa anlaşabileceğini, zor ve tehlikeli durumlarda belirli işleri yapmak için gönüllü istemek âdetten olduğundan böyle dediklerini, içinde bulundukları durumun da kuşkusuz böyle olduğunu ileri sürdüler, Hepimiz açlıktan ölme tehlikesiyle karşı karşıyayız, siz de biz de. Bu şekilde mantıklı olmaya davet edilen kadınların birçoğu yatıştı, ama içlerinden biri, aniden aklına gelen bir şeyle, ateşe yeni bir odun atarak, alaycı bir ifadeyle sordu, Peki, kadın değil de erkek istemiş olsalardı ne yapardınız, söyleyin de herkes işitsin. Kadınlar, etekleri zil çalarak, koro halinde bağırdılar, Söyleyin, söyleyin, erkekleri duvara sıkıştırdıkları için coşmuşlardı, kaçamayacakları kendi mantıklarının tuzağına düşürmüşlerdi onları, o kadar övündükleri erkek tutarlılığını nereye kadar götürebileceklerini şimdi görmek istiyorlardı, Aramızda eşcinsel yok, diye itiraz etmeye çalıştı bir erkek, Orospu da yok, diye karşılık verdi o kışkırtıcı soruyu sormuş olan kadın, olsa bile burada sizin çıkarınız için bunu yapmak istemeyebilir. Zor durumda kalan erkekler geri çekildiler, kadınların bu öç alma duygusunu tatmin edebilecek tek bir cevap olduğunun bilincindeydiler, Erkek istemiş olsalardı giderdik, fakat içlerinden biri bile bu kısa, açıklayıcı ve açık seçik yanıtı vermeye cesaret edemedi, kafaları öylesine karışmıştı ki bunları söylemekte büyük bir tehlike olmadığını düşünemediler bile, çünkü bu orospu çocukları azgınlıklarını erkeklerle değil, kadınlarla gidermek istemişlerdi.

Oysa hiçbir erkeğin aklına gelmeyen, kadınların aklına gelmişti, yoksa bu tartışmaların yerini alan ve koğuşa yavaş yavaş sinen sessizliğin başka açıklaması olamazdı, sanki sözlü savaştan zaferle çıkmak, ardından kaçınılmaz olarak gelecek bozgundan farklı değildi, muhtemelen diğer koğuşlarda da tartışma farklı gelişmemişti, çünkü insan mantığının da mantıksızlığının da fazlasıyla tekrarlandığı bilinir. Orada, son sözü söyleyen, elli yaşlarında bir kadın oldu, yaşlı annesiyle birlikte karantinaya alınmıştı ve onun karnını doyurabilmek için başka çaresi yoktu. Ben gidiyorum, dedi, bu sözlerin, sağ kanattaki birinci koğuşta doktorun karısının söylediklerinin bir yankısı olduğunu bilmiyordu, Ben oraya gideceğim, bu koğuşta fazla kadın yoktu, belki de bu nedenle protestolar ne fazla ne de ateşli oldu, koyu renk gözlüklü genç kız vardı, ilk körün karısı vardı, doktorun muayenehanesinde çalışan sekreter vardı, otelde çalışan oda hizmetçisi vardı, kim olduğu bilinmeyen kadın vardı, gözüne uyku girmeyen kadın vardı, ama o öylesine mutsuz ve acınacak haldeydi ki, onu rahat bırakmak daha doğru olurdu, kadın dayanışmasından yalnızca erkeklerin yararlanması gerekmiyordu. İlk kör karısının ne karşılığında olursa olsun bedenini yabancılara verme utancına maruz kalmayacağını, bunu ne karısının istediğini ne de kendisinin buna izin vereceğini, insan haysiyetinin bedeli olmadığını, küçük küçük teslim olan kişinin sonunda hayatının anlamını yitireceğini söyleyerek konuşmaya başladı. Bunun üzerine doktor ona buradaki herkesin karşılaştığı durum içinde hayatın ne gibi bir anlamı olabileceğini sordu, açlık çekiyorlar, gırtlağa kadar pisliğe bulanmışlar, bitler kemiriyor, tahtakuruları ve pireler ısırıyor, Karımın oraya gitmesini ben de istemem, ama benim istemememin bir yararı yok, o gitmeye hazır olduğunu söyledi, bu kendi kararı, erkeklik gururumun yara alacağını biliyorum, tabii eğer bu kadar aşağılanmadan sonra içimizde hâlâ erkeklik gururu denmeyi hak eden bir şey kalmışsa, kimin acı çekeceğini biliyorum, şu anda bile çekiyor, bundan kaçınılamaz, ama muhtemelen tek çare bu, eğer hayatta kalmak istiyorsak, Herkes kendi ahlak anlayışına göre davranır, ben böyle düşünüyorum, fikir değiştirmeye de niyetim yok, diye saldırganca karşılık verdi ilk kör. Bunun üzerine koyu renk gözlüklü genç kız, Ötekiler burada kaç kadın olduğunu bilmiyor, dolayısıyla siz karınızı kendinize saklayabilirsiniz, biz sizi besleriz, sizi ve karınızı, sadece daha sonra onurunuz konusunda ne hissedeceğinizi öğrenmek isterim, size getireceğimiz ekmekten nasıl tat alacaksınız bakalım, dedi. Sorun bu değil, diye cevap vermeye çalıştı ilk kör, sorun şu ki, ama cümlesi havada kaldı, aslında sorunun ne olduğunu bilmiyordu, daha önce tüm söyledikleri sahicilikten yoksun düşünceler olarak kalmıştı, sadece birer düşünceydi, bir başka dünyaya aittiler, şu anda içinde bulunduklarına değil, bu durumda yapması gereken şey, ellerini göğe kaldırıp, başkalarının karıları tarafından beslenmektense ya da böyle beslendiğini bilerek aşağılanmaktansa, utancının -deyim yerindeyse- aile içinde kalmış olmasına şükretmekti. Daha doğrusu, özellikle de doktorun karısı tarafından beslenmediğine dua etmeliydi; çünkü dağınık yaşamı hakkında gereğinden fazla şey bildiğimiz, özgür ve bekâr koyu renk gözlüklü genç kız hariç, diğer kadınların kocaları olsa bile burada değillerdi. Yarım kalan cümleden sonra gelen sessizlik, birisinin bu duruma kesin olarak çözüm getirmesini bekler gibiydi, bu nedenle, konuşması gereken kişi söze başlamakta fazla gecikmedi, bu kişi ilk körün karısıydı, sesi titremeden konuştu, Ben de diğer kadınlar gibiyim, onlar ne yaparsa ben de onu yapacağım, Ben ne dersem onu yapacaksın, diye sözünü kesti kocası, Bırak bu otoriter havaları, burada hiçbir işine yaramıyor, sen de benim gibi körsün, Bu yaptığın utanmazlık, Utanmaz olmamak senin elinde, şu andan itibaren yemek yemeyeceksin, o zamana kadar kocasına karşı uysal ve saygılı görünen kadından bu acımasız yanıt beklenmezdi. Birden bir kahkaha işitildi, otelde çalışan oda hizmetçisiydi gülen, Ay, yer, yer, yemesin de ne yapsın, zavallı, dedi, sonra kahkahası aniden gözyaşlarına dönüştü, lafı değiştirdi, Ne yapacağız biz, dedi, sanki bir soruydu bu, cevabı olmayan, tevekkülle sorulmuş bir soru, umutsuz bir baş eğiş gibi, o kadar doğruydu ki, doktorun muayenehanesinde çalışan sekreter de tekrarlamaktan başka bir şey yapamadı, Ne yapacağız biz. Doktorun karısı gözlerini duvarda asılı makasa dikti, yüzündeki ifade aynı soruyu sorduğunu gösteriyordu, şu farkla ki, o, makasın ona sorduğu sorunun yanıtını arıyordu, Benimle ne yapmak istiyorsun?

Bununla birlikte, her şeyin zamanı gelir, erkenden kalktık diye erkenden ölmek zorunda değilizdir. Sol taraftaki üçüncü koğuşta bulunan körler örgütlü insanlardı, en yakından, binanın o kanadındaki koğuşlarda bulunan kadınlardan başlamaya karar verdiler. Dönüşümlü kullanma –bu kelime gayet uygundu– yönteminin uygulanmasının her türlü avantajı vardı, hiç de sakıncası yoktu, öncelikle, ne yapıldığının ve ne yapılmakta olunduğunun her an bilinmesini sağlayacaktı, kol saatine bakıp geçip giden günü söylemek gibi olacaktı, Şuradan şuraya kadar yaşadım, daha çok zamanım var ya da çok az zamanım kaldı, ikinci olarak, bütün koğuşların turu tamamlandığında, başa geri dönmek müthiş bir yenilik rüzgârı yaratacaktı, özellikle de duyumsal belleği zayıf olanlar için. Hiçbir kadın, Önce sağ koğuştaki kadınlar zevk sürsün, buradaki arkadaşlarımın derdine ben çare bulurum, demedi ama hepsi bunu düşündü, gerçekten de hepimizin üzerimizde ikinci bir ten gibi taşıdığımız ve bencillik dediğimiz şeyden yoksun ilk kişi henüz anasından doğmamıştı, bu ikinci ten, en ufak bir vesileyle kanayan birincisinden daha kalındır. Şunu da söylemek gerekir ki, bu kadınlar iki kat keyif yapacaktı, insan ruhu böyle gizemlidir işte, çünkü burunlarının dibindeki tehdit, katlanmak zorunda kalacakları utanç, bir arada yaşamak yüzünden zayıflamış tensel arzuları koğuştaki herkesi coşturdu, sanki erkekler kadınları göndermeden önce kendi damgalarını umutsuzca vurmak istiyorlardı, sanki kadınlar da ellerinden gelse karşı koyacakları bu saldırıya karşı kendilerini daha iyi savunmak için belleklerini gönüllü deneyimledikleri tensel hazlarla doldurmak istiyorlardı. Sağdan birinci koğuş örnek alındığında, kadınlarla erkekler arasındaki sayı farkından doğan sorunun nasıl çözüldüğü sorusu ister istemez sorulur, iktidarsız erkekler hesaptan düşülse bile, ki böyleleri vardır, gözü siyah bantlı yaşlı adamın böyle olması gerekir, daha başkalarının da, şu ya da bu nedenle bu anlatıyı ilgilendirecek söyleyip yapmadıklarından tanımadığımız, yaşlı ya da genç kişiler de vardır çünkü. Bu koğuşta yedi kadın olduğunu daha önce söylemiştim, uykusuzluk çeken, kimsenin tanımadığı kör kadın dahil, ve normal çift sayısı ise ikiden fazla değil, bu da geride, şaşı çocuğu saymasak bile, aşırı sayıda tek erkek kalıyor demektir. Öteki koğuşlarda belki erkekten çok kadın vardır, fakat burada doğan, daha sonra da kabul gören, yazılı olmayan bir kurala göre, her sorunun ortaya çıktığı koğuşta çözümlenmesi gerekir, bilgeliklerini övmekten hiç bıkıp usanmayacağımız eskilerin öğrettikleri örnekte olduğu gibi, kelin ilacı olsa kendi başına sürer. Dolayısıyla, aynı çatı altında yaşadıkları erkeklerin ihtiyaçlarını karşılamak sağ taraftaki birinci koğuşta kalan kadınlara düşecekti, ama doktorun karısı hariç, nedendir bilinmez, kimse ona ne lafla ne el uzatarak istekte bulunmaya cesaret edebildi. İlk körün karısı, kocasına verdiği sert yanıtla karşı tarafa geçtiğinden, belli etmeden de olsa, öteki kadınların yaptıklarını yaptı. Ne aklın ne duygunun bir şey yapabildiği direnişler vardır, koyu renk gözlüklü genç kızın durumu buydu, eczacı kalfası, ne kadar argüman ileri sürse de, her yandan yalvarıp yakarsa da, bir türlü razı edememişti, böylelikle de başlangıçtaki densizliğinin cezasını çekmişti. Bu aynı kız, bazı kadınların hemfikir olduğu gibi, burada bulunanların en güzeliydi, vücudu en düzgün olanıydı, en çekicisiydi, güzelliği kulaktan kulağa yayıldığından bütün erkekler onu arzu etmeye başlamışken, sonunda, o gecelerden birinde, kendi isteğiyle gözü siyah bantlı yaşlı adamın yatağına girdi, o da bunu yaz yağmuru gibi kabul etti ve elinden geleni yaptı, yaşına göre oldukça iyiydi, böylelikle bir kez daha kanıtlanmış oldu ki, dış görünüş yanıltıcıdır, insanların yüreğindeki güç yalnızca yüzlerine ya da bedeninin çevikliğine bakarak değerlendirilemez. Koğuştaki herkes, koyu renk gözlüklü genç kızın gözü siyah bantlı yaşlı adama kendini yalnızca acıma duygusuyla sunduğunu anlamıştı, fakat onun daha önce tadına bakmış olan hayalperest ve duyarlı erkekler hayaller kurmaya başladılar, tek başına yatağına uzanmış, olmayacak şeyler düşleyen bir erkeğin, bir kadının yorganı usulca kaldırarak yatağın içine süzüldüğünü, vücudunu yavaşça vücuduna sürttüğünü, sonunda hareketsiz, sessiz kaldığını, damarlarında dolaşan ateşli kanın, tenlerinin ürperişini yatıştırmasını sessizlik içinde beklediğini fark etmesinden daha büyük bir ödül olamayacağını düşündüler. Üstelik de kadının bütün bunları hiçbir özel nedeni olmadan, yalnızca öyle istediği için yaptığını düşünmek. Durduk yere şans kapınızı çalmaz, bazen yaşlı olmak, kör bir gözün üstüne siyah bir bant takmak gerekir. Belki de bazı şeyleri açıklamadan bırakmak en iyisidir, yalnızca olup biteni anlatmalı, insanların mahremini sorgulamamalı, örneğin doktorun karısının gece yatağından defalarca kalkarak, üstü açılmış şaşı çocuğu örtmesi gibi. Doktorun karısı yatağına hemen dönmemişti. İki sıra karyolanın ortasında, koğuşun dibindeki duvara sırtını dayamış, diğer uçtaki kapıya umutsuzca bakıyordu, şimdi çok uzakta kalmış görünen günün birinde oradan içeri girmişlerdi ama şimdi o kapı insanı hiçbir yere götürmüyordu. O sırada kocasının yataktan kalktığını ve uyurgezer gibi sabit bakışlarla koyu renk gözlüklü genç kızın yatağına yöneldiğini gördü. Onu engellemek için hiçbir hareket yapmadı. Ayakta durdu, kımıldamadı, onun yorganı kaldırdığını ve kızın yanına süzüldüğünü gördü, genç kızın uyanıp hiç itiraz etmeden onu nasıl kabul ettiğini gördü, iki ağzın birbirini arayıp nasıl bulduğunu gördü, daha sonra da olması gerekenler oldu, birinin doyuma ulaşması, ötekinin doyuma ulaşması, ikisinin de doyuma ulaşması, boğuk mırıldanmalar, genç kız, Ah doktor bey, diyordu, bu sözler o anda gülünç gelebilirdi ama öyle olmadı, doktor, Özür dilerim, bana ne oldu anlayamıyorum, dedi, biz de gerçekten anlayamadık, onun bile anlayamadığı şeyi, sırf görüyoruz diye bizler nasıl anlayabilirdik. Birlikte yattıkları dar yatakta, birisinin onları gözlemekte olduğunu düşünemezlerdi, doktor birden kaygılanarak karısının uyuyup uyumadığını düşündü, yoksa her gece yaptığı gibi koridorlarda mı dolaşıyordu, yatağına geri dönmek için davrandı, ama bir ses, Kalkma, dedi, ardından kuş hafifliğinde bir el göğsüne bastırdı, doktor konuşacak, belki de kendisine ne olduğunu anlayamadığını söyleyecekti, ama o ses, Hiçbir şey söylemezsen seni daha iyi anlarım, dedi. Koyu renk gözlüklü genç kız ağlamaya başladı, Ne bahtsızız böyle, diye mırıldandı, sonra, Ben de istemiştim, bunu ben de istemiştim, doktor beyin suçu yok, Konuşma, dedi doktorun karısı yumuşak bir sesle, hepimiz susalım, sözlerin işe yaramadığı anlar vardır, keşke ben de ağlayabilseydim, her şeyi gözyaşlarımla söyleyebilseydim, anlaşılayım diye konuşmak zorunda kalmasaydım. Yatağın kenarına oturdu, ikisine de sarılmak ister gibi kolunu ikisinin bedenlerinin üzerine uzattı ve koyu renk gözlüklü genç kızın kulağına eğildi, sesini alçaltıp, Ben görüyorum, dedi. Genç kız hareketsiz kaldı, sakindi, hiç şaşırmadığı için biraz tedirgindi yalnızca, sanki bunu ilk günden beri biliyordu da kendisine ait bir sır olmadığı için yüksek sesle söylemek istememişti. Başını biraz çevirerek o da doktorun karısının kulağına fısıldadı, Bunu biliyordum, tam emin değildim ama bildiğimi sanıyorum, Bu bir sır, kimseye söylememen gerekiyor, Merak etmeyin, ölürüm de size ihanet etmem, Bana sen diyebilirsin, Hayır, olmaz, bunu yapamam. Birbirlerinin kulağına fısıldayarak konuşuyorlardı, önce biri, sonra öteki, dudakları ötekinin saçlarına, kulak memesine değiyordu, önemsiz bir diyalogdu, bu zıt düşünceleri uzlaştıran, çok ciddi bir diyalogdu aslında, iki suç ortağı arasında, ikisinin arasında yatan erkeğe aldırmayan, sıradan fikirlerin ve gerçeklerin dünyasına yabancı bir mantıkla onu da sarmalayan küçük bir sohbetti. Sonra, doktorun karısı kocasına, İstersen biraz daha kalabilirsin, dedi, Hayır, yatağımıza dönüyorum, Öyleyse sana yardım edeyim. Onun rahat hareket edebilmesi için yataktan kalktı, bir an kirli yastığın üzerinde yan yana duran, gözleri görmeyen iki başa, onların kirli yüzlerine, darmadağın saçlarına baktı, sadece gözleri bir işe yaramadan ışıldıyordu. Doktor, bir destek arayarak yavaşça doğruldu, sonra yatağın yanında hareketsiz, kararsız dikilip kaldı, nerede olduğunu hatırlayamıyormuş gibiydi, bunun üzerine, karısı, her zaman yaptığı gibi onu kolundan tuttu, ama bu hareketin şimdi yeni bir anlamı vardı, doktor şimdiye kadar birisinin yardımına bu kadar çok ihtiyaç duymamıştı, yardımın boyutunun farkında değildi, sadece iki kadın bunun gerçekten farkındaydı, doktorun karısı öteki eliyle genç kızın yanağına dokundu, o da bu eli içgüdüyle alıp dudaklarına götürdü. Doktor bir ağlama duyar gibi oldu, duyulur duyulmazdı ses, ancak gözlerden süzülüp dudakların kenarına yavaşça akan, orada kaybolup, insanoğlunun anlaşılmaz sevinçlerinin ve acılarının sonsuz çevrimini yeniden başlatan gözyaşları çıkarabilirdi böyle bir sesi. Koyu renk gözlüklü genç kız tek başına kalacaktı, asıl onun avutulması gerekirdi, bu nedenle doktorun karısı elini onun yüzünden çekmekte bu kadar gecikmişti.

Ertesi gün, akşam yemeği vaktinde, tabii birkaç parça berbat, kuru ekmekle çürümüş ete yemek denebilirse, koğuşun kapısında binanın öteki kanadından gelen üç kör göründü, Burada kaç kadın var, diye sordu içlerinden biri, Altı, diye yanıt verdi doktorun karısı, uykusuz kör kadını iyi niyetle hesaba katmayarak, ama kadın boğuk bir sesle düzeltti, Yedi kişiyiz. Körler güldüler, Vay canına, dedi içlerinden biri, o halde bu gece çok çalışacaksınız, bir başka kör, Belki de yan koğuştan takviye almak iyi olur, dedi, Gerek yok, dedi, hesaptan anlayan üçüncü kör, pratikte her kadına üç erkek düşer, bunu kaldırırlar. Hepsi birden tekrar kahkahayı bastılar, kaç kadın olduğunu soran kör emir verdi, Yemeğinizi bitirince bizim tarafa geleceksiniz, sonra da ekledi, Yarın da yemek yiyebilmek ve erkeklerinizi emzirmek istiyorsanız tabii. Her koğuşta bu lafları ediyorlardı ve bu şaka onları ilk uydurdukları günkü kadar eğlendiriyordu. Gülmekten iki büklüm oluyorlar, tepiniyorlar, ellerindeki kalın sopaları yere vuruyorlardı, birden içlerinden biri, Bakın, içinizde âdet gören varsa, istemeyiz, dedi, bir dahaki sefere kalır, Hiç kimse âdet görmüyor, dedi doktorun karısı serinkanlılıkla, Öyleyse hazırlanın, gecikmeyin, sizi bekliyoruz. Geri dönüp kayboldular. Koğuş sessizliğe gömüldü. Bir dakika kadar sonra ilk körün karısı, Bir şey yiyemiyorum, dedi, elinde tuttuğu yiyecek hap kadar bir şeydi ama o bunu bile yiyemiyordu, Ben de, dedi uykusuz kör kadın, Ben de yiyemiyorum, dedi kimliği bilinmeyen kadın, Ben bitirdim bile, dedi otelin oda hizmetçisi, Ben de, dedi doktorun muayenehanesindeki sekreter kız, Yanıma ilk yaklaşan erkeğin suratına kusacağım, dedi koyu renk gözlüklü genç kız. Hepsi ayaktaydı, titriyorlardı fakat kararlıydılar. Sonra doktorun karısı, Önden ben gideceğim, dedi. İlk kör başını yorganın altına sakladı, bu yaptığı sanki bir işe yararmış gibi, adam zaten kördü, doktor, karısını kendine doğru çekti, hiçbir şey söylemeden alnına hafif bir öpücük kondurdu, daha başka ne yapabilirdi ki, öteki erkekler için ne fark ederdi ki, onların bu kadınlar üzerinde ne kocalık hakları ne de yükümlülükleri vardı, dolayısıyla da kimse onlara, Kendi rızasıyla boynuzlanan çifte boynuzludur, diyemezdi. Koyu renk gözlüklü genç kız doktorun karısının arkasına geçti, daha sonra, sırasıyla, oda hizmetçisi, doktorun muayenehanesindeki sekreter, ilk körün karısı, kimliği bilinmeyen kadın geliyordu, en sona da uykusuzluk çeken kadın geçti, böylelikle, leş gibi yırtık pırtık giysilere bürünmüş, kötü kokulu kadınlardan oluşan grotesk bir kuyruk oluştu, hayvani cinsel birleşme güdüsünün bu kadar güçlü olması, duyuların en duyarlısı olan koku alma duyusunu bu denli körleştirmesi insana imkânsız geliyor, hatta bazı ilahiyatçılar da, aynı sözcüklerle olmasa da, cehennemde makul bir yaşam sürmeye çalışmanın en kötü yanının oraya egemen olan kötü kokuya alışmak olduğunu söylerler. Kadınlar, doktorun karısının öncülüğünde, her birinin bir eli öndekinin omzunda, ağır ağır yola koyuldular. Hepsi yalınayaktı, çünkü katlanacakları acıların ve sıkıntının ortasında bir de ayakkabılarını kaybetmek istemiyorlardı. Girişteki avluya geldiklerinde, doktorun karısı kapıya yöneldi, dış dünyanın hâlâ var olup olmadığından emin olmak istiyordu kuşkusuz. Serin havayı hisseden oda hizmetçisi hatırlayınca korktu, Dışarı çıkamayız, orada askerler var, dedi, uykusuzluk çeken kör kadın karşılık verdi, Öylesi daha iyi, bir dakikaya kalmaz ölmüş olurduk, zaten de öyle olmalıyız, hepimiz ölmeliyiz, Biz mi, diye sordu doktorun muayenehanesindeki sekreter kız, Hayır, hepimiz, buradaki bütün kadınlar, böylelikle kör olmamızın iyi bir nedeni olurdu. Buraya geldiğinden beri sözcükleri böyle peş peşe sıraladığı olmamıştı. Doktorun karısı, Gidelim, dedi, yalnızca ölmesi gereken ölür, ölüm haber vermeden seçimini yapar. Sol kanada açılan kapıdan geçip uzun koridorlara girdiler, ilk iki koğuştaki kadınlar, eğer isteselerdi, onları neyin beklediğini söyleyebilirlerdi, ama dayak yemiş hayvanlar gibi yataklarına büzülmüşlerdi, erkekler onlara dokunmaya cesaret edemiyordu, yanlarına bile yaklaşmıyorlardı, çünkü kadınlar hemen haykırmaya başlıyorlardı.

Doktorun karısı sonuncu koridorun en dibinde her zamanki gibi nöbet tutan bir kör gördü. Ayaklarını sürüyerek gelenleri duymuş olmalı ki, Geliyorlar, geliyorlar diye haber verdi.

İçeriden bağrışmalar, kişnemeler duyuldu, kahkahalar patladı. Dört kör girişi kapatsın diye konulmuş yatağı hızla çektiler, Çabuk, kızlar, girin, girin, burada hepimiz kızışmış boğalar gibiyiz, tıka basa doyacaksınız, diyordu biri. Körler kadınların etrafını sardı, ellemeye kalkıştılar, ama şefleri, yani eli tabancalı kör, Önce ben seçerim, biliyorsunuz, diye bağırınca itişe kakışa geri çekildiler. Bütün bu erkeklerin aç gözleri kadınları arıyordu, bazıları heyecanlı ellerini uzatmıştı, bir kadına hafifçe dokunabilirlerse hangi yöne bakacaklarını kestirmiş oluyorlardı. Yatakların arasındaki boşluğun ortasında duran kadınlar, teftişten geçmeyi bekleyen resmi geçitteki askerler gibiydiler. Körlerin şefi, elinde tabancasıyla yaklaştı, gözleri gören biri kadar çevik ve kararlı hareket ediyordu. Boştaki elini sıranın en başında duran uykusuz kadına attı, önünü, arkasını, kalçalarını, memelerini, bacak arasını yokladı. Kör kadın çığlık atmaya başlayınca onu itti, Hiçbir işe yaramazsın, orospu. Bir sonrakine geçti, kim olduğu bilinmeyen kadındı o, şimdi iki eliyle mıncıklıyordu, tabancasını pantolonunun cebine koymuştu, Vay be, bu hiç de fena değil, sonra sıra ilk körün karısına geldi, sonra doktorun muayenehanesindeki sekreter kıza, ardından oda hizmetçisine, sonra da bağırdı, Çocuklar, bu karılar gerçekten güzel. Körler kişnediler, tepindiler, Hemen düzelim şunları, diye bağırdı bazıları, vakit geçiyor, Sakin olun, dedi eli tabancalı adam, durun da önce ötekilere de bir bakayım. Koyu renk gözlüklü genç kızı yokladı ve ıslık çaldı, Hey, büyük ikramiye çıktı bize, böyle bir kısrak hiç görülmemiştir. Heyecan içinde, koyu renk gözlüklü genç kızı ellerken, bir yandan da doktorun karısına geçti, bir ıslık daha çaldı, Bu biraz olgun, ama hiç de yabana atılacak bir dişi değil. İki kadını birden kendine doğru çekti, salyalarını akıta akıta konuştu, Bunları ben alıyorum, işim bitince size gönderirim. Kadınları koğuşun dip tarafına, yiyecek kasalarının, paketlerin, konserve kutularının bir garnizona yetecek kadar büyük bir yığın oluşturduğu yere doğru itekleyerek götürdü. Bu arada kadınlar hep bir ağızdan bağırıyordu, yumruklar, tokatlar yağıyor, emirler işitiliyordu, Kesin sesinizi, kesin, orospular, bu karıların hepsi bir, sürekli böğürüp dururlar, Zorla yatır şunu yere de sussun, Hele bir sıra bana gelsin, göreceksiniz nasıl da bir daha, bir daha diyecekler, Acele et biraz, dayanamıyorum. Uykusuz kör kadın şişko bir körün altında umutsuzca çığlıklar atıyordu, öteki dört kadının çevresini pantolonlarını indirmiş erkekler sarmıştı, bir hayvan leşinin tepesinde itişip duran sırtlanlardan farksızdılar. Doktorun karısı, götürüldüğü yatağın yanındaydı, ayakta duruyordu, kasılmış elleri karyolanın demirlerini sıkıyordu, tabancalı körün koyu renk gözlüklü genç kızın eteğini çekip yırttığını, külotunu indirdiğini, sonra, parmaklarıyla yönlendirerek organını kızın organına dayadığını, zorla ittiğini gördü, adamın hırıltılarını, açık saçık laflarını işitti, koyu renk gözlüklü genç kız hiçbir şey demiyordu, sadece başını yana çevirip, gözlerini öteki kadının bulunduğu yöne dikti, ağzını açıp kustu, adam olup bitenin farkında bile değildi, kusmuk kokusu ancak hava ve çevre aynı kokmuyorsa fark edilebilir, sonunda adam titredi, sanki yere üç kazık çakıyormuş gibi üç kez kesik kesik şiddetle vurdu, boğazlanan bir domuz gibi soludu, işini tamamlamıştı. Koyu renk gözlüklü genç kız sessizce ağlıyordu. Tabancalı kör, hâlâ ucundan damlalar akan organını geri çekti ve sesi titreyerek, bu kez elini doktorun karısına doğru uzattı, Kıskanma, seninle de ilgileneceğim, dedi, sonra sesini yükselterek, Hey çocuklar, bunu gelip alabilirsiniz, ama nazik davranın, tekrar ihtiyaç duyabilirim, dedi. Yarım düzine kadar kör yatakların arasından geçerek ilerlediler, koyu renk gözlüklü genç kızı tutup neredeyse sürükleyerek götürdüler, Hepsi de, Önce ben, önce ben, diyorlardı. Tabancalı kör yatağa oturmuştu, sönmüş organı şiltenin kenarına yapışmıştı, pantolonu da ayaklarına düşmüştü. Buraya diz çök, bacaklarımın arasına, dedi. Doktorun karısı diz çöktü. Ağzına al, dedi, Hayır, dedi kadın, Ya ağzına alırsın ya da dayağı yersin, üstelik yiyecek de vermem sana, dedi, Onu ısırıp koparmamdan korkmuyor musun, diye sordu doktorun karısı, Deneyebilirsin, ellerim gırtlağında, sen beni kanatamadan ben seni boğmuş olurum, diye karşılık verdi adam. Sonra, Senin sesini tanıyorum, dedi, Ben de senin yüzünü, Körsün sen, beni göremezsin, Hayır, seni göremem, Öyleyse benim yüzümü tanıdığını neden söylüyorsun, Çünkü bu ses ancak öyle bir yüzde bulunabilir, Al ağzına, gevezeliği de bırak, Hayır, Ya alırsın ya da senin koğuşunun tamamına ekmek kırıntısı bile vermem, organımı ağzına almayı kabul etmediğin için aç kaldıklarını anlatırsın onlara, sonra da bana gelip orada neler olduğunu anlatırsın. Doktorun karısı öne eğildi, sağ elinin iki parmağının ucuyla adamın yapış yapış organını tutup kaldırdı, sol elini yere koydu, pantolona dokundu, yokladı, tabancanın metalinin soğukluğunu hissetti, Onu öldürebilirim, diye düşündü. Ama yapamazdı. Pantolonun adamın ayaklarına dolanmış hali, tabancanın bulunduğu cebe ulaşmasını imkânsız kılıyordu. Onu şimdi öldüremem, diye düşündü. Başını öne uzattı, ağzını açtı, sonra kapattı, görmemek için gözlerini yumdu, emmeye başladı.

Ahlaksız körler kadınların gitmesine izin verdiklerinde şafak söküyordu. Uykusuzluk çeken kör kadını arkadaşlarının kucaklayarak taşımaları gerekti, oysa kendileri güçlükle yürüyebiliyorlardı. Saatler boyunca erkekten erkeğe geçmişlerdi, aşağılanmadan aşağılanmaya, hakaretten hakarete, hayatta bırakarak bir kadına yapılabilecek her şey yapılmıştı. Biliyorsunuz, ödeme malla yapılıyor, sevgili erkeklerinize söyleyin gelip çorbalarını alsınlar, diye alay etmişti eli tabancalı kör, kadınları yollarken. Sonra da gülerek eklemişti,

Görüşmek üzere kızlar, gelecek seansa iyi hazırlanın. Öteki körler de bozuk bir koro oluşturarak, Görüşmek üzere, diye yinelediler, bazıları, karılar dedi onlara bazıları da orospular, bu arada, libidolarının tükendiği seslerinin inandırıcı olmamasından anlaşılıyordu. Kadınların hepsi sağır, kör, dilsizdi, sallanarak yürüyorlardı, önde yürüyenin elini bırakmayacak kadar iradeleri kalmıştı ancak, elini, gelirken olduğu gibi omzunu değil, Neden el ele tutuşarak yürüyorsunuz, diye sorulsaydı, kuşkusuz hiçbiri bunu yanıtlayamazdı, öyle işte, kolayca açıklanamayacak bazı davranışlar vardır hep, hatta bazen zor bir açıklama bile bulunamaz. Giriş holünden geçerlerken doktorun karısı dışarı göz attı, askerler oradaydı, bir de kamyonet vardı, karantina binalarına yiyecek dağıtıyor olmalıydı. Tam o anda uykusuzluk çeken kör kadın yere çöküverdi, sanki bacaklarını bir vuruşta kesip atmışlardı, sonra kalbi de durdu, atışı devrini tamamlayamadı, bu kör kadının neden uyuyamadığını nihayet anlamış oluyoruz, artık uyuyacak, onu uyandırmayalım. Öldü, dedi, doktorun karısı, sesi ifadesizdi, söylediği söz kadar ölü bu ses canlı bir ağızdan çıkabilirse eğer. Doktorun karısı, kanamış bacakları, ezilmiş karnı, vahşetin izlerini taşıyan çıplak memeleri, ısırılmış omuzlarıyla bu pörsümüş bedeni kollarıyla kavrayarak yerden kaldırdı, İşte benim bedenimin resmi, diye düşündü, buradaki bütün kadınların bedenlerinin resmi, onunla bizim aramızda, bu hakaretlerle bizim acılarımız arasında sadece tek bir fark var, bizler şimdilik hâlâ hayattayız. Nereye götürelim onu, diye sordu koyu renk gözlüklü genç kız, Şimdilik koğuşa, daha sonra gömeriz, dedi doktorun karısı.

Erkekler koğuşun kapısında bekliyorlardı, yalnızca ilk kör aralarında değildi, kadınların geldiğini fark edince başını yeniden yorganının altına sokmuştu, bir de şaşı çocuk yoktu, o da uyuyordu. Doktorun karısı, hiç tereddüt etmeden, yatakları saymaya kalkışmadan, uykusuzluk çeken kör kadını dosdoğru götürüp kendi yatağına yatırdı. Ötekiler buna şaşırır mı diye umursamadı, ne de olsa onun binanın bu kanadının her köşesini en iyi tanıyan kör olduğunu hepsi biliyordu. Öldü, dedi yine. Nasıl oldu bu, diye sordu doktor ama karısı ona cevap vermedi, sorulan soru taşıyor gözüktüğü anlama uygun olabilirdi, Nasıl oldu da öldü, ama aynı zamanda, Orada size ne yaptılar anlamına da gelebilirdi, yanıt ne birinin ne diğerinin yanıtı olabilirdi, öldü, hepsi bu, neden öldüğünün önemi yok, bir insanın neden öldüğünü sormak saçmadır, neden öldüğü zamanla unutulur, yalnızca bir tek sözcük kalır geriye, Öldü, ve bizler bu kapıdan çıkıp giden kadınlar değiliz artık, o kadınların söyleyeceği şeyleri biz söyleyemeyiz artık, ötekiler içinse, adlandırılamayan var, adı bu işte, bu kadar. Gidip yiyecekleri alın, dedi doktorun karısı. Rastlantı, yazgı, talih, kader, bu kadar çok adı olan bir şeye ne denilirse o işte, tam bir ironi, yoksa koğuşu temsil etmek ve verilen yiyecekleri almak üzere neden tam da o iki kadının kocalarının seçildiğini hiç anlayamazdık, üstelik de bu yiyeceklerin bedelinin ne olabileceğini ve ne karşılığında ödenebileceğini kimse hayal bile edemezdi. Başka erkekler de temsilci seçilebilirdi, bekâr olanlar, özgür, evlilik onurunu savunması gerekmeyenler, ama seçile seçile bu ikisi seçildi, şimdi, karılarının ırzına geçen o gaddar, alçak heriflere el açıp yiyecek istemenin utancına katlanmayacaklardır kesinlikle. İlk kör, gayet kararlı bir ifadeyle, Kim istiyorsa gitsin, ben gitmiyorum, dedi, Ben giderim, dedi doktor, Ben de sizinle gelirim, dedi gözü siyah bantlı yaşlı adam, Yiyecek pek fazla değil ama yine de ağırdır, Kendi yediğim ekmeği taşıyacak gücüm var hâlâ, Daha ağır gelen, başkalarının ekmeğidir çoğunlukla, Yakınmaya hakkım yok, başkalarının payının ağırlığını yüklenirsem kendi payımı ödemiş olacağım. Biz şimdi, az önceki bu diyaloğu değil, o diyaloğu sürdüren adamları hayal edelim, sanki birbirlerini görebilirlermiş gibi karşı karşıya duruyorlar, ki bu durumda bu imkânsız değil, yeter ki ikisinin de belleği, onları çevreleyen dünyanın kör edici beyazlığından o sözleri söyleyen ağızlarını çekip alsın, sonra, o noktadan ağır ağır bir ışık yayılıp yüzün geri kalan kısmını aydınlatacaktır, yaşlı adamın yüzünü ve ötekini, öteki daha genç, hâlâ böyle görebilen insanlara kör denemez. İki adam, ilk körün retorik bir üslupla, öfkeyle dediği gibi, utançlarının karşılığını almak üzere gittiklerinde, doktorun karısı öteki kadınlara, Bir yere ayrılmayın, hemen döneceğim, dedi. Ne istediğini biliyordu ama bulup bulamayacağını bilemiyordu. Bir kova arıyordu ya da onun gibi bir şey, leş gibi koksa da, çürümüş olsa da o kovaya su doldurmak, uykusuzluk çeken kör kadının ölüsünü yıkamak istiyordu, onu kendi kanından, başkalarının pisliğinden arındırmak, toprağa temiz olarak vermek istiyordu, tabii eğer yaşadığımız bu akıl hastanesinde beden temizliğinden söz etmenin bir anlamı varsa, ruh temizliğineyse hiçbirimizin ulaşamayacağı biliniyor.

Yemekhanedeki uzun masaların üzerinde körler yatıyordu. İyi kapatılmamış bir musluktan kirli kaplarla dolu bir eviyeye incecik su sızıyordu. Doktorun karısı bir kova, bir kap bulabilmek için çevresine bakındı, ama işine yarayacak bir şey göremedi. Körlerden biri onun varlığını sezince şaşırarak, Kim var orada, diye sordu. Doktorun karısı yanıt vermedi, iyi karşılanmayacağını, ona kimsenin, Su mu istiyorsun, al bakalım, ölüyü yıkamak için bile olsa istediğin kadar al, demeyeceğini biliyordu. Yerde dağınık bir halde yemeklerden kalmış naylon torbalar duruyordu, bazıları büyüktü. İçlerinde patlaklar vardır diye düşünerek iki-üç tanesini iç içe soktu, böylece çok az su ziyan olurdu. Hızlı davrandı, körler yattıkları masalardan inip, Kim var orada, diye soruyorlardı, akan suyun sesini işitince daha da telaşlandılar, o tarafa gittiler, doktorun karısı yanaşamasınlar diye masalardan birini itti, sonra torbaya uzandı, su yavaş akıyordu, umutsuzca musluğu kurcaladı, birden, zincirinden boşanmış gibi, su fışkırdı musluktan, kadını tepeden tırnağa ıslattı. Körler korkup geri çekildiler, bir borunun patladığını düşündüler, böyle düşünmekte de haklıydılar, çünkü yere yayılan su ayaklarına değmişti, suyun, içeri giren bir yabancı tarafından akıtıldığını bilemezlerdi, doktorun karısı bu kadar çok suyu taşıyamayacağını anlamıştı. Torbanın ağzını büzüp düğüm attı, sırtına vurup var gücüyle koşarak çıkıp gitti.

Doktorla gözü siyah bantlı yaşlı adam, ellerinde yiyeceklerle koğuşa girdiklerinde, içerdeki kadınların yedisinin de çıplak olduğunu, uykusuzluk çeken kadının, ömrü boyunca hiç olamadığı kadar temizlenerek yatağa yatırıldığını, bu arada bir başka kadının da arkadaşlarını teker teker yıkadıktan sonra kendini de yıkadığını görmediler, göremezlerdi.

Ahlaksızlar dört gün sonra yeniden ortaya çıktılar. İkinci koğuştaki kadınları hizmet vergisini ödemeye çağırmak için gelmişlerdi, oradan önce birinci koğuşun kapısında durdular, kadınların geçen geceki erotik saldırıdan sonra kendilerini toparlayıp toparlamadığını sordular, Müthiş bir geceydi, değil mi, beyler, diye haykırdı içlerinden biri, yalanarak, bir başkası onu doğruladı, Bu yedi kadın on dört kadına bedel, içlerinden biri pek bir şeye benzemiyordu ama o şamata arasında kimse farkına bile varmadı, buradaki erkekler şanslı, tabii eğer yeterince erkekseler, Öyle olmasalar keşke, böylece kadınlar daha hevesli olur. Doktorun karısı koğuşun dibinden seslendi, Artık yedi kişi değiliz, Biri tüydü mü yoksa, diye sordu gelenlerden biri gülerek, Hayır, tüymedi, öldü, Vay canına, bu durumda gelecek sefere daha çok çalışmak zorunda kalacaksınız, Büyük bir kayıp sayılmaz, pek bir şeye benzemiyordu, dedi doktorun karısı. Şaşıran haberciler verecek cevap bulamadılar, işittikleri söz onlara yakışıksız gelmişti, içlerinden biri mutlaka, Bu kadınların hepsi kaltak, diye düşünmüştür, Ne kadar saygısızlar, göğüsleri sarkık diye, kalçaları pörsümüş diye, biri hakkında böyle konuşuyorlar. Doktorun karısı onlara bakıyordu, kapının eşiğinde, ne yapacaklarını bilemeden öylece durmuş, mekanik kuklalar gibi bedenlerini kımıldatıp duruyorlardı. Onları tanıdı, o üç erkek ırzına geçenlerdi. Sonunda içlerinden biri elindeki sopayı yere vurarak, Haydi gidelim, dedi. Sopalar yere vuruluyor, Açılın, açılın, biz geliyoruz, bağırtıları koridor boyunca uzaklaşıp duyulmaz oluyordu, ardından sessizlik oldu ve karışık gürültüler geldi, ikinci koğuştaki kadınlara akşam yemeğinden sonra gelmeleri buyruğu veriliyordu. Sopalar yine yere vuruldu, Açılın, açılın, üç körün silueti kapının önünden geçip kayboldu.

Az önce şaşı çocuğa bir masal anlatan doktorun karısı, kolunu kaldırıp çiviye asılı duran makası sessizce aldı. Çocuğa, Serüvenin sonunu sana sonra anlatırım, dedi. Uykusuzluk çeken kör kadından neden öyle saygısızca söz ettiğini koğuştakilerin hiçbiri sormamıştı ona. Bir süre sonra ayakkabılarını çıkartıp kocasına, Fazla kalmayacağım, hemen dönerim, dedi. Kapıya doğru yürüdü. Orada durdu ve beklemeye başladı. On dakika sonra, ikinci koğuştaki kadınlar koridorda göründü. On beş kişiydiler. Bazıları ağlıyordu. Peş peşe değil, grup halinde yürüyorlardı, bez bir şeritle birbirlerine bağlanmışlardı, görünüşe bakılırsa çarşafları yırtarak yapmışlardı. Hepsi önünden geçtikten sonra, doktorun karısı arkalarına takıldı. Yanlarına birinin katıldığının hiçbiri farkına varmamıştı. Kendilerini neyin beklediğini biliyorlardı, hırpalanmalar kimse için bir sır değildi, hatta gerçekte onlar açısından yeni hiçbir şey yoktu, dünya kurulalı beri böyleydi bu. Onları korkutan şey, uğrayacakları tecavüz değil, şehvet âlemiydi, utanmazlıktı, kendilerini bekleyen korkunç geceydi, yataklara ya da yere serilmiş on beş kadın, kadınların birini bırakıp ötekine geçen, domuzlar gibi soluyup duran erkeklerdi, En kötüsü de ya zevk alırsam, diye düşünüyordu kadınlardan biri. Gidecekleri koğuşa götüren koridora girdiklerinde nöbetçi kör haber verdi, İşitiyorum, geliyorlar. Barikat olarak konulmuş karyolayı kapının önünden hemen çektiler, kadınlar birer birer içeri girdiler, Amma da çoklar, diye haykırdı muhasebeci kör ve heyecanla kadınları saymaya başladı, On bir, on iki, on üç, on dört, on beş, evet on beş, tam on beş kadın, en arkadaki kadının peşine takıldı, iştahlı ellerini kadının eteğinin altına sokmuştu bile, Bu şimdiden şakımaya başladı, bu kadın benim, diyordu. Kadınları teker teker ellemeye, fiziksel niteliklerini önceden değerlendirmeye girişmemişlerdi. Gerçekten de, eğer hepsi aynı muameleden geçmeye mahkûmsa, hepsinin boyuna posuna, memelerinin, kalçalarının ölçüsüne bakarak zaman yitirmenin, şehvet duygusunu azaltmanın gereği yoktu. Erkekler onları alıp yataklara sürüklüyor, zorla soyuyorlardı, alışıldık ağlayıp sızlanmalar, yalvarmalar işitilmekte gecikmedi, fakat karşılıklar, tabii karşılık veren çıkıyorsa, hiç değişmiyordu, Karnını doyurmak istiyorsan, aç bacaklarını. Kadınlar da bacaklarını açıyordu, bazılarına ağzını kullanması emrediliyordu, ahlaksızların şefinin bacakları arasına diz çökmüş kadın gibi, ama o kadın hiç konuşmuyordu. Doktorun karısı koğuşa girdi, yatakların arasından süzülerek geçti, oysa bu kadar dikkatli olmasına gerek yoktu, ayağında takunya bile olsa kimse onu duymazdı, bu hengâmenin ortasında körlerden biri ona dokunup bir kadın olduğunu anlayacak olsa bile, başına gelebilecek en kötü şey öteki kadınlara katılmak zorunda kalmak olurdu, bu yüzden kimse durumu fark etmezdi, bu gibi durumlarda on beş ile on altı arasındaki farkı anlamak kolay değildir.

Ahlaksızların şefinin yatağı hâlâ koğuşun dibindeydi, yiyecek kasalarının yığılı olduğu yerdeydi. Onun etrafındaki yataklar uzağa çekilmişti, adam keyfine düşkündü, komşularına ayağı takılıp tökezlemek istemiyordu. Onu öldürmek kolay olacaktı. Doktorun karısı, yatakların arasındaki dar koridorda yavaşça ilerlerken, birazdan öldüreceği bu insanın hareketlerini gözlüyordu, zevkten başını geriye atmış, sanki daha şimdiden boynunu ona teslim ediyordu. Usulca yaklaştı, yatağın etrafından dolaşıp adamın arkasına geçti. Kör kadın işe devam ediyordu. Doktorun karısı makası eliyle yavaşça kaldırdı, iki yerden saplanabilmesi için uçlarını biraz araladı. O anda, son anda, kör adam birinin varlığını hisseder gibi oldu, ama orgazm onu sıradan duyular dünyasından alıp götürmüş, refleksleri köreltmişti. Doyuma ulaşamayacaksın, diye düşündü doktorun karısı ve kolunu sertçe indirdi. Makas bütün gücüyle körün boynuna girdi, kendi etrafında döndü, kıkırdakları ve zar dokularını zorlayıp yırttı, sonra, öfkeyle yoluna devam ederek, boynun arkasındaki omurlara değene kadar ilerledi. Adamın çığlığı neredeyse duyulmadı, boşalmakta olan birinin hayvansı homurtusu da olabilirdi o ses, ötekiler de öyleydiler, belki de boşalmıştı, çünkü diz çökmüş kadının yüzüne kan fışkırırken, sarsıla sarsıla boşalan meni de ağzına dolmuştu. Körleri irkilten kadının çığlığı oldu, kadınların çığlıklarını iyi bilirlerdi onlar, ama bu çığlık ötekilere benzemiyordu. Kör kadın çığlık atıyordu, neler olduğunu anlayamamıştı ama çığlık atıp duruyordu, bu kan da nereden geliyordu böyle, muhtemelen, nasıl olduğunu bilmeden belki de düşündüğü şeyi yapmış, adamın organını dişleriyle koparmıştı. Körler kadınları bırakmışlardı, el yordamıyla yaklaşıyor, Ne oluyor, neden böyle bağırıyorsun, diye soruyorlardı, şimdi bir el kör kadının ağzını kapatmış, biri kulağına fısıldıyordu, Sus, sonra birinin kendisini usulca geriye çektiğini fark etti, Sakın konuşma, bir kadın sesiydi bu ve bu onu yatıştırdı, tabii böyle bir durumda yatışmaktan söz edilebilirse. Önce muhasebeci kör yaklaştı, yatağa enlemesine yığılmış cansız bedene ilk dokunan, elleriyle ilk yoklayan o oldu, Ölmüş, diye bağırdı bir an sonra. Adamın başı yatağın öbür tarafından aşağı sarkmıştı, hâlâ kan fışkırıp duruyordu, Öldürülmüş, dedi muhasebeci kör. Körler oldukları yerde kaldılar, işittiklerine inanamıyorlardı, Nasıl öldürülür, Kim öldürmüş, Boğazında koca bir delik var, kim yapacak, onunla birlikte olan o orospu yapmıştır, onu yakalamalıyız. Körler yeniden harekete geçtiler, ama şimdi daha yavaş hareket ediyorlardı, şeflerini öldüren bıçakla karşılaşmaktan korkar gibiydiler. Muhasebeci körün ölünün ceplerini elleriyle telaşla yokladığını, tabancayı ve içinde on kadar mermi bulunan plastik bir torbayı bulduğunu göremezlerdi. Panik içinde ayağa fırlayıp kaçmak isteyen kadınların çığlığıyla hepsinin dikkati dağıldı, kadınlar dışarı çıkmak istiyorlardı ama bazıları kapının nerede olduğunu bile bilemiyordu, bu yüzden yanlış tarafa yönelip körlerle çarpışıyorlardı, kör adamlarsa kadınların kendilerine saldırdığını sanıp savunmaya geçtiler, bunun üzerine birbirine karışan gövdelerin kargaşası bir anda doruğa ulaşıp bir çılgınlığa dönüştü. Doktorun karısı koğuşun dibinde kımıldamadan duruyor, kaçmak için fırsat kolluyordu. Bir eliyle kör kadının elini sıkıca tutuyordu, havaya kaldırdığı öteki elinde makas vardı, yanına bir erkek yaklaşacak olursa hemen saplayacaktı. Çevresinin boş olması şimdilik bir avantajdı, ama orada fazla kalamayacağını biliyordu. Kadınların bazıları sonunda kapıyı bulmuştu, bazıları da kendilerini yakalayan ellerden kurtulmak için debeleniyordu, bir tanesi de düşmanın gırtlağını sıkmaya, böylelikle ölü sayısını ikiye çıkarmaya uğraşıyordu. Muhasebeci kör adamlarına otoriter bir sesle, Sakin olun, sakin olun, diye bağırdı, meselenin ne olduğunu anlayacağız, ve emri daha inandırıcı olsun diye havaya bir el ateş etti. Sonuç, beklediğinin tam tersi oldu. Tabancanın el değiştirdiğini fark edince şaşkına dönen, dolayısıyla da başlarına yeni birinin geçeceğini anlayan körler, kör kadınlarla boğuşmayı bırakmış, onları dizginleme çabasından vazgeçmişlerdi, hatta içlerinden biri tamamıyla pes etmişti, çünkü boğazlanmıştı. Tam bu anda doktorun karısı harekete geçip gitmeye karar verdi. Yumruklarını sağa sola savurarak kendine yol açtı. Şimdi haykırarak itişip kakışan, birbirlerinin üstüne çıkan erkek körlerdi, eğer orada gözleri gören biri olsaydı, bununla karşılaştırıldığında, daha önceki kargaşanın devede kulak olduğunu fark ederdi. Doktorun karısı kimseyi öldürmek niyetinde değildi, tek isteği oradan olabildiğince çabuk uzaklaşmaktı, öncelikle de içerde tek bir kör kadın bile bırakmak istemiyordu. Muhtemelen bu da yaşamaz, diye düşündü makası birinin göğsüne saplandığında. Bir el silah sesi daha işitildi, Haydi, haydi, diyordu doktorun karısı, yolunun üstünde karşısına çıkan kadınları kapıya doğru iterken. Yerden kalkmalarına yardım ediyor, Çabuk, çabuk, diye tekrarlıyordu, şimdi de muhasebeci kör koğuşun dibinden kükrüyordu, Yakalayın onları, sakın kaçırmayın, ama artık çok geçti, kadınların hepsi koridora çıkmıştı bile, yarı çıplak, sendeleye yuvarlana kaçıyor, bir yandan da üstlerindeki paçavraları toparlamaya çalışıyorlardı. Doktorun karısı koğuşun girişinde durup öfkeyle bağırdı, Geçen gün söylediklerimi hatırlayın, onun yüzünü unutmayacağımı söylemiştim, şimdi de size söyleyeceğim şeyi aklınızda tutun, sizin yüzünüzü de unutmayacağım, Bu yaptığını bana ödeyeceksin, diye bağırdı muhasebeci kör, tehdit ederek, sen de arkadaşların da, hatta oradaki erkek müsveddeleri de, Ne kim olduğumu biliyorsun, ne de nereden geldiğimi, Sen öteki kanattaki birinci koğuştansın, dedi kadınları çağırmak için gitmiş olanlardan biri, muhasebeci kör de ekledi, Ses yanıltmaz, ölmen için yanımda tek kelime etmen yeter, Öteki de böyle söylemişti, nereye gittiğini biliyorsun, Ama ben onun gibi ya da sizin gibi bir kör değilim, siz kör olduğunuzda ben bütün dünyayı çoktan tanımıştım, Benim körlüğüm hakkında hiçbir şey bilmiyorsun, Sen kör değilsin, beni kandırma, Belki de ben körlerin en körüyüm, insan öldürdüm çünkü ve gerekirse tekrar öldürürüm, Öldürmene zaman kalmadan açlıktan geberirsin, bugünden itibaren artık yemek yok size, doğuştan sahip olduğunuz o üç deliğinizi tepside sunsanız bile, Sizin yüzünüzden aç geçireceğimiz her gün için burada bulunan biri ölecek, bu kapıdan dışarı bir adım atması yeter, Bunu başaramayacaksın, Başaracağız, evet, bugünden itibaren yemeği biz alacağız, siz de elinizdekileri yiyeceksiniz, Orospunun kızı, Orospu kızları dediklerin ne erkektir, ne kadın, yalnızca orospu kızıdır, değerlerini de artık biliyorsun. Öfkelenen muhasebeci kör kapıya doğru ateş etti. Kurşun, kör adamların başları arasından kimseye dokunmadan geçti ve koridorun duvarına saplandı. Vuramadın beni, dedi doktorun karısı, dikkat et, kurşunun biterse, burada şef olmak isteyen başkaları da var.

Oradan uzaklaştı, bacakları titremeden birkaç adım attı, sonra, koridor duvarı boyunca ilerledi, neredeyse bayılacaktı, birden dizleri büküldü ve yere düştü. Gözleri buğulandı, Kör oluyorum, diye düşündü, ama birden, bunun bu kez de olmayacağını anladı, görüşünü bulandıran gözyaşlarıydı sadece, ömrü boyunca hiç bu kadar çok gözyaşı dökmemişti, Birini öldürdüm, dedi çok alçak sesle, öldürmek istedim ve öldürdüm. Başını koğuşun kapısına doğru çevirdi, kör adamlar dışarı çıksalardı kendini savunabilecek durumda değildi. Koridor bomboştu. Kadınlar ortada yoklardı, silah seslerinden dehşete kapılan erkekler dışarı çıkmaya cesaret edemiyordu. Doktorun karısı yavaş yavaş gücünü topladı. Gözlerinden yaşlar akmaya devam ediyordu, ama ağır ağır, sakince, telafisi olanaksız bir durumla karşı karşıyaymış gibi akıyorlardı. Güçlükle ayağa kalktı. Elleri ve giysisi kanlıydı, bitkin bedeni yaşlı olduğunu hatırlattı ona. Yaşlı ve katil bir kadınım, diye düşündü, ama gerekirse yeniden öldürebileceğini biliyordu, Peki, öldürmek ne zaman gerekir, diye sordu kendi kendine, ana giriş avlusuna doğru ilerlerken, yanıtı yine kendisi verdi, Henüz hayatta olan ölünce. Başını salladı, Ne demek bütün bunlar, diye düşündü, laf, laf, başka bir şey yok. Yoluna tek başına devam etti. Avluya açılan kapıya gelmişti. Ana giriş kapısının demirlerinin ardında nöbet tutan askerin siluetini güçlükle seçebildi, Dışarıda hâlâ insanlar vardı, hem de gözleri görüyordu onların. Arkadan gelen bir ayak sesiyle irkildi, Onlar, diye düşündü, makası tutarak birden geriye döndü. Kocasıydı. İkinci koğuştaki kadınlar, kapının önünden geçerken, binanın öteki kanadında olup bitenleri çığlık çığlığa anlatmışlar, ahlaksızların şefini bir kadının bıçaklayarak öldürdüğünü, silahla ateş edildiğini söylemişlerdi, doktor, kadının kim olduğunu sormadı, olsa olsa kendi karısı olabilirdi, şaşı çocuğa, maceranın sonunu daha sonra anlatacağını söylemişti, şu anda ne durumdaydı, belki o da ölmüştü, Buradayım, dedi kadın, kocasına doğru yürüdü ve onu kucakladı, kocasının giysilerine kan bulaştırdığını fark etmemişti ya da fark etmişti ama bunun bir önemi yoktu, bugüne dek her şeyi paylaşmışlardı. Neler oldu, diye sordu doktor, bir adamın öldüğünü söylediler, Evet, onu ben öldürdüm, Neden, O işi birinin yapması gerekiyordu, benden başka yapacak kimse de yoktu, Ya şimdi, Şimdi artık özgürüz, bizi bir kez daha kullanmaya kalkışırlarsa başlarına ne geleceğini biliyorlar, Çatışma çıkacak, bir savaş olacak, Körler hep savaş halindedir, her zaman da öyle olmuşlardır, Yeniden adam öldürür müsün, Gerekirse öldürürüm, bu körlükten kendimi kurtaramam, Peki ya yemek, Kendimiz gidip alacağız, buraya kadar gelmeye cesaret edebileceklerini sanmıyorum, en azından önümüzdeki birkaç gün aynı şeyin kendi başlarına da gelmesinden, bir makasın boğazlarını delmesinden korkarlar, İlk taleplerini söylemeye geldiklerinde onlara direnmeliydik, Yapamadık, korktuk, korku her zaman iyi bir akıl hocası değildir, şimdi çekip gidelim buradan, daha güvenlikte olabilmek için koğuşların kapılarına onların yaptığı gibi karyolaları üst üste yığalım, bazılarımız yerde yatmak zorunda kalsak da bu, açlıktan ölmekten iyidir.

Sonraki günlerde, acaba bizi bekleyen bu mu, diye sordular kendi kendilerine. Başlangıçta şaşırmadılar, başından beri yiyecek dağıtımında aksaklık hep olmuştu, buna alışıktılar, ahlaksız körler, askerlerin zaman zaman dağıtımı geciktirdiğini söylerken haklıydılar, fakat sonra bu akıl yürütmeyi saptırarak, alaycı bir tonda, tayını kısıtlı dağıtmaktan başka çare olmadığını, bunun yöneticilerin en zor yükümlülüklerinden biri olduğunu ileri sürmüşlerdi. Üçüncü gün, koğuşlarda tek bir ekmek kabuğu, ekmek kırıntısı bulunamayacak hale gelindiğinde, doktorun karısı, birkaç arkadaşıyla birlikte avluya yaklaşıp sordu, Hey, bu gecikme ne böyle, yiyecekler ne oldu, iki gündür ağzımıza lokma koymadık. Çavuş, ama bir önceki değil de başkası, parmaklıklara yaklaştı, bunun ordunun hatası olmadığını, kimsenin lokmasını ağzından almadıklarını, askerlik onurunun buna asla izin vermeyeceğini söyledi, eğer yiyecek yoksa, yiyecek olmadığı içindi, Bir adım bile atmayın, bir adım atan başına ne geleceğini bilir, emirler değişmedi. Böyle ürkütülerek içeriye geri döndüler ve birbirleriyle konuştular, Peki, ya yiyecek getirmezlerse şimdi ne yapacağız, Belki yarın getirirler, Ya da yarından sonra, Ya da belki kımıldayacak halimiz kalmadığında, Dışarı çıkmalıyız, Kapıya bile ulaşamayız, Eğer gözümüz görseydi, Gözümüz görseydi bizi bu cehenneme tıkmazlardı, Dışarıda hayat nasıl acaba, Şu koğuştaki heriflerden yiyecek istesek belki verirler, yiyecek artık bize yetmiyorsa yakında onlara da yetmeyecek demektir, İşte bu nedenle kendilerindekini bize vermezler, Daha onlarınki bitmeden hepimiz açlıktan ölürüz, Peki, ne yapmalı. Doktor, doktorun karısı, gözü siyah bantlı yaşlı adam, sağ kanattaki ve sol kanattaki her koğuştan iki-üç erkek ya da kadın daha, giriş avlusunda yanan tek ampulün sarımsı ışığı altında, az çok bir daire oluşturarak yere oturmuşlardı ve bu körler topluluğu neyse o olduğundan, her zaman olan şey oldu, erkeklerden biri şöyle dedi, Şunu biliyorum ki, onların şefleri öldürülmemiş olsaydı şu anda bu durumda olmazdık, kadınlar ayda iki kez oraya gitse ve doğal olarak zaten verebilecekleri şeyi onlara verse ne olurdu sanki, bu soruyu kendime soruyorum. Bu sözleri eğlenceli bulanlar olduğu gibi, gülümsemelerini gizleyenler de oldu, itiraz seslerini de midelerden gelen gurultular bastırdı, aynı adam ısrarla devam etti, Bu işi kim becerdi, doğrusu bilmeyi çok isterdim, O sırada orada bulunan kadınlar kendilerinden birinin yapmadığına yemin ettiler, Yapmamız gereken şey adaleti kendi elimize almamız ve onu bizim cezalandırmamızdır, Önce kim olduğunu öğrenmeliyiz, Onlara işte aradığınız kişi, şimdi yiyecek verin bize, diyebilirdik, Önce kim olduğunu bilmemiz gerekiyor. Doktorun karısı başını önüne eğip düşündü, Hakkı var, burada birisi açlıktan ölürse benim suçum olacak, ama sonra içinden yükselen öfkeye kulak verince sorumluluğu üstlenmek istemedi, Benim suçumun onların suçunu ödemesi için önce onlar ölmeli, diye düşündü. Sonra gözlerini kaldırarak şöyle düşündü, Şimdi onu ben öldürdüm desem, beni kesin bir ölüme gönderdiklerini bile bile onlara teslim ederler. Açlığın etkisinden mi, yoksa bu düşünce bir uçurum gibi başını döndürüp onu cezbettiğinden mi, başı döndü, sersemledi, vücudu öne eğildi, konuşmak için ağzını açtı, ama aynı anda biri kolunu tutup sıktı, gözü siyah bantlı yaşlı adamdı bu, Kim ki kendini ihbar eder onu kendi ellerimle öldürürdüm, dedi, Neden, diye sordular hep birlikte, Çünkü bizi soktukları ve bizim de cehennemin cehennemi yaptığımız bu cehennemde utanç kelimesinin hâlâ bir anlamı varsa o da o sırtlanı kendi kovuğunda öldürmeyi göze alan bu insanın sayesindedir, Doğru ama tabaklarımızı da utançla dolduramayız ya, Her kimsen, söylediklerinde haklısın, utanma duyguları eksik olduğu için kursaklarını dolduranlar hep olmuştur, ama bizler, hiç hak etmediğimiz bu en son onurdan başka elimizde bir şey kalmadığından, hakkımız olan şey için savaşabileceğimizi kanıtlayalım hiç değilse, Ne demek istiyorsun, Küçük, sefil pezevenkler gibi kadınlarımızı gönderip onların sırtından karınlarımızı doyurmakla işe başladık, şimdi artık erkekleri göndermenin zamanı geldi, tabii burada hâlâ erkek kaldıysa, Sözlerini açıkla, ama önce nereden olduğunu söyle, Sağ taraftaki birinci koğuştan, Anlat bakalım, Gayet basit, kendi yiyeceğimizi gidip kendimiz alacağız, Silahları var, Bildiğimiz kadarıyla ellerinde tek bir tabanca var, mermileri de sonsuza kadar yetmez, Ellerindeki birkaçımızı öldürmeye yeter, Zaten bir hiç yüzünden ölenler oldu, Sağ kalanlar keyif çatsın diye ölmeye hazır değilim ben, Sen yemek yiyebilesin diye birisi canını verdiğinde o yemeği de yememeye hazır mısın, diye sordu gözü siyah bantlı yaşlı adam sinirli bir sesle, öteki yanıt vermedi.

Sağ taraftaki koğuşlara giden kapıda beliren bir kadın gizlice onları dinlemişti. Bu, ölen adamın kanı yüzüne fışkırırken adamın da ağzına boşaldığı kadındı, doktorun karısının, kulağına, Sus, dediği kadındı, şimdi de doktorun karısı düşünüyordu, Bulunduğum yerden, bu erkeklerin arasında otururken, sana, sus, beni ele verme, diyemem, benim sesimi tanıdığına eminim, o sesi unutmuş olamazsın, elimle ağzını kapattım, bedenin bedenime yaslandı ve sana, sus, dedim, şimdi kimi kurtardığımı, senin kim olduğunu gerçekten öğrenmenin zamanı geldi, işte bu yüzden konuşacağım, yüksek sesle ve tane tane konuşacağım ki beni suçlayabilesin, eğer yazgın buysa, tabii eğer benim de yazgım buysa, konuşmaya başladı bile, Oraya yalnızca erkekler değil, kadınlar da gidecek, aşağılandığımız o yere, aşağılanmanın izi kalmasın diye, ağzımıza boşaltılanı tükürüp attığımız gibi, kendimizi de özgür kılmak için biz de yeniden gideceğiz, dedi. Bunları söyledi ve durup bekledi, ta ki diğer kadın konuşana dek, Sen nereye gidersen ben de oraya gideceğim, oldu onun da sözleri. Gözü siyah bantlı yaşlı adam gülümsedi, mutluluktan gülümsüyor gibiydi, muhtemelen de öyleydi, bunu ona sormanın sırası değil şimdi, öteki körlerin yüzünde beliren şaşkınlığı izlemek daha ilginç, sanki başlarının üzerinden bir şey geçmişti, bir kuş, bir bulut, titrek bir ilk ışık. Doktor, karısının elini tutarak sordu, İçimizde hâlâ o adamı kimin öldürdüğünü mutlaka öğrenmek isteyen var mı, yoksa onu bıçaklayan elin hepimizin eli olduğu konusunda hemfikir miyiz, daha doğrusu, o elin her birimizin eli olduğu konusunda? Kimse yanıt vermedi. Doktorun karısı, Onlara bir süre tanıyalım, yarına kadar bekleyelim, askerler yarına kadar yiyecek getirmezse, o zaman harekete geçeriz. Kalktılar, dağıldılar, kimi binanın sağ kanadına, kimi sol kanadına gitti, tedbirsizlik etmiş, ahlaksızlar koğuşundan birinin kendilerini dinleyebileceğini akıllarına getirmemişlerdi, neyse ki şeytan hep kapının arkasında beklemez, bu özlü söz buraya pek uygun düşmüştü. Hoparlörden gelen sesse hiç de uygun düşmemişti, son zamanlarda bazı günler ses geliyordu oradan bazı günler gelmiyordu, ama daima aynı saatte duyuluyordu, söylendiği gibi, kaydedilmiş bandı tam zamanında çalıştıran bir düzenek vardı kuşkusuz, bu işleyişin neden bazen aksadığını ise asla bilemeyeceğiz, çünkü bunlar dış dünyanın konuları, ama ne olursa olsun önemli, çünkü nihayetinde takvimde, yani günlerin sayılmasında karışıklığa yol açıyordu, doğallığında doğuştan saplantılı ya da düzen âşığı bazı körler, ki bu da saplantının ılımlı bir biçimidir, kendi belleklerine güvenemediklerinden, günlük tutar gibi, bir ipe düğümler atarak günleri titizlikle saymaya kalkışmışlardı. Bugün anons vaktinde yapılmamıştı, mekanizma bozulmuş olmalıydı, bir dişli bükülmüş ya da bir lehim patlamıştı belki, umalım ki kayıt sürekli başa alınıp okunmasın, bir bu eksikti, kör olmamız yetmez bir de delirirdik. Koridorlarda, koğuşlarda otoriter bir ses, son ve yararsız bir uyarı gibi gümbürdüyordu, Hükümet, hakkı ve görevi saydığı şeyi, yani yaşamakta olduğumuz ve bir körlük salgını görünümünde ortaya çıkmış bulunan ve şimdilik beyaz felaket diye adlandırılan mevcut kriz sırasında mümkün olan bütün olanakları kullanarak halkı koruma görevini yerine getirmek zorunda kalmış olmaktan dolayı üzgündür ve söz konusu salgının –elbette henüz ne olduğu açıklanamayan bir dizi rastlantıyla değil, gerçekten bulaşıcı bir hastalıkla karşı karşıya bulunduğumuzu varsayarak– salgının daha da yayılmasını engelleme konusunda tüm vatandaşların yurttaşlık duygusuna ve işbirliğine güvenmektedir. Hastalığa yakalanmış olanları bir çatı altında, onlarla herhangi bir biçimde temas etmiş olanları da buraya yakın başka bir yerde toplama kararı, üzerinde özenle düşünüldükten sonra alınmıştır. Hükümet sorumluluklarının tamamen bilincindedir ve bu duyurunun muhatabı kişilerin de, dürüst birer vatandaş olarak kendilerine düşen sorumluluğu üstlenerek şu anda katlandıkları tecritin, her türlü kişisel düşüncenin ötesinde, halkımızın geri kalan bölümüyle bir dayanışma olduğunu akıllarında tutacaklarını umut etmektedir. Bu açıklamada bulunduktan sonra, herkesin aşağıdaki talimatlara dikkatle uymasını istiyoruz, bir, ışıklar her zaman açık kalacaktır, düğmelerle oynamanın yararı yoktur, çünkü hiçbir düğme çalışmamaktadır, iki, binayı izinsiz terk etmek, anında ölüm demektir, tekrar ediyorum, anında ölüm, üç, her koğuşta bir telefon bulunmaktadır, bu telefon yalnızca dışarıdan sağlık ve temizlik malzemeleri istemek için kullanılacaktır, dört, tecrittekiler giysilerini elde yıkayacaklardır, beş, koğuş temsilcileri seçilmesi önerilmektedir, bu bir buyruk değil öneridir, yukarıdaki kurallara ve aşağıda sıralamaya devam edeceklerimize uyulması koşuluyla içerdekiler yaşamlarını nasıl uygun görürlerse öyle düzenleyebilirler, altı, yiyecek kasaları günde üç kez ana giriş kapısına bırakılacaktır, sağa ve sola, yani hastalara ve hastalığın bulaşmış olmasından kuşkulanılanlara, yedi, bütün artıklar yakılmalıdır, sadece yemek artıkları değil, yanabilen malzemeden üretilmiş kasalar, tabaklar ve çatal bıçak takımları da artık sayılmaktadır, sekiz, yakma işlemi iç avluda ya da duvarların içinde yapılmalıdır, dokuz, bu yakma işleminden doğabilecek her türlü zarar ziyandan içerdekiler sorumlu olacaktır, on, kasıtlı ya da kasıtsız bir yangın çıktığında itfaiye gelmeyecektir, on bir, içerdekiler, çıkacak bir kargaşa ya da bir saldırı sonucu yaralanmalarında ya da hastalık durumlarında dışarıdan herhangi bir yardım geleceğine güvenmemelidirler, on iki, nedeni ne olursa olsun içeride bir ölüm olduğunda içerdekiler ölüyü hiçbir tören yapmadan avluya gömeceklerdir, on üç, binanın hastalar kanadı ile hastalık kuşkusu taşıyanlar kanadı arasındaki temas merkez binada, herkesin ilk başta içeri girdiği bölümde gerçekleştirilecektir, on dört, hastalık kuşkusu taşıyanlar arasında kör olacaklar derhal körlerin koğuşuna taşınacaktır, on beş, bu duyuru her gün aynı saatte, yeni gelenleri durumdan haberdar etmek için tekrarlanacaktır. Hükümet, ama tam o anda ışıklar söndü, hoparlör sustu. Körlerden biri, hiç umursamadan, elinde tuttuğu sicime bir düğüm attı, sonra atmış olduğu düğümleri, yani günleri saymaya çalıştı ama vazgeçti, arada birbirinin üstüne binmiş düğümler, yani, deyim yerindeyse, kördüğümler vardı. Doktorun karısı kocasına, Işıklar söndü, dedi, Sigorta atmıştır, şaşılacak bir şey yok, onca zamandır sürekli yanıyorlar, Hepsi birden söndü, dışarıda bir arıza var, Bu durumda sen de kör oldun demektir, Güneşin doğmasını bekleyeceğim. Doktorun karısı koğuştan çıktı, giriş holünden geçti, dışarı baktı. Şehrin bu bölümü karanlıktaydı, askerlerin projektörü sönmüştü, genel şebekeye bağlıydı herhalde, belli ki şimdi de enerji sorunu çıkmıştı.

Ertesi gün, kimileri erkenden, kimileri daha geç –çünkü güneş bütün körler için aynı saatte doğmuyordu, genellikle her birinin işitme duyusunun keskinliğine bağlıydı– değişik koğuşlardan gelen kadınlarla erkekler binanın dışındaki merdivende toplanmaya başladılar; söylemeye gerek yok, o saatte kuşkusuz sabah kahvaltısı yapmakta olan ahlaksızlar koğuşu hariç. Toplananlar, ana kapının açılırken çıkaracağı sesi, yağlanması gereken menteşelerin gıcırtısını, yiyeceklerinin geldiğini haber veren gürültüleri, sonra görevli çavuşun sesini beklediler, Olduğunuz yerden kımıldamayın, kimse yaklaşmasın, sonra da ayaklarını sürüyerek yürüyen askerlerin seslerini, yere bırakılan yiyecek kasalarının boğuk sesini, askerlerin hızla geri çekilişini, dış kapının yeniden çarpışını, sonunda da, Tamam, gelip alabilirsiniz, emrini beklediler. Neredeyse öğlene kadar beklediler, sonra da akşamüzerine kadar. Kimse yemekleri sormadı, doktorun karısı bile. Soru sormadıkları sürece, duymaktan korktukları hayır karşılığını almayacaklar ve hayır da denmediğinden, Gelmek üzere, gelmek üzere, sabredin, açlığa biraz daha katlanın türünden sözler duyma umudunu sürdüreceklerdi. Ne kadar beklemek isteseler de dayanamayanlar oldu, aniden uykuya dalmış gibi oracıkta bayıldılar, doktorun karısı onlara yardım etti, bu kadının çevresinde olup biten her şeyi görmesi inanılır gibi değildi, altıncı hisse sahipti herhalde, bir tür gözsüz görme duyusuyla donatılmış olmalıydı, bu sayede bayılan bu zavallı sefiller güneşte pişmekten kurtuldular, içeriye taşındılar, ve bir süre sonra da, yüzlerine su serpilerek ve hafifçe tokatlanarak sonunda kendilerine geldiler. Fakat savaşta onlara güvenilemezdi, eskilerin deyişiyle, dişi bir kediyi bile kuyruğundan tutup çekemezlerdi bunlar, dişi bir kediyi kuyruğundan çekmenin erkek bir kediyi kuyruğundan çekmekten hangi olağanüstü nedenden dolayı daha kolay olduğunun açıklamasıysa yok. Sonunda gözü siyah bantlı yaşlı adam, Yiyecekler gelmedi, gelmeyecek de, gidip kendimiz alalım, dedi. Tanrı bilir nasıl ayağa kalktılar, ve gidip ahlaksızların kalesinin en uzağındaki koğuşta toplandılar, geçen günkü gibi tedbirsizlik yapmadılar. Binanın öteki kanadına casuslar gönderdiler, akıllılık edip bunları orada yaşayan körlerden seçtiler, çünkü onlar oraları daha iyi tanıyorlardı, Kuşkulu bir hareket fark eder etmez gelip bizi uyarın. Doktorun karısı onlara eşlik etti, döndüğünde pek cesaretlendirici olmayan bir haber getirdi, Dört karyolayı üst üste koyarak barikat kurmuşlar, Dört karyola olduğunu nerden bildin, diye sordu biri, Zor olmadı, ellerimle yokladım, Seni fark etmediler mi, Sanmıyorum, Ne yapıyoruz, Oraya gidelim, diye tekrarladı gözü siyah bantlı yaşlı adam, kararlaştırdığımız gibi davranalım, yoksa, yoksa yavaş yavaş ölmeye mahkûmuz, Gidersek de bazılarımız erken ölecek, dedi ilk kör, Ölecek olan zaten şimdiden ölmüş ama farkında değil, Ölecek olduğumuzu doğduğumuzdan beri biliyoruz, Bu yüzden de, bir bakıma hepimiz ölü doğmuş sayılırız, Gereksiz konuşmaları bırakın, dedi koyu renk gözlüklü genç kız, ben tek başıma oraya gidemem, ama şimdi anlaştığımız şeylerden vazgeçeceksek, o zaman yatağıma yatıp ölümü bekleyeceğim, Yalnızca günü gelen ölür, başkası değil, dedi doktor ve sesini yükselterek sordu, Oraya gitmeye kararlı olanlar elini kaldırsın, bu olan, insanın konuşmak için ağzını açmadan önce iki kez düşünmesi gerektiğini gösteriyordu, sayacak kimse olmadıktan sonra, ya da genelde buna inanıyorlardı, ellerini kaldırmalarını istemenin ne yararı vardı, sonra da, On üç kişiyiz, denirdi, bu durumda da, mantık ışığında, hangisinin daha doğru olacağına karar vermek için yeni bir tartışmanın başlayacağı kesindi, ya o uğursuz sayıdan kurtulmak için bir gönüllü daha arayacaklar ya da kura çekerek sayıyı azaltıp uğursuzluktan kaçınacaklardı. Bazıları çok da inanmadan elini kaldırmıştı, tereddüt ve kuşku ifade eden bir hareketle, ya kendilerini atacakları tehlikenin bilincindeydiler, ya da emrin saçmalığının farkındaydılar. Doktor güldü, Amma saçmalık, sizden elinizi kaldırmanızı istedim, başka bir şey yapalım, dedi, oraya gidemeyecek olanlar ya da gitmek istemeyenler koğuşlarına geri dönsün, geriye kalanlar da bir eylem planı hazırlasın. Kıpırdananlar oldu, ayak sesleri, mırıltılar, iç çekmeler, zayıf olanlar, korkanlar yavaş yavaş çekildi, doktorun düşüncesi hem mükemmel hem de cömertçeydi, böylelikle, kimin orada kaldığını kimin gittiğini bilmek pek o kadar kolay olmayacaktı. Doktorun karısı kalanları saydı, kendisi ve kocasıyla birlikte on yedi kişiydiler. Sağ taraftaki birinci koğuştan gözü siyah bantlı yaşlı adam, eczacı kalfası, koyu renk gözlüklü genç kız vardı, öteki koğuşlardan olup orada kalan gönüllülerin hepsi erkekti, tek bir kadın vardı, Sen nereye gidersen, ben de oraya giderim, diyen kadın, o da oradaydı. Yatakların arasındaki boşlukta sıraya girdiler, doktor saydı, On yedi, on yedi kişiyiz, Kalabalık değiliz, dedi eczacı kalfası, bu şekilde bir şey başaramayız, Burada askeri bir terim söylememe izin verirseniz, dedi gözü siyah bantlı yaşlı adam, en öndeki hattın dar tutulması gerekir, çünkü bir kapıdan geçecek kadar geniş olmalı bu hat, daha kalabalık olsaydık eminim ki işler karmaşıklaşırdı, O durumda çoğumuzu vururlardı, diye ekledi biri, sonunda fazla kalabalık olmamalarına hepsi sevindi.

Silahları daha önce bildiğimiz şeylerdi, karyolalardan söktükleri demirlerdi, bunlar levye olarak da mızrak olarak da kullanılabilirdi, savaşa piyade ya da saldırı birliğinde katılmaya göre değişirdi bu. Gözü siyah bantlı yaşlı adam belli ki gençliğinde taktik konusunda bir şeyler öğrenmişti, herkesin bir arada durmasını, yüzlerini aynı yöne dönmelerini söyledi, yanlışlıkla birbirlerine saldırmamanın tek yolu buydu, ayrıca, baskının şaşırtıcı olabilmesi için mutlak bir sessizlik içinde ilerlemeleri gerekiyordu, Ayakkabılarımızı çıkaralım, diye önerdi, İyi ama sonradan ayakkabılarımızı bulmamız çok zor olur, dedi biri, bir başkası da yorum yaptı, Açıkta kalan ayakkabılar ölülerin ayakkabısı olacaktır, şu farkla ki, en azından, daima birilerinin işine yarar, Bu ölü ayakkabısı hikâyesi de neyin nesi, Öyle derler, ölü ayakkabısı beklemek demek, artık bekleyecek hiçbir şeyi kalmamak demektir, Neden, Çünkü ölüleri vaktiyle kartondan ayakkabılarla gömerlerdi, yeterliydi bu, bildiğim kadarıyla, ruhların ayağı yoktur, Bir şey daha var, diye onun sözünü kesti gözü siyah bantlı yaşlı adam, içimizden altı kişi, kendini en cesur gören altı kişi, oraya vardığımızda, karyolaları var güçleriyle içeriye doğru itecek, böylece hepimiz içeri girebileceğiz, Ama o durumda, elimizdeki demirleri bırakmamız gerekecek, Sanırım bırakmamız gerekmez, dik tutarsak işimize bile yarar. Biraz sustu, sonra kaygılı bir sesle devam etti, En önemlisi, birbirimizden ayrılmamalıyız, ayrılırsak birer ölü erkek oluruz, Ve ölü kadın, dedi koyu renk gözlüklü genç kız, kadınları unutma, Sen de bizimle geliyor musun, dedi gözü siyah bantlı yaşlı adam, bence gelmemelisin, Nedenmiş, öğrenebilir miyim, Çok gençsin, Burada ne yaşın ne de cinsiyetin önemi var, bu yüzden de kadınları unutma, Yo, unutmuyorum, gözü siyah bantlı yaşlı adamın söylediği sözler bir başka diyalogdan alınmış gibiydi, sonra söyledikleri ise yerine tam oturuyordu, Tersine, keşke sizlerden biri bizim göremediklerimizi görebilse, bizi doğru yönde götürebilse, tam da öteki kadının yaptığı gibi, demirlerimizin ucunu o ahlaksızların gırtlaklarına yöneltebilsek, Bu çok şey istemek olurdu, bir kez oldu diye hep olacak değil ya, ayrıca o kadının orada yaşamını yitirmediğini nereden biliyoruz, bir haber alamadık ki ondan, diye hatırlattı doktorun karısı, Kadınlar birbirlerinin içinde yeniden doğarlar, namuslular orospu olarak doğarlar, orospular namuslu olarak, dedi koyu renk gözlüklü genç kız. Sonra uzun bir sessizlik oldu, kadınlar hakkında söylenecek her şey söylenmişti, şimdi erkekler söyleyecek bir şey bulmalıydı, ama bunu beceremeyecekleri baştan belliydi.

Koğuştan tek sıra olup çıktılar, kararlaştırdıkları gibi en güçlü altı kişi öndeydi, bunların arasında doktor ve eczacı kalfası da bulunuyordu, sonra diğerleri geliyordu, her birinin elinde bir karyola demiri vardı, leş gibi, paçavralar içinde bir askeri birlik gibiydiler, giriş avlusundan geçerlerken içlerinden biri elindeki demiri yere düşürdü, ses zeminde mitralyözden çıkan yaylım ateş gibi yankılandı, eğer ahlaksızlar bu gürültüyü işitip bizim geldiğimizi anlarlarsa, işimiz bitiktir. Doktorun karısı kimseyi haberdar etmeden, kocasını bile uyarmadan, ileriye koştu, koridor boyunca baktı, sonra çok sessizce, duvarın dibinden, koğuşun girişine yaklaştı, içeriyi dinledi, içerden gelen seslerde alarm belirtisi yoktu. Bu bilgiyi hızla geri getirdi ve ilerleyiş yeniden başladı. Bu küçük ordu ağır ağır ve sessizce ilerlerken, ahlaksızların kalesinden önceki koğuşların sakinleri, olacaklardan haberdar olduklarından, birazdan gürültüyü daha iyi duyabilmek için kapılara yanaşıyorlardı, bunlardan bazıları, patlamaya hazır barut kokusuyla uyarılıp sinirlerine hâkim olamayanlar, son anda gruba katılmaya karar verdiler, birkaç kişi de silahlanmak için geri döndü, artık on yedi kişi değil, en azından, iki misliydiler, gelen takviye, gözü siyah bantlı yaşlı adamın hoşuna gitmeyecekti kuşkusuz, fakat tek bir birlik yerine iki birliğe birden komuta ettiğini hiçbir zaman bilmeyecekti. İç avluya bakan birkaç pencereden içeriye bozbulanık, hızla solan, gelen gecenin dipsiz ve karanlık kuyusuna doğru şimdiden kaymakta olan bir ışık sızıyordu. Körlüğün neden olduğu ve açıklanamaz bir şekilde ıstırap vermeye devam eden umarsız hüzün bir yana, körler, en azından, gözlerinin henüz görmekte olduğu uzak bir geçmişteki pek çok çaresiz davranışlarının sorumlusu olduğu kanıtlanmış bu ve benzeri atmosfer değişikliklerinin yol açtığı yıpratıcı melankoliden korunuyorlardı, ki bu onların lehine bir durumdu. Lanetli koğuşun kapısına geldiklerinde etraf o kadar karanlıktı ki doktorun karısı engel oluşturan karyolaların dört değil, sekiz tane olduğunu fark edemedi, saldırganların sayısı iki misline çıkarken bunlar da iki misli artmıştı, ama, çok geçmeden ortaya çıkacağı gibi, bu durumun onlar için doğrudan kötü sonuçları olacaktı. Gözü siyah bantlı yaşlı adam haykırır gibi bağırdı, Şimdi! bu bir buyruktu, o klasik Hücum sözcüğü aklına gelmemişti ya da hatırlamıştı ama bitlerle ve tahtakurularıyla dolu, şilteleri terden ve sidikten çürümüş, yorganları paçavraya dönmüş, gri rengini kaybedip mide bulandıran her rengi almış buruş buruş çarşafları olan sefil karyolalara karşı girişilecek saldırıyı askeri bir terimle başlatacak kadar ciddiye almak ona gülünç gelmişti, doktorun karısı bütün bunları, şimdi göremese de önceden biliyordu, ama kapıdaki barikata takviye yapıldığını fark edememişti. Körler, kendi görkemiyle kuşatılmış birer baş melek gibi ilerleyip, ellerindeki demirleri öğretildiği gibi olabildiğince yukarıda tutarak engele karşı saldırıya geçtiler, ne var ki karyolalar yerinden kıpırdamadı, öndeki güçlülerin arkadan gelenlerden pek de güçlü olmadığı kesindi, bunlar ellerindeki mızrakları taşırken zorlanıyorlardı, tıpkı sırtında bir çarmıh taşımış, bu çarmıha gerilmeyi beklemiş bir kişiye benziyorlardı. Sessizlik bozulmuştu, dışardakiler bağırıyordu, içerdekiler de bağırmaya başlamıştı, körlerin çığlıklarının nasıl da dehşet verici olduğunu muhtemelen o zamana dek kimse fark etmemişti, neden bağırdıklarını bilmeden bağırıyor gibiydiler, insanın içinden susun demek gelir ama birden kendimiz bağırmaya başlarız, henüz kör olmamışızdır ama o gün de gelecektir. Bu durumda, bir kısmı saldırdıkları için bağırırken, bir kısmı da kendilerini savundukları için bağırıyorlardı, dışarıdakiler, karyolaları itemedikleri için umutsuzluğa kapılmış, ellerindeki demirleri yere atmışlardı, hep birlikte en azından kapı boşluğuna sokulmayı başarmış olanlardı bunlar, bunu başaramayanlar da öndekilere sırtlarından destek veriyorlardı, biraz da olsa itmeyi başarmışlardı, başarıya ulaşacak gibi gözüküyorlardı, yatakları azıcık da olsa kımıldatabilmişlerdi, o sırada, aniden, hiçbir uyarı ya da tehdit işitilmeden, üç el silah sesi duyuldu, kör muhasebeci tabancanın namlusunu aşağıya doğrultarak kapıdakilere ateş etmişti. Saldıranlardan ikisi yaralanarak yere yığıldı, ötekiler hızla geri çekildi, el yordamıyla hareket ettiklerinden, demirlere basıp sendeleyerek yere düştüler, haykırışları koridorun duvarlarında çılgınca yankılanıyordu, bu arada öteki koğuşlardan da haykırışlar yükseliyordu. Zifiri karanlık çökmekteydi, kurşunların kime isabet ettiğini anlamaya olanak yoktu, uzaktan, Kim yaralandı, diye seslenmek mümkündü tabii, ama bu uygun bir davranış olmazdı, yaralılara saygı ve özen göstermek gerekir, onlara şefkatle yaklaşmalı, bahtsız bir tesadüf sonucu olur da kurşun başlarına isabet etmişse elimizi alnına koymalı, sonra alçak sesle kendilerini nasıl hissettiklerini sormalı, onlara önemli bir şey olmadığını, ilkyardım ekibinin gelmek üzere olduğunu söylemeli, nihayet onlara su vermeliyiz, tabii eğer karınlarından yaralanmamışlarsa, ilkyardım kitaplarında bu durumda onlara su verilmemesi gerektiği açıkça ifade edilir. Şimdi ne yapıyoruz, dedi doktorun karısı, yerde iki yaralı var. Yerde iki kişi olduğunu nereden bildiğini ona kimse sormadı, sonuçta üç el ateş edilmişti, seken kurşun varsa da etkisini hesaba katmıyoruz. Gidip almalıyız onları, dedi doktor, Büyük riske gireriz, dedi gözü siyah bantlı yaşlı adam, saldırı taktiğinin felakete dönüştüğünü görmüştü, varlığımızı fark ederlerse yine ateş ederler, sözünün burasında durdu ve iç çekerek ekledi, Ama oraya gitmeliyiz, ben hazırım, Ben de size katılıyorum, dedi doktorun karısı, emekleyerek gidersek tehlike azalır, onları hemen bulmalıyız, içerdekiler tepki vermeye fırsat bulamadan, önceki gün, Sen nereye ben de oraya diyen kadın, Ben de geliyorum, dedi, yaralıları belirlemenin çok kolay olduğunu, yaralı diyoruz ama dikkat edin, ölü de olabilir, bunu şu an için bilemiyoruz, herkesin sırayla Geliyorum ya da Gelmiyorum demesinin yeterli olacağını, sesi çıkmayanların ölü ya da yaralı anlamına geleceğini ileri sürmek kimsenin aklına gelmedi.

Dört gönüllü sürünerek ilerlemeye başladı, iki kadın ortada, iki erkek yanlarda, kendiliğinden böyle oldu, yoksa erkek kibarlığından ya da şövalyeler gibi kadınları koruma güdüsünden değil, doğrusu eğer kör muhasebeci bir kez daha ateş etmeye kalkarsa her şey namlunun açısına bağlı olacaktı. Neyse, belki de hiçbir şey olmazdı, gözü siyah bantlı yaşlı adamın aklına yola çıkmadan önce bir fikir gelmişti, aklına ilk gelenlerden daha iyiydi bu, gruptakiler hep birden çok yüksek sesle konuşmalı, hatta bağırmalıydılar, bunu yapmaları için zaten çok neden vardı, böylelikle öndekiler gidip gelirken çıkacak kaçınılmaz gürültüyü, keza o arada çıkabilecek Tanrı bilir hangi gürültüyü de bastırabilirlerdi. Yardıma koşanlar az sonra aradıkları yere vardılar, hatta oraya vardıklarını yerde yatan bedenlere dokunmadan anladılar, üzerinde sürünerek ilerledikleri kan birikintisi onlara, Ben hayattım, benden sonra hiçbir şey yok, der gibiydi, Tanrım, diye düşündü doktorun karısı, ne kadar çok kan, öyleydi de, kan gölü gibiydi yer, elleri ve giysileri, döşeme taşlarının, döşeme tahtalarının üzerine zamk kaplıymış gibi yapışıyordu. Doktorun karısı, dirseklerine dayanarak ilerlemeye başladı, ötekiler de öyle yaptılar. Kollarını öne uzatıp ilerleyerek sonunda bedenlere ulaştılar. Geride kalan arkadaşları ellerinden geldiğince gürültü patırtı çıkarmayı sürdürüyorlardı, şimdi de kendinden geçmiş ağıtçı kadınlardan farkları yoktu. Doktorun karısı ve gözü siyah bantlı yaşlı adam yere serilmiş adamlardan birini topuklarından tuttular, doktorla öteki kadın da ikincinin kolunu ve bacağını yakalamıştı, şimdi onları çekerek atış alanından hızla çıkmalılardı. Ama dörtayak üstünde bunu yapmak kolay değildi, kalan birazcık güçlerini en iyi biçimde kullanmaları için biraz doğrulmalıydılar. Bir el ateş edildi, ama kurşun bu kez kimseye isabet etmedi. Bir anlık korku onları kaçırtmadı, tersine, eksik enerjiyi bulmuş oldular. Az sonra güvendeydiler, koğuşun kapısına yakın olan duvara mümkün olduğunca yaklaşmışlardı, ancak köşeyi dönecek şekilde sıkılacak bir kurşun onlara isabet edebilirdi, ancak kör muhasebecinin balistik konusunda uzman olduğu, hatta en temel şeyleri bildiği bile söylenemezdi. Adamları yerden kaldırmayı denedilerse de vazgeçtiler. Onları tutup sürüklemekten başka yapabilecekleri bir şey yoktu, pıhtılaşmaya başlayan kan, onlar bedenleri sürüklerken arkalarında iz bırakıyordu, yaralardan hâlâ taze kan akıyordu. Kim bunlar, diye sordu bekleyenler, Görmediğimize göre nereden bilebiliriz, dedi gözü siyah bantlı yaşlı adam, Burada kalamayız, dedi biri, bize saldıracak olurlarsa, yaralı sayısı ikiyle kalmaz, Ya da ölü sayısı, dedi doktor, nabızlarını işitemiyorum. Geri çekilen bir ordu gibi yaralılarını koridorda taşıdılar, giriş avlusuna geldiklerinde mola verdiler, sanki orada kamp kurmaya karar vermişlerdi, ama gerçek bambaşkaydı, bütün güçlerini tüketmişlerdi, Ben burada kalıyorum, daha fazla gidemeyeceğim. Önceleri zorba ve saldırgan olan, bu sınırsızca ve büyük bir zevkle kabalaşan ahlaksız körlerin şu an yalnızca kendilerini savunmakla, barikat kurup içeriden ateş etmekle yetinmelerinin şaşırtıcı olduğunu hatırlamanın zamanı geldi, sanki açık alanda göğüs göğüse, yüz yüze savaşmaktan korkuyorlardı. Hayattaki her şey gibi bunun da bir açıklaması var tabii, ilk şeflerinin trajik biçimde ölmesinden sonra, koğuşa egemen olan disiplin ve itaat anlayışı gevşemişti, kör muhasebecinin en büyük hatası, tabancaya el koyunca iktidarı çantada keklik saymasıydı, oysa sonuç tam tersi oldu, tabancayı her kullanışında çıkan kurşun arkadan kendine isabet etmiş gibi oluyordu, başka bir deyişle, namludan çıkan her kurşunla birlikte otoritesinin bir kısmını daha yitiriyordu, cephanesi tamamen tükenince neler olacağını göreceğiz. Nasıl ki cüppe giymekle keşiş olunmuyorsa, eline asa almakla da kral olunmaz, bu asla unutulmaması gereken bir gerçektir. Krallık asası şu an kör muhasebecinin elinde olsa da, insan şunu demek arzusu duyuyordu, kral, ölmüş de olsa, kendi koğuşuna gömülmüş de olsa, daha kötüsü, sadece üç karış derine gömülmüş de olsa hâlâ hatırlanıyordu, en azından çevreye yaydığı leş kokuyla varlığını fazlasıyla duyuruyordu. O arada, ay doğmuştu. Dış avluya açılan kapıdan içeriye yavaş yavaş büyüyen donuk bir aydınlık süzülüyor, yerde yatan ikisi ölü diğerleri henüz canlı bedenler birer hacim, şekil alıyor, yüz hatları belirginleşiyor, adı konmamış bir dehşetin bütün ağırlığıyla donanıyordu, bunun üzerine doktorun karısı, kör numarası yapmanın artık bir anlamı kalmadığını –eğer şimdiye dek bir anlamı olmuşsa tabii– anladı, artık buradan kimsenin kurtulamayacağı açıktı, aslında körlük, umudun tükendiği bir dünyada yaşamaktı. Bu yüzden, ölülerin kim olduğunu söyleyebilirdi, bunlardan biri eczacı kalfasıydı, öteki de körlerin rastgele ateş açacaklarını söyleyen kişiydi, bir bakıma ikisi de haklı çıkmıştı, Onların kim olduklarını nereden bildiğimi sormayın bana, bunun yanıtı basit, gözlerim görüyor. Oradakilerin birkaçı bunu zaten bildiğinden hiçbir şey söylemedi, birkaçı da bir süredir bundan kuşkulanıyordu, şimdi kuşkuları doğrulanmıştı, ancak geriye kalanların ilgisizliği beklenmedik bir şeydi, bununla birlikte, iyi düşünecek olursak, buna şaşırmamalıyız, başka bir durumda, başka bir anda olsa böyle bir açıklama karşısında, büyük sevinç duyulur, ortalık karışır, dizginsiz bir heyecan doğardı, ne kadar şanslısın, bu felaketten kurtulmayı nasıl başarabildin, gözlerine damlattığın damlanın adı ne, doktorunun adresini versene, bu hapishaneden çıkmama yardım et, ama şimdi, şimdi hiçbir şey fark etmezdi, ölünce körlük herkes için aynıdır. Orada böyle kendilerini savunma olanağı bulamadan kesinlikle kalmamalıydılar, karyola demirleri bile geride kalmıştı, yumrukları bir işe yaramazdı. Doktorun karısının rehberliğinde, ölüleri dış sahanlığa çıkarıp, orada, ay ışığının altında, yıldızların süt beyazı aydınlığına bıraktılar, ölülerin dışı beyaz, içleri nihayet kapkaraydı. Biz koğuşlara dönelim, dedi gözü siyah bantlı yaşlı adam, ne örgütleyebileceğimize sonra bakarız. Bunu dedi ama kimsenin dikkate almadığı saçma sözler olarak kaldı söyledikleri. Geldikleri koğuşa göre gruplara ayrılmamışlardı, buluşmuşlar, yolda tanışmışlar, sonra bir kısmı binanın sol kanadına, bir kısmı da sağ kanadına gitmişlerdi, doktorun karısı ile Sen nereye gidersen ben de oraya, diyen kadın buraya kadar birlikte gelmişlerdi, ama doktorun karısının aklında şimdi bu yoktu, bambaşka bir şey düşünüyordu, ama bundan söz etmek istemedi, verilen sözler her zaman tutulmaz, bazen zayıflığımız, bazen de hiç hesaba katmadığımız yüce bir güç yaptırır bunu bize.

Bir saat geçti, ay gökte yükseldi, açlık ve korku uykuyu kaçırır, koğuşlarda kimse uyuyamıyor. Ancak tek neden bunlar değil. Belki az önce büyük bir bozgunla sonuçlanmış savaşın yol açtığı heyecan, belki de havada süzülen tarifi olanaksız bir şey yüzünden tedirgin körler. Kimse koridorlara çıkmayı göze alamıyor, her koğuşun içi arı kovanı gibi, ama oralarda sadece, bilindiği gibi sürekli vızıldasalar da ne düzenden ne de yöntemden anlayan böcekler olan eşekarıları var, nasıl hayatta kalabileceklerini, ya da azıcık bile olsa geleceklerini düşündüklerini gösteren hiçbir işaret yok ortada, ancak körleri, bu bahtsız insanları asalaklıkla ya da hırsızlıkla suçlamak haksızlık olurdu, hangi ekmek kırıntısı için asalak olduklarını, hangi içeceği çaldıklarını söyleyebiliriz ki, karşılaştırma yaparken dikkatli olmalıyız, bunlar bize ışık tutmaz. Bununla birlikte, istisnası olmayan kural yoktur, burada da bu istisna eksik değildi, bir kadında cisimleşti, kadın koğuşa girer girmez, sağ taraftaki ikinci koğuştu bu, ıvır zıvırını karıştırmaya başladı ve sonunda küçük bir nesne buldu, avucunda sıkı sıkı tuttu, başkalarının gözünden gizlemek istiyor gibiydi, insan eski alışkanlıklarından kolay vazgeçmiyor, hatta onları çoktan unuttuğumuzu sandığımız bir an gelse bile. Birimizin hepimiz, hepimizin birimiz için olması gereken bu yerde, güçlülerin zayıf olanların ağzından lokmasını nasıl acımasızca aldığını görebiliriz, şimdi de bu kadın, el çantasının içinde bir çakmağı olduğunu hatırlayarak, kaybolmamış olmasına şaşırsa da, sanki hayatta kalmasının koşulu oymuş gibi, çantanın içini korkarak aradı ve kıskançlıkla gizledi onu, aklından geçen şey, bu bahtsız arkadaşlarından birinin de son bir sigarası kalmış olabileceği, o kişinin şu küçük ateş olmadan onu yakamayacağı değildi. Bu ateşi yakacak zaman bile bulamayacaktı. Kadın, tek bir söz etmeden, kimseye hoşçakal ya da sonra görüşürüz demeden koğuştan çıktı, ıssız koridorda ilerledi, ilk koğuşun kapısının dibinden geçti, içerdekilerin hiçbiri onun oradan geçtiğini fark etmedi, binanın giriş holünü geçti, batmakta olan ayın ışığı döşeme taşları üzerinde bir süt gölü oluşturmuştu, kadın şimdi binanın öteki kanadındaydı, yine bir koridor, gideceği yer koridorun dibi, dümdüz gidecek, yanılması olanaksız. Zaten kendisini çağıran sesler duyuyordu, çağırmak mecazi anlamda tabii, duyduğu sesler en dip koğuştaki ahlaksızların şamatası, zaferlerini bir güzel yiyip içerek kutlamaktalar, kasıtlı olarak abartıyoruz, yaşamda her şeyin göreceli olduğunu unutmayalım, yalnızca ellerinde ne varsa onu yiyip içiyorlardı, diğerleri de bu şölene katılmayı çok isterdi, ama yapamazlardı, yemekle aralarında üst üste konmuş sekiz karyola, bir de dolu tabanca vardı. Kadın, koğuşun girişinde diz çökmüş, karyolaların tam önünde, çarşafları, örtüleri usulca dışarı çekiyor, sonra biraz doğruluyor, bir üstteki yatağın örtülerini çekiyor, ardından üçüncüyü, kolları dördüncüye uzanamıyor, önemi yok, fitil hazır, tek eksik ateş. Büyük bir alev çıkması için çakmağın nasıl kullanılması gerektiğini hatırlıyor, oldu işte, makas ucu gibi titrek o küçük alev demeti. Yukarıdaki yataktan başlıyor, alev kumaşın yağlı kirini ustalıkla yalıyor, nihayet tutuşturuyor, şimdi ortadaki yatak, sonra aşağıdaki, kadın kendi saçından gelen yanık kokusunu alıyor, dikkat etmesi gerek, odunları tutuşturacak olan o, ölmesi gereken değil, içerden ahlaksızların bağırtıları işitiliyor, o anda düşünüyor, Ya ellerinin altında su varsa, ya ateşi söndürürlerse, bunun üzerine umutsuzca en alttaki yatağın altına giriyor, çakmağı şilte boyunca gezdiriyor, şurasında, burasında, aniden alevler çoğalıp kavurucu tek bir alev perdesi haline geliyor, alevlerin üzerine su atılıyor, kadının üzerine de dökülüyor, ama bir işe yaramıyor, kadının bedeni de alevleri beslemeye başlamış. İçerisinin durumuna bakınca kimse oraya girmeyi göze alamaz, ama hayalgücümüz işe yarayabilir, alevler bir yataktan ötekine hızla atlıyor, bütün yataklara aynı anda uzanıp yatmak istiyor, ve bunu başarıyor da, ahlaksızlar ellerindeki birazcık suyu dikkatsizce harcadılar, bir işe de yaramadı, şimdi pencerelere ulaşmaya çalışıyorlar, alevlerin henüz ulaşamadığı yatakların başucuna güçlükle tırmanıyorlar, ama birden alevler oraya da ulaşıyor, kayıyorlar, düşüyorlar, alevler yine ulaşıyor, sıcağın iyice artmasıyla camlar patlamaya, darmadağın olmaya başlıyor, serin hava tıslayarak içeri dalıyor ve alevleri canlandırıyor, ah, evet, unutmayalım, öfke ve korku çığlıkları, acıdan ve ıstıraptan ulumalar, söz edelim onlardan, dikkat edin, ne olursa olsun bu sesler giderek zayıflıyor, örneğin çakmaklı kadının sesi epeydir çıkmıyor.

Durum böyleyken, öteki körler dumana boğulmuş koridorlarda korku içinde koşuşuyorlar, Yangın var, yangın var, diye bağırıyorlar ve insanların toplu olarak kaldıkları düşkünler evi, hastane ve akıl hastanesi gibi yerler için burasının ne kadar kötü tasarlandığına, ne kadar kötü düzenlendiğine bizzat tanık oluyoruz, bu karyolaların her biri sadece sivri demirleriyle öldürücü bir tuzağa dönüşebiliyor, yerlerde yatanlar hariç, kırk kişiyi alan koğuşta tek bir kapı var, yangın ilk oraya ulaşırsa ve çıkışı engelleyecek olursa hiç kimse kaçamaz. Neyse ki, insanlık tarihinin gösterdiği gibi, kötü bir şeyin beraberinde iyi bir şey getirmesi de ender değildir, iyi şeylerin kötü şeyler getirdiğinden ise daha az söz edilir, dünyamızın çelişkileri böyledir, bunların bazıları diğerlerinden daha fazla dikkate değerdir, bizim olayımızdaysa, koğuşların tek bir kapısının bulunması iyi bir şey oldu, bu sayede, ahlaksızları yakan ateş orada fazla oyalandı, eğer karışıklık daha da artmazsa, başka canları yitirdiğimize gözyaşı dökmeyeceğiz. Elbette körlerin çoğu ayaklar altında kaldı, itilip kakıldı, dayak yedi, paniğin sonucudur, doğal bir etkidir, deyim yerindeyse, hayvan doğası böyledir, aslında kökleriyle toprağa sıkı sıkı bağlı olmasalar bitkiler de aynı şekilde davranırdı, ormandaki ağaçların yangından kaçtığını görmek ne güzel olurdu. Avlunun iç bölümündeki sığınak, koridorun avluya bakan pencerelerini açmayı akıl eden ve atlayan körlerce kullanıldı. Atladılar, tökezlediler, düştüler, ağlayıp bağırdılar, fakat şu an için hepsi sağ salim, yangın, çatıyı sardığında, havanın ve rüzgârın etkisiyle alevlerden ve yanan odunlardan bir volkana dönüştüğünde ağaçların dallarına sıçramayacağını umut edelim. Binanın öteki kanadında da büyük korku vardı, körlerden birinin burnuna yanık kokusu gelmesi yetmişti, yangının hemen yanında olduğunu sanmıştı, aslında bu tamamıyla doğru değildi, insanlar kısa sürede koridorlara doluştular, eğer birisi çıkıp da düzeni sağlayamazsa gerçek bir trajedi yaşayacağız. Bir anda birinin aklına doktorun karısının gözlerinin gördüğü geldi, Nerede o, diye sordular birbirlerine, burada ne olup bittiğini o söylesin, nereye gitmemiz gerekiyor, nerede o, Buradayım, koğuştan ancak şimdi çıkabildim, şaşı çocuğun yüzünden, hangi deliğe girdiğini kimse bilmiyordu, şimdi burada, elinden sıkı sıkı tutuyorum, kolumu koparırlarsa bırakırım onun elini ancak, öteki elimle de kocamın elini tutuyorum, sonra koyu renk gözlüklü genç kız geldi, sonra gözü siyah bantlı yaşlı adam, biri neredeyse diğeri de orada, sonra ilk kör, sonra onun karısı, sımsıkı bir aradayız, ananas gibiyiz, bu sıcak bile bizi dağıtamaz. Bu arada, bu taraftaki birçok kör, öteki kanattakileri örnek alarak, iç avluya atladılar, öteki kanattaki binanın büyük bölümünün şenlik ateşi gibi tutuştuğunu göremiyorlar, ama oradan gelen alevlerin esintisini yüzlerinde ve ellerinde hissediyorlar, çatı henüz çökmemiş, ağaçların yaprakları yavaş yavaş kıvrılıp bükülüyor. Bu sırada, biri bağırdı, Ne yapıyoruz burada, neden dışarı çıkmıyoruz, oraya toplanmış insan başlarının oluşturduğu denizden gelen yanıt tamı tamına üç sözcükten ibaretti, Orada askerler var, ama gözü siyah bantlı yaşlı adam, Burada diri diri yanmaktansa tek kurşunla ölmeyi yeğlerim, dedi, tecrübe konuşuyor gibiydi, belki de konuşan o değildi, belki de onun ağzından çakmaklı kadın konuşmuştu, hani kaderinde şu kör muhasebecinin attığı son kurşunu yemek olmayan kadın. Doktorun karısı, Bırakın da geçeyim, askerlerle konuşacağım, dedi, bizi burada böyle ölüme terk edemezler, askerlerin de duyguları vardır. Oradaki herkes askerlerin de gerçekten duyguları olmasını umut ederek iki yana biraz açıldılar, doktorun karısı bu dar geçitten, peşindekilerle birlikte ite kaka ilerledi. Duman yüzünden zor görüyordu, çok geçmeden o da ötekiler gibi kör olacaktı. Giriş holüne ulaşmak mümkün değildi. İç avluya açılan kapılar tahrip edilmişti, oraya sığınan körler bulundukları yerde de güvencede olmayacaklarını çabucak fark ettiler, dışarı, binanın önüne çıkmak istediler, ne var ki öte yandakiler ellerinden geldiğince direniyordu, ama askerlerin yakınına gitme korkusu oradakilerde daha büyüktü, güçleri tükendiğinde, alevler iyice yakınlaştığında ise, gözü siyah bantlı yaşlı adam haklıydı, bir kurşunla ölmeyi yeğleyeceklerdi. Ancak fazla beklemeleri gerekmedi, doktorun karısı sonunda sahanlığa çıkmayı başarmıştı, yarı çıplaktı, iki eli de boş olmadığından, ite kaka ilerleyen küçük gruba, adeta hareket halindeki trene atlar gibi katılmaya çabalayanlara karşı koyamıyordu, karşılarına göğüsleri meydanda çıkınca askerler şaşkına döneceklerdi. Geniş meydanı, ta ana giriş kapısına kadar aydınlatan artık ayışığı değil, alevlerin titrek ışığıydı. Doktorun karısı, Ne olur, analarınızın hatırı için, bırakın da dışarı çıkalım, lütfen ateş etmeyin, diye bağırdı. Yanıt veren olmadı. Işıldak hâlâ sönüktü, hiçbir kıpırtı yoktu. Hâlâ korku içinde olan doktorun karısı iki basamak indi, Ne oluyor, diye sordu kocası, ama kadın onu yanıtlamadı, inanamıyordu. Geri kalan basamakları da indi, ana giriş kapısına doğru gitti, şaşı çocukla kocasını ellerinden çekiyor, ötekiler de peşinden sürükleniyorlardı, artık kuşkusu kalmamıştı, askerler çekip gitmişlerdi ya da onlar da körleştikleri için buradan gönderilmişlerdi, sonunda hepsi kör olmuştu.

Uzun lafın kısası, kısaca söylemek gerekirse, her şey aynı anda oldu, doktorun karısı yüksek sesle, artık özgür olduklarını söyledi onlara, binanın sol kanadının çatısı korkunç bir çatırtıyla çöktü, alevler her yerde yılan dili gibi oynaştılar, körler bağıra bağıra dışarıya koşuştular, birkaç kişi çıkamayıp binanın içinde kaldı, duvarların dibinde ezildiler, kimileri de ayaklar altında çiğnenip şekilsiz, kanlı birer kütleye dönüştüler, bir anda dört bir yanı saran alevler hepsini yakıp kül edecek. Ana giriş kapısı ardına kadar açık, deliler dışarı çıkıyor.

Körlerden birine, Özgürsün, diyorlar, onu dış dünyadan ayıran kapı açılıyor, Git haydi, özgürsün, diyoruz tekrar, o yerinden kıpırdamıyor, sokağın ortasında hareketsiz duruyor, o da ötekiler de duruyorlar, korkuyorlar, nereye gideceklerini bilemiyorlar, çünkü rasyonel bir labirent olan akıl hastanesinde, böyle tanımlanıyor orası, yaşamak ile önümüzde bir rehber olmadan ya da bir köpeğin tasmasını tutmadan aklını kaybetmiş bir şehrin labirentine, sadece mekânları belirleyip oraya götüren yolları gösteremediği için belleğin işe yaramadığı o labirentin içine girmeyi göze almak arasında bir kıyaslama yapamıyorlar. Bir baştan öbür başa tutuşmuş yanan binanın önünde dikilmiş duruyorlar, yangının sıcağı yüzlerini yalıyor, bu sıcağı bir bakıma koruyucu kabul ettiler, tıpkı daha önce de çevrelerindeki duvarların hem hapishane hem barınak olduğu gibi. Birbirlerinden ayrılmadılar, bir koyun sürüsü gibi birbirlerine sokuldular, hiçbiri kayıp koyun olmak istemiyordu, çünkü hiçbir çobanın gelip onları aramayacağını biliyordu. Alevler yavaş yavaş küçüldü, ay yeniden ortalığı aydınlattı, körler huzursuzlanmaya başladılar, böyle devam edemezlerdi, Sonsuza kadar, dedi biri. Gündüz mü, gece mi, diye sordu biri de, yersiz gibi görünen bu merakın nedeni hemen ortaya çıktı, Kim bilir belki de bize yiyecek getirirler, belki bir aksaklık ya da gecikme vardır, daha önce de sık sık oldu, İyi ama askerler artık burada değil ki, Bunun bir anlamı yok, belki de artık onlara gerek kalmamıştır, Anlamıyorum,

Örneğin belki hastalık artık bulaşmıyordur, Belki de yakalandığımız hastalığa bir çare bulmuşlardır, Hiç fena olmazdı, Ne yapıyoruz peki, Ben gün doğuncaya kadar burada kalıyorum, Günün doğduğunu nereden anlayacaksın, Güneşten, güneşin ısıtmasından, Hava kapalı değilse tabii, kim bilir kaç saat sonra gün doğar. Yorgunluktan bitkin düşmüş birçok kör yerlere oturmuştu, daha da bitkin durumdaki başkaları kendilerini öylece yere atmışlardı, bazıları da bayılmıştı, gecenin serinliği muhtemelen onları kendine getirecekti, ama şuna emin olabilirdik ki, kamp yerinden ayrılma vakti geldiğinde bu zavallılardan bazıları ayağa kalkamayacaktı, tıpkı koşunun bitmesine üç metre kala yere yığılan maratoncu gibi, tartışmaya gerek yok, her yaşam vaktinden önce sona erer. Oturan ya da yatan bazı körler de, askerlerin ya da başkalarının, örneğin Kızıl Haç elemanlarının, kendilerine yiyecek ve yaşamaları için gerekli diğer şeyleri getirmelerini bekliyorlardı, bunlar daha sonra hayal kırıklığı yaşayacaklar, aradaki tek fark bu. Eğer buradaki biri körlüğümüze çare bulunduğuna inansaydı, bu yüzden daha mutlu görünmezdi. Doktorun karısı da, başka nedenlerle, sabahı beklemenin daha iyi olacağını düşündü, bunu da yanındakilere söyledi, Şu anda yapılacak en acil şey yiyecek bulabilmek, ama gece karanlığında bu hiç de kolay olmaz, Nerede olduğumuza dair bir fikrin var mı, diye sordu kocası, Az çok, Evimizden uzakta mıyız, Oldukça uzakta. Diğerleri de kendi evlerinin ne kadar uzakta olduğunu öğrenmek istediler, adreslerini söylediler, doktorun karısı onlara yaklaşık bilgiler verdi, küçük şaşı çocuk hatırlayamadı, bunda şaşıracak bir şey yoktu, uzun süredir zaten annesini sormuyordu. En yakındaki evden başlayarak en uzaktakine doğru gidilecek olursa, uğrayacakları ilk ev koyu renk gözlüklü genç kızın eviydi, sonra gözü siyah bantlı yaşlı adamınki, sonra doktorun karısının evi, en sonra da ilk körün eviydi. Kuşkusuz bu yolu izleyeceklerdi, çünkü koyu renk gözlüklü genç kız, mümkünse kendisinin evine götürülmesini istemişti, Annemle babamın ne durumda olduklarını bilemiyorum, dedi, bu içtenlikli kaygı, ne yazık ki sık rastlandığı üzere, toplum ahlakına uygun düşmeyen düzensiz bir yaşam süren insanların, kendi anne babaları için bile derin duygulara sahip olduklarından kuşkulananların önyargılarının ne kadar temelsiz olduğunu gösteriyor. Gece serinledi, yangının daha fazla yakacağı pek bir şey kalmamıştı artık, küllerden yayılan sıcaklık, doktorun karısı ve grubu gibi girişten çok uzakta bulunan körleri artık ısıtamıyordu. Birbirlerine sokulmuş oturuyorlardı, üç kadınla küçük çocuk ortada, erkekler onların çevresinde, onları gören olsa bu şekilde doğduklarını sanırdı, gerçekten tek bir beden gibiydiler, solukları tekti, açlıkları tekti. Birbiri ardına uyudular, bu hafif uykudan defalarca uyandılar, çünkü sersemliklerinden sıyrılıp uyanan, ayağa kalkıp uyurgezer gibi yürürken bu insan yumağına takılıp sendeleyen körler oluyordu, bunlardan biri olduğu yerde kaldı, orada uyumakla başka yerde uyumak arasında fark yoktu. Şafak sökerken, yıkıntıların üzerinden yalnızca ince birkaç duman sütunu yükseliyordu, ama bu da uzun sürmedi, çünkü çok geçmeden yağmur yağmaya başladı, ince bir yağmur, sadece çisentiydi, elbette, ama ısrarlıydı, ilk başta damlalar kavrulmuş zemine ulaşamadı bile, toprağa değer değmez buharlaşıyordu, ancak, bilindiği gibi, su sabit akarsa sonunda yangını söndürür, bunu kafiyeli söyleyebilecek biri de çıkar elbet. Bazı körlerin sadece gözleri kör değildi, zihinleri de kördü, yoksa dolambaçlı bir akıl yürütmeyle, yağmur yağdı diye bekledikleri yemeğin gelmeyeceğine inanmaları başka nasıl açıklanabilir? Bu varsayımın yanlış olduğuna, dolayısıyla sonucun da yanlış olduğuna onları ikna etmenin bir yolu yoktu, henüz kahvaltı vakti gelmediğini söylemenin de yararı olmadı, umutsuzluk içinde kendilerini yerlere atıp ağladılar, Gelmeyecekler, yağmur yağıyor, gelmeyecekler, diye tekrarlayıp duruyorlardı, bu içler acısı harabede barınmak için en küçük bir imkân olsaydı, eskisi gibi yeniden akıl hastanesi olarak kullanılmaya başlanırdı.

Gece ayağı takılıp tökezledikten sonra olduğu yere çöküp uyuyakalan kör yerinden kalkamadı. Karın bölgesindeki son sıcaklığı korumak istercesine kıvrılmıştı, iri damlalar halinde yağmaya başlayan yağmura rağmen, kımıldamadı. Öldü, dedi doktorun karısı, henüz biraz gücümüz varken buradan gitsek iyi olacak. Güçlükle ayağa kalktılar, sendeliyor, başları dönüyordu, birbirlerine tutundular, sıra oldular, gözleri gören kadın başa geçti, sonra gözleri görmeyenler, koyu renk gözlüklü genç kız, gözü siyah bantlı yaşlı adam, şaşı çocuk, ilk körün karısı, onun kocası, en arkada da doktor. Tuttukları yol onları şehrin merkezine götürdü, ancak doktorun karısının niyeti bu değildi, yanındakileri en kısa zamanda bir yere yerleştirip bırakmak, sonra da tek başına çıkıp yiyecek aramak istiyordu. Sokaklar bomboştu, ya henüz erken olduğundan ya da gitgide şiddetlenen yağmur yüzünden. Her yerde çöp var, bazı dükkânların kapısı açık, ama çoğunluğu kapalı, içlerinde insan var gibi gözükmüyor, ışıkları da sönük. Doktorun karısı, yanındakileri bu dükkânlardan birine bırakmanın iyi bir fikir olduğunu düşündü, dönüşte onları bulabilmek için sokağın adını, dükkânın numarasını aklında tuttu. Durdu, koyu renk gözlüklü genç kıza, Beni burada bekleyin, bir yere ayrılmayın, dedi, sonra da gidip, camlı kapısı olan bir eczaneden içeri baktı, içerde yatan siluetler görür gibi oldu, camı tıklattı, gölgelerden biri yerinden kıpırdadı, cama tekrar vurdu, öteki siluetler de ağır ağır kıpırdadılar, biri kalktı, başını sesin geldiği yere doğru döndürdü, Hepsi kör bunların, diye düşündü doktorun karısı, ama neden orada olduklarını anlayamadı, belki de eczacının ailesiydi, ama eğer böyleyse, neden evlerinde değillerdi, o sert zeminden daha konforlu olurdu, dükkânı mı koruyorlardı acaba, ama kime karşı, içerdeki mallar insanı iyi edebileceği gibi, öldürebilirdi de. Oradan ayrıldı, biraz ilerde bir başka mağazanın içine baktı, orada da yerde yatan insanlar vardı, kadınlar, erkekler, çocuklar, bazıları dışarı çıkmaya hazırlanıyor gibiydi, içlerinden biri kapıya yaklaştı, elini dışarı uzattı ve Yağmur yağıyor, dedi, Çok mu, diye soruldu içerden, Evet, hafiflemesini beklemeliyiz, dedi erkek, konuşan bir erkekti, doktorun karısının iki adım ötesindeydi, orada biri durduğunu fark etmemişti, bu nedenle, kadın ona Günaydın deyince birden sıçradı, çünkü insanların birbirine günaydın deme alışkanlığı kalmamıştı artık, bunun nedeni yalnızca, bir körün gününün, kelimenin tam anlamıyla, asla aydınlık olmaması değildi, aynı zamanda günün akşam mı yoksa gece mi olduğundan hiç kimsenin tam olarak emin olamamasıydı, ve eğer şimdi, az önce açıklananla bariz bir şekilde çelişse de, bu insanlar sabahları az çok aynı saatte uyanıyorlarsa, bunun nedeni, henüz daha birkaç gün önce kör olmalarıdır, dolayısıyla da gündüzle gece, uykuyla uyanıklık duygusunu henüz bütünüyle yitirmemişlerdir. Adam, Yağmur yağıyor, dedi, sonra, Siz kimsiniz, diye sordu, Buralardan değilim, Yiyecek mi arıyorsunuz, Evet, dört gündür ağzımıza bir lokma koymadık, Dört gün olduğunu nereden biliyorsunuz, Hesaplayarak, Yalnız mısınız, Kocamla ve arkadaşlarla birlikteyim, Kaç kişisiniz, Toplam yedi kişi, Bizimle kalmayı düşünüyorsanız, bunu unutun, biz zaten çok kalabalığız, Biz yalnızca buradan geçiyorduk, Nereden geliyorsunuz, Körlük salgını başladığında karantinaya alındık, Ha, evet, karantina, ne işe yaradı ki, Neden böyle diyorsunuz, Dışarı çıkmanıza izin mi verdiler, Yangın çıktı ve o an fark ettik ki bize nöbetçilik eden askerler ortadan kaybolmuş, Gitmişler ha, Evet, Sizin askerler herhalde en son kör olanlardan, herkes kör oldu,

Herkes, bütün şehir, bütün ülke mi kör, Gözleri gören birkaç kişi kalmış bile olsa, onlar da gördüklerini söylemiyor, susuyorlar, Neden kendi evinizde kalmıyorsunuz, Çünkü kendi evimin nerede olduğunu bilmiyorum, Bilmiyor musunuz, Peki siz, siz evinizin nerede olduğunu biliyor musunuz, Ben... doktorun karısı tam da kocası ve arkadaşlarıyla birlikte eve doğru gittiklerini, sadece güç toplayabilmek amacıyla bir şeyler atıştıracakları söyleyecekti ki, aynı anda durumu tüm açıklığıyla gördü, şu anda, kör olan ve evinden çıkıp giden birinin yeniden evine geri dönebilmesi ancak bir mucize olurdu, körler eskisi gibi, ister karşıdan karşıya geçmek için olsun, ister her zamanki rotasından yanlışlıkla sapınca doğru yönü bulmak için olsun, yoldan geçen birinden yardım alamıyordu. Evimin buralardan uzakta olduğunu biliyorum sadece, diye tamamladı sözünü, Ama oraya dönemiyorsunuz, Hayır, İşte, aynı şey benim de başıma geldi, herkesin başına aynısı geldi, karantinaya alınmış olan sizlerin öğrenecek çok şeyiniz var, insanların evlerini kaybetmelerinin ne kadar kolay olduğunu bilemezsiniz, Anlamıyorum, Bizim gibi grup halinde yaşayanlar, aşağı yukarı herkes de böyle, yiyecek aramaya çıktığımızda bir arada kalmamız gerekiyor, birbirimizi kaybetmemenin tek yolu bu, ve hep birlikte çıktığımız için, evi koruyacak kimse kalmadığından, kesin olan şey, eve dönmeyi başardığımızı varsaysak bile, orayı kendi evini bulamamış başka bir grup işgal etmiş olabilir, bizler, dönüp duran bir bostan dolabı gibiyiz, başlangıçta bu yüzden anlaşmazlıklar oldu, ama uzun sürmedi, şunu anladık ki, biz körler aslında, adeta, bizim diyebileceğimiz hiçbir şeye sahip değiliz, üzerimizdekiler hariç, Bunun çözümü yiyecek satan bir mağazada yaşamak olabilirdi, en azından oradakiler tükenene kadar dışarı çıkmak zorunda kalmazdık, Bunu yapan olsa, bir an bile rahat yüzü görmezdi, bir an bile diyorum, çünkü buna kalkışanlar olduğunu duydum, bunlar kendilerini mağazaya kapatmışlar, kapıları kilitlemişler, fakat yiyecek kokusunun önüne geçememişler, yemek isteyen insanlar kapının önüne toplanmış ve içerdekiler kapıyı açmayınca, dükkânı ateşe vermişler, ne de etkili bir önlem, ben görmedim, bana anlattılar, bildiğim kadarıyla başka kimse kalkışmamış buna, Peki, kimse kendi binasında, kendi evinde yaşamıyor mu, Yaşıyor tabii, ama ne fark eder, benim evime de sayısız insan girip çıkmıştır, günün birinde evimi yeniden bulabilecek miyim bilmiyorum, zaten bu durumda, zemin katındaki bir mağazada ya da bir depoda yatıp kalkmak çok daha pratik, böylelikle merdiven çıkıp inmek zorunda kalmıyorsunuz, Yağmur durdu, dedi doktorun karısı, adam mağazanın içindekilere, Yağmur durdu, diye tekrarladı. Bu sözler üzerine, yerde yatanlar kalkıp öteberilerini topladılar, sırt çantaları, küçük bavullar, bez ya da naylon torbalar, sanki sefere çıkıyorlardı, ki öyleydi de, yiyecek avına gidiyorlardı, mağazadan birer birer çıktılar, doktorun karısı onların epey sıkı giyinmiş olduklarını fark etti, gerçi giysilerinde bir renk uyumu yoktu, pantolonlar ya ayak bileklerinin görüneceği kadar kısaydı ya da öyle uzundu ki paçalarını kıvırmaları gerekmişti, ama soğuktan hiç etkilenmeyeceklerdi, bazı erkeklerin üstünde gabardin palto ya da pardösü vardı, hatta iki kadının üstünde kürk manto vardı, şemsiyeleri yoktu, bunun nedeni, açıldığında sivri uçlarının gözlere batma ihtimaliydi. On beş kişi kadar olan grup uzaklaştı. Sokakta başka gruplar belirdi, tek tek insanlar da vardı, duvarlarda erkekler sabahleyin zorlayan idrar torbalarını boşaltıyorlardı, kadınlarsa terk edilmiş arabaların arkasını tercih ediyorlardı. Yağmurun yumuşattığı dışkılar yolun orasına burasına saçılmıştı.

Doktorun karısı kendi grubunun yanına döndü, ekşimiş krema ve daha başka çürümüş yiyecek kokuları gelen bir pastacının sundurmasının altına içgüdüsel olarak sığınmışlardı. Haydi gidelim, dedi, sığınacak bir yer buldum ve onları ötekilerin az önce çıktıkları mağazaya götürdü. Mağazanın içindeki hiçbir şeye dokunulmamıştı, ancak ne yiyecek vardı ne de elbise, buzdolapları, çamaşır makineleri, bulaşık makineleri, normal fırınlar, mikro dalga fırınlar, mikserler, meyve sıkacakları, elektrikli süpürgeler vardı, yaşamı kolaylaştıracak binbir çeşit elektrikli ev eşyası. Havadaki pis kokular karşısında içerdeki eşyanın el değmemiş beyazlığı saçma görünüyordu. Burada dinlenin, dedi doktorun karısı, yiyecek bir şeyler bulmaya gideceğim, nerede bulacağımı, yakında mı uzakta mı bulacağımı bilemiyorum, sabredip bekleyin beni, dışarıda başka gruplar da dolaşıyor, içeri girmek isteyen olursa, burasının dolu olduğunu söyleyin, çekip gitmeleri için böyle demeniz yeterli, âdet buymuş, Seninle geleceğim, dedi kocası, Hayır, tek başıma gitmem daha iyi olur, dışarıdakilerin nasıl yaşadığını öğrenmeliyiz, duyduğuma göre herkes kör olmuş, Öyleyse, dedi gözü siyah bantlı yaşlı adam, dışarısının da akıl hastanesinden farkı yok, Kıyas kabul etmez, serbestçe dolaşabileceğiz, yemek işini de halledeceğiz, açlıktan ölmeyeceğiz, ayrıca giyecek bir şeyler de bulmalıyım, paçavralar içindeyiz, aslında giysiye en çok ihtiyaç duyan oydu, belden yukarısı çıplak sayılırdı. Kocasını öptü ve o anda kalbinde bir sızı hissetti, Lütfen, ne olursa olsun, birileri içeri girmeye kalksa bile buradan ayrılmayın, sizi dışarı atsalar bile, ki böyle bir şey olacağını sanmıyorum, yine de her ihtimale karşı söyleyeyim, ben gelene kadar kapıdan uzaklaşmayın, birbirinizden ayrılmayın. Onlara yaşlı gözlerle baktı, analarına bağlı küçük çocuklar gibi ona bağlıydılar, Bensiz kalsalar, diye düşündü, ama dışarıda herkesin kör olduğu halde yaşamayı sürdürebildiği aklına gelmedi, ancak kendisi de kör olursa insanın –özellikle de insanlıktan çıktıysa– her şeye alışabileceğini anlayacaktı, hatta bu kadarına bile gerek yoktu, şu şaşı çocuğa bakmak bile yeterliydi, çocuk artık annesini aramıyordu. Sokağa çıktı, kapı numarasına ve mağazanın adına baktı ve iyice ezberledi, şimdi de sokağın adını öğrenmeliydi, şu köşede yazıyordu, yiyecek aramak için ne tarafa gitmesi gerektiğini bilemiyordu, üstelik hangi yiyecek, üç kapı ötede de olabilirdi, üç yüz kapı ötede de, kaybolmamalıydı, yol soracak kimse bulamayacaktı, görenler de artık kör olmuştu, kendisinin gözleri görüyordu ama neye yarardı, nerede olduğunu bilmiyordu. Güneş yükselmiş, çöp birikintileri arasında oluşmuş gölcüklerin üzerinde parıldıyordu, sokak taşlarının arasında bitmeye başlayan otlar şimdi daha iyi seçiliyordu. Dışarda epeyce insan vardı. Yönlerini nasıl buluyorlar, diye düşündü doktorun karısı. Yön saptamıyorlardı, kollarını ileri uzatarak binaların dibinden ilerliyorlar, çizdikleri yollarda giden karıncalar gibi sürekli çarpışıyorlardı, ama çarpıştıklarında kimsenin söylendiği işitilmiyordu, konuşma gereği bile duymuyorlardı, ailelerden biri duvarın dibinden ayrıldı, karşı yönden gelen bir ailenin yanından geçti, bir sonraki rastlaşmaya dek böyle sürüp gitti. Ara sıra bir mağazanın girişinde durup kokluyorlardı, ne tür olursa olsun, yiyecek kokusu gelip gelmediğini anlamak istiyorlardı, sonra yollarına devam ediyor, bir köşeyi dönüp gözden kayboluyorlardı, biraz sonra aynı yerden başka bir grup beliriyordu, onların da aradıklarını bulamadıkları yüzlerinden anlaşılıyordu. Doktorun karısı onlardan daha hızlı hareket edebiliyordu, yiyecek olup olmadığını anlamak için dükkânlara girerek zaman kaybetmiyordu, kısa süre sonra anladı ki yetecek miktarda erzak bulmak öyle kolay olmayacaktı, rastladığı tek tük bakkal dükkânının içi talan edilmişti, içi boşalmış deniz kabukları gibiydiler.

Kocasını ve arkadaşlarını bıraktığı yerden epey uzaklaşmıştı, sokaklardan, caddelerden, meydanlardan tekrar tekrar geçip sonunda kendini bir süpermarketin önünde buldu.

İçerdeki manzara öncekilerden farklı değildi, boş rafların, devrilmiş vitrinlerin ortasında körler dolanıyordu, çoğu kediler gibi dörtayak üstünde, pislik içindeki zemini elleriyle yokluyordu, işlerine yarayacak bir şey bulmayı umut ediyorlardı, açmaya çalışanların darbelerine direnebilmiş bir konserve kutusu, herhangi bir paket, ne olursa olsun, ezilmiş bile olsa bir patates, taş gibi de olsa kocaman bir ekmek. Doktorun karısı, Yine de bir şeyler olmalı, mağaza çok büyük, diye düşündü. Bir kör inleyerek yerden kalktı, dizine bir şişe kırığı batmıştı, bacağından kan akıyordu. Onun grubundaki körler çevresinde toplandılar, Ne oldu sana, ne oldu diye sordular, o da, Bir cam, dedi, dizimde, Hangi dizinde, Sol dizimde. Kör kadınlardan biri yere çömeldi, Dikkatli olun, yerde belki daha başka cam kırıkları da vardır, hangi dizi olduğunu anlamak için adamın bacaklarını elleriyle yokladı, İşte, dedi, buraya saplanmış, erkeklerden biri güldü, Ucu dikse kaçırma, dedi, ötekiler de güldü, kadın erkek fark etmemiş, hepsi gülmüştü. Kadın, işaretparmağı ile başparmağını cımbız gibi kullanarak, öğrenmeyi gerektirmeyen doğal bir hareketle camı çıkardı, sonra, sırtında taşıdığı çantadan arayıp bulduğu bir bez parçasıyla yarayı sardı, sonunda, o da bir espri yaparak oradakilerin neşesine katıldı, Yapacak bir şey yok, dikliği çabuk geçti, herkes güldü, yaralı da karşılık verdi, İhtiyacın olduğunda deneyebiliriz, bakalım bende sopa olacak mı, bu grupta evli çiftler yoktu kuşkusuz, çünkü kimse dehşete düşmüş gözükmedi, bütün bu insanlar liberal geleneklere sahip, serbest ilişki yaşayan kimseler olmalıydı, ya da bu ikisi birbiriyle evliydi, aralarındaki samimiyet buradan geliyor olabilirdi, ama durum böyle de değil gibiydi, zaten evli de olsalar herkesin içinde böyle konuşulmaz. Doktorun karısı işe yarar bir şey bulabilmek için etrafa bakındı, ne kalmışsa elde edebilmek için körler bibirlerine yumruk atıyor, ama yumruklar genellikle havayı dövüyordu, bu kavgalarda dostla düşmanı birbirinden ayırmak mümkün olamıyordu, kavga konusu olan şey sonunda ellerinden yere düşüyor, bir başka körün ayağının takılmasını beklemeye başlıyordu, Burada bir bok yok, diye düşündü doktorun karısı, her zamanki söz dağarının parçası olmayan bir kelime kullanmıştı, bu da içinde bulunulan koşulların gücünün ve doğasının söz dağarını ne kadar etkilediğini bir kez daha kanıtlıyordu, hazırola geçmesi emredildiğinde siktir diyen askerin durumunu hatırlayalım, böylece ileride, daha az tehlikeli durumlarda berbat eğitimsizliğini sergileyecek kişilerin suçu bağışlanabilir. Burada bir bok yok diye düşündü yeniden, tam dışarı çıkacaktı ki birden aklına Tanrı'nın lütfu gibi bir fikir geldi, Böyle bir kuruluşun bir deposu olmalı, büyük bir depo değil, başka bir yerdedir, uzakta olabilir, ama en çok tüketilen malların bir deposu olmalı, diye düşündü. Bu düşünce onu heyecanlandırdı, hazinelerin durduğu mağaraya götüren kapalı bir kapı aramaya koyuldu ama bütün kapılar açıktı ve içerisi de talan edilmişti, körler hep aynı çöpleri eşeliyordu. Sonunda, gün ışığının tam giremediği karanlık bir koridorda, bir vinç görür gibi oldu. Metal kapılar kapalıydı, bunların yanında da bir başka kapı vardı, kayan bir kapı, raylar üzerinde kayarak açılan bir kapı, Bodrum burada, diye düşündü, buraya kadar gelen körler yolun kapalı olduğunu düşünmüş olmalılar, asansör kapısı sanmış olmalılar, ama aynı zamanda bir de merdiven olmasının normal olduğunu hiçbiri düşünmemiş olmalı, örneğin şimdi olduğu gibi elektrikler kesildiğinde kullanılabilsin diye yapılmış. Kayar kapıyı itti ve neredeyse aynı anda iki güçlü etki altında kaldı, ilki, bodruma varmak için inmesi gereken kopkoyu karanlıktı, ikincisi de, hava geçirmez denen ambalajların içinde korunmasına karşın yiyeceklerden gelen asla karıştırılamayacak kokuydu, çünkü açlık koku alma duyusunu son derece keskinleştirir, bu duyu köpeklerinki gibi her türlü engeli aşacak hale gelir. Çöplerin arasındaki naylon torbaları toplamak için hemen geri döndü, yiyecekleri taşırken bunlara gerek duyacaktı, bu arada kendi kendine sordu, Ne alacağımı ışık yokken nereden bileceğim, omuz silkti, aptalca bir kaygıydı bu, asıl gücünün yetip yetmeyeceğini düşünmeliydi, dolu torbaları taşıyacak gücü olacak mıydı, geldiği bütün yolu geri dönebilecek miydi, o anda müthiş bir korkuya kapıldı, kocasının onu beklediği yere ya geri dönemezse, sokağın adını biliyordu, onu unutmamıştı, ama o kadar çok sokağa sapmıştı ki, çaresizlikten felce uğradı, sonra, hareketsiz beyni nihayet yavaş yavaş çalışmaya başlamış gibi, kendini bir şehir haritasının üzerine eğilmiş, parmaklarıyla en kısa yolu ararken gördü, iki değil de dört gözü vardı sanki, onu haritayı incelerken izleyen iki göz ve haritayı ve yolu gören başka iki göz. Koridor hâlâ boştu, bu bir şanstı, çünkü yaptığı keşfin heyecanı içinde kapıyı kapamayı unutmuştu. Şimdi kapıyı kendi arkasından özenle kapadı, kapayınca da koyu karanlığın içine daldı, dışarıdaki körler kadar kördü, aradaki fark yalnızca renk farkıydı, tabii siyah ve beyaz gerçekten birer renkse. Duvara sürtünerek merdivenden inmeye başladı, eğer burası böyle gizli bir yer olmasa ve eğer aşağıdan yukarı çıkan biri bulunsa, sokakta gördüğü insanlar gibi yaparlardı, biri duvarın güvenliğinden ayrılarak ilerler, karşıdan gelenin belirsiz kütlesine sürtünerek geçer, belki de bir an saçma bir korkuya kapılıp duvarın bittiğini düşünürdü, Aklımı kaçırıyorum galiba, diye düşündü, kaçırmak için nedenleri vardı, karanlık bir deliğe inmekteydi, orada ne ışık ne de görme umudu vardı, nereye kadar, yerin altındaki bu depolar genellikle yüksek olmaz, birinci merdiven sahanlığı, Körlüğün ne demek olduğunu artık biliyorum, ikinci sahanlık, Şimdi bağıracağım, bağıracağım, üçüncü sahanlık, karanlık yüzüne yapışan kalın bir hamur gibiydi, gözleri katrandan toplara dönüştü, Önümde ne var acaba, sonra aklına bir başka düşünce geldi, daha da ürkütücü bir düşünce, Merdiveni tekrar nasıl bulacağım, aniden dengesini yitirince düşmemek için bulunduğu yere oturmak zorunda kaldı, yarı baygın halde bir şeyler geveliyordu, Temiz, yerden söz ediyordu, muhteşem buluyordu bunu, temiz bir yer. Yavaş yavaş kendine geldi, midesinde derin bir ağrı hissetti, yeni bir şey değildi bu, ama sanki şu anda bedeninde midesinden başka canlı organ yoktu, organları mevcuttu, ama herhangi bir varlık belirtisi göstermek istemiyorlardı, yalnızca kalbi, evet kalbi koca bir davul gibi güm güm vuruyor, karanlıkta kör gibi atıyordu, bütün karanlıkların ilki olan anasının karnından içinde duracağı en son karanlığa kadar hep atacaktı. Naylon torbalar hâlâ elindeydi, onları bırakmamıştı, şimdi onları doldurmak kalıyordu geriye, bir depoda hayaletlere ve ejderhalara yer yoktur, burada yalnızca karanlık vardır, karanlık da insanı ne ısırır ne de canını acıtırdı, merdivene gelince, onu bulacaktı, bu deliğin içinde dönüp durması gerekse de. Kararlı bir şekilde ayağa kalkacaktı ki körler kadar kör olduğunu hatırladı, en iyisi onlar gibi yapmaktı, önüne bir şey çıkana kadar emekleyerek ilerleyecekti, ne tür yiyecek olursa olsun yiyecek dolu raflar, önemli olan olduğu gibi yenebilmesiydi, pişirmek, ya da hazırlamak gerekmemesiydi, bu tür aşırılıkların sırası değildi.

Zar zor birkaç metre ilerlemişti ki yeniden sinsi bir korku sardı içini, belki yanılıyordu, belki de önünde, karanlığın içinde görünmeyen bir ejderha ağzını açmış onu bekliyordu. Ya da bir hayalet elini uzatmıştı, onu ölülerin korkunç dünyasına götürmek istiyordu, ölülerin ölmesinin sonu gelmiyordu, çünkü her zaman onları yeniden yaşama döndüren birileri çıkıyordu. Sonra, uzayıp giden, mütevekkil bir hüzün içinde, bulunduğu yerin bir erzak deposu değil, bir garaj olduğunu düşündü, hatta benzin kokusu duyar gibi oldu, insan aklı kendi yarattığı canavarlara teslim olursa bu kadar yanılabilirdi. Bu arada eli bir şeye değdi, hayaletin yapışkan parmakları değildi, ejderhanın alev saçan dili ya da ağzı da değildi, hissettiği şey soğuk bir metalin temasıydı, dikine duran pürüzsüz bir yüzey, ve adını bilmese de bunun madeni bir rafın dikmesi olduğunu sezdi. Oralarda buna benzer başka dikmeler de olması gerektiğini hesapladı, paralel durumda, genellikle böyle olurdu, şimdi yiyecek maddelerinin nerede olduğunu bulmalıydı, burada değiller, bu koku yanıltmaz, deterjan kokusuydu bu. Merdiveni ararken karşılaşacağı zorlukları daha fazla düşünmeden, raflar arasında dolanmaya başladı, elliyor, kokluyor, sallıyordu. Karton ambalajlar vardı, camlar ve plastikler, küçük, orta boy, büyük şişeler, konserve kutusu olması gereken şeyler, çeşitli kaplar, tüpler, torbalar, küçük paketler. Torbalardan birine eline ne geçerse doldurdu, Bütün bunlar yenebilir mi acaba, diye kendi kendine sordu, kaygıyla. Başka raflara geçti ve ikinci rafta beklenmedik bir şey oldu, nereye uzattığını bilmediği kör eli küçük kutulara çarpıp yere düşürdü. Yere çarptıklarında çıkan gürültü doktorun karısının neredeyse kalbini durduracaktı, bunlar kibrit, diye düşündü. Heyecandan tir tir titreyerek eğildi, elini zeminde gezdirdi, kibritleri buldu, başka hiçbir kokuyla karıştırılamayacak bir kokusu vardı, kutu sallandığında birbirine çarpan kibrit çöplerinin çıkardığı ses, kutu kapağının kayarak açılması, dışındaki zımpara kâğıdı, kibrit çöplerinin başlarının sürtülmesi ve sonunda çıkan küçük alev, o alevin sisi delen bir yıldız gibi çevreyi donuk bir ışıkla aydınlatması, Tanrım, ışık var, benim de onu görebilecek gözlerim var, ışığa şükürler olsun. Bu andan itibaren her şey çok daha kolay olacaktı. Doktorun karısı işe kibrit kutularından başladı, neredeyse bir torba doldurdu, Hepsini götürmeye gerek yok, diyordu sağduyusunun sesi, ama o sağduyusuna kulak asmadı, sonra kibritlerin titrek alevinde raflar görünmeye başladı, bir şurdan, bir burdan derken, kısa sürede torbalar doldu, ilk torbayı boşaltmak gerekiyordu, çünkü içinde işe yarar hiçbir şey yoktu, ötekilerdeyse, tüm şehri satın almaya yetecek zenginlik vardı, nesnelerin böyle farklı değerlendirilmesine şaşırmamalıyız, günün birinde krallığını tek bir ata değişmek istemiş kralı hatırlamamız yeter, bu kral açlıktan ölecek olsaydı ve bu naylon torbalardan biri ona gösterilseydi, kim bilir neler vermezdi. Merdivenler şurada, sağ tarafta. Doktorun karısı yine de önce yere oturuyor, bir sosis paketini açıyor, içinde dilimlenmiş esmer ekmek bulunan bir diğerini açıyor, bir şişe de su çıkarıyor ve vicdan azabı duymadan yiyor. Şimdi karnını doyurmasaydı, bütün bu yiyecekleri ihtiyaç duyulan yere götürmeye gücü olmayacaktı, yiyecek sağlayıcıydı o. Yemeği bitirince torbaları çanta gibi kollarına taktı, üçünü bir koluna, üçünü de öteki koluna, sonra ellerini öne doğru kaldırarak merdivenin başına ulaşana kadar kibritleri yaktı, sonra zorlukla yukarı çıktı, yedikleri daha midesinden geçmemişti, kaslarına ve sinirlerine ulaşması için zaman gerekiyordu, bu durumda, en dayanıklı organı yine de kafasıydı. Kayar kapı gürültüsüz açıldı, Koridorda biri varsa ne yaparım, diye düşündü doktorun karısı. Ortalıkta kimse yoktu ama, Ne yaparım diye kendine tekrar sordu. Çıkışa vardığında dönüp içeriye seslenebilirdi, Koridorun sonunda yiyecek var, bir merdiven bodrumdaki depoya götürüyor, yararlanın, kapıyı açık bıraktım. Bunu yapabilirdi ama yapmadı. Omzundan yardım alarak kapıyı kapadı, en iyisi susmak diye düşündü, neler olacağını gözünüzün önüne getirin, tımarhanenin yangın çıkmış haline dönerdi ortalık, körler deli gibi oradan oraya koştururdu, merdivenlerden aşağıya yuvarlanırlardı, arkadan gelenler onları çiğner ve ezerdi, bunlar da yere düşerlerdi, çünkü ayak için sağlam bir basamağa basmakla düşen bir bedene basmak aynı değildir. Ayrıca, yiyecekler tükendiğinde tekrar gelip alabilirim diye düşündü. Torbaları tutup kaldırdı, derin bir soluk aldı ve koridorda ilerledi. Kimse onu göremezdi, ne var ki yediği o sosis, Sosis, amma salağım, koku saçarak iz bırakacağım. Dişlerini sıktı, torbaların saplarını sıkı sıkı tuttu, Koşmalıyım, dedi. Dizine cam batan körü anımsadı, Benim de başıma aynı şey gelirse, dikkat etmez de bir cam parçasına basarsam, diye düşündü, şunu söylemeyi unuttuk, bu kadının ayağında ayakkabı yoktu, şehirdeki körlerin yaptığı gibi, bir ayakkabıcıya gitmeye vakit bulamamıştı, onlar gözü görmeyen bahtsızlar olsalar da elleriyle dokunarak ayakkabıları seçebiliyorlardı. Koşması gerekiyordu ve koştu. Başlangıçta, körlerin oluşturduğu grupların arasından kıvrılarak, ama onlara değmeyerek koşmayı denedi, fakat bu onu yavaşlamaya, yönünü bulmak için de zaman zaman durmaya mecbur ediyordu, etrafına sosis kokusundan bir hale yaymaya yetiyordu bu süre, çünkü hoş kokular sadece parfümlerde ve uçucu kokularda bulunmaz, körlerden biri birden bağırdı, Kim sosis yedi burada, bunu duyar duymaz doktorun karısı tedbiri bir yana bıraktı, ve koşmaya başladı, insanlara çarpıyor, itiyor, yere deviriyordu, bu herkes canını kurtarsın tarzındaki davranışı sert bir eleştiriyi hak ediyordu, çünkü zaten feleğin sillesini yemiş körlere böyle davranmak hiç de doğru değildi.

Sokağa çıktığında bardaktan boşalırcasına yağmur yağıyordu, Böylesi daha iyi, diye düşündü, soluk soluğaydı, bacakları titriyordu, sosis kokusu fazla duyulmaz. Belden yukarısını zar zor örten son paçavrayı da birisi yırtmıştı, göğüsleri ortadaydı, gökten onlara su akıyordu, sessizce, güzel bir ifade bu, insanlara yol gösteren özgürlük tanrıçası değildi o, şans eseri dolu olan torbalar o kadar ağırdı ki, onları bayrak gibi havaya kaldırması imkânsızdı. Ama torbaların yere yakın durması da sakıncalıydı, çünkü uyarıcı kokular köpeklerin burun deliklerine ulaşıyordu, kendilerine bakıp besleyecek sahiplerinden şimdi yoksun kaldıklarından, onlar da ortalıktaydı, doktorun karısının peşinden neredeyse koca bir sürü geliyordu, umalım ki köpeklerden birinin aklına naylon torbanın ne kadar dayanıklı olduğunu anlamak için dişlerini geçirmek gelmez. Böyle bir yağmura neredeyse tufan denir, insanların yağmurun dinmesini beklemek için bir yere sığındıkları düşünülebilir. Ama hiç de öyle değil, her yerde ağızlarını havaya açmış, susuzluklarını gideren, bedenlerinin her köşesine su depolayan körler var, daha öngörülü, özellikle de daha akıllı olan başka körlerse ellerinde tuttukları kovaları, kap-kacakları cömert göğe doğru kaldırıyorlar, Tanrı'nın susuzluk çekene bulut gönderdiği doğru. Evlerin musluklarından bu değerli sıvının bir damlasının bile akmayacağı doktorun karısının aklına gelmemişti, işte uygarlığın kusuru bu, evimizin musluğundan akan suyun rahatlığına alışıyor ve bunun olabilmesi için dağıtım vanalarını açıp kapatan birilerine, elektrik enerjisiyle çalışan barajlara, suyun debisini ve rezervini düzenleyen bilgisayarlara ihtiyaç duyulduğunu ve bütün bunlar için gören gözler bulunması gerektiğini unutuyoruz. Şu tabloyu görmek için de gören göz gerek, Naylon torbaları yüklenmiş bir kadın sular altında kalmış bir sokakta, çürümüş çöplerin, insan ve hayvan dışkılarının arasından, oraya buraya bırakılmış ve geçişi engelleyen, bir kısmının tekerleklerinden otlar uzayan otomobillerin ve kamyonların yanından koşuyor, ve körler, ağızları açık körler, gözlerini beyaz göğe doğru açmışlar, böyle bir gökyüzünden yağmur yağması inanılır gibi değil. Doktorun karısı sokak adlarını okuyarak ilerliyor, bazılarını hatırlıyor, bazılarını hatırlamıyor, sonunda yolunu şaşırdığını anlıyor. Hiç kuşku yok, kaybolmuştu. Dönüp duruyor, tekrar dönüyordu, ne sokakları ne adlarını tanıyor, bunun üzerine o zaman umudunu yitirerek, kapkara çamurla kaplı, pislik içindeki sokağa çöküyor tüm gücünü yitirmiş durumda hıçkıra hıçkıra ağlıyor. Köpekler etrafında dolaşıyor, torbaları kokluyorlar, ama ne yapacaklarını bilemiyorlar, sanki karınları tok, köpeklerden biri kadının yüzünü gözünü yalıyor, küçücükken gözyaşlarını yalama alışkanlığı edinmiş olmalı. Kadın köpeğin başına dokunuyor, kirli boynunu okşuyor ve köpeğe sıkıca sarılarak son gözyaşlarını da akıtıyor. Sonunda gözlerini kaldırdığında, kavşakların tanrısına binlerce kez şükürler olsun, karşısında kocaman bir şehir haritası görüyor, genellikle hem nereye gittiklerini anlatmayı seven, hem de nerede bulunduklarını bilmeleri gereken ziyaretçilerin kullanımı ve huzuru için turizm bürolarının şehir merkezlerine astığı haritalardan. Şimdi artık herkes kör olduğundan, harcanan paranın israf edilmiş olduğu kolaylıkla iddia edilebilirdi, ama nihayetinde sabırlı olmak, zamanı zamana bırakmak gerekir, şunu kesin bir şekilde öğrenmiş olmamız gerekirdi ki, yazgı bir yere varmadan önce çok dönüp dolaşır, bu kadına nerede bulunduğunu söyleyebilsin diye bu haritayı oraya getirip koymanın neye mal olduğunu ancak yazgı bilebilirdi. Kadın sandığı kadar uzakta değildi, yalnızca başka bir yöne sapmıştı, bir meydana kadar şu sokaktan ilerleyeceksin, oraya vardığında, soldan iki sokak sayacaksın, sonra sağdaki ilk sokağa sapacaksın, aradığın sokak o işte, numara zaten aklında. Köpekler arkada kalmıştı, bir şey onları yolundan saptırmıştı ya da mahallelerine o kadar alışmışlardı ki oradan ayrılmak istememişlerdi, ağlayan kadının peşinden yalnızca akan gözyaşlarını yalamış olan köpek geliyordu, muhtemelen kadınla haritanın bu buluşması, yazgının bunca iyi hazırladığı bu buluşma, bir köpeğin varlığını da gerektiriyordu. Şurası kesin ki, kadınla köpek mağazaya birlikte girdiler, gözyaşı yalayan köpek yerde insanlar görünce şaşırmadı, öyle hareketsizdiler ki ölüye benziyorlardı, köpek buna alışıktı, bazen insanların arasında yatıyordu, buna izin veriyorlardı, kalkma saati geldiğinde ise yerdekilerin neredeyse hepsi canlı oluyordu. Uyuyorsanız kalkın, yiyecek getirdim size, dedi doktorun karısı, ama önce kapıyı kapamıştı, sokaktan geçenler duymasın diye. Başını ilk kaldıran şaşı çocuk oldu, daha fazla hareket edemiyordu, çok zayıf düşmüştü, diğerlerinin harekete geçmesi biraz daha gecikti, düşlerinde taş olduklarını görüyorlardı, taşların uykusunun ne kadar ağır olduğu bilinir, kırlarda şöyle bir gezin görürsünüz, taşlar orada toprağa yarı gömülü olarak uyurlar, uyanmak içinse kim bilir neyi beklerler. Bununla birlikte, yemek kelimesinin büyülü gücü vardır, özellikle de açlıktan mideniz kazınıyorsa, gözyaşı yalayan köpek bile, o dili konuşamasa da, kuyruk sallamaya başladı, içgüdüsel olarak yaptığı bu hareket ona ıslanmış köpeklerin mecburen yaptıkları şeyi henüz yapmadığını, şiddetle silkinerek üzerindeki suyu çevreye saçmadığını hatırlattı, bunu yapmak köpekler için kolaydır, derilerini bir palto gibi taşırlar üzerlerinde.

Gökyüzünden doğrudan inmiş etkili kutsal suyun serpintileri taşların insana dönüşmesine yardımcı oldu, bu arada doktorun karısı da getirdiği naylon torbaları tek tek açarak onların dönüşümüne katkıda bulunuyordu. Her torba içindekilerin kokusunu çevreye yaymıyordu, ama soylu bir dil kullanırsak, bir parça kuru ekmekten yayılan nefis koku yaşamın özüydü. Sonunda hepsi uyanmıştı, elleri titriyordu, yüzleri kaygılıydı, bu arada, gözyaşı yalayan köpeğin biraz önce yaptığı gibi, doktor da kim olduğunu hatırladı, Dikkat, fazla yemek uygun olmaz, bizi rahatsız edebilir, dedi, Bizi rahatsız eden tek şey açlık, dedi ilk kör, Doktor beyin sözünü dinle, diye karşılık verdi karısı, kocası da sustu ve hıncın gölgesinde, Gözlerden bile anlamıyor bu adam, diye düşündü, yersiz bir laf bu, özellikle de doktorun en az onlar kadar kör olduğu düşünülürse, bunun kanıtı, karısının memelerinin açıkta olduğunu bile fark edememesiydi, karısı örtünmek için onun ceketini istemek zorunda kaldı, bunun üzerine öteki körler onun bulunduğu yöne baktılar, ama geç kalmışlardı, başlarını daha erken döndürmeleri gerekiyordu.

Yemek yerlerken kadın başından geçenleri anlattı, her şeyi anlattı, tek söylemediği şey, deponun kapısını kapalı bıraktığıydı, bunu yaparken kendini ikna etmek için başvurduğu insancıl düşüncelerden pek emin değildi, buna karşılık, dizine cam saplanan körü anlattı, herkes kahkahalarla güldü, herkes değil, gözü siyah bantlı yaşlı adam yorgun yorgun gülümsemekten fazlasını yapmadı, şaşı çocuk ise yalnızca çiğnerken kendi çıkardığı sesi duyuyordu. Gözyaşı yalayan köpek de payını aldı, yediğinin karşılığını da bir süre sonra, dışardan biri gelip kapıyı şiddetle sarstığında ona bol bol havlayarak verdi. Gelen her kimse fazla üstelemedi, oralarda kuduz köpeklerin dolaştığı söyleniyordu, ayağını nereye bastığını görmemek zaten öfkelenmek için yeterliydi. Ortalık yeniden sakinleşti, herkes ilk açlığını bastırdığında, doktorun karısı, yağmur yağıp yağmadığını anlamak için bu mağazanın kapısına çıkan körle konuşmasını anlattı. Sonuç olarak, Söyledikleri doğruysa, evlerimizi bıraktığımız gibi bulacağımızdan emin olamayız, dedi, kapısından içeri girebileceğimiz bile kuşkulu, evden çıkarken anahtarını almayı unutanlardan ya da kaybedenlerden söz ediyorum, örneğin bizim anahtarımız yanımızda değil, yangında kayboldu, yıkıntıların arasında artık arayıp bulamayız, bunları anlatırken makası saran alevleri, önce üzerindeki kurumuş kanı yaktığını, sonra sivri uçlarını ve saplarını yavaşça yuttuğunu görür gibi oldu, yumuşayan, şeklini kaybeden o makasın bir zamanlar birinin boğazını deldiğine kimse inanamazdı, yangın işini bitirdiğinde, eriyip bir bütün kütle haline gelmiş metalin içinde neyin makas neyin anahtar olduğu ayırt edilemeyecekti. Anahtarlar bende, dedi doktor, yırtık pırtık pantolonunun bel hizasındaki küçük cebine üç parmağını zorlukla sokarak üzerine üç anahtar takılı küçük bir halka çıkardı, Nasıl oluyor da sendeler, onları el çantama koymuştum, orada duruyorlardı, Aldım onları, kaybolurlar diye korktum, hep üzerimde taşırsam daha emin elde olacaklarını düşündüm, ayrıca günün birinde evimize döneceğimize dair inancımı korumamı da sağladı, Anahtarımızın olması iyi ama, muhtemelen kapımızı kırık bulacağız, Belki de bir şey yapmamışlardır, kim bilir. Bir süreliğine başkalarını unutmuşlardı, ama şimdi herkes kendi anahtarını ne yaptığını söylemeliydi, ilk konuşan koyu renk gözlüklü kız oldu, Cankurtaran beni almaya geldiğinde annemle babam evdeydi, daha sonra ne oldular bilemiyorum, sonra sıra gözü siyah bantlı yaşlı adama geldi, Gözlerim kör olduğunda evdeydim, kapıya vuruldu, ev sahibi hastabakıcıların beni almaya geldiklerini söyledi, anahtarlarımı düşünecek halde değildim, geriye sadece ilk körün karısı kalmıştı, ama o, Bilmiyorum, hatırlamıyorum, dedi, aslında biliyordu, hatırlıyordu, ama birdenbire kör olduğunu gördüğünde –saçma bir ifade ama yerleşmiş olduğundan bundan kaçınamıyoruz– çığlık çığlığa evden fırladığını, komşuları çağırdığını, henüz apartmanda olanların ona yardım etmeye yanaşmadıklarını, aynı bahtsızlığa kocası uğradığında çok dayanıklı ve becerikli davrandığı halde şimdi deliler gibi davrandığını, kapısını açık bırakıp evini terk ettiğini, kolundan yakalayıp götürdüklerinde de kapısını kapatıp gelmek için bir dakika izin istemeyi aklının ucundan bile geçirmediğini itiraf etmek istemiyordu. Şaşı çocuğa ev anahtarının nerede olduğunu kimse sormadı, zavallı çocuk nerede oturduğunu bile hatırlamıyordu. Doktorun karısı elini koyu renk gözlüklü genç kızın eline hafifçe değdirdi, Senin evinden başlayacağız, dedi, buraya en yakın ev seninki, ama önce giysi ve ayakkabı bulmalıyız, böyle pislik içinde, perişan kılıklarla ortalıkta dolaşamayız. Ayağa kalkmak üzere doğruldu, ancak karnını iyice doyurup rahatlayan şaşı çocuğun yeniden uyuduğunu fark etti. Dinlenelim, dedi, biraz uyuyalım, bizi nelerin beklediğine daha sonra bakarız. Islak eteğini çıkardı, sonra, ısınmak için kocasına sokuldu, ilk körle karısı da aynı şeyi yaptı, Sen misin, diye sordu adam, kadın evini hatırlıyor ve acı çekiyordu, Avut beni, demedi, ama öyle düşünmüş gibi davrandı, buna karşın koyu renk gözlüklü genç kızın bir kolunu gözü siyah bantlı yaşlı adamın boynuna hangi duygular içinde attığını bilemiyoruz, kesin olan şey bu hareketi yapmış olmasıydı, ikisi de öylece kaldılar, kadın uyudu, ama adam uyumadı. Köpek kapının önüne girişi engelleyecek biçimde uzandı, yalayacak gözyaşı bulamadığı zaman hırçın ve kaba bir hayvan bu.

Üstlerine giysi, ayaklarına da ayakkabı buldular, ama henüz yıkanmaya bir çare bulamamışlardı, yine de öteki körlerle aralarında şimdiden büyük fark vardı, tedarik edebilecekleri malların çeşidi fazla olmasa da –hani, komşuda pişer bize de düşer misali– giysilerin renkleri birbirleriyle uyumluydu, çünkü yanlarında tavsiyede bulunabilecek biri vardı, Sen şunu giy, bu pantolonla iyi gider, çizgiler kumaşın dokusuna uymuyor, bu tür ayrıntılar erkekler için muhtemelen hiç önemli değildi, fakat hem koyu renk gözlüklü genç kız hem de ilk körün karısı giydikleri giysilerin rengini ve modelini öğrenmek istediler, böylelikle, hayal gücünün de yardımıyla, kendilerini görmüş gibi olacaklardı. Ayakkabılara gelince, rahatlığın şıklıktan önce gelmesi gerektiği konusunda hepsi hemfikirdi, hiçbiri bağcıklı ve yüksek topuklu, süet ya da rugan olmayacaktı, sokakların durumu dikkate alındığında saçmalık olurdu bu, ideal olanı hiç su geçirmeyen, dize kadar çıkan, giyip çıkarması kolay, kauçuk tabanlı çizmelerdi, çamurlar içinde dolaşırken bundan daha iyisi olamazdı. Ne yazık ki herkese uygun bu modelde çizme bulamadılar, örneğin şaşı çocuğun ayağına ayakkabı bulamıyorlardı, hangisini giydirseler ayakları içinde yüzüyordu, bu yüzden öne çıkan bir özelliği olmayan spor ayakkabılarla yetinmek zorunda kaldı, annesine, şu an her neredeyse, olup biteni biri anlatsaydı, Ne tesadüf, derdi kadın, gözleri görseydi oğlum da bu ayakkabıyı seçerdi. Ayakları epeyce iri olan gözü siyah bantlı yaşlı adam, bu sorunu, iki metre boyundaki oyuncular için özel olarak üretilmiş, uçları ona uygun genişlikte basket ayakkabıları seçerek çözümledi. Şu anda biraz gülünç göründüğü doğruydu, bembeyaz ev terlikleri giymiş gibi duruyordu, ama böyle gülünçlükler uzun sürmez, on dakikaya kalmaz ayakkabılar leş gibi olurdu, hayattaki her şey gibi, zamana zaman tanırsanız her şeyi çözümler.

Yağmur durmuştu, ağzını havaya açan körler ortalıkta görünmüyorlardı. Ne yapacaklarını bilemeden sokaklarda dolaşıyorlar, volta atıyorlardı, ama bu uzun sürmüyordu, onlar için yürümek de bir yerde durmak da aynı şeydi, yiyecek bulmaktan başka hedefleri yoktu, müzik yoktu, dünya hiç bu kadar sessiz olmamıştı, sinemalarla tiyatrolar evsiz barksız kalanlara ve kendilerine bir ev aramaktan vazgeçenlere hizmet ediyordu sadece, bazı gösteri salonları, en büyük olanlar, önceleri, hükümetin ya da hükümetten geriye ne kaldıysa onun geçmişte sarı humma ya da veba gibi salgınlar sırasında uygulanmış ve çok etkili oldukları kanıtlanmış yöntem ve önlemlerin beyaz kötülüğe karşı da etkili olacağını düşündüğü dönemde karantina mekânı olarak kullanılmıştı, ama artık her şey bitmişti, buralarda akıl hastanesindeki gibi bir yangına bile gerek olmamıştı. Müzelere gelince, tam içler acısıydı, yürek dayanmazdı, bütün o insanların, evet, insanlar, doğru söyledim, o resimlerin, o heykellerin önünde durup da bakan tek bir kişi bile yoktu artık. Şehirdeki körlerin ne beklediğini bilen yoktu, iyileşeceklerine inansalar iyileşmeyi beklerlerdi, ne var ki körlüğün kimseyi esirgemediği, bir mikroskop merceğinden bakabilecek tek bir sağlıklı gözün kalmadığı, laboratuvarların terk edildiği, bakterilerin, eğer hayatta kalmak istiyorlarsa, bundan böyle birbirlerini yemekten başka çarelerinin kalmadığı kamuya açıkça ilan edildiğinden bu yana iyileşme umudunu bütünüyle yitirdiler. Başlangıçta birçok kör, gözleri henüz gören ve aile ruhunu hâlâ koruyan akrabaları eşliğinde hastanelere koşmuştu, ama orada karşılarına kör doktorlar çıktı, bunlar görmedikleri hastaların nabızlarını tutuyor, sırtını ve göğsünü dinliyorlardı, henüz işitme duyuları yerinde olduğundan, tek yapabildikleri buydu. Daha sonra, açlıktan kırılan hastalardan hâlâ yürüyebilenler hastanelerden kaçmaya, ilgi göremeden sokaklarda ölmeye başladılar, aileleri, eğer hâlâ varsa, kim bilir nerelerdeydi, sonra, ölenlerin gömülebilmesi için, birilerinin ayaklarının tesadüfen onlara takılması yeterli olmamaya başladı, kötü kötü kokmaya başlamaları da gerekiyordu, tabii eğer yol üstünde bir yerde ölmüşlerse. Ortalıkta bu kadar çok köpek olması şaşırtıcı değildi, bazıları daha şimdiden sırtlana benzemişti, postlarının topakları çürümüştü, gövdelerinin arka tarafı göçmüş gibi koşturuyorlardı, ölülerin ve parçalanmış cesetlerin canlanmasından ve savunmasız ölüleri ısırmanın hesabını sormalarından korkuyor gibiydiler. Dış dünya nasıl, diye sormuştu gözü siyah bantlı yaşlı adam, doktorun karısı ona yanıt verdi, Dışarısı ile içerisi arasında fark yok, burası ile orası arasında, az ile çok arasında, şimdiye kadar yaşadıklarımızla bundan sonra yaşayacaklarımız arasında hiçbir fark yok, Peki ya insanlar, onlar nasıl, diye sordu koyu renk gözlüklü genç kız, Hayalet gibiler, hayalet olmak bu olmalı, hayatın var olduğundan eminsinizdir, çünkü dört duyunuz bunu söylemektedir, ama gözlerinizle göremiyorsunuz, Sokaklarda çok araba var mı, diye sordu, kendi arabasının çalındığını bir türlü unutamayan ilk kör, Her yer araba mezarlığı. Ne doktor ne ilk körün karısı soru sordu, çünkü cevaplar bunlara benzeyecekti. Şaşı çocuğa her zaman giymeyi düşlediği ayakkabılara sahip olmanın keyfi yetmişti, onları göremediğine üzülmek aklına bile gelmiyordu. Belki de bu nedenle o bir hayaleti andırmıyordu. Doktorun karısının peşinden ayrılmayan gözyaşı yalayan köpek de sırtlana benzetilmeyi hiç hak etmiyordu, ceset kokusu peşinde koşmuyordu, canlı olduğunu bildiği gözlere eşlik ediyordu.

Koyu renk gözlüklü genç kızın evi uzak değildi, ne var ki bir haftadır aç dolaşan bu insanlar güçlerine henüz kavuşuyor, bu yüzden de çok yavaş yürüyorlardı, dinlenmek içinse yere oturmaktan başka çareleri yoktu, giysileri bu kadar kısa sürede leş gibi olduğuna göre, renklerini ve desenlerini büyük bir özenle seçmelerine değmemişti. Koyu renk gözlüklü genç kızın oturduğu sokak hem kısa, hem dardı, burada hiç arabaya rastlamamalarının nedeni buydu, arabalar bu sokaktan ancak tek yönlü olarak geçebilirdi, ama park edecek yer yoktu, yasaktı. Gelip geçen olmamasında da şaşılacak bir şey yoktu, böyle sokaklarda günün belli saatlerinde canlılara pek rastlanmazdı. Evinin kapı numarası kaç, diye sordu doktorun karısı, Yedi, ikinci katta solda oturuyorum. Dairenin pencerelerinden biri açıktı, başka zaman olsa, evde birilerinin olduğuna işaret ederdi bu, oysa şimdi buna emin olamazlardı. Doktorun karısı, Hep birlikte çıkmayalım, sadece biz ikimiz çıkalım, siz burada aşağıda bekleyin, dedi. Giriş kapısının zorlanmış olduğu belliydi, kilidin dili belirgin bir şekilde eğrilmişti, kapının pervazından kocaman bir tahta parçası koparılmıştı. Doktorun karısı bunlardan söz etmedi. Genç kızın ardından yürüdü, yolu o biliyordu, merdiven ne kadar karanlık olsa da yürüyebiliyordu. Koyu renk gözlüklü genç kız, telaştan iki kez tökezledi, ama kendi haline gülmenin daha iyi olacağını düşündü, Düşünebiliyor musun, bu merdivenleri vaktiyle gözüm kapalı inip çıkabilirdim, kalıplaşmış cümleler böyledir işte, binlerce anlam inceliğine duyarlılık göstermez, örneğin bu cümle, gözleri kapalı olmak ile kör olmak arasındaki farkı göz ardı ediyor. İkinci katın sahanlığında aradıkları dairenin kapısı kapalıydı. Koyu renk gözlüklü genç kız, elini kapının çerçevesinde gezdirerek zili aradı, Elektrikler kesik, diye hatırlattı doktorun karısı ve herkesin bildiğini tekrarlamaktan başka bir şey yapmayan bu iki sözcük, genç kızın kulağında kötü bir haber gibi çınladı. Kapıyı vurdu, bir kez, iki kez, üç kez, üçüncüsünde daha şiddetli, yumrukladı, Anneciğim, babacığım, diye bağırıyordu, ama kapıyı açmaya kimse gelmedi, sevgi bildiren küçültme ekleri gerçeği etkilemiyordu, kimse gelip de şunları söylemedi, Sevgili kızım, nihayet dönebildin, seni bir daha göremeyeceğimizi sanmıştık, gir, gir içeri, bu hanım senin dostun mu, girsin, o da girsin, ev biraz dağınık, kusura bakmayın, kapı hâlâ kapalıydı, Kimse yok, dedi koyu renk gözlüklü genç kız ve kapıya yaslanarak ağlamaya başladı, kollarını çaprazlayıp başını dayamıştı, sanki tüm bedeniyle umutsuzca merhamet diliyordu, insan aklının ne kadar karmaşık olduğunu asla tam olarak anlayamadığımızdan, bu kadar özgür alışkanlıkları olan bu genç kızın annesini ve babasını bu denli acı çekecek ölçüde seviyor olmasını –bu ikisi arasında hiç çelişki olmadığını, vaktiyle de olmadığını ileri sürmek o kadar güç olmasa da– yadırgayabiliriz. Doktorun karısı onu avutmak istedi ama söyleyeceği pek bir şey yoktu, insanların kendi evlerinde kalmalarının uzun süredir pratikte imkânsız olduğu biliniyordu, Komşulara sorabiliriz, dedi, hâlâ birileri kaldıysa tabii, Evet, soralım, diye karşılık verdi koyu renk gözlüklü genç kız, ne var ki sesinde hiç umut yoktu. Sahanlığın karşı tarafındaki kapıya vurarak başladılar, oradan da kimse cevap vermedi. Üst kattaki iki dairenin kapısı açıktı. Evler talan edilmişti, elbise dolapları bomboştu, erzak dolaplarındaysa yiyeceğin gölgesi bile yoktu. Kısa süre önce buradan birilerinin geçtiği anlaşılıyordu, gezgin bir gruptu kuşkusuz, şu aralar aşağı yukarı herkes gibi, sürekli evden eve, yokluktan yokluğa dolaşıyorlardı.

Birinci kata indiler, doktorun karısı en yakındaki kapıyı parmaklarıyla tıklattı, heyecanlı bir sessizlik oldu, bir süre sonra boğuk bir ses, Kim o, diye sordu koyu renk gözlüklü genç kız ilerledi, Benim, ikinci kattaki komşunuz, annemi babamı arıyorum, nerede olduklarını biliyor musunuz, başlarına ne geldi, diye sordu. Sürüklenen ayak sesleri işitildi, kapı açıldı ve sıska, yaşlı bir kadın eşikte belirdi, bir deri bir kemikti, çalıya dönmüş bembeyaz gür saçlarıyla korkunç bir haldeydi. İçerden gelen, mide bulandırıcı, tarifsiz bir küflenme ve çürümüşlük kokusu iki kadını geri çekilmek zorunda bıraktı. Yaşlı kadın gözlerini kocaman açtı, neredeyse sadece akları kalmıştı, Annenle baban hakkında hiçbir şey bilmiyorum, dedi, seni aldıklarının ertesi günü onları da alıp götürdüler, o sırada gözlerim henüz görüyordu, Binada başka kimse var mı, Zaman zaman merdivenlerden birilerinin inip çıktığını duyuyorum ama onlar dışarıdan gelen yabancılar, burada yalnızca yatıyorlar, Ya annem babam, Onlar hakkında bir şey bilmediğimi söyledim, Peki ya kocanız, oğlunuz, gelininiz, Onları da alıp götürdüler, Ama sizi götürmemişler, neden, Çünkü ben saklandım, Nereye, Tahmin et, sizin eve, İçeri nasıl girebildiniz, Arkadan, yangın merdiveninden, camın birini kırıp kapıyı açtım, anahtar kilidin üzerindeydi, Peki o günden beri evde tek başınıza nasıl yaşayabildiniz, diye sordu doktorun karısı, Kim bu kadın, diye sordu yaşlı kadın yerinden sıçrayıp başını o yana döndürerek, Bir dostum, ikimiz aynı gruptayız, dedi koyu renk gözlüklü genç kız, Yalnız olmak yanında, bir de yiyecek meselesi var, bunca zamandır nasıl beslenebildiniz, diye ısrar etti doktorun karısı, Salak değilim ya, başımın çaresine bakıyorum, Söylemek istemiyorsanız söylemeyin, yalnızca merak etmiştim, Söylerim, söylerim, merak etmeyin, ilk önce apartmandaki bütün daireleri dolaştım, ve bulduğum bütün yiyecekleri topladım, önce bozulacak şeyleri yedim, diğerlerini sakladım, Burada hâlâ yiyecek bir şeyler var mı, Hayır, hepsini bitirdim, dedi yaşlı kadın, kör gözlerinde birden kuşku belirmişti, bu gibi durumlarda sık kullanırız bu ifadeyi, aslında gerçekle ilgisi yoktur, çünkü gözler, yani kelimenin tam anlamıyla göz dediğimiz organ hiçbir ifade taşımaz, oyulup çıkarılsalar cansız iki bilyedirler sadece, gözkapakları da öyledir, çeşitli görsel güzellikler ve incelikler, kaşlar ve kirpiklerde toplanır, ama yine de dikkatleri çeken gözlerdir, Peki şimdi ne yiyip ne içiyorsunuz, diye sordu doktorun karısı, Sokaklarda ölüm kol geziyor ama arka bahçelerde yaşam henüz sona ermedi, dedi yaşlı kadın esrarengiz bir havada, Ne demek istiyorsunuz, Arka bahçelerde lahana var, tavşan var, tavuk var, çiçekler de var ama onlar yenmiyor, Peki nasıl yapıyorsunuz, Duruma bağlı, bazen lahana topluyorum, bazen de bir tavşan ya da tavuk öldürüyorum, Çiğ mi yiyorsunuz, Başlangıçta ateş yakıyordum, sonradan çiğ ete alıştım, ayrıca lahanaların sapları şekerli, rahat olabilirsiniz, anamın kızıyım ben, açlıktan ölmem. İki adım geriledi, dairenin karanlığında neredeyse kaybolmuştu, sadece beyaz gözleri parıldıyordu, oradan konuştu, Evine girmek istiyorsan, içeri gel, seni o tarafa geçiririm. Koyu renk gözlüklü genç kız, Hayır çok teşekkür ederim, annem babam orda olmadığına göre hiç gerek yok, diyecekti ki birden odasını görme arzusu doğdu içinde, Odamı görmek mi, madem körüm aptallık bu, ama hiç olmazsa elimi duvarlarda, yatağımın başucunda, o deli başımı koyduğum yastıkta, mobilyaların üzerinde gezdiririm, çiçek vazosu belki hâlâ komodinin üzerinde duruyordur, yaşlı kadın içindeki çiçekleri yiyemediğine öfkelenip yere atmadıysa tabii. Bunun üzerine, Madem izin verdiniz, önerinizi kabul ediyorum, çok naziksiniz, dedi, Gir, gir, ama evde yiyecek bir şey bulamayacağını biliyorsun, benim elimdekine gelince, bana bile yetmiyor, hem senin işine yaramaz onlar, çiğ et sevmiyorsundur, Kaygılanmayın, bizim yiyeceğimiz var, Ya, yiyeceğiniz var demek, bu durumda, iyiliğim karşılığında bana birazcık bir şeyler verirsiniz umarım, Veririz, rahat olun, dedi doktorun karısı. Koridoru geçmişlerdi, pis kokular dayanılacak gibi değildi. Dışarıdan gelen zayıf ışıkla çok az aydınlanan mutfağın zemininde tavşan postları, tavuk tüyleri, kemikler vardı, masadaysa üzerinde kurumuş kan lekeleri bulunan bir tabağın içinde, defalarca çiğnendiği için tanınmaz hale gelmiş et parçaları. Peki, tavşanlarla tavuklar, onlar ne yiyor, dedi doktorun karısı, Lahana, ot ve artıklar, dedi yaşlı kadın, Ne artığı, Her şey, hatta et artığı bile, Tavşanlarla tavukların et yediklerini kastetmiyorsunuz, değil mi, Tavşanlar henüz yemiyor ama tavuklar çok sevdiler, hayvanlar da insanlar gibi, sonunda her şeye alışıyorlar. Yaşlı kadının hareketleri kendinden emindi, tökezlemeden, sanki gözleri görüyormuş gibi yolunun üzerindeki bir iskemleyi alıp kenara koydu, sonra yangın merdivenine açılan kapının yerini gösterdi, Şuradan, dikkat edin, ayağınız kaymasın, merdiven sağlam sayılmaz, Peki ya kapı, diye sordu koyu renk gözlüklü genç kız, İtince açılır, anahtarı bende, şurada, Genç kız, O anahtar benim, diyecekti ki, annesiyle babası ya da başkaları evin öteki anahtarlarını, yani ön kapının anahtarını alıp götürmüşlerse bu anahtarın işine yaramayacağını düşündü, her içeri girip çıkmak istediğinde gelip bu kadından izin isteyemezdi. Kalbi sıkışır gibi oldu, belki kendi evine gireceği içindi, belki de annesiyle babasını orada bulamayacağını bilmesindendi ya da kim bilir neden.

Mutfak temiz ve düzenliydi, mobilyaların üzerinde fazla toz birikmemişti, mevsimin yağmurlu olması, lahanaların ve otların büyümesini sağlıyordu ama bu da başka bir avantajıydı, gerçekten de yukarıdan baktığında sebze bahçeleri doktorun karısının gözüne minyatür ormanlar gibi görünmüştü, Tavşanlar açıkta dolaşıyorlar mı, diye sordu kendi kendine, elbette hayır, kafeslerinin içinde duruyorlardır, onlar kendilerine lahana yaprağı uzatacak, sonra da kulaklarından yakalayıp onlar debelenirken dışarı çıkartacak kör eli beklerken, öteki el de kafatasıyla birlikte omuriliklerini de dağıtacak kör darbeyi indirmeye hazırlanıyor olmalıydı. Koyu renk gözlüklü genç kızın belleği ona evin içinde yön veriyordu, alt kattaki yaşlı kadın gibi o da hiç sendelemedi, annesiyle babasının yatağı yapılı değildi, onları sabah erkenden almaya gelmişlerdi kuşkusuz, yatağın üzerine oturup ağladı, doktorun karısı gelip onun yanına oturarak, Ağlama, dedi, başka ne diyebilirdi, dünya anlamını tümüyle yitirmişse gözyaşlarının bir anlamı kalır mıydı. Genç kızın odasında, komodinin üzerinde, içinde kurumuş çiçekler duran cam bir vazo vardı, su buharlaşıp uçmuştu, kör eller oraya yöneldi, parmaklar çiçeklerin kurumuş taçyapraklarını elledi, terk edildiği zaman yaşam ne kadar da kırılgan oluyordu. Doktorun karısı pencereyi açıp sokağa baktı, herkes oradaydı, yere oturmuşlar sabırla bekliyorlardı, sadece gözyaşı yalayan köpek başını kaldırıp yukarı baktı, onu uyaran keskin işitme duyusuydu. Hava yeniden kararmaya başlıyordu, gece olmaktaydı. Bugün yatacak bir yer aramalarına gerek olmadığını, burada kalabileceklerini düşündü, Hepimizin birden evinden geçmesinden hoşlanmayacak yaşlı kadın, diye mırıldandı. O anda, koyu renk gözlüklü genç kız onun omzuna dokunarak, Anahtarlar kilidin üzerinde duruyor, almamışlar, dedi. Bir sorun varsa da çözülmüştü, birinci kattaki yaşlı kadının huysuzluğunu çekmek zorunda kalmayacaklardı, Aşağı inip onları çağırayım, birazdan gece olacak, ne güzel, hiç olmazsa bu gece bir evde, bir evin çatısı altında uyuyabileceğiz, dedi doktorun karısı, Siz annemle babamın yatağında yatarsınız, Buna sonra bakarız, Burada patron benim, burası benim evim, Haklısın, sen nasıl istersen öyle yaparız, doktorun karısı genç kızı öptü, sonra grubu toplamak için aşağıya indi. Merdivenleri çıkarken heyecanlı heyecanlı konuşan grubu rehberleri, her katta on basamak var, diye uyarsa da, zaman zaman tökezliyorlardı, sanki ziyarete gelmiş gibiydiler. Gözyaşı yalayan köpek, hayatı boyunca yaptığı bir şeymiş gibi, sakin sakin peşlerinden geliyordu. Koyu renk gözlüklü genç kız sahanlıkta durmuş, onlara yukarıdan bakıyordu, birisi yukarı çıkarken âdet buydu, eğer tanımadık biriyse, kim olduğunu öğrenmek için, eğer dostsa, hoş geldin diyerek halini hatırını sormak için, ama mevcut durumda kimlerin geldiğini anlamak için insanın gözlerinin görmesine hiç gerek yoktu, Girin, girin, rahat olun. Birinci kattaki yaşlı kadın kapıya gelip dışarıyı dinlemişti, o kalabalığın eve uyumak için gelen gruplardan biri olduğuna hükmetmişti, aslında yanlış da değildi, Kim bunlar, diye sordu, koyu renk gözlüklü genç kız yukarıdan karşılık verdi, Benim grubum geliyor, yaşlı kadının kafası karışmıştı, o kız merdiven sahanlığına nasıl çıkabilmişti, ama nedenini hemen anladı ve giriş kapısının anahtarlarını arayıp bulmak aklına gelmediği için kendine kızdı, aylardır tek sakini kendisiydi bu evin, şimdiyse mülkiyet haklarını yitirmişti sanki. Bu ani yoksunluğunu telafi ettirmenin daha iyi bir yolunu bulamadığından, kapıyı açarak, Bana yiyecek borçlusunuz, sakın unutmayın, dedi. Ne doktorun karısı ne de koyu renk gözlüklü genç kız ona karşılık verdi, biri gelenlere yol göstermekle meşguldü, öteki de onları karşılamaya hazırlanıyordu, kendini tutamayarak, Duydunuz mu beni, diye bağırınca büyük bir hata işlemiş oldu, çünkü tam o anda kadının önünden geçmekte olan gözyaşı yalayan köpek öfkeyle havlamaya başladı, havlaması merdivenleri çınlattı, sanki ermişler işe el atmıştı, yaşlı kadın korkudan bir çığlık attı ve hemen dönüp eve girdi, kapıyı da kapattı, Kim bu cadı, diye sordu gözü siyah bantlı yaşlı adam, insanların kendilerini görecek halleri yokken böyle konuşurlar, o da kadının yaşadığı gibi yaşamış olsaydı, ne kadar uygar davranışı kalırdı görürdük.

Torbalarda taşıdıklarından başka yiyecekleri yoktu, suya gelince son damlasına kadar tasarruflu kullanmalıydılar, aydınlatma içinse, elektrik kesilmesi durumunda kullanılmak üzere mutfak dolabına konulmuş iki mumu bulmaları büyük şans oldu, doktorun karısı bunlardan birini kendi kullanımı için yaktı, ötekilerin ihtiyacı yoktu, kafalarının içindeki güçlü ışık zaten onları kör etmişti. Gruptakilerin elinde fazla yiyecek bulunmuyordu ama yine de tam bir aile şöleni oldu, her üyenin elindekinin herkesin olduğu şu ender şölenlerden biri. Masaya oturmadan önce, koyu renk gözlüklü genç kızla doktorun karısı alt kata indiler, sözlerini yerine getirdiler, belki de talep karşıladılar demek daha doğru olur, gümrükten geçiş ücretlerini yiyecekle ödediler. Yaşlı kadın onları şikâyet ederek, homurdanarak karşıladı, o lanet olası köpek onu parçalamamışsa bu bir mucizeydi, Böyle bir hayvanı yanınızda tutabildiğinize göre çok yiyeceğiniz olmalı, diye yorum yaptı, umulabileceği gibi, bu suçlayıcı ifadeyle karşısındaki iki kişide vicdan azabı denen şeyi uyandırmaya çalışıyordu, gerçekten de, diyebilirlerdi birbirlerine, bu vahşi hayvan tıka basa yerken zavallı bir yaşlı kadını açlığa terk etmek hiç de insanca bir davranış olmaz. İki kadın daha fazla yiyecek getirmek için yukarı çıkmadı, şu anki güç yaşam koşulları göz önüne alındığında, ona getirdikleri zaten fazlasıyla cömert bir porsiyondu, aslında göründüğü kadar kötü biri olmayan alt kattaki yaşlı anahtarı getirmek için içeri gitti, sonra da koyu renk gözlüklü genç kıza, Al, bu senin anahtarın, diyerek anahtarı uzattı, bunun yetmeyeceğini düşünmüş olacak ki, kapıyı kapatırken de, Çok teşekkür ederim, diye mırıldandı. İki kadın bu tavra memnun olarak yukarı çıktılar, demek ki cadının da duyguları varmış, Vaktiyle kaba bir kadın değildi, yalnızlık onu bu denli yargılayıcı yapmış olmalı, dedi koyu renk gözlüklü genç kız, pek de düşünmeden konuşarak. Doktorun karısı yanıt vermedi, bu konuşmayı sonraya bırakmaya karar vermişti, ve herkes yattığında, bazıları da derin bir uykuya daldığında, mutfakta ana kız gibi oturup ortalığı derleyip toparlamadan önce güç toplarken, doktorun karısı, Sen şimdi ne yapacaksın, diye sordu, Hiç, burada kalıp annemle babamın geri dönmesini bekleyeceğim, Tek başına ve kör olarak, Körlüğe alıştım, Ya yalnızlık, Ona da ister istemez alışacağım, aşağıdaki komşu da tek başına yaşıyor, Onun haline mi dönmek istiyorsun, lahanayla ve çiğ etle beslenmek, bulabildiğin sürece, bu evlerde kalan insanlara yaşıyor denemez ki, yiyeceğinizin tükenmesinden korkacak ve sonunda birbirinizden nefret edeceksiniz, kopardığınız her bitki sapını birbirinizin ağzından çalmış olacaksınız, sen o zavallı kadını görmedin ki, yalnızca evinin içindeki kokuyu aldın, şunu bil yeter, bizim yaşadığımız yer bile bu kadar iğrenç değildi, Eninde sonunda hepimiz o kadın gibi olacağız, işimiz bitecek, yaşam sona erecek, Ama şu anda hayattayız, Dinle, benden çok daha bilgilisin, seninle kıyaslayınca çok cahilim ben, ama bana öyle geliyor ki biz çoktan ölmüşüz, körüz çünkü ölüyüz, öbür türlü de söyleyebilirim, ölüyüz çünkü körüz, ikisi de aynı, Ben hâlâ görüyorum, Ne mutlu sana, ne mutlu senin kocana, bana ve ötekilere, ama bundan sonra görüp göremeyeceğini bilmiyorsun, gözlerin görmez olursa, sen de bize benzeyeceksin, hepimizin sonu aşağıdaki komşu kadın gibi olacak, Bugün bugündür, yarın da yarın, ben bugünden sorumluyum, ama kör olursam yarından sorumlu olmayacağım, Hangi sorumluluk, Herkes gözlerini yitirmişken benim hâlâ görmemin verdiği sorumluluk, Dünyadaki bütün körlere rehberlik edemezsin, hepsini doyuramazsın da, Yapabilmeliyim, Ama yapamazsın, İnsanlara elimden gelen yardımı yaparım, Bunu yapacağını çok iyi biliyorum, sen bunları yapmasaydın belki şu anda ben de hayatta olmazdım, Ve şimdi senin ölmeni istemiyorum, Burada kalmalıyım, bana düşen görev bu, burası benim evim, annemle babam eğer geri dönerlerse beni burada bulmalarını isterim,

Eğer dönerlerse, dedin kendi ağzınla, ayrıca onlar hâlâ senin annen baban olarak kalabilecekler mi, bir de bunu bilmek gerekiyor, Anlamadım, Aşağıdaki komşu kadının eskiden iyi bir insan olduğunu söyledin bana, Zavallı kadın, Zavallı annen ve zavallı baban, zavallı sen, birbirinize yeniden kavuştuğunuzda, gözleriniz de kör olacak, duygularınız da, çünkü bizim yaşattığımız ve bizi bu halimizle yaşatan duygular gözlerimizden doğmuştur, gözlerimiz olmasaydı duygularımız bambaşka olurdu, bu ne şekilde olurdu, duygularımız ne kadar farklı olurdu, bilemeyiz ki, sen kör olduğumuz için ölü olduğumuzu söylüyorsun, işte bu, Kocanı seviyor musun, Evet, canım kadar seviyorum, ama kör olursam, kör olduktan sonra başka bir insana dönüşürsem, onu sevmeyi kim olarak sürdürürüm, o sevgi nasıl bir şey olur, Eskiden gözlerimiz görürken de körler vardı, Bugünle karşılaştırırsak çok az sayıdaydılar, hissettikleri de gören insanların hissettikleriydi, dolayısıyla da körler her şeyi öteki insanların duygularıyla hissediyordu, yoksa kendi körlük durumlarının oluşturduğu duygularla değil, şimdiyse, evet, içlerinde doğan şey körlerin gerçek duyguları, daha yolun başındayız, şimdilik eskiden hissettiğimiz duyguların anılarını sürdürüyoruz, şimdilik çevrende nasıl bir yaşam olduğunu anlaman için gözlerinin görmesi gerekmiyor, biri çıkıp da günün birinde insan öldüreceğimi söyleseydi, bunu hakaret sayardım, ama öldürdüm, Peki, ne yapmamı istiyorsun, Benimle gel, bize gel, Peki ya ötekiler, Senin hakkında söylediklerim onlar için de geçerli ama ben içlerinde en çok seni seviyorum, Neden, Bunu ben de soruyorum kendime, belki de gitgide kardeşim gibi oldun, o yüzdendir, ya da kocam seninle yattığı için. Beni bağışla, Bağışlanması gereken bir suç değil bu, Seni sömürür, kanını emeriz, hepimiz asalak oluruz, Gözlerimiz görürken de çevremiz asalak doluydu, kan emmeye gelince, damarlarımdaki kanın yalnızca içinde dolaştığı bedene değil, başkalarının da işine yaraması gerek, haydi gidip yatalım artık, yarın bambaşka bir yaşama başlayacağız.

Bir başka yaşam ya da aynısı. Şaşı çocuk uyandığında tuvalete gitmek istedi, ishal olmuştu, öyle güçsüzdü ki, yedikleri dokunmuştu ona, fakat tuvalete hemen girmesinin mümkün olmadığını fark etti, alt kattaki yaşlı kadının binadaki bütün tuvaletleri bir daha kullanılamayacak kadar kullanmış olduğu açıkça görülüyordu, yedi kişinin tamamının gece yatmadan önce bağırsaklarını boşaltma gereği duymamış olması gerçekten büyük rastlantıydı, yoksa daha önce anlaşılırdı. Oysa tuvalet ihtiyacını herkes o anda duymuştu, hepsinden önce de zavallı çocuk, kendini daha fazla tutamayacaktı, pek hoşumuza gitmese de, hayatın bu kirli gerçekleri herhangi bir anlatıda dikkate alınmalıdır, bağırsakları rahatsızlık vermediği sürece herkesin kendine özgü düşünceleri vardır, örneğin gözlerle duygular arasında doğrudan bir ilişki olup olmadığını tartışabiliriz ya da sorumluluk duygumuzun normal bir görme yetisine sahip olmamızla ilgisi bulunup bulunmadığını kendimize sorabiliriz, ama doğal ihtiyaçlarımız iyice sıkıştırdığında, duyduğumuz acı ve çektiğimiz sıkıntı, bedenimizin kaldıramayacağı kadar yoğunlaştığında, içimizdeki hayvan dışarı çıkar. Arka bahçe, sebze bahçesi, diye bağırdı doktorun karısı, haklıydı, sabahın erken saati olmasaydı orada alt kattaki komşuya rastlardık, hem ona yaşlı kadın demekten de vazgeçelim artık, onu aşağılamak için diyorduk bunu, evet, alt komşu orada tavukların arasında yere çömelmiş olurdu, neden mi, bu soruyu soran, tavuklar hakkında hiçbir şey bilmiyor demektir. Doktorun karısı aşağı götürürken karnını iki eliyle tutan şaşı çocuk merdivenlerden kaygıyla indi, oraya kadar kendini tutmayı başarmıştı, zavallı, ama elinden daha fazlası gelemezdi, son basamaklara vardığında bağırsaklarını büzen kas içerden dayatan basınca daha fazla karşı koyamadı, sonunda olanı tahmin edebilirsiniz. Bu sırada, gruptaki diğer beş kişi acil çıkış merdiveninden olabildiğince hızla iniyorlardı, bu ad tam yerindeydi, karantinada kaldıkları dönemde içlerinde biraz bile utanma duygusu kalmışsa, bunu yitirmenin zamanı artık gelmişti. Sebze bahçesinde etrafa dağılarak, ıkınıp sıkınarak, içlerinde kalmış azıcık utançla gereksizce ıstırap çekerek, yapmaları gereken şeyi yaptılar, doktorun karısı da yaptı, fakat onlara bakarken ağlıyordu, hepsi için ağlıyordu, bunu bile yapamayanlar adına ağlıyordu, kendi kocası, ilk kör ve karısı, koyu renk gözlüklü genç kız, gözü siyah bantlı yaşlı adam ve şu şaşı, hepsini otların içine, lahanaların kökleri arasına çömelmiş görüyordu, bekleyen tavuklarla birlikte, gözyaşı yalayan köpek de aşağı inmiş, onların arasına girmişti. Ellerinden geldiğince temizlendiler, iyi kötü, bir tutam otla, kiremit parçalarıyla, elleri neye uzanabildiyse onunla, bazıları bu işi hiç beceremediler. Yangın merdiveninden sessizce yukarıya döndüler, alt kattaki komşu kadın kapısını açıp onlara kim olduklarını, nereden geldiklerini, nereye gittiklerini sormadı, akşam yediği yemeği güzelce hazmetmişti ve hâlâ uyuyordu, gruptakiler eve geri döndüklerinde önce ne konuşacaklarını bilemediler, sonra koyu renk gözlüklü genç kız, bu durumda kalamayacaklarını söyledi, doğrusu, evde yıkanacak su yoktu, dünkü gibi bardaktan boşalırcasına yağmur yağmaması da çok fenaydı, tekrar bahçeye çıkarlardı, ama bu kez çırılçıplak ve utanç duymaksızın, gökyüzünün cömert suyunun başlarına ve omuzlarına akmasını beklerlerdi, suyun sırtlarından, göğüslerinden ve bacaklarından aşağı süzüldüğünü hissederlerdi, nihayet temizlenmiş avuçlarında suyu toplarlar ve ellerini çanak gibi yapıp içindeki suyu susamış birine sunabilirlerdi, kim olduğunun önemi yoktu, belki dudakları suya değmeden önce o ele değerdi ve çok susamış olduklarından, o avuç içindeki suyu son damlasına kadar açgözlülükle içerlerdi, belki de böylece kim bilir, içlerindeki bir başka kuraklık dışarı çıkardı. Koyu renk gözlüklü genç kızın, birkaç kez gözlemlediğimiz gibi, yitirdiği hep hayal gücü oluyor, böyle bir durumda akla gelen trajik, gülünç, umutsuz şeyler. Yine de belli bir pratik histen yoksun değildi, bunun kanıtı, gidip kendi odasındaki dolabı açmasıydı, sonra da annesiyle babasının odasındaki dolabı açtı, oralardan bir miktar çarşaf ve el havlusu çıkartıp, Bunlarla temizlenelim, dedi, hiç yoktan iyidir, ve bunun iyi bir fikir olduğuna hiç kuşku yoktu, yemek yemek için oturduklarında farklı kokuyorlardı.

Sofrada doktorun karısı kendi düşüncesini ortaya koydu, Ne yapacağımıza karar vermenin zamanı geldi, artık herkesin kör olduğundan eminim, en azından şimdiye kadar gördüklerim böyle davranıyorlardı, su yok, elektrik yok, herhangi bir çeşit erzak dağıtılmayacak, bir kaos içindeyiz, gerçek kaos böyle olmalı, Bir hükümet vardır herhalde, dedi ilk kör, Sanmıyorum, eğer varsa da, körleri yöneteceğini ileri süren körlerden oluşmuş bir hükümet olacaktır, yani hiçliği örgütlü kılmak isteyen bir hiçlik, Bu durumda, gelecek diye bir şey yok, dedi gözü siyah bantlı yaşlı adam, Bir gelecek olup olmadığını bilmiyorum, ama şu an için önemli olan içinde bulunduğumuz şimdiki zamanı nasıl yaşayabileceğimiz, Gelecek yoksa şimdiki zaman hiçbir işe yaramaz, sanki hiç yokmuş gibi olur, İnsanlık gözleri olmadan yaşamayı başaracaktır, ama o zaman da insanlık olmaktan çıkacaktır, sonuç ortada, içimizde hangimiz hâlâ eskiden olduğu kadar insan olduğunu düşünüyor, örneğin ben, birini öldürdüm, Birini mi öldürdün, diye sordu ilk kör, çok şaşırmıştı, Evet, öteki koğuşun başı olan adamı öldürdüm, boğazına bir makas sapladım, Bizim öcümüzü almak için öldürdün sen onu, biz kadınların öcünü bir kadının alması gerekiyordu, dedi koyu renk gözlüklü genç kız, ve eğer doğru bir amaç uğruna öç alınmışsa bu insanca bir davranış sayılır, kurbanın celladı üzerinde hiçbir hakkı olmaması adaletin de olmaması demektir, İnsanlık da yok demektir, diye ekledi ilk körün karısı, Meselemize dönelim, dedi doktorun karısı, eğer bir arada kalırsak yaşamımızı sürdürmeyi belki başarabiliriz, ama birbirimizden ayrılırsak kitle bizi yutar ve yok oluruz, Örgütlenmiş kör gruplarının olduğunu söylemiştin, diye ekledi doktor, demek ki insanlar yeni yaşama biçimleri yaratmışlar, senin tahmin ettiğin gibi ille de yok olmayabiliriz, Ne ölçüde gerçekten örgütlenebildiler bilmiyorum, hepsi birlikte yiyecek ve yatacak bir yer peşinde koşuyorlardı, bildiğim bu, İlkel güruhlara döndük, dedi gözü siyah bantlı yaşlı adam, şu farkla ki biz onlar gibi uçsuz bucaksız ve el değmemiş bir doğanın ortasında dolaşıp duran birkaç bin kişilik bir grup değil, cılızlaşmış ve yoksullaşmış bir dünyada yüz milyonlarca kişiyiz, Hem de kör, diye ekledi doktorun karısı, su ve yiyecek bulmak zorlaştıkça bu gruplar kuşkusuz dağılacak, herkes tek başına kalınca daha kolay yaşayabileceğini düşünecek, başkalarıyla paylaşmak zorunda olmayacak, bulabildiği şey onun olacak, başka kimsenin değil, Bu grupların başında bir şef olmalı, emir veren ve örgütleyen biri, diye hatırlattı ilk kör, Belki, ama şimdiki durumda yönetenler de yönetilenler kadar kör, Sen kör değilsin, dedi koyu renk gözlüklü genç kız, bu sayede bizi yönetip örgütlüyorsun, Yönetmiyorum, becerebildiğim kadar örgütlüyorum, ben sadece sizin artık sahip olmadığınız gözlerinizim, Doğal başkan gibi bir şey, görmezler ülkesinin gören kralı, dedi gözü siyah bantlı yaşlı adam, Madem öyle, gözlerim gördüğü sürece size rehberlik etmeme izin verin, işte bu yüzden, size önerim, dağılmayın, o burada kendi evinde, siz kendi evinizde, sen kendininkinde olacağına, birlikte yaşamayı sürdürelim, Burada kalabiliriz, dedi koyu renk gözlüklü genç kız, Bizim evimiz buradan daha büyük, tabii eğer birileri işgal etmemişse, diye hatırlattı ilk körün karısı, Bunu oraya gittiğimizde öğreniriz, işgal edilmişse buraya geri döneriz ya da gidip sizin dairenize bakarız ya da seninkine, dedi doktorun karısı, gözü siyah bantlı yaşlı adama seslenerek, o da cevap verdi, Benim evim yok, tek odalı bir yerde tek başıma yaşıyordum, Ailen yok mu, diye sordu koyu renk gözlüklü genç kız, Hayır yok, Karın da mı yok, çocukların, erkek ya da kız kardeşlerin de yok öyle mi, Kimsem yok, Annemle babam geri dönmezlerse ben de senin gibi yalnız olacağım, Ben kalırım seninle, dedi şaşı çocuk, ama, Annem ortaya çıkmazsa, diye eklemedi, böyle bir koşul ileri sürmedi, tuhaf bir davranış ya da aslında o kadar da tuhaf değil, gençler koşullara hızla uyum sağlıyor, önlerinde koca bir hayat var çünkü. Kararınız ne, diye sordu doktorun karısı, Sizinle gideceğim, dedi koyu renk gözlüklü genç kız, ama senden tek ricam var, haftada en az bir kez benimle birlikte buraya gelmeni istiyorum, annemle babam geri dönmüş mü diye bakmak üzere, Anahtarı aşağıdaki komşuya bırakabilirsin, Başka çare yok, nasıl olsa şimdiye kadar alıp götürdüğünden daha fazlasını götüremez, Ama kırıp döker, Buraya geldiğimizi biliyor ya, belki böyle davranmaz, Biz de sizinle birlikte kalacağız, dedi ilk kör, yalnız, ne olup bitti diye anlamak için en kısa sürede evimize uğramak isteriz, Uğrarız elbette, Benim evime bakmaya değmez, nasıl yaşadığımı söyledim size, Ama bizimle geleceksin, Gelirim ama bir koşulla, insanın kendisine sunulan bir şeye karşılık koşul ileri sürmesi ilk bakışta rezil bir davranış gibi gelebilir, ama bazı yaşlılar böyledir, geri kalan günlerinin az olması nedeniyle böyle gurur gösterebilirler, Neymiş koşulun, diye sordu doktor, Sizin için katlanılmaz bir yük olmaya başladığımda bunu bana söylemenizi rica ediyorum, dostluk duyduğunuz ya da acıdığınız için susarsanız, dilerim akıl sağlığım yapmam gerekeni yapabilecek kadar kalır,

Neymiş o, öğrenebilir miyiz, diye sordu koyu renk gözlüklü genç kız, Kenara çekilmek, uzaklaşmak, ortadan kaybolmak, eskiden filler böyle yapardı, son zamanlarda yapamadıklarını duydum, hiçbiri artık yaşlanamıyormuş, Sen fil değilsin ki, Tam olarak bir insan da diyemem kendime, Hele de böyle çocukça yanıtlar vermeyi sürdürürsen, diye karşılık verdi koyu renk gözlüklü genç kız ve bu konuşma burada noktalandı.

Naylon torbalar getirildikleri zamana göre çok daha hafiflerdi, ama sürpriz değildi bu, alt kattaki komşu kadın da gelip onlarla yemek yedi, iki kez yedi, dün akşam yemişti, bugün de evin asıl sahipleri geldiğinde vermesi ricasıyla üst kattaki dairenin anahtarları kendisine bırakıldığında torbalardaki yiyeceklerden biraz daha aldı, ağzını tatlandırmak için, onun karakteri hakkında yeterince bilgimiz var zaten, tabii gözyaşı yalayan köpeğin de yemekten yararlandığını söylemedik, yalvaran gözlerle bakınca bir şey vermemek için taş kalpli olmak gerek, bu arada, nereye gitti bu köpek, evde yok, kapıdan çıkmadı, olsa olsa sebze bahçesinde olabilir, doktorun karısı emin olmak için gidip baktı, gerçekten de oradaydı, gözyaşı yalayan köpek bir tavuğu yiyip yutmakla meşguldü, öyle hızla saldırmıştı ki tavuk imdat işareti bile verememişti, öte yandan alt kattaki yaşlı kadının gözleri görseydi ve gidip tavukları saysaydı, o öfkeyle anahtarların başına ne gelirdi bilinmez. Kabahatli olduğunu bilmekle koruduğu kişinin uzaklaşıp gidişi arasında yalnızca bir an duraksayan gözyaşı yalayan köpek, hemen yumuşak toprağı eşelemeye başladı ve birinci kattaki yaşlı kadın yangın merdiveninin sahanlığına çıkıp da dışarıdan gelen ve ta evin içinde duyulan gürültülerin kaynağını öğrenmek için çevreyi koklamaya başlamadan tavuğun kemiklerini toprağa gömdü, suç kanıtları ortadan kaldırılmış, vicdan azabını bir başka sefere ertelemişti. Gözyaşı yalayan köpek fırlayıp merdivenden yukarı tırmandı, yaşlı kadının eteklerinin yanından rüzgâr gibi geçti, öyle ki kadın geçip giden tehlikenin farkına bile varmadı, köpek doktorun karısının yanına geldiğinde zafer kazanmış havalardaydı. Onun vahşi havlamalarını işiten alt kattaki yaşlı kadın erzak deposunun güvenliğinden korktu, ama epeyce geç kalmış olduğunu biz biliyoruz, boynunu üst kata doğru uzatarak, Bu köpeği bağlamak gerek, tek bir tavuğumu bile öldürmesin sakın, diye bağırdı, Merak etmeyin, diye karşılık verdi doktorun karısı, köpek aç değil, yemeğini yedi, biz de zaten hemen gidiyoruz, Hemen mi, diye tekrarladı yaşlı kadın, üzülmüş gibi kırık döküktü sesi, sanki farklı biçimde algılanmak istiyordu, örneğin, Beni burada tek başıma bırakacaksınız, diyebilirdi, ama tek laf daha etmedi, sadece bir karşılık istemeyen, Hemen mi, çıktı ağzından, katı kalplilerin de kalbi kırılabilir, bu kadın onların davranışına o kadar üzüldü ki evinden rahatça geçmelerine izin verdiği bu nankörlere güle güle demek için kapısını bile açmadı. Merdivenden indiklerini duydu, aralarında konuşuyorlardı, birbirlerine, Dikkat et, ayağın takılmasın, Elini omzuma koy, Tırabzanı iyice tut, diyorlardı, alışıldık laflardı bunlar, ama artık körlerin dünyasında daha da yaygın kullanılır olmuştu, bir kadının, Burası kapkaranlık, hiçbir şey görmüyorum, dediğini duyunca çok garipsedi, bu kadının körlüğünün beyaz körlük olmaması zaten başlı başına tuhaftı, üstüne üstlük bir de karanlık olduğu için göremediğini söylemesi ne anlama geliyordu. Düşünmeye çalıştı, kendini zorladı, ama kafasının içi boşalmıştı, bir şey bulamadı, sonra da kendi kendine, Yanlış duydum herhalde, neyse ne, dedi. Sokağa çıktıklarında, doktorun karısı merdivenden inerken söylediklerini hatırladı, lafına sözüne daha çok dikkat etmeliydi, Gören bir insan gibi davranabilirim ama konuşurken bir kör gibi konuşmalıyım, diye düşündü.

Kaldırımda toplandılar, arkadaşlarını üçerli sıraya soktu, kocası ile koyu renk gözlüklü genç kızı, aralarına şaşı çocuğu vererek ilk sıraya koydu, arkalarında öteki kadının iki yanında gözü siyah bantlı yaşlı adam ile ilk kör yer aldı. Hepsinin kendisine yakın olmasını istiyordu, alışıldık tek sıra kuyruk pek güvenilir değildi, her an dağılabilirdi, yolda daha kalabalık, daha hoyrat bir grupla karşılaşmaları yeterliydi, büyük bir yolcu gemisinin açık denizde önüne çıkan bir filikayı ortadan ikiye ayırması gibi olurdu, bu tür kazaların sonuçlarını herkes bilir, kazazedeler, kalıntılar, boğulan insanlar, uçsuz bucaksız denizde boşuna yardım isteyenler, yolcu gemisi yoluna devam eder, çarpışmanın farkına bile varmamıştır, aynı şey onların başına da gelebilir, körün biri bir tarafta, diğeri başka tarafta, öbür körlerin karmakarışık dalgaları arasında kaybolabilirlerdi, tıpkı nerede duracakları ve ne yöne gittikleri bilinmeyen denizdeki dalgalar gibi, ve doktorun karısı bile önce kimi kurtaracağını bilemeyebilirdi, elini kocasına uzatırdı, belki şaşı çocuğa da uzatırdı ama o arada koyu renk gözlüklü genç kızı, öteki iki körü gözden yitirirdi, gözü siyah bantlı yaşlı adama gelince, o çok uzakta olurdu, filler mezarlığına doğru yol alırdı. Doktorun karısı şimdi, ötekiler uykudayken çarşafları yırtarak hazırladığı bir ipi, kendisini de içine alacak şekilde hepsinin çevresine doluyordu, İpe asılmayın, ama sıkı sıkı tutun, dedi, var gücünüzle, asla bırakmayın. Birbirlerine çarpmamak için çok yakın durmamaları gerekiyordu, ama birbirlerinin varlığını da her an hissetmeliydiler, mümkün olduğunca temas halinde olmalıydılar, arazide ilerlerken kullanılan bu yeni taktiklere kafa yorması gerekmeyen tek kişi şaşı çocuktu, o tam ortada yürüyor, her taraftan korunuyordu. Körlerimizin hiçbirinin aklına, öteki grupların sokaklarda yürümek için nasıl bir yönteme başvurduğunu sormak, onların da böyle mi yaptığını, yoksa başka bir şey mi denediklerini öğrenmek gelmedi, sorsalardı bunun yanıtı kolaydı, çünkü gözlemlere göre, gruplar, genel olarak, bilemediğimiz nedenlerden daha uyumlu olanlar hariç, gün boyunca üyelerini yitirip yeni üye kazanıyorlardı, ya körlerden biri eksiliyor, ya da grubun çekim kuvvetine kapılıp peşine takılan bir başka kör oluyordu, bu kör gruba ya kabul ediliyor ya da dışlanıyordu, beraberinde ne getirdiğine bağlıydı bu. Alt kattaki yaşlı kadın penceresini usulca açtı, duygusal açıdan zayıflığı olduğunun bilinmesini istemiyordu, ama sokakta hiç gürültü yoktu, çoktan gitmişler, pek gelip geçeni olmayan o yeri terk etmişlerdi, aslında memnun olmalıydı yaşlı kadın, bu durumda tavşanlarını ve tavuklarını başkalarıyla paylaşmak zorunda kalmayacaktı, memnun olmalıydı ama değildi, kör gözlerinden iki damla yaş aktı ve kendine ilk kez, yaşamaya devam etmesi için bir neden olup olmadığını sordu. Bu sorunun yanıtını bulamadı, yanıt hep ona ihtiyaç duyulduğunda gelmez akla, çoğu kez de beklemek verilebilecek tek yanıttır.

İzledikleri yol onları gözü siyah bantlı yaşlı adamın evinin bulunduğu yerin iki blok ötesinden geçirecekti, ama devam etmeye karar verdiler, o evde yiyecek bir şey bulunmuyordu, giysiye de ihtiyaç yoktu, kitapları da okuyamazlardı. Sokaklar yiyecek avına çıkmış körlerle doluydu. Mağazalara girip çıkıyorlardı, içeri girerken de dışarı çıkarken de elleri boş oluyordu, sonra da kendi aralarında o semtten ayrılıp şehrin başka kısımlarına gitmenin gerekli ya da avantajlı olup olmayacağını tartışıyorlardı, ama asıl mesele, akar suyun, elektriğin, havagazının olmamasıydı, üstelik evlerde ateş yakmak da çok tehlikeliydi, dolayısıyla da tuz, yağ ve baharatı nerede bulacağımızı bilsek de, eski damak tadını çağrıştıran bir yemek pişirme olasılığı yoktu, sebze bulunsa bile ancak haşlanabilirdi, et de aynı, her zamanki tavuklar ve tavşanlar dışında, yakalanabilen kedi ve köpekler de yenebilirdi, fakat, deneyimler gerçekten de hayatı öğrettiklerinden, vaktiyle evcil olan o hayvanlar bile okşamalara güvenmemeyi öğrenmişlerdi, artık gruplar halinde avlanıyorlar, avlanmaya karşı da kendilerini grup halinde savunuyorlardı ve Tanrı'ya şükür gözleri hâlâ gördüğünden, nasıl kaçacaklarını da, eğer gerekirse nasıl saldıracaklarını da çok iyi biliyorlardı. Bu koşullar ve nedenlerden, insanlar için en iyi besinin konserve olduğu sonucu çıkıyordu, yalnızca çoğunun önceden pişirilmiş, yenmeye hazır olması yüzünden değildi, onları taşımanın da kullanmanın da çok kolay olması yüzünden. Konserve kutularının, şişelerin ve çeşitli ambalajların üzerinde son kullanma tarihi, o tarihten sonra kullanmanın doğru olmadığı, hatta bazılarında, bu tarihten sonra tüketmenin tehlikeli olduğu yazar, ancak halkın bilgeliği bir anlamda tartışmasız bir deyişi kullanıma sokmakta gecikmemişti, artık kullanımdan kalkmış olan bir başka deyişe paraleldi bu da, eskiden gözden ırak gönülden ırak deniyordu, şimdi ise gözden ırak olan mideyi güçlendirir, bu nedenle, ne pislik bulurlarsa mideye indiriyorlardı. Doktorun karısı grubunu peşine takmış giderken ellerinde kalan yiyeceği kafasında tartıyordu, olsa olsa tek bir öğüne yeterdi, köpek sayılmazsa tabii, o da kendi başının çaresine baksındı, tavuğu boğazlayıp sesini kesmiş, hayatını bitirmişti bir anda. Evinde, eğer yanlış hatırlamıyorsa ve eğer kimse girmemişse, bir miktar konserve vardı, iki kişiye yetecek kadardı tabii, oysa şimdi doyurulacak yedi boğaz vardı, tayınları sıkı sıkıya ayarlasa bile elindeki stok fazla dayanmazdı. Yarın ya da birkaç gün sonra o süpermarketin yeraltındaki deposuna tekrar gitmek zorunda kalacaktı, yalnız başına mı gideceğine, yoksa kocasından ona eşlik etmesini mi isteyeceğine, yoksa daha genç ve daha güçlü olan ilk körden mi yardım alacağına karar vermeliydi, olabildiğince çok miktarda erzak toplamalı, nasıl geri döneceğini de hesaplayıp karşılaşacağı koşulları da dikkate alarak hızla nasıl hareket edeceğini planlamalıydı. Gruptaki erkeklerin ve kadınların geçtiği sokakta, dünden beri iki katına çıkmış gözüken çöpler, insan dışkıları, önceki günün şiddetli yağmurundan iyice sıvılaşmış, vıcık vıcık olmuş ya da ishalli dışkılar havayı kötü bir kokuyla doldurmuştu için-den ancak büyük çabalarla geçilebilecek kalın bir sis tabakası oluşmuştu sanki. Çevresi ağaçlarla kaplı, ortası heykelli bir meydanda bir köpek sürüsü ölmüş bir erkeği parçalıyordu. Yakında ölmüş olmalıydı adam, uzuvları katılaşmamıştı, kö-pekler dişlerini geçirdikleri etleri kemiklerinden ayırmak için silkelediklerinde bu durum belli oluyordu. Bir karga bir lok-ma kaparım umuduyla zıplayıp duruyordu. Doktorun karısı gözlerini kaçırdı, ama geç kalmıştı, midesinden boğazına da-yanılmaz bir öğürtü yükseldi, ikinci kez, üçüncü kez yüksel-di, o köpek sürüsü sanki onu da canlı canlı dişleriyle tutup silkeliyor gibi gelmişti ona. Kocası, Neyin var, diye sordu, iple birbirlerine bağlı olan ötekiler de birden korkup birbirlerine daha çok sokuldular, Ne oluyor, Miden mi kötü, Bayatlamış bir şey mi yedik, Benim bir şeyim yok, Benim de. Ne kadar şanslıydılar, yalnızca itişen hayvanların sesini işitiyorlardı, karganın ani ve tekinsiz gaklamasını, kargaşa arasında köpek-lerden biri, kötü niyeti olmaksızın karganın kanadını ısırıver-mişti, doktorun karısı, Elimde değildi, bağışlayın, burada bir grup köpek başka bir köpeği parçalıyor, Bizim köpeğimizi de yiyorlar mı, diye sordu şaşı çocuk, Hayır, senin dediğin gibi, bizim köpek hayatta, onların çevresinde dolaşıyor ama onla-ra yaklaşmıyor, Tavuğu yedi ya, karnı pek acıkmamıştır, dedi ilk kör, Şimdi kendini biraz daha iyi hissediyorsun değil mi, diye sordu doktor, Evet, yolumuza devam edelim, Peki ya bi-zim köpek, diye tekrar sordu şaşı çocuk, O bizim köpeğimiz değil, yalnızca bizimle geldi, sanırım bu köpeklerin yanında kalacak, eskiden olduğu gibi, arkadaşlarını bulmuştur, Benim kakam geldi, yapmak istiyorum, Buraya mı, Evet, çok sıkış-tım, karnım da ağrıyor, diye inledi çocuk. Oracıkta işini gördü, elinden geldiğince tabii, doktorun karısı bir kez daha kustu, ama bu kez başka nedenlerle. Sonra büyük bir meydanı geçtiler, ağaçların gölgesine girince doktorun karısı arkasına baktı. Daha başka köpekler de gelmişlerdi oraya, cesetten geriye kalanlar için birbirleriyle dalaşıyorlardı. Gözyaşı yalayan köpek yanlarına geldi, iz sürermiş gibi burnu yerdeydi, buna alışmıştı, oysa aradığı insanı bulması için sadece başını kaldırıp bakması yetecekti.

Yola devam ettiler, gözü siyah bantlı yaşlı adamın evi arkalarında kaldı, şimdi iki yanında yüksek ve lüks apartmanların bulunduğu bir caddede yürüyorlar. Buradaki arabalar daha pahalı, daha büyük ve daha konforlu, böyle olduğu için de birçok kör bu arabaların içine girip yatıyor, görünüşe bakılırsa, epeyce büyük bir limuzinin içinde de sürekli oturanlar vardı, muhtemelen, bir eve geri dönmektense bir arabaya dönmek daha kolay olduğundan, bu arabaya yerleşenler, karantina mekânlarında insanların yataklarını bulmak için kullandığı yöntemi deniyorlardı herhalde, sokağın köşesini döndükten sonra arabaları elleriyle yoklayıp sayıyorlardır, yirmi yedinci, sağ tarafta, işte, evimdeyim. Limuzin bir bankanın önünde duruyor. Beyaz körlük salgını başladıktan sonra bütün üyelerin katılacağı ilk haftalık toplantıya yönetim kurulu başkanını getirmişti araba, ama sonra onu, toplantının sonuna kadar bekleyeceği yeraltı garajına sokmaya fırsat olmadı. Başkan, pek sevdiği gibi, binanın ana kapısından kasılarak girerken, şoförü kör oldu, o anda çığlık da attı, ama öbürü, yani başkan, bu çığlığı duymadı bile. Zaten toplantının adı tüm üyelerin katılacağına işaret etse de, üyelerin çoğu kısa süre önce kör olmuştu. Başkan toplantıyı açamadı, toplantının gündeminde, yönetim kurulundaki asil ve yedek tamamının kör olması durumunda alınacak önlemleri görüşmek vardı, hatta başkan toplantı salonuna giremedi bile, çünkü asansörle on beşinci kata çıkarken, tam dokuzuncu katla onuncu kat arasında elektrik kesildi ve bir daha da gelmedi. Ve felaketler hep peş peşe gelir ya, binanın içindeki elektrik şebekesinin bakımından ve dolayısıyla eski model, otomatik olmayan ve çok önce değiştirilmesi gereken jeneratörden sorumlu elektrik teknisyenleri de tam o anda kör oldular, her neyse, az önce de söylediğimiz gibi, asansör dokuzuncu katla onuncu kat arasında sıkıştı kaldı. Başkan, kendisini yukarı çıkaran asansörcü çocuğun kör oluşuna tanık oldu, bir saat sonra kendisi de kör oldu, ve elektrikler bir daha gelmediğinden, ayrıca o gün bankada körlük vakaları hızla çoğaldığından, büyük ihtimalle ikisi de hâlâ oradadır, ölü olarak, söylemeye gerek yok, çelik bir mezar içinde kapalı kalarak, bu yüzden pek şanslılar, köpeklerin saldırısından kurtulmuşlar.

Tanık yoktu, ayrıca olsaydı bile hiç kimse yaşananları anlatsınlar diye onları bu mahkemeye tanık olarak çağırmayacağına göre, birinin bize olayların neden başka türlü değil de böyle geliştiğini nereden bildiğimizi sormasında anlaşılmayacak bir şey yok, verilecek cevap da şudur, bütün hikâyeler evrenin yaratılış hikâyesine benzer, o anda orada kimse yoktur, kimse tanık olmamıştır ama yine de olanları herkes bilir. Doktorun karısı, Bankalar ne oldu, diye sormuştu, bütün birikimini bunlardan birine yatırmış olsa da, bankalar için kaygılanıyor değildi, sadece meraktan sormuştu, sadece aklına geldiği için, başka bir nedenden değil, bir yanıt da beklemiyordu, örneğin, Başlangıçta Tanrı gökyüzünü ve yeryüzünü yarattı, yeryüzü şekilsiz ve boştu, karanlıklar dipsiz uçurumları örtüyordu, ve Tanrı'nın Ruhu suların yüzeyinde geziniyordu, denmesini beklemiyordu, buna karşılık gözü siyah bantlı yaşlı adam hep birlikte bulvardan aşağı doğru giderlerken anlatmaya başladı, Tek gözüm henüz görüyorken, bilebildiğim kadarıyla, ilk başta bir kaos doğdu, kör olmaktan ve parasız kalmaktan korkan insanlar paralarını çekmek için bankalara koştular, geleceklerini güvence altına almak istiyorlardı, bu insanları anlayabiliriz elbette, eğer biri artık çalışamayacağını biliyorsa, tek çare, henüz sağlığı yerindeyken ve kendisini bir gelecek bekliyorken bir köşeye koyduğu birikime sağlığını iyice yitirmeden başvurmaktır, o kişinin gerçekten de ihtiyatlı davranıp parasını kuruş kuruş biriktirdiğini varsayıyoruz elbette, bu çılgın yarışın sonucunda bazı büyük bankalar yirmi dört saat içinde iflas etti, hükümet duruma el koydu ve insanları sakin olmaya çağırdı ve onların yurttaşlık bilincine seslendi, çağrısını, memleketin içinden geçmekte olduğu felaketin bütün sorumluluğu üstlendiğini ve görevlerini yerine getireceğini vakur bir şekilde duyurarak bitirdi, ancak bu yama krizi hafifletmedi, bunun nedeni sadece insanların peş peşe kör olması değildi, gözleri hâlâ görebilenler de o çok değerli paracıklarını kurtarmaktan başka bir şey düşünmüyorlardı, sonuçta, iflas etmiş olsun ya da olmasın, bütün bankalar kapılarını kapatıp, polisten koruma talep ettiler, bu da bir işe yaramadı, çünkü bankaların önünde toplanarak bağırıp çağıranların arasında, güçlükle biriktirdikleri azıcık parayı kurtarmak isteyen sivil kıyafetli polisler de bulunuyordu, hatta bunlardan birkaçı rahatça protesto edebilmek için şeflerine kör olduklarını bildirip görevden ayrılmışlardı, henüz üniformalı ve görev başında olan başka memurlar da silahlarını hoşnutsuz kalabalıklara doğrultmuşken birdenbire hedefi görmez oluyorlardı, bunların bankada paraları olsa bile alma umutları kalmıyordu, üstelik egemen güçlerin safında yer almış olmakla da suçlanıyorlardı, ama en beteri daha sonra yaşandı, körler ve kör olmayan öfkeli güruhlar iyice umutsuzluğa kapılıp bankalara hücum ettiğinde, hepsi de yitirmişti umudunu, bu yüzden de sakince gişeye gidip görevli memura banka cüzdanını uzatarak, Hesabımı kapatmak istiyorum, demek yerine, bulduklarını ceplerine atmaya başladılar, bunun sonucunda bankaların günlük cirosuna, çekmecelerde ya da tedbirsizlik edip açık bırakılmış kasalarda duran paralara, dedelerimizin zamanından kalan eski usul para keselerinde tutulanlara el koydular, bütün bunları hayal etmek bile zor, hem büyük bankaların girişlerindeki ferah ve görkemli salonlarında hem de bu bankaların kenar semtlerdeki şubelerinde gerçekten ürkünç sahneler yaşandı, otomatik para makinelerini de unutmayalım, içindekiler son kuruşuna kadar yağmalandı, garip ama, bazılarının ekranında, Bizim bankamızı seçtiğiniz için teşekkür ederiz, diyen bir yazı görünmüştü, makineler bu kadar salaktır, ama belki de bu makinelerin sahiplerine ihanet ettiklerini söylemek daha doğru, nihayetinde, bankacılık sisteminin tamamı iskambilden yapılma bir şato gibi bir anda yıkılıverdi, tabii bunun nedeni paranın para olarak değerini yitirmesi değildi, bunun nedeni, parası olanların, yarının neler getireceğinin bilinemeyeceğini söyleyerek paralarını ellerinden çıkarmamalarıydı, büyük bankaların bodrumlarına girip yerleşmiş körler de kuşkusuz aynı şeyi düşünüyorlardı, bankaların kasaları oradaydı çünkü, bunlar kendilerini servetten ayıran kalın, ağır nikel çelik kapıları ardına kadar açacak mucizeyi bekliyorlardı, dışarıya da yalnızca yiyecek ve su aramak ya da bedenlerinin başka ihtiyaçlarını gidermek için çıkıp hemen yine geri dönüyorlardı, bu sipere yabancıların girmesini önlemek için parolalar, parmak işaretleri kullanıyorlar, mutlak bir karanlıkta yaşıyorlardı, ama ne fark eder, bu körlük için her şey bembeyaz. Gözü siyah bantlı yaşlı adam bankalarla ve finans dünyasıyla ilgili bu sarsıcı olayları şehirden sakin sakin geçerlerken anlattı, şaşı çocuğun bağırsaklarındaki dayanılmaz hengâmeyi dindirmek için ara sıra mola veriyorlardı, heyecanlı tasvirlerinin anlattıklarının gerçekçi olduğu izlenimini vermesine rağmen, sözlerinin biraz abartılı kaçtığını düşünebiliriz, örneğin şu yeraltında yaşayan körlerin hikâyesi, bütün bu olanları onların kullandığı parolayı ya da parmak işaretlerini bilmeden nasıl öğrenebilmişti, yine de anlattıkları durum hakkında bize aşağı yukarı fikir verdi.

Doktorla karısının oturduğu sokağa geldiklerinde akşam olmuştu. Bu sokak da bütün sokaklar gibiydi, her taraf pislik içindeydi, körler gelişigüzel dolaşıyorlardı ve ilk kez –fakat bunlara daha önce rastlanmamış olması sadece bir rastlantıydı– dev fareler cirit atıyordu ortalıkta, iki taneydiler, o kadar büyüklerdi ki sokağın köşesinde dolanan kediler yanlarına yaklaşmaya cesaret edemiyorlardı, çünkü fareler neredeyse kediler kadar iriydi ve kesinlikle de onlardan çok daha vahşiydiler. Gözyaşı yalayan köpek, farelere de kedilere de, onlarınkinden çok farklı bir duygu dünyasında yaşayan biri gibi ilgisizce baktı, bu köpek, varlığını insanların hayvanı olarak sürdürmeseydi böyle diyebilirdik. Bildiği yerleri yeniden gören doktorun karısı hüzünlü düşüncelere kapılmadı, Zaman nasıl da geçiyor, daha yakın zamanda burada mutluluk içinde yaşıyorduk, demedi, düş kırıklığına uğramak şaşırttı onu, kendi sokağını tertemiz, süpürülmüş, arıtılmış, komşularını da gözleri kör olsa da akılları başında bulacağını sanmıştı. Ne kadar aptalım, dedi yüksek sesle, Neden, ne oldu, diye sordu kocası, Yok bir şey, hayaller, Zaman nasıl da geçiyor, apartmanı ne halde bulacağız acaba, dedi doktor, Az sonra öğreniriz. Güçleri kalmamıştı, merdivenleri ağır ağır, her sahanlıkta durup dinlenerek çıktılar, Beşinci kat, demişti doktorun karısı. Her biri kendi başına çıkıyordu basamakları, herkes kendi başının çaresine bakıyordu, gözyaşı yalayan köpek bazen önden gidiyor bazen arkadan geliyordu, kuzularını kaybetmeme emri almış sürü köpeği olarak doğmuştu sanki. Bazı kapılar açıktı, içerden sesler duyuluyordu, her zamanki mide bulandırıcı kokular buram buram sızıyordu dışarıya, iki kez körler kapıların eşiğine çıkıp boş gözlerle baktılar, Kim var orada, diye sordular, doktorun karısı birini tanıdı, diğeriyse bu binadan değildi, Biz burada oturuyoruz, diye yanıt verdi, kısaca. Komşunun yüzünde onu tanıdığını gösteren bir ifade belirdi, ama, Siz doktorun karısı mısınız, diye sormadı, belki de yatmak için içeri girdiğinde içerdekilere, Beşinci kattakiler geri döndü, diyecekti. Son basamakları da tırmanmayı başardıklarında, daha sahanlığa ayak basmadan, doktorun karısı, Kapı kapalı, diye duyurdu. Zorlandığı belliydi, ama kapı direnmişti. Doktor, elini yeni ceketinin iç cebine atıp anahtarları çıkarttı. Elini havaya kaldırıp bekledi, karısı onun elini usulca tutup anahtar deliğine yaklaştırdı.

Ailelerin yokluğundan yararlanıp mobilyaların yüzeyine nazikçe yerleşen ev tozu dışında –tozların bir yere çöküp dinlenmesi için biricik fırsatın bu olduğunu da söylemeliyiz, toz bezlerinin ve elektrikli süpürgenin faaliyeti yok, geçtikleri her yerde havayı dalgalandıran çocukların koşturmacası yok–, ev temiz sayılırdı, sadece telaşla çıkılan bir evden beklenebilecek düzensizlik görülüyordu. Buna rağmen, doktorun karısı, o gün bakanlıktan ve hastaneden gelecek telefonları kocasıyla birlikte beklerken, ince düşünceli insanları, kendileri öldükten sonra arkasında kalan yakınlarını istenmeyen temizlikler yapmak zorunda bırakmamak için hayattayken düzenli olma konusundaki öngörüye uyarak, bulaşıkları yıkamış, yatağını toplamış, banyoyu temizlemişti, mükemmel değildi elbette ama daha fazlasını beklemek de acımasızlık olurdu doğrusu, elleri titriyor, gözlerinden yaşlar akıyordu. Yine de yedi hacının sonunda geldikleri cennet sayılırdı ve bu izlenimden öyle etkilendiler ki –terimin gücünü abartmadan söyleyelim– akıl dışı bir durum görüldü, evet, girişte kalakaldılar, evin beklenmedik kokusundan şaşkına dönmüşlerdi, burası sadece kapalı kalmış ev kokuyordu, başka zaman olsa, hemen koşup bütün camları açardık, Havalandıralım, derdik, oysa bugün içeri leş gibi bir koku girmemesi için pencereleri süngerle kaplamak bile iyi olur. Birinci körün karısı, Her yeri rezil ederiz, dedi, haklıydı, çamura ve dışkıya bulanmış ayakkabılarıyla içeri girecek olsalar, cennet bir anda cehenneme dönerdi ve cehennemde, uzmanların dediğine göre, lanetli ruhların katlanacağı en ağır ceza kokuşmuş, leş gibi, mide bulandırıcı, kusturacak kokulardı, kor gibi yanan kıskaçlar, içinde zift kaynayan kazanlar ve mutfaklardaki diğer araç gereç değil. Çok uzaklarda kalmış zamanlardan beri ev hanımlarının şöyle demesi âdettendi, Buyurun, buyurun, girin, hiç önemi yok, kirlenirse temizlenir, ancak buradaki ev sahibesi de konukları da nereden geldiklerini biliyorlardı, yaşadıkları dünyada kirli olanın daha da kirleneceğini biliyorlardı, bu nedenle doktorun karısı onlardan ayakkabılarını sahanlıkta çıkarmalarını istiyor, bunun için teşekkür ediyordu, ayakları da temiz sayılmazdı elbette ama kıyas kabul etmezdi, koyu renk gözlüklü genç kızın yanındaki çarşaflar ve havlular işe yaradı, ayaklarındaki pisliklerin kabasını aldı. Sonra da eve yalınayak girdiler, doktorun karısı büyük bir naylon torba buldu, içine bütün ayakkabıları doldurdu, ilerde onları yıkamayı umuyordu, bu işi ne zaman ve nerede yapabileceğini hiç bilmiyordu, sonra torbayı götürüp balkona bıraktı, nasıl olsa ayakkabılar dışarının havasını daha fazla kirletemezdi. Gökyüzü kararıyordu, yüklü bulutlar vardı havada, Keşke yağmur yağsa, diye düşündü. Ne yapılması gerektiği gelmişti aklına, arkadaşlarının yanına döndü. Salondaydılar, sakindiler, ayakta duruyorlardı, çok yorgun olmalarına rağmen bir yere oturmaya cesaret edememişlerdi, yalnızca doktor elleriyle mobilyalara hafifçe dokunuyor, yüzeylerinde parmak izi bırakıyordu, tozların bir kısmı parmaklarının ucuna yapıştığından evdeki ilk temizlik başlamış oluyordu. Doktorun karısı, Hepiniz soyunun, dedi, böyle pis pis oturamayız, üzerimizdekiler de neredeyse ayakkabılarımız kadar pis, Soyunalım mı, diye sordu ilk kör, burada mı, birbirimizin önünde mi, bence doğru olmaz, Eğer isterseniz her birinizi evin bir başka köşesine götüreyim, karşılığını verdi doktorun karısı alay edercesine, böylece utanmazsınız, Ben burada soyunuyorum, dedi ilk körün karısı, beni yalnızca sen görebilirsin, beni çıplaklıktan daha berbat durumlarda gördüğünü unutmadım, kocamın belleği zayıf, Geçmişte kalmış tatsız olayları hatırlamanın ne gereği var, diye homurdandı ilk kör, Eğer kadın olsaydın ve bizim başımıza gelenler senin de başına gelseydi farklı düşünürdün, dedi koyu renk gözlüklü genç kız, şaşı çocuğun giysilerini çıkarmaya başlarken. Doktorla gözü siyah bantlı yaşlı adam belden yukarı çıplak kalmışlardı bile, şimdi pantolonlarını çıkarıyorlardı, gözü siyah bantlı yaşlı adam yanında duran doktora, Pantolonumu çıkarırken sana tutunabilir miyim, dedi. Sıçrayarak pantolonunu çıkaran zavallıların hali öyle gülünçtü ki insan ağlayacak gibi oluyordu. Doktor dengesini yitirdi, yere düşerken gözü siyah bantlı yaşlı adamı da birlikte sürükledi, neyse ki bu olaya ikisi de güldü, şimdi onları böyle görmek insanda şefkat uyandırıyordu, kir namına ne varsa bulaşmış bedenleriyle, pelteleşmiş erkeklik organlarıyla, kırlaşmış ya da kara kıllarıyla, ileri bir yaşın da hak edilmiş bir mesleğin de saygınlığı sona ermiş gibiydi. Doktorun karısı yardım edip kaldırdı onları, biraz sonra hava kararacak, kimsenin utanıp sıkılmasına gerek kalmayacaktı. Acaba evde mum var mıydı, diye düşündü doktorun karısı, sonra da evde iki şamdan, üç ağızlı eski bir yağ kandili, bir de cam fanuslu bir gaz lambası olduğunu hatırladı, Şimdilik yağ kandili işimi görür, yağ da var evde, bir fitil uydururuz, yarın bir ecza deposu bulup biraz gazyağı edinirim, hem bir kutu konserve bulmaktan daha kolay bu, ama gazyağı bulmak için ecza deposu aramayacaksam, diye düşündü ve bu koşullarda bile espri yapabilmesine kendisi de şaşırdı. Koyu renk gözlüklü genç kız ağır ağır soyunuyordu, öyle ağır ki ne kadar soyunsa da sanki üzerindeki giysinin altında son bir şey hep kalacaktı, neden böyle ağır hareket ettiği anlaşılır gibi değildi, ama eğer doktorun karısı onun yakınında olsaydı, onca kirin altında kızın yüzünün kızardığını görebilirdi, kadınları kim anlayabilir ki, biri, doğru dürüst tanımadığı erkeklerle orda burda yatıyor, sonra da birden utangaç kesiliyor, ötekiyse, ona yaklaşıp kulağına gayet sakin, Utanma, nasıl olsa seni göremez, diyebiliyor, tabii bunu derken kendi kocasını ima ediyor, çünkü bu ahlaksız kızın adamcağızı kendi yatağında nasıl baştan çıkardığını henüz unutmadık, dolayısıyla diyebiliriz ki, kadınları anlamak mümkün değildir. Nedeni farklı olsa da burada iki çıplak erkek var, bunlardan biri de onu yatağına kabul eden erkek.

Doktorun karısı yere bırakılan giysileri topladı, pantolonlar, gömlekler, bir ceket, kazaklar, bluzlar, birkaç iç çamaşırı, yapış yapış kirli, bunlar bir ay yıkansa arınmayacak gibiydi, hepsini kucakladı, Burada kalın, dedi, ben şimdi geliyorum. Ayakkabılar gibi, bunları da balkona götürdü, ağır gökyüzünün altında kapkara uzanan şehri seyrederek kendi de orada soyundu. Pencerelerde, cılız da olsa tek bir ışık, binaların önyüzlerine yansıyan tek bir parıltı göremedi, önünde uzanan bir şehir değildi, ısındıktan sonra soğuyup katılaşırken bina, çatı, baca biçimlerini almış büyük bir katran yığınıydı, her şey ölü, her şey kapalıydı. Gözyaşı yalayan köpek balkona geldi, huzursuzdu, ama kadının gözlerinde yalayacak gözyaşı yoktu artık, umutsuzluk içindeydi, gözleriyse kupkuruydu. Doktorun karısı üşüdüğünü hissetti, diğerlerini hatırladı, neyi beklediklerini bilmeden salonun ortasında çırılçıplak dikiliyorlardı. İçeri girdi. Cinsiyeti belirsiz basit birer siluete dönüşmüşlerdi, bulanık birer lekeydiler, gölge içinde kaybolmuş gölgeler. Ama onlar böyle düşünmüyor, diye düşündü, onlar kendilerini çevreleyen ışığın içinde eriyorlar, onların görmesini engelleyen şey, ışık. Bir lamba yakacağım, dedi, şu anda neredeyse sizler kadar körleştim, Elektrik geldi mi, diye sordu şaşı çocuk, Hayır, bir yağ kandili yakacağım, Kandil de nedir, diye sordu çocuk yeniden, Sonra gösteririm sana. Naylon torbaların birinde bir kutu kibrit buldu, mutfağa gitti, yağın yerini biliyordu, zaten biraz yağ yeterdi, bir bulaşık bezi aldı, ince bir şerit koparıp fitil yaptı, sonra, kandilin durduğu salona geri döndü, bu kandil üretildiğinden beri ilk kez işe yarayacaktı, ilk başta üretilirken böyle kullanılacağı kimsenin aklına gelmemişti, ama hiçbirimiz, ne kandiller, ne köpekler, ne de insanlar, dünyaya nasıl bir amaçla geldiğimizi başlangıçta bilemeyiz. Kandilin üç ayrı ağzında birbiri ardından bademe benzeyen küçük ve titrek üç alev belirdi, ara sıra inceliyor, uçları havada kaybolacak gibi oluyor, sonra yeniden toplanıp yoğunlaşıyor, taştan birer ışığa dönüşüyorlardı. Doktorun karısı, Şimdi görüyorum, dedi, gidip size temiz çamaşır bulayım, Ama biz kirliyiz, diye hatırlattı koyu renk gözlüklü genç kız. İlk körün karısıyla o, bir elleriyle göğüslerini, öteki elleriyle de edep yerlerini kapamışlardı, Ben varım diye değil, diye geçirdi aklından doktorun karısı, kandilin ışığı onları gördüğü için örtünüyorlar. Sonra, Bedeniniz temizken kirli çamaşır giymektense, kirliyken temiz çamaşır giymek daha iyidir, dedi. Yağ kandilini eline aldı ve komodinlerin çekmecelerini, dolapları karıştırmaya başladı, birkaç dakika sonra pijamalar, sabahlıklar, etekler, bluzlar, elbiseler, ayakkabılar, kazakları kucaklayıp geri geldi, yedi kişiyi yakışık alır bir şekilde örtmek için gereken her şey vardı, kadınların hepsi aynı boyda değildi ancak zayıfladıkları için neredeyse hepsi aynı yapıya gelmişti. Doktorun karısı giyinmelerine yardım etti, şaşı çocuğun payına doktorun şortlarından biri düştü, hani şu plajda ya da kırda giyilen ve giyenleri küçük çocuklara çeviren türden bir şort. Artık oturabiliriz, diye iç geçirdi ilk körün karısı, bize rehberlik et lütfen, nereye oturacağımızı bilemiyoruz.

Salon, her salon gibiydi. Ortada alçak bir sehpa, çevresinde de herkese yeten kanepeler vardı, birine doktorla karısı oturdu, gözü siyah bantlı yaşlı adam da yanlarına, öbürküne koyu renk gözlüklü genç kızla şaşı çocuk, ötedekine de ilk körle karısı. Bitkinlerdi. Şaşı çocuk başını koyu renk gözlüklü genç kızın dizlerine koyup hemen uyudu, yağ kandilini unutmuştu. Bu durumda aradan bir saat geçti, mutluluktu bu, kandilin yumuşak ışığı altında kirli yüzler temizlenmiş görünüyordu, uyumayanların gözleri parlıyordu, ilk kör karısının elini bulup sıktı, bu hareketiyle, dinlenmiş bir bedenin ruhların uyumuna katkıda bulunabileceğini gösteriyordu. Doktorun karısı, Birazdan bir şeyler yiyeceğiz, ama öncesinde burada nasıl yaşayacağımıza karar vermeliyiz, rahat olun, hoparlördeki duyuruyu tekrarlayacak değilim, yeterli yerimiz var burada, yatmanız için, iki yatak odasını çiftler kullanacak, bu salonda da ötekiler yatabilir, her biriniz bir kanepede, yarın yiyecek bulmaya giderim, elimizdekiler tükenmek üzere, taşımama yardım etmek için birinizin benimle gelmesi gerekebilir, ayrıca evin yolunu da öğrenmeye başlamalısınız, köşe başlarını tanımalısınız, günün birinde hastalanabilirim ya da kör olabilirim, her an başıma gelebilir bu, o durumda, ben de sizlerden pek çok şey öğrenmek zorunda kalırım, bir konu daha var, bazı ihtiyaçlarımız için balkonda bir kova duruyor, yağmur yağarken ve hava soğukken dışarı çıkmanın pek hoş olmadığının farkındayım, ama leş gibi kokan bir evde oturmaktan daha iyidir, karantinadayken nasıl yaşadığımızı unutmayalım, hepimiz her türden aşağılanmaya katlandık, hatta iğrenç durumlara düştük, başka çeşitten de olsa burada da yaşamak zorunda kalabiliriz böyle şeyleri, orada yaşadığımız iğrenç şeylerin suçunu başka insanlara yükleyebiliyorduk, ama artık durum bu değil, şimdi iyinin de kötünün de karşısında hepimiz eşitiz, bana neyin iyi neyin kötü olduğunu sormayın, bu kavramların ne anlama geldiğini, körlük bizim için istisnayken her yaptığımız işte biliyorduk, doğru ve yanlış, karşımızdaki kişiyle olan ilişkimizi anlamamızın farklı türleri yalnızca, kendimizle olan ilişkimizin değil, ona güvenilmez, bu vaaz için kusuruma bakmayın, körler dünyasında yaşayıp gözleri görmenin ne demek olduğunu bilemezsiniz, ben bir kraliçe değilim, hayır, yalnızca dehşeti görsün diye dünyaya gelmiş bir kadınım, siz o dehşeti hissediyorsunuz, bense hem hissediyorum hem de görüyorum, bu kadar konuşmak yeter, haydi yemeğe. Kimse soru sormadı, yalnızca doktor, Bir gün gözlerim yeniden görmeye başlarsa, başkalarının gözlerinin içine bakacağım, ruhlarını görebilecekmişim gibi, dedi, Ruhlarını mı, diye sordu, gözü siyah bantlı yaşlı adam, Ya da özlerini, nasıl adlandırıldığının o kadar önemi yok, bunun üzerine, koyu renk gözlüklü genç kız, fazla öğrenim görmediği dikkate alınırsa herkesi şaşırtan bir söz söyledi, Hepimizin içinde adını koyamadığımız bir şey var, işte biz oyuz.

Doktorun karısı, ellerinde kalan yiyeceğin birazını masanın üzerine koymuştu, onların oturmalarına yardım ederken, Ağır ağır çiğnerseniz midenizi biraz kandırırsınız, dedi. Gözyaşı yalayan köpek gelip kendi payını istemedi, oruç tutmaya alışmıştı, adeta sabahki ziyafetten sonra ağlayan kadının ağzından tek lokmasını bile almaya hakkı olmadığını düşünüyordu, ötekilereyse pek aldırmıyor gibiydi. Üç ağızlı yağ kandili masanın ortasında duruyor, doktorun karısının şaşı çocuğa söz verdiği üzere, kendisiyle ilgili açıklama yapmasını bekliyordu, Ellerini bana ver, dedi kadın şaşı çocuğa, sonra çocuğun ellerini incitmeden yönlendirirken, Bu tabanı, dedi, gördüğün gibi yuvarlak, bu da üst bölümü taşıyan boynu, aynı zamanda yağ haznesi, işte şurası, dikkatli ol, ellerin yanmasın, bunlar da ağızları, bir, iki, üç tane, içerdeki yağı emen fitiller bu ağızlardan dışarı uzanıyor, onlara bir kibrit tutuyorsun ve yağ bitene dek etrafı aydınlatıyorlar, verdikleri ışık cılız ama çevreyi görebiliyorsun, Ben görmüyorum, Bir gün göreceksin, işte o gün ben de sana bu kandili hediye edeceğim, Rengi ne, Pirinçten yapılmış eşya gördün mü hiç, Bilmiyorum, hatırlamıyorum, Pirinç sarı bir madendir, Yaa. Şaşı çocuk bir an düşündü, Şimdi annesini isteyecek, diye düşündü doktorun karısı ama yanılıyordu, çocuk yalnızca su istedi, çok susamıştı, Yarına kadar beklemek zorundasın, evde su yok, ama birden evde su bulunduğunu hatırladı, su deposunda el değmemiş beş litre kadar su vardı ve bu su karantinadayken içtikleri sulardan daha kirli olamazdı. Karanlıkta göremeden banyoya gitti, deponun kapağını yoklayarak tutup kaldırdı, içinde gerçekten su olup olmadığını göremezdi ama parmakları ona su var diyordu, bir bardak buldu, bardağı deponun içine daldırdı, dikkatle doldurdu, uygarlık insanların kuyulardan su çektiği çağa gerilemişti. Salona girdiğinde herkes yerinde oturuyordu. Kandilin alevi kendisine dönük duran yüzleri aydınlatıyordu, onlara, Ben buradayım, bakın bana, bu fırsattan yararlanın, ışığımın sonsuza kadar sürmeyeceğini unutmayın, der gibiydi. Doktorun karısı su bardağını şaşı çocuğun dudaklarına yaklaştırdı, İşte su, yavaş yavaş iç, tadını alarak iç, bir bardak su bir mucizedir, dedi, çocuğa söylemiyordu bunları, kimseye söylemiyordu, sadece bir bardak sudaki mucizeyi dünyaya bildiriyordu. Nereden buldun, yağmur suyu mu bu, diye sordu kocası, Hayır depodaki su, Biz giderken bir şişe suyumuz yok muydu, diye sordu doktor yine, Karısı, Tabii vardı ya, nasıl unuttum, diye bağırdı, biri yarım, öteki dolu iki şişe suyumuz vardı, ah, ne kadar sevindim, içme, o suyu içme artık, dedi çocuğa, hepimiz temiz su içeceğiz, en güzel bardaklarımızı çıkaracağım ve temiz su içeceğiz. Bu kez mutfağa giderken eline kandili aldı, gelirken su şişesini getirdi, kandilin ışığı cama vuruyor, şişenin içindeki hazineyi aydınlatıyordu. Şişeyi masanın üzerine bıraktı, bardak aramaya gitti, en güzellerini, ince kristal bardakları bulup getirdi, sonra, yavaş yavaş, dini bir töreni yönetir gibi, bardakları doldurdu. Sonunda, Haydi içelim, dedi. Kör eller bardakları arayıp buldu, titreyerek kaldırdılar. İçelim, diye yineledi doktorun karısı. Masanın ortasında duran kandil, parlak yıldızların çevrelediği bir güneş gibiydi. Bardakları masaya bırakırlarken koyu renk gözlüklü genç kızla gözü siyah bantlı yaşlı adam ağlıyordu.

Huzursuz bir geceydi. İlk başta silik, bulanık düşler uyuyanların birinden ötekine gidiyor, yeni anıları, yeni gizleri, yeni arzuları şundan alıp buna taşıyordu, uyuyanlar da bu nedenle içlerini çekip mırıldanıyorlardı, Bu benim düşüm değil, diyorlardı, ama düş onlara cevap veriyordu, Sen henüz hangi düşün senin düşün olduğunu bilmiyorsun ki, koyu renk gözlüklü genç kız böylelikle az ötede uyuyan gözü siyah bantlı yaşlı adamın kim olduğunu öğrendi, o da genç kızın kim olduğunu öğrendiğini sandı, ama yalnızca sandı, çünkü düşlerin birbirini tutabilmesi için iki kişinin onları aynı anda görmesi yeterli değildir. Gün ağarırken yaşlı adam ağlamaya başladı. Rüzgârla karışan yağmur binlerce kırbaç gibi şakladı camlarda. Doktorun karısı uyandı, gözlerini açıp, Amma da yağdı, diye mırıldandı sonra yeniden yumdu gözlerini, oda hâlâ koyu karanlıktı, uykusuna devam edebilirdi. Yeniden uykuya dalalı bir dakika olmuştu ki, yapacağı bir şey olduğu düşüncesiyle uyandı, ama ne yapması gerektiğini bilemedi, yağmur ona, Kalksana, diyordu, neydi derdi bu yağmurun. Kocasını uyandırmamak için odadan usulca çıktı, oturma odasından geçti, kanepelerde uyuyanlara bakmak için bir an durdu, sonra koridora girip mutfağa kadar gitti, rüzgârla savrulan yağmur binanın bu yüzüne daha şiddetli vuruyordu. Buğulanmış camı sabahlığının koluyla silip dışarı baktı. Gökyüzü kocaman tek bir buluttu, bardaktan boşalırcasına yağmur yağıyordu. Sırtlarından çıkardıkları kirli giysiler balkondaydı, üst üste yığılı duruyorlardı, plastik kova da oradaydı, yıkanacak ayakkabılar da. Yıkamak. O anda gözlerindeki uyku perdesi tamamıyla kalktı, işte bunu yapması gerekiyordu. Kapıyı açıp balkona bir adım attı, bir çağlayanın altına girmiş gibi bir anda sırılsıklam oldu. Bu suyu kullanmalıyım, diye düşündü. Yeniden mutfağa girdi ve elinden geldiğince sessizce leğenleri, tencereleri ve kapları, gökyüzünden ip gibi inen, rüzgârın savurduğu ve iri bir süpürge gibi çatıların altına gürültüyle savurduğu bu perde perde inen suyun hiç olmazsa bir kısmını koyabileceği bütün kapları toplamaya başladı. Hepsini balkona taşıdı, parmaklığın önüne dizdi, leş gibi giysileri, mide bulandırıcı ayakkabıları yıkayacak suyu olacaktı artık. Aman yağmaya devam etsin, bu yağmur durmasın, diye mırıldanırken mutfaktan sabun, deterjan, sünger, biraz olsun temizlemeye yarayacak ne varsa almak için içeri döndü, biraz da olsa temizlemek istiyordu, bu dayanılmaz ruh kirliliğini. Beden kirliliğini, dedi, kafasının içindeki metafizik düşünceyi düzeltmek istercesine, sonra ekledi, İkisi aynı şey. Sonra, düşündükleriyle söylediklerinin kaçınılmaz sonucunu, uyum içinde uzlaşmasını gösterircesine üstündeki ıslak giysiyi çıkardı ve çırılçıplak kaldı, bedenini kâh okşayan kâh kamçılayan yağmur altında, giysilerini ve kendini yıkamaya koyuldu. Etrafını saran yağmurun gürültüsü artık yalnız olmadığını anlamasını engelliyordu. Koyu renk gözlüklü genç kızla ilk körün karısı da kapının eşiğinde belirmişti, onları hangi düşüncenin, hangi sezginin, içlerinden gelen hangi sesin uyandırdığı bilinmiyordu, balkonun yolunu nasıl buldukları belli değildi, açıklama aramak için uğraşmaya değmez, tahminler serbest. Doktorun karısı onları fark edince, Gelin, yardım edin bana, dedi, Nasıl edelim, gözlerimiz görmüyor ki, dedi ilk körün karısı, Sırtınızdaki giysileri çıkartın, kurutacak ne kadar az şey olursa o kadar iyi, Ama biz görmüyoruz, diye tekrarladı ilk körün karısı, Olsun, dedi koyu renk gözlüklü genç kız, elimizden geleni yaparız, Geri kalanı ben hallederim, kirli kalanları temizlerim, haydi şimdi iş başına, dünyada iki gözü ve altı eli olan tek kadın biziz, dedi doktorun karısı. Belki de karşıdaki binada, kapalı pencerelerin ardında, kör kadınlar ve erkekler, sağanak halinde durmaksızın yağan şiddetli yağmur yüzünden uykularından uyanmış, alınlarını, gece boyunca oluşan verdikleri solukların oluşturduğu çiy tabakasıyla kaplanmış soğuk camlara dayamış, şimdi yaptıkları gibi camın önünde durup dışarıda yağan yağmuru izledikleri eski günleri hatırlıyorlardı. Karşıda, üç çıplak kadın bulunduğunu hayal bile edemezlerdi, çırılçıplaktılar, deli gibiydiler, deli olmalıydı bu kadınlar, yoksa balkonda, bütün komşuların önünde çamaşır yıkamaya kalkmazlardı, herkes kör olsa da böyle davranılmaz, Tanrım, yağmur suları bedenlerinden nasıl da süzülüyor, memelerinin arasından nasıl da geçiyor, apış aralarının karanlığında nasıl da toplanıp kayboluyor, sonra nasıl da kalçalarından akıyor ve bacaklarını sarıyordu, ama bu kadınları düşünürken haksızlık etmiş olabiliriz, şehrin tarihindeki en güzel, en görkemli olayın gerçekleşmekte olduğunu fark edemeyen bizleriz belki de, şu anda balkondan aşağı çağlayan gibi inmekte köpükler, o çağlayanla birlikte ben de aşağı düşmek isterdim temizlenmiş, yıkanıp paklanmış ve çıplak olarak. Bizi yalnızca Tanrı görüyor, dedi ilk körün karısı, yaşadığı üzüntülere, çektiği sıkıntılara rağmen Tanrı'nın kör olmadığına hâlâ inançlıydı, doktorun karısı da bu sözlere karşılık, Tanrı bile görmüyor, çünkü gökyüzü bulutlarla kaplı, sizi yalnızca ben görüyorum, dedi, Ben çirkin miyim, diye sordu koyu renk gözlüklü genç kız, Sıskasın ve kirlisin ama kesinlikle çirkin değilsin, Peki ya ben, diye sordu ilk körün karısı, Sen de onun kadar sıska ve kirlisin, onun kadar güzel değilsin, ama benden daha güzelsin, Sen güzelsin, dedi koyu renk gözlüklü genç kız, Nereden bileceksin ki, beni hiç görmedin, Seni iki kez düşümde gördüm, Ne zaman, İkinci kez bu gece gördüm, İçinde yattığın evin düşünü gördün sen, çünkü burada kendini güvende hissediyordun, huzurluydun, bütün o yaşadıklarımızdan sonra böyle hissetmen çok doğal, senin düşünde ben ev olmuştum, beni görebilmen için bana bir yüz vermen gerekiyordu, onun için kafanda biçimlenirdin böyle bir yüzü, Ben de seni güzel bir kadın olarak görüyorum, ama seni düşümde hiç görmedim, dedi ilk körün karısı, Demek ki körlük çirkin insanların kaderidir, Sen çirkin değilsin, Hayır, aslında çirkin bir kadın değilim ama yaşlıyım, Kaç yaşındasın, diye sordu koyu renk gözlüklü genç kız, Ellisine yaklaşıyorum, Annem kadarsın, Ya o, Ya o, ne, Hâlâ güzel mi, Eskiden daha güzeldi, Bu hepimizin başına gelen bir şey, hepimiz bir zamanlar daha güzeldik, Sen hiçbir zaman bu kadar güzel olmamıştın, dedi ilk körün karısı. Kelimeler böyledir işte, fazla gizlerler kendilerini, birbirinin peşine takılırlar, nereye gittiklerini bilmez görünürler ve ansızın, ikisinin, üçünün, veyahut dördünün birden, kolayca ortaya çıkmasıyla, bir kişi zamiri, bir zarf, bir fiil, bir sıfatla, karşı konulamayan bir heyecan tenimize ve gözlerimize yükselir, duygularımızın sükûneti bozulur, bazen de sinirlerimiz dayanamaz buna, çok tahammül etmişlerdir, sanki bir zırh kuşanmış gibi her şeye katlanmışlardır, Doktorun karısının sinirleri çelik gibi, deriz, ve sonuçta doktorun karısı bir kişi zamiri yüzünden, bir zarf, bir fiil, bir sıfat yüzünden gözyaşlarına boğuldu, sadece dilbilgisi kategorileri, sadece belirteçler yüzünden, iki kadın da, belirsiz zamir olarak gözyaşlarına boğulduğundan cümleyi tamamlayana sarıldılar ve durum tam bir ayine dönüştü, yağmurun altında üç zarif çıplak kadın. Gelgelelim bu tür anlar hep sürüp gitmez, bu kadınlar bir saatten fazladır oradaydılar, üşümeye başlamışlardı, Üşüdüm, dedi koyu renk gözlüklü genç kız. Giysileri olabildiğince halletmişlerdi, ayakkabılardaki pislik de büyük ölçüde çıkmıştı, artık bu üç kadının da yıkanma vakti gelmişti, birbirlerinin saçını ve sırtını sabunluyor ve kör olmadıkları günlerde, birer küçük kızken bahçede körebe oynarken güldükleri gibi kıkır kıkır gülüyorlardı. Gün tamamen ağardı, dünyanın omzunun üzerinden çevreye bir göz atmak için önce başını çıkaran güneş yeniden bulutların arkasında görünmez oldu. Yağmur dinmemişti, ama şiddeti azalmıştı. Çamaşırcılar mutfağa çekilip doktorun karısının banyodan getirdiği havlularla iyice kurulandılar, tenlerinden kötü bir deterjan kokusu geliyordu, ama ne yaparsınız yaşam böyle işte, pasta bulamayan ekmek yer, sabun göz açıp kapayıncaya kadar eriyip bitti, yine de bu evde ne ararsan var gibiydi, ya da sahip olduklarını ölçülü kullanmışlardı, sonunda giyindiler, dışarısı, yani balkon cennetti, doktorun karısının sabahlığı hâlâ sırılsıklamdı ama o, sırtına yıllardır giymediği dallı çiçekli bir elbise geçirdi, böylece üç kadının en güzeli oldu.

Salona geçtiklerinde, doktorun karısı gözü siyah bantlı yaşlı adamın kalkmış olduğunu gördü, gece yattığı kanepeye oturmuştu. Başı ellerinin arasındaydı, parmaklarını şakaklarını kapatıp ensesine inmiş, çalıyı andıran bembeyaz saçlarının arasına sokmuştu, hiç kımıldamıyordu, gergindi, düşünceleri kendinden uzaklaştırmayı ya da tam tersine, bunların aklında kalmasını istiyor gibiydi. Kadınların içeri girdiklerini işitti, nereden geldiklerini, biraz önce çıplak olarak ne yaptıklarını biliyordu, bu kadar çok şey bilmesi, görme yetisini ansızın yeniden kazanmasından ve öteki yaşlı erkeklere özenip parmak uçlarına basa basa gidip Suzanne Banyoda tablosunda olduğu gibi bir kadını değil, üç kadını birden gözetlemiş olmasından kaynaklanmıyordu, o kördü ve kör kalacaktı, mutfağın kapısına kadar gitmişti yalnızca ve orada durup kadınların balkondaki konuşmalarını, gülüşmelerini, yağmurun sesini ve dökülen suların şırıltısını işitmişti, sabun kokusunu da solumuştu, sonra kanepesine geri dönmüştü, dünyada yaşamın hâlâ sürdüğünü, o dünyada kendisine bir yer olup olmadığını düşünmüştü. Doktorun karısı, Kadınlar yıkandı, sıra erkeklere geldi, dedi, gözü siyah bantlı yaşlı adam, Yağmur hâlâ yağıyor mu, diye sordu Evet, yağıyor, balkondaki kaplarda da su var, Öyleyse ben banyoda, kurnada yıkanmayı tercih ederim, bu kelimeyi onlara kimliğini gösterirmiş gibi kullanıyordu, sanki, Ben küvet yerine kurna kelimesinin kullanıldığı zamanlardan kalmayım, demek istiyordu, sonra, Tabii senin için bir sakıncası yoksa, diye ekledi, için rahat etsin, niyetim evini kirletmek değil, yerlere su sıçratmamaya dikkat ederim, yani elimden geleni yaparım, Öyleyse su kaplarını banyoya getireyim, Sana yardım edeyim, Tek başıma taşıyabilirim, Ben de bir işe yarayayım, sakat değilim ki, Gel benimle öyleyse. Doktorun karısı balkonda duran ve neredeyse dolup taşan bir kabı mutfaktan içeri doğru itti, gözü siyah bantlı yaşlı adamın ellerini kaba götürerek, Şuradan tut, dedi, Haydi bakalım, kabı birlikte kaldırdılar, İyi ki yardım etmek istedin, gerçekten de tek başıma kaldıramazmışım, Şu özlü sözü bilir misin, Hangisi, Yaşlılar az çalışır, ama onları hor gören delidir, O özlü söz öyle değil, Biliyorum, yaşlı yerine çocuk, hor gören yerine de küçümseyen demeliydim, ama eğer özlü sözlerin anlamlarını yitirmemelerini istiyorsak, onları zamana uyarlamalıyız, Sen bir filozofsun, Hadi canım, moruğun tekiyim. Su kabını banyodaki küvete boşalttılar, sonra doktorun karısı bir çekmeceyi çekti, bir sabun daha bulunduğunu hatırlamıştı. Sabunu gözü siyah bantlı yaşlı adamın eline tutuşturdu, Mis gibi kokacaksın, bizden daha güzel, dilediğin kadar kullan, sorun değil, belki yiyecek sıkıntısı çekeriz ama marketlerde bol bol sabun bulabiliriz sanırım, Teşekkür ederim, Aman dikkat et, kayıp düşmeyesin, istersen kocamı çağırayım, gelip sana yardım etsin, Hayır, tek başıma yıkanmayı tercih ederim, Sen bilirsin, bak şurada da, dikkat et, elini uzat, bir tıraş bıçağı, bir de fırça var, eğer sakalını tıraş etmek istersen, Teşekkür ederim. Doktorun karısı banyodan çıktı. Gözü siyah bantlı yaşlı adam, giysiler dağıtılırken verilen pijamasını çıkardı, sonra çok dikkat ederek küvetin içine girdi. Su soğuktu ve azdı, ancak bir karış kadardı derinliği, üç kadının yaptığı gibi gökyüzünden bolca akan suyla keyifle yıkanmakla bir karışlık zavallı suda böyle debelenmek arasında fark vardı. Küvetin içine çömeldi, derin bir nefes aldı ve ellerini bitiştirip aldığı ilk suyu göğsüne çarpınca soluğu kesilir gibi oldu. Tüylerinin diken diken olmasına zaman bırakmadan bedeninin her yerini ıslattı, sonra tempolu ve sistemli olarak sabunlanmaya başladı, omuzlarından başlayarak, kollarını, göğsünü ve karnını, karnının aşağısını, erkeklik organını, apış arasını sertçe ovaladı, Bir hayvandan daha pisim, diye düşündü, sonra sıska kalçalarını ve kir bağlamış ayaklarına kadar her yerini yıkadı. İyice temizlenebilmek için bedenini bir süre köpüklü bıraktı ve, Başımı da yıkamalıyım, dedi, gözündeki bandı çıkarmak için elini ensesine götürdü, Senin de yıkanman gerek, diyerek bandı çıkarıp suyun içine bıraktı, bedeni artık ısınmıştı, başını ıslatıp saçlarını sabunladı, bembeyaz ve uçsuz bucaksız bir körlüğün tam ortasında beyaz köpüklere bulanmış bir adamdı şimdi, bu haliyle kimse onu fark etmezdi, böyle düşündü ancak yanılıyordu, çünkü tam o sırada sırtına dokunan elleri hissetti, o eller önce kollarındaki ve göğsündeki köpükleri aldılar, sonra da sırtına yaydılar, yavaş yavaş, sanki ne yaptığını göremediği için bütün dikkatini işine vermesi gerekiyormuş gibiydi. Kimsin sen, diye sormayı düşündü, ama ağzı, dili kurumuştu, soramadı, şimdi tir tir titriyordu, ama üşüdüğü için değil, eller onu yumuşak yumuşak ovalamaya devam ediyordu, kadın, Ben doktorun karısıyım, ben ilk körün karısıyım, ben koyu renk gözlüklü genç kızım, demedi, ellerin görevi bitti, geri çekildiler, banyodaki sessizlik içinde kapının usulca kapandığı duyuldu, gözü siyah bantlı yaşlı adam banyoda yalnız kaldı, küvetin içinde diz çökmüş durumdaydı, sanki merhamet diliyordu, titreyip duruyordu, kimdi acaba, diye soruyordu kendine, mantığı ona bu kadının olsa olsa doktorun karısı olabileceğini söylüyordu, içimizde yalnızca o görüyor, bizi o koruyor, bize o bakıyor, bizi doyuruyor, kendini göstermeden böyle incelikli ancak o davranmış olabilirdi, bu hiç şaşırtıcı sayılmazdı, mantığı böyle söylese de o mantığına güvenmiyordu. Hâlâ titriyor ama heyecandan mı, yoksa soğuktan mı titrediğini bilemiyordu. Suyun içinde göz bandını aradı, iyice birbirine sürterek yıkadı, suyunu sıktı, yeniden başına geçirdi, onu takınca kendini o kadar çıplak hissetmiyor gibiydi. Kurulandı, mis gibi kokarak salona girdi, doktorun karısı, İşte temiz ve tıraşlı bir erkek geldi, dedi, sonra, yapılması gerekse de yapılamadan kalmış bir şey hatırlamış gibi, Sırtını yıkayamamışsındır, çok yazık, diye ekledi. Gözü siyah bantlı yaşlı adam cevap vermedi, sadece mantığına güvenmemekte haklı olduğunu düşündü.

Biraz yiyecekleri kalmıştı, onu da şaşı çocuğa verdiler, ötekiler yeniden yiyecek gelmesini bekleyecekti. Yedekte kompostolar, kuru meyveler, şeker, açılmış bir bisküvi paketi, birkaç peksimet duruyordu, ama bunları ve bunlara eklenebilecek başka yiyecekleri ancak acil durumlarda kullanacaklardı, her günün yiyeceğini aynı gün içinde bulup getireceklerdi, günübirlik sağlamalılardı, eğer bir şanssızlık olur da çıkılan seferden eli boş dönülürse, o zaman herkese iki bisküvi ile bir kaşık komposto dağıtılacaktı, Çilek ve şeftali kompostosu var, hangisini istersiniz, üç yarım ceviz, bir bardak su, tükenmediği sürece bir lükstü bunlar. İlk körün karısı, yiyecek aramaya gidilirken kendisinin de katılmak istediğini söyledi, o iş için üç kişi fazla sayılmazdı, ikisi kör olsa da yük taşıyabilirlerdi, üstelik, eğer mümkünse, buradan pek uzakta olmadığı düşünülürse, gidip kendi evinin de ne durumda olduğunu yoklamak istiyordu, işgal edilmiş miydi, işgal edenler varsa onları tanıyor muydu, örneğin körlük salgını kasabalarını sardığı için şehre gelen ve apartman komşularının nüfusunu artıran akrabalar mıydı bunlar, şehirde her zaman her şeye çare bulunurdu. Evde giysi namına ne kalmışsa üzerlerine geçirip üçü birlikte çıktılar, diğerlerinin, yani yıkanmış olan giysilerin güneşli havada kuruması gerekecekti. Gökyüzü hâlâ bulutluydu, ama yağmur yağmıyordu. Özellikle yokuş sokaklarda, suyun sürüklediği çöpler birikip küçük tepeler oluşturmuştu, bu sayede sokağın geri kalan kısımları tertemizdi. Dilerim yağmur sürer, içinde bulunduğumuz durumda güneşin açması başımıza gelecek en kötü şeydir, dedi doktorun karısı, şimdi bile her yer çöp içinde, pis kokuyor, O kokuları şimdi daha çok duyuyoruz, çünkü kendimiz temizlendik, dedi ilk körün karısı, soğuk suyla yıkandığı için hafifçe üşütmüş gibi görünen kocası da ona hak verdi. Sokaklarda pek çok kör vardı, yağmurun kesilmesinden yararlanıp yiyecek aramaya ve az yiyip içtikleri halde kaçınamadıkları dışkılama ihtiyaçlarını gidermeye çıkmışlardı. Köpekler sokaklarda dört dönüyor, çöpleri eşeliyordu, bazıları boğulmuş bir fareyi almışlardı ağızlarına, pek görülen bir şey değildi bu ve ancak son zamanlardaki bol yağışla açıklanabilirdi, demek ki fareler kurtulamayıp sele kapılmış, çok iyi yüzücü olmaları bir işlerine yaramamıştı. Gözyaşı yalayan köpek, eski çetesindeki arkadaşlarına katılmadı, o seçimini yapmıştı, ama başkalarının beslemesini bekleyecek türden bir köpek değildi, şimdiden ağzında, ne olduğunu Tanrı bilir, bir şeyler geveliyordu, bu çöp dağları hayal edilemeyecek hazineler barındırıyordu, tek yapılması gereken aramak, karıştırmak ve bulmaktı. Belleğin içini araştırmak, orada dolaşmak, fırsat çıktığında yapılması gereken bir iştir, ilk körle karısı da köşe bucakta ne varsa öğreneceklerdi, sadece içinde yaşadıkları evde değil, ki orada çok daha fazlası vardı, yaşadıkları sokakta da, dört temel yön olarak kullanacakları dört köşeyi öğreneceklerdi, körlerin doğunun, batının, kuzeyin, güneyin nerede olduğunu bilmesi hiç önemli değildi, önemli olan, her yere dokunan ellerinin onlara doğru yolda olup olmadıklarını söylemesiydi, eskiden, sayıları daha azken, beyaz kör bastonu kullanırlardı, zemine ve duvarlara sürekli vurdukları bu değneğin çıkardığı ses, rotalarını bulmalarını sağlayan bir tür şifreydi, ama artık herkes kör olduğundan böyle bir değnek sokaklardaki gürültünün içinde pek işe yaramazdı; tabii, kendi beyaz körlüğüne dalmış olan körler, ellerinde beyaz bir değnek olup olmadığının farkına varıyorlar mıdır, o da ayrı bir konu. Köpekler yönlerini bulurken, bildiğimiz gibi, içgüdü dışında, başka araçlara da başvururlar, şurası kesin ki, köpekler miyop oldukları için görme duyularına pek güvenmezler, bununla birlikte, burunları gözlerinin epey önünde yer aldığından, istedikleri yere her zaman varırlar, bizim durumumuzdaysa, gözyaşı yalayan köpek, ne olur ne olmaz diye, bacağını kaldırarak rüzgârın estiği dört ana yöne sırasıyla döndü, dolayısıyla eğer bir gün yolunu şaşıracak olursa, rüzgâr onu doğruca evine getirecekti. Sokaklarda yürürlerken doktorun karısı sağa sola bakıyor, azalmış erzak stoklarını yenileyebilecekleri dükkânları arıyordu. Her şey talan edilmemişti, eski tip bakkaliyelerin bazılarında varillerin dibinde biraz kuru fasulye, biraz bezelye bulunabiliyordu, bunlar pişmesi uzun zaman alan kuru sebzelerdi, pişirmek için su gerekirdi, yakacak gerekirdi, bu yüzden şu an pek rağbet görmüyorlardı. Doktorun karısı atasözü meraklısı değildi, ama ne olursa olsun, bu eski öğretiden bir şeyler kalmıştı aklında, bunun kanıtı da getirdiği naylon torbalardan ikisini fasulye ve bezelye ile doldurmasıydı, Sakla samanı gelir zamanı, derdi anneannesi, sonuçta bu sebzeleri ıslatmak için kullanacağı su aynı zamanda onları pişirmeye de yarardı, artan su da artık su olmaz, haşlama suyuna dönüşürdü. Bazen her şeyin kaybolmayıp bir şeyden yararlanılmasıyla sadece doğada karşılaşılmaz.

İlk körle karısının oturduğu sokağa varmalarına daha epeyce varken, fasulye ve bezelye torbalarının yanında, toplayabildikleri daha başka şeyleri de neden taşıdıkları sorusu, ancak yaşamı boyunca hiç yokluk çekmemiş birinin ağzından çıkabilir. Bu aynı anneanne, doktorun karısına, ayrıca, Bir çakıltaşı bile bulsan eve götür, demişti ama, Dünyayı dolaşman gerekse bile götürmelisin, diye eklemeyi unutmuştu, şu an yaptıkları bir kahramanlıktı, o eve en uzak yoldan gidiyorlardı. Şimdi neredeyiz, diye sordu ilk kör, doktorun karısı nerede bulunduklarını söyledi, gözleri bunun için vardı, o da, Ben burada kör oldum, trafik ışıklarının olduğu kavşakta, dedi, Tam o kavşaktayız, Orada mı, Evet, tam orada. Olanları hatırlamak istemiyorum, arabanın içinde kapalı kalmıştım, göremiyordum, insanlar dışarıda konuşuyorlardı, bense, umutsuzca, kör oldum diye bağırıyordum, sonra bir adam gelip beni eve götürdü, Zavallı adam, dedi ilk körün karısı, bir daha asla araba çalamayacak, Ölecek olmamız fikri bize pahalıya patlıyor, dedi doktorun karısı, ölenler için daima bir özür arıyoruz, sanki sıra bize geldiğinde bizi bağışlamalarını önceden ister gibiyiz, Bütün bunlar bana hâlâ bir düş gibi geliyor, dedi ilk körün karısı, sanki kör olduğumu düşümde görüyorum, Ben de seni evde beklerken aynı şeyi düşünmüştüm, dedi kocası. Kazanın yaşandığı meydanı geçmişlerdi, şimdi daracık, dolambaçlı gibi sokakları tırmanıyorlardı, doktorun karısının pek bildiği yerler değildi buraları, fakat ilk kör yönünü kaybetmedi, nereye gideceğini biliyordu, doktorun karısı sokak adlarını söylüyor, o da, Sola dönelim, sağa dönelim, diyordu, sonunda, İşte bizim sokak burası, dedi, ev sol tarafta, aşağı yukarı sokağın tam ortasında, Kaç numara, diye sordu doktorun karısı, adam numarayı hatırlamıyordu, Bir bu eksikti, hatırlamıyorum, yok, hiç hatırlamıyorum, dedi, kötüye işaret bu, şu anda nerede oturduğumuzu hatırlayamıyorsak, belleğin yerini düş alıyor demektir, bu yolun neresinde duracağız. Neyse ki ilk körün karısı bu keşif gezisine katılmakta ısrar etmişti, bu yüzden durum fazla umutsuz değildi, evin kapı numarasını kadın söylerdi, bu sayede ilk körün böbürlendiği şeye başvurmaktan kurtuldular, evi bulmak için, sihirli ve beyaz bir kör değneği kullanır gibi, parmaklarını kullanıp dokunuşun büyüsüyle kapıyı tanımaya çalışmadılar, ilk vuruşta metal sesi, ikinci vuruşta ahşap, üç-dört kez daha vurunca nasıl bir kapı olduğunu hiç kuşkuya düşmeden söyleyebilirdi. Doktorun karısı öne geçti, içeri girdiler, Kaçıncı kata çıkacağız, diye sordu, Üçüncü kata, diye cevap verdi ilk kör, belleği sanıldığı kadar zayıflamamıştı, insan bazı şeyleri unutabilir, hayat bu, bazı şeyleri de hatırlar, örneğin kör olduktan sonra bu kapıdan içeri girdiğinde, arabasını henüz çalmamış olan o adam ona, Kaçıncı katta oturuyorsunuz, diye sormuştu, Üçüncü katta, diye karşılık vermişti, arada bir fark vardı, şimdi asansörü kullanamıyorlardı, hem karanlık hem de aydınlık bir merdivenin görünmeyen basamaklarını tırmandılar, kör olmayan biri elektriğe gerek duyardı ya da güneş ışığına ya da küçük bir muma, doktorun karısının gözleri de artık karanlığa uyum sağlamıştı, yukarı çıkanlar yolun yarısında aşağıya inen iki kadınla çarpıştı, bu kör kadınlar üst katlarda, belki de üçüncü katta, oturanlar olmalıydı, kimse soru sormadı, belli ki bunlar eski komşular değildi.

Kapı kapalıydı. Şimdi ne yapacağız, diye sordu doktorun karısı, İçeridekilerle konuşacağım, dedi ilk kör. Bir, iki, üç kez vurdular kapıya, tam, İçerde kimse yok, diyordu ki biri, kapı açıldı, kapının böyle yavaş açılmasında bir tuhaflık yoktu, evin arka tarafında olan bir kör, kapı çalındığında koridordan koşarak gelip kapıyı açamazdı, Kim o, ne istiyorsunuz, dedi kapıyı açan adam, ciddi görünümlüydü, eğitimli ve uysal birine benziyordu. İlk kör, Ben bu evde oturuyordum, dedi, Öyle mi, dedi karşısındaki adam, sonra, yanınızda başka kimse var mı, diye sordu, Karım var ve bir dostumuz, Burasının sizin eviniz olduğunu nereden bileceğim, Kolay bu, dedi ilk körün karısı, evin içinde neler olduğunu size söylerim. Adam, birkaç saniye konuşmadı, sonra, Girin, dedi. Doktorun karısı arkada kalıp en son girdi, burada ötekilerin rehbere ihtiyacı yoktu. Kör adam, Evde yalnızım, benimkiler yiyecek aramaya çıktı, herhalde benim kadınlar demeliydim, ama bunun uygun olacağını sanmıyorum, biraz durup ekledi, Yine de bunu bilmem gerektiğini düşünüyorum, Ne demek istiyorsunuz, diye sordu doktorun karısı, Sözünü ettiğim kişiler benim karım ve iki kızım, Peki, neden onlardan erkek değil de kadın olarak söz etmenizin uygun olup olmadığını bilemiyorsunuz, Çünkü ben bir yazarım, bir yazarın da bu gibi şeyleri bildiği varsayılır. İlk kör gururlanmıştı, hiç aklınıza gelir mi, evimde bir yazar oturuyor, sonra aklına bir kuşku düştü, adama adını sorsa, saygısızlık etmiş olur muydu, belki bildiği bir yazardı, hatta kitaplarını okumuş bile olabilirdi, ilk kör henüz merakını gidermeyle saygılı davranma arasında gidip gelirken karısı ansızın, Adınız ne, diye soruverdi, Körler ada ihtiyaç duymaz, ben bu sesim, gerisinin bir önemi yok, Ama kitap yazmışsınız ve bu kitapların üzerinde adınız vardır, dedi doktorun karısı, Artık hiç kimse okuyamaz onları, dolayısıyla yok sayılırlar. İlk kör, bu konuşmanın akışının onu ilgilendiren sorudan çok uzaklara gittiğini düşündü, Peki, buraya, benim evime nasıl girdiniz, diye sordu, Eskiden oturduğu evde artık oturmayan birçok kişi gibi, bir gün evimin işgal edilmiş olduğunu gördüm, işgalcilere laf geçiremedim, kapı dışarı edildik diyebilirim, Eviniz buradan uzakta mı, Değil, Evinizi geri almak için herhangi bir girişimde bulundunuz mu, diye sordu doktorun karısı, bu günlerde insanlar sık sık ev değiştiriyor, İki kez daha denedim, Hâlâ evinizdeler mi, Evet. Peki burasının bizim evimiz olduğunu öğrendiğinize göre ne yapmayı düşünüyorsunuz, diye sordu ilk kör, ötekilerin sizi kovduğu gibi siz de bizi mi kovacaksınız, Böyle bir şey yapamayacak kadar yaşlı ve güçsüzüm, gücüm yetse bile, bu işi becerebileceğimi sanmıyorum, bir yazar, yazabilmesi için gerekli sabra hayatta her zaman sahiptir, Öyleyse evi bize bırakacaksınız, Evet, başka bir çözüm yoksa bırakacağım, Başka nasıl bir çözüm olabilir düşünemiyorum. Doktorun karısı yazardan gelebilecek yanıtı tahmin ediyordu, Siz ve karınız, bir de bir dostunuz aynı evde yaşıyorsunuz sanırım, Evet, dostumuzun evinde kalıyoruz, Uzak mı, Pek uzak denemez, Öyleyse izninizle size bir önerim olacak, Söyleyin, Şimdiye kadar ne yaptıysak öyle devam edelim, şu anda bizim de sizin de kalabileceğimiz bir evimiz var, Ben kendi evimin durumunu hep kollayacağım, eğer bir gün boşaltırlarsa, ben de sizin evinizi hemen boşaltırım, size de aynı şeyi yapmanızı öneriyorum, buraya düzenli olarak gelin, evi boşalttığımı anlayınca da hemen taşının, Bu fikirden pek hoşlanmadım, Hoşlanmanızı beklemiyordum zaten, ama uygulanabilecek tek seçenekten daha fazla hoşlanacağınızdan kuşkuluyum, Hangi seçenek, Size ait olan bu evi hemen size bırakmak, İyi ama siz, Evet, biz de gider bir yer bulup yaşarız, Hayır, aklınızdan çıkarın bunu, diye söze karıştı ilk körün karısı, her şeyi olduğu gibi bırakalım, zamanı gelince ne yapacağımıza bakarız. Aklıma başka bir çözüm geldi, dedi yazar, Nasıl bir çözüm, diye sordu ilk kör, Biz burada sizin konuğunuz olarak kalalım, ev büyük, hepimiz sığarız, Olmaz, dedi ilk körün karısı, biz şimdiye kadar olduğu gibi dostumuzun evinde kalmayı sürdüreceğiz, senin de aynı fikirde olup olmadığını sormaya gerek görmüyorum, dedi doktorun karısına dönerek, Ben de sana yanıt vermeye gerek görmüyorum, diye karşılık verdi o da, Hepinize teşekkür ederim, dedi yazar, aslını isterseniz, her an evin bizden geri istenmesinden korkuyorduk, Eğer körseniz elinizdekiyle yetinmeniz sizin için dünyanın en doğal davranışıdır, dedi doktorun karısı, Salgın başladığından beri nasıl yaşadınız, Karantinadan çıkalı üç gün oldu, Ya, demek karantinaya alınmıştınız, Evet, çok zordu, Zor demek yetersiz kalır, Korkunçtu, Siz yazarsınız, az önce dediğiniz gibi kelimeleri çok iyi tanımanız gerekir, dolayısıyla sıfatların hiçbir işe yaramadığını bilirsiniz, bir insan bir başka insanı öldürdüğünde, örneğin, bunu olduğu gibi ifade etmeli, zaten eylemin dehşeti, kendi başına, öyle korkunçtur ki böylesine korkunç olduğunu söylemekten bizi kurtarır, Gereğinden fazla kelime kullanıyoruz demek istiyorsunuz yani, Gereği kadar duyguya sahip olmadığımızı söylüyorum, Belki de yeteri kadar duyguya sahibiz ama onları ifade edecek kelimeleri kullanmıyoruz, Sonuçta da duygularımızı yitiriyoruz, Karantinada nasıl yaşadığınızı bana anlatmanızı isterim, Neden, Çünkü ben yazarım, Orada yaşamış olmak gerekir, Yazar da herhangi bir insan gibidir, ne her şeyi bilebilir ne de yaşayabilir, soru sorup hayal etmesi gerekir, Oradaki yaşamın nasıl olduğunu belki günün birinde size anlatırım, siz de bir kitap yazarsınız, Ben o kitabı zaten yazmaktayım, Körsünüz, nasıl yazıyorsunuz, Körler de yazı yazabilir, Kör alfabesini öğrenmeye zaman bulduğunuzu mu söylüyorsunuz, Hayır, kör alfabesini bilmem, Nasıl yazıyorsunuz öyleyse, diye sordu ilk kör, Size göstereyim. Oturduğu sandalyeden kalktı, içeri gitti, bir dakika sonra elinde bir kâğıt ve bir tükenmezkalemle geri döndü, Bu yazıp tamamladığım son sayfa, Göremeyiz ki, dedi ilk körün karısı, Ben de göremem, dedi, yazar, Öyleyse nasıl yazabiliyorsunuz, diye sordu doktorun karısı, kâğıda bakarak, odayı kaplayan alacakaranlıkta, kâğıdın üzerinde çok sıkışık, bazen de birbirinin üstüne binmiş yazılar bulunduğunu görüyordu, Dokunarak, dedi yazar, gülümsüyordu, zor değil, kâğıdı yumuşakça bir zemine koyuyorsunuz, örneğin diğer kâğıtların üzerine, tek yapmanız gereken oturup yazmak, Ama görmüyorsunuz ki, dedi ilk kör, Tükenmezkalem kör yazarlar için çok iyi bir yazma aracıdır, sadece yazdığınız şeyi okumakla kalmaz nereye yazdığınızı da belli eder, son yazdığınız satırdaki çukurlukları parmağınızla takip etmeniz yeterli, kâğıdın kenarına kadar gidersiniz, alttaki satırla aradaki mesafeyi hesaplayıp yazmaya ya da okumaya devam edersiniz, çok kolay işte, Gördüğüm kadarıyla satırlarınız zaman zaman üst üste biniyor, dedi doktorun karısı, kâğıdı yazarın elinden yavaşça alırken, Nereden biliyorsunuz, Benim gözlerim görüyor, Görüyor mu, görme yetinize yeniden mi kavuştunuz, nasıl, ne zaman, diye sordu yazar heyecanla, Sanıyorum o yetiyi şimdiye kadar tek yitirmeyen benim, Peki neden, bunun nasıl bir açıklaması olabilir, Hiçbir biçimde açıklayamıyorum, muhtemelen bir açıklaması yok, Öyleyse siz olup biten her şeyi gözlerinizle gördünüz, Gördüklerimi gördüm yalnızca, başka çarem yoktu, Bulunduğunuz karantinada kaç kişi vardı, Üç yüz kişi kadar, Ne zamandan beri, Salgının başından beri, biz sadece üç gündür dışardayız, size söylemiştim, İlk kör olan bendim sanırım, dedi ilk kör, Korkunç bir şey olmalı bu, Yine aynı kelime, dedi doktorun karısı, Kusura bakmayın, hepimiz, ailem ve ben kör olduktan sonra yazdığım her şey gözüme bir anda çok gülünç göründü de, Neleri yazdınız, Çektiğimiz acıları, hayatımızı, Herkes yalnızca bildiği şeylerden söz etmeli, bilmediklerini de sormalı, Bilmediklerimi size soracağım, Ben de size anlatacağım, bunu ne zaman yaparım bilmiyorum, belki bir gün. Doktorun karısı yazarın eline elindeki kâğıtla dokundu, Sakınca yoksa nerede çalıştığınızı, yazılarınızı nerede yazdığınızı görebilir miyim, Hiç sakınca yok, gelin benimle, Biz de gelebilir miyiz, diye sordu ilk körün karısı, Burası sizin eviniz, dedi yazar, ben geçiciyim. Yatak odasında, üzerindeki lamba yanmayan küçük bir masa vardı. Pencereden içeri süzülen soluk ışıkta, masanın sol tarafında boş kâğıtların, sağ tarafında da üzeri yazılı kâğıtların durduğu seçiliyordu, ortada da yarısına kadar yazılı bir kâğıt vardı. Lambanın yanında iki tane yeni tükenmezkalem duruyordu. İşte burada, dedi yazar. Doktorun karısı, Bakabilir miyim, diye sorduktan sonra yazarın yanıtını beklemeden üzeri yazılı kâğıtları eline aldı, yirmi sayfa kadar vardı, küçücük yazılara, yukarı aşağı gidip gelen satırlara, bembeyaz kâğıdın üzerine yazılmış, körlüğün üzerine kazınmış sözcüklere baktı, Ben geçiciyim, demişti yazar, bunlar da geçip giderken geride bıraktığı izlerdi. Doktorun karısı elini yazarın omzuna koydu, o da bu eli iki elinin arasına alıp yavaşça dudaklarına götürdü, Kaybolmayın, kaybolmanıza izin vermeyin, dedi, beklenmedik sözlerdi bunlar, bilmece gibiydi, içinde bulundukları duruma pek de uygun görünmüyordu.

Üç gün yetecek yiyeceği taşıyarak eve dönünce doktorun karısı olanları, sık sık lafa karışan ilk kör ve karısıyla birlikte kocasına anlattı. Akşam, kafasına koyduğu gibi, kütüphanede bulduğu bir kitaptan birkaç sayfa okudu onlara. Kitabın konusu şaşı çocuğu ilgilendirmemişti, biraz sonra, başını koyu renk gözlüklü kızın dizlerine, ayaklarını gözü siyah bantlı yaşlı adamın bacaklarına koyup uyuyakaldı.

İki gün sonra doktor, Muayenehanem ne hale geldi görmek isterdim, dedi, şu anda ne o ne ben bir işe yarıyoruz, ama belki günün birinde insanlar yeniden görmeye başlar, onun için aygıtlar yerinde olmalı, İstediğin zaman gidip bakarız, dedi karısı, istersen hemen gidelim, Sizin için bir sakıncası yoksa, bu gezintiden yararlanarak benim evime de bir uğrayabiliriz, dedi koyu renk gözlüklü genç kız, annemle babam dönmüş olabilir, vicdanımdaki yükten kurtulmak istiyorum, Sana da uğrarız, dedi doktorun karısı. Başka kimse evleri dolaşmaya katılmak istemedi, birinci körle karısı evlerinin durumunu biliyorlardı, gözü siyah bantlı yaşlı adam da katılmadı, ama onun nedeni farklıydı, şaşı çocuksa oturduğu sokağın adını hâlâ hatırlayamıyordu. Hava açıktı, yağmur dinmiş görünüyordu, fazla parlak olmamakla birlikte güneş kendini tenlerde hissettirmeye başlıyordu, Yaz sıcakları bastırdığında yaşamımızı nasıl sürdüreceğiz bilmiyorum, dedi doktor, her yerde kokmaya başlayan bu çöpler, hayvan leşleri, hatta belki de insan cesetleri, evlerin içinde ölmüş insanlar vardır mutlaka, en kötüsü örgütlü olmamamız, her binada, her sokakta, her semtte bir örgüt olmalıydı, Bir hükümet olmalı, dedi karısı, Bir örgüt, bedenimiz de örgütlü bir sistemdir, örgütlü kaldığı sürece hayatta kalıyor, ölüm ise örgütsüzlüğün sonucundan başka bir şey değil, Bir körler toplumu yaşamını sürdürebilmek için nasıl örgütlenebilir, Örgütlenmek yeter, örgütlenmek bir bakıma görmeye başlamak demektir, Haklı olabilirsin, ama yaşadığımız bu körlük deneyimi bize ölüm ve sefaletten başka bir şey getirmedi, senin muayenehanen gibi benim de gözlerim hiçbir işe yaramadı, Nasıl yaramadı, biz senin gözlerin sayesinde hayatta kaldık, dedi koyu renk gözlüklü genç kız, Benim gözlerim görmeseydi de hayatta kalırdık, dünya yaşayan körlerle dolu, Hepimizin sonunda öleceğini biliyorum, yalnızca zaman meselesi, Ölüm her zaman bir zaman meselesi olmuştur, dedi doktor, Ama insanın yalnızca kör olduğu için ölmesi, ölümlerin en kötüsüdür, Hasta olduğumuz, kaza geçirdiğimiz için ya da tesadüfler sonucu ölüyoruz, Buna bir de kör olduğumuz için ölmek eklendi, demek istiyorum ki, körlükten ve kanserden, körlükten ve veremden, körlükten ve AIDS'ten, körlükten ve kalp krizinden ölebiliriz, hastalıklar insandan insana değişebilir, ama şu anda bizi tam anlamıyla körlük öldürüyor, Ölümsüz değiliz, ölümden kaçamayız ama hiç olmazsa kör olmaktan kaçınmalıyız, dedi doktorun karısı, Nasıl yapacağız bunu, körlüğümüz somut ve gerçek, dedi doktor, Ben bundan pek emin değilim, dedi karısı, Ben de, dedi, koyu renk gözlüklü genç kız.

Kapıyı zorlamaları gerekmedi, normal yoldan açtılar, anahtar doktorun anahtarlığında takılıydı, karantinaya götürmek üzere geldiklerinde evde bırakmıştı, burası bekleme salonu, dedi doktorun karısı, Benim beklediğim salon, dedi koyu renk gözlüklü genç kız, düş sürüyor ama hangi düş olduğunu bilemiyorum, o gün burada kör olduğumu düşlediğim düş mü, yoksa zaten kör olduğumu ve buraya körlüğe yol açma tehlikesi taşımayan bir göz iltihabını tedavi ettirmek için geldiğimi düşlediğim düş mü, Karantina bir düş değildi, dedi doktorun karısı, Hayır değildi, orada tecavüz edilmemizin de bir düş olmaması gibi, Ne de benim bir adamı bıçaklamamın, Beni muayene odama götür, kendim de gidebilirim ama sen götür, dedi doktor. Odanın kapısı açıktı. Doktorun karısı, Burası altüst edilmiş, dedi, yerlerde kâğıtlar var, hasta fişlerinin durduğu dolabın çekmeceleri çıkarılmış, Bakanlıktakilerdir, ararken zaman yitirmemek için böyle yapmışlardır, Herhalde öyledir, Peki ya aletlerim, Gördüğüm kadarıyla sağlamlar, Hiç değilse onlar kurtulmuş, dedi doktor. Tek başına, kollarını öne uzatarak ilerledi, merceklerin durduğu kutuya, muayene cihazına, masasına dokundu, sonra koyu renk gözlüklü genç kıza dönerek, Bir düş görmüş olduğunu söylerken ne demek istediğini anladım, dedi. Masasına oturdu, ellerini masanın tozlanmış camına koydu, sonra yüzünde hüzünlü ve ironik bir gülümsemeyle, karşısındaki biriyle konuşuyormuş gibi, Evet, doktor bey, çok üzgünüm ama sizi iyileştirecek bir çare henüz bulunamadı, son bir öğüt verebilirim size, eskilerin özlü sözüne güvenin, gecenin sonunda sabah olur, dedi, Bize eziyet etme, dedi karısı, Özür dilerim, sen de bağışla beni, vaktiyle mucizeler yaratılmış bir yerdeyiz, ama şimdi o sihirli güçlerimin kanıtları bile ortada yok, ne kadar belge varsa alıp götürmüşler, Bizim elimizden gelebilecek tek mucize yaşamaya devam etmektir, dedi karısı, hayatın kırılganlığını her gün korumaktır, sanki hayatın kendisi körmüş gibi, ne yöne gideceğini bilemeyen hayatmış gibi, belki de doğrudur bu, ne yöne gideceğini gerçekten bilemiyordur, bize aklımızı verdikten sonra kendini bizim ellerimize teslim etmiştir, oysa baksanıza onu ne hale getirdik biz, Sanki sen de bizim gibiymişsin, körmüşsün gibi konuşuyorsun, dedi koyu renk gözlüklü genç kız, Bir bakıma doğru dediğin, sizin körlüğünüzden kör oldum ben, gözleri görenlerin sayısı daha fazla olsaydı belki ben de daha iyi görürdüm, Umarım kendini, kimin tarafından çağrıldığını ve gidince neyi açıklayacağını bilmediğin bir mahkeme karşısına çıkacak bir tanık gibi görmüyorsundur, dedi doktor, Zaman bitiyor, çürüme yayılıyor, hastalıklar açık kapılardan içeri dalıyor, su tükeniyor, yiyecekler zehre dönüştü, sizlere ilk açıklamam işte bu, dedi doktorun karısı, İkincisi ne, diye sordu koyu renk gözlüklü genç kız, Gözlerimizi açacağız, Yapamayız ki, biz körüz, dedi doktor, Körlerin en kötüsü artık görmek istemeyen kördür, sözünde büyük bir hakikat yatıyor, Ben görmek istiyorum, dedi koyu renk gözlüklü genç kız, Görmek istiyorsun diye görecek değilsin, olsa olsa körlerin en kötüsü olmaktan kurtulursun, haydi gidelim, burada görülecek bir şey yok, dedi doktor.

Koyu renk gözlüklü kızın evine giderken, bir grup körün, başka körlerin tartışmalarını dinledikleri büyük bir meydandan geçtiler, iki grup da kör olmadıkları izlenimini veriyordu, konuşanlar başlarını heyecanla dinleyenlere çevirmişti, dinleyenlerin başları da dikkatle konuşanlara dönüktü. Dünyanın sonunun geldiği ilan ediliyordu, günahlarımızın kefaretini çekip huzura kavuşacaktık, yedinci gün vizyonu, meleklerin yeryüzüne ineceği, evrenin dağılacağı, güneşin söneceği, kabile ruhu, adamotunun özsuyu, kaplanın yaydığı koku, maymunun erdemi, rüzgârın disiplini, ayın rayihası, karanlığın talebi, şeytan kovma ayinlerinin gücü, topuğun bıraktığı iz, gülün çarmıha gerilmesi, pınarların saflığı, kara kedinin kanı, gölgelerin uykusu, bataklıkların başkaldırısı, yamyamlığın mantığı, acısız iğdiş etme yöntemi, ilahi dövme yapımı gönüllü körlük, içbükey, dışbükey, düz, dikey, yatık, yoğunlaşmış, dağınık, öfkeli düşünce, ses tellerinin alınması, sözün ölümü anlatılıyordu, Burada örgütlenmekten konuşan yok, dedi doktorun karısı kocasına, Belki bir başka meydanda konuşuluyordur, diye karşılık verdi doktor. Yollarına devam ettiler. Meydandan biraz uzaklaştıklarında doktorun karısı, Sokaklarda her zamankinden daha çok ölü var, dedi, Direncimiz tükenmek üzere, zaman tükeniyor, su bitiyor, hastalıklar çoğalıyor, yiyecekler zehre dönüşüyor, bunları biraz önce sen söylemiştin, diye hatırlattı doktor, Annemle babamın bu ölülerin arasında olmadığını kim bilebilir ki, dedi koyu renk gözlüklü genç kız, bense onların yanından geçip gidiyorum ama görmüyorum, Ölülerin yanından onları görmeden geçip gitmek, çok eskiden beri insanlığın alışkanlığıdır, dedi doktorun karısı.

Koyu renk gözlüklü genç kızın oturduğu sokak iyice terk edilmiş gözüküyordu. Apartman kapısının önünde bir kadın bedeni vardı. Ölüydü, serseri başıboş sokak hayvanları tarafından yarı yarıya parçalanmıştı, neyse ki gözyaşı yalayan köpek bizimle gelmedi, dişlerini bu bedene geçirmemesi için onu ikna etmek gerekecekti. Birinci katta oturan komşu bu, dedi doktorun karısı, Kim o, neredeki, diye sordu kocası, Şuracıkta, birinci kattaki komşu, kokusu duyuluyor, Zavallıcık, dedi koyu renk gözlüklü genç kız, sokağa neden çıktı ki, evinden hiç çıkmazdı, Belki ölümün yaklaştığını hissetmiştir, evde tek başına kalıp çürüme düşüncesine katlanamamıştır, dedi doktor, Artık eve giremeyiz, anahtarım yok, Annenle baban dönmüş olabilirler, belki seni yukarıda bekliyorlardır, dedi doktor, Buna inanamam, İnanmamakta haklısın, dedi doktorun karısı, anahtarlar burada. Yerdeki kadının yarı açık duran cansız elinin içindeki anahtarlar ışıl ışıl parlıyordu, Belki de kendi anahtarlarıdır, dedi koyu renk gözlüklü genç kız, Sanmıyorum, ölmeyi düşünerek geldiği bir yere anahtarlarını neden getirsin, Ama ben o anahtarları göremem ki, körüm, eğer onları benim evime girebilmem için yanına almışsa, Anahtarları yanına almaya karar verdiğinde aklından neler geçirdiğini bilemeyiz, belki de senin yeniden göreceğini düşünmüştür, belki de biz buradayken pek doğal olmayan bir şeylerin varlığından kuşkulanmıştır, fazlasıyla rahat hareket etmemizden, belki de ben merdivenlerin çok karanlık olduğunu, neredeyse hiçbir şeyin seçilemediğini, bir şey göremediğimi söylerken duymuştur, belki de bunların hiçbiri değildir, sanrılar görmüştür, bunamıştır, olabilir, aklını yitirmiştir, anahtarlarını sana vermeyi kafasına takmıştır, ama şundan eminiz ki, binadan dışarı adım atar atmaz düşüp ölmüş. Doktorun karısı anahtarları kadının elinden alıp koyu renk gözlüklü genç kıza verdi ve, Şimdi ne yapacağız, diye sordu, onu burada bırakacak mıyız, Sokağa gömemeyiz, kaldırım taşlarını sökecek bir şey yok elimizde, dedi doktor, Sebze bahçesi var, Oraya gömeceksek onu ikinci kata kadar çıkarıp yangın merdiveninden tekrar aşağı indirmek zorundayız, Oraya ancak bu yoldan götürebiliriz, Bunu becerebilecek kadar güçlü müyüz, diye sordu koyu renk gözlüklü genç kız, Mesele, bunu yapabilecek gücümüzün olup olmaması değil, mesele bu kadını burada bırakıp bırakmamamız, buna karar vermeliyiz, Hayır, burada bırakmayacağız, dedi doktor, Öyleyse, gücümüzü toplarız. Gerçekten de güçlerini topladılar, ancak ölüyü merdivenlerden çıkarıp indirmek çok zorladı onları, bunun nedeni kadının ağırlığı değildi, zaten ufak yapılı bir kadındı, şimdi daha da ufalmıştı, kedilerle köpekler eksiltmişlerdi onu zaten, ama bedeni kaskatı kesilmişti, eklemleri kazık gibiydi, daracık merdivenin kavislerinde bu bedeni döndürmek zordu, mesafe kısa olmasına rağmen tam dört kez dinlenmek zorunda kaldılar. Ama ne çıkan gürültü, ne konuşma sesleri, ne de kokmaya başlamış cesetten çıkan pis koku binada oturan insanların kapı önüne çıkmasına neden oldu, Tam düşündüğüm gibi, annemle babam eve dönmemişler, dedi koyu renk gözlüklü genç kız. Sonunda kapıya ulaştıklarında bitkin düşmüşlerdi, üstelik daha evin içinden arkaya geçerek yangın merdivenine ulaşmaları gerekiyordu, ama orada, azizlerden yardım alıp aşağı inerken hepsi canlandı, yükleri daha hafif geldi, dönüşler daha kolay oldu çünkü yangın merdiveni açık havadaydı, sadece zavallı kadının cesedini ellerinden düşürmemeye dikkat ettiler, düşürürlerse telafisi imkânsız olurdu, tabii çekeceği acılar da cabası, öldükten sonra çekilen acılara katlanmak daha da zordur.

Sebze bahçesi balta girmemiş bir orman gibiydi, son yağmurlar otların ve rüzgârın tohumlarını taşıdığı yabani bitkilerin bollaşıp büyümesini sağlamıştı, bahçede hoplayıp zıplayan tavşanlar bol bol taze ot bulacaklardı, tavuklarsa kurak mevsimde de başlarının çaresine bakabilirdi. Körler yere oturdular, soluk soluğa kalmışlardı, güçleri tükenmişti, yanlarında yatan ceset de onlar gibi dinleniyordu, doktorun karısıysa tavukları ve tavşanları cesedin yanından kovuyordu, tavşanlar sırf meraktan yaklaşıp burunlarını titreştiriyorlardı, oysa tavuklar gagalarını sivriltip hazırda bekliyorlardı. Doktorun karısı, Kadın sokağa çıkmadan önce tavşanların kafesini açmayı akıl etmiş, onların açlıktan ölmesini istememiş, dedi, Asıl zor olan, insanlarla birlikte yaşamak değil onları anlamak, dedi doktor. Koyu renk gözlüklü genç kız bir tutam ot koparmış, ellerini temizliyordu, hata edip ellerini kirletmişti, cesedi tutulmaması gereken bir yerinden tutmuştu, insanın gözü görmeyince böyle şeyler oluyordu. Doktor, Bir kazma ya da bel bulmalıyız, dedi, gerçekten de sonsuz biçimde dönüp gelen tek şeyin sözcükler olduğunu burada gözlemleyebiliriz, şimdi bu sözcükler dönüp geliyor, aynı şeyi anlatmak için söyleniyor, önce araba çalan adam içindi, şimdiyse anahtarları geri veren yaşlı kadın için, ikisi de gömüldükten sonra kimse aradaki farka dikkat etmeyecek, tabii belleğinde bunlarla ilgili bir şeyler kalanlar dışında. Doktorun karısı, temiz bir çarşaf bulmak için koyu renk gözlüklü genç kızın evine çıkmıştı, içlerinden en az kirlenmiş çarşafı seçmek zorunda kaldı, geri döndüğünde tavuklar ziyafetteydi, tavşanlarsa taze otları kemirmekle yetiniyordu. Ceset sarılıp sarmalandıktan sonra doktorun karısı çevrede kazma ya da bel aramaya başladı. Bir kulübede başka aletlerle birlikte hem kazma hem de bel buldu. Bu işi ben halledeceğim, dedi, toprak nemli, kolay kazılır, siz dinlenin. Kök olmayan bir yer seçti, kökler olsaydı kazmayla sürekli onları kesmesi gerekecekti, sanmayın ki bu iş pek zor değildir, kökler kurnazdır, giyotin gibi inen kazmanın öldürücü etkisini azaltmak ve kesilmekten kurtulmak için toprağın yumuşaklığından yararlanıp esnerler. Ne doktorun karısı, ne doktor, ne de koyu renk gözlüklü genç kız çevredeki balkonlara körlerin çıktığını fark etti, ilki işiyle meşgul olduğundan, ötekiler de gözleri bir işe yaramadığından fark etmediler, çıkanların sayısı fazla değildi, her balkonda da yoktu, kazma sesini duymuş olmalılardı, toprak yumuşak ve gevşek de olsa ister istemez gürültü oluyordu, ayrıca toprakta gizlenmiş küçük bir taş da çıkıyordu ara sıra, ve kazmaya sesli karşılık veriyordu. Balkonlardaki erkekler ve kadınlar ruh gibi uçucu görünüyorlardı, sanki kendilerinin nasıl gömüldüklerini hatırlamak için bir gömme törenine katılan hayaletlerdi. Doktorun karısı, çukur kazdıktan sonra, ağrıyan belini doğrultup alnında biriken terleri koluyla silerken fark etti onları. Bunun üzerine, içinden gelen dürtüye uyarak, hiç düşünmeden hem o körlere hem de dünyanın bütün körlerine, Yeniden ortaya çıkacak, diye bağırdı, dikkat edin, Dirilecek, demedi, sözlükler bu iki sözcüğün tamı tamına ve kesinlikle eşanlamlı olduğunu ileri sürse de, bunu iddia ya da ima etse de, bu doğru değildir. Körler korkup evlerin içine çekildiler, neden böyle bir laf edildiğini algılayamamışlardı, üstelik böyle bir açıklamaya hazır da değillerdi, biraz önceki büyülü açıklamaların yapıldığı meydana da gidip gelmemişlerdi, o açıklamaların listesini tamamlamak için, peygamber devesinin başı ile akrebin intiharını da eklemek gerekir. Doktor, Neden yeniden ortaya çıkacak, dedin, kiminle konuştun, diye sordu, Balkonlara çıkmış körlere söyledim, beni korkuttular, kuşkusuz ben de onları korkuttum, Ama neden o kelimeleri seçtin, Bilmiyorum, aklıma onlar geldi, ben de söyledim, Tek eksiğin demin geçtiğimiz meydana gidip vaaz vermen, Evet, tavşanın dişi ve tavuğun gagası hakkında bir vaaz, haydi gelin de bana yardım edin, şuradan, tamam, ayaklarından tut, ben yandan kaldıracağım, dikkat et, çukurun içine kayma, tamam, oluyor, yavaş yavaş in, azıcık daha, biraz daha, tavuklar gagalamasın diye çukuru derin kazdım, bir gagalamaya başlarlarsa nereye kadar inecekleri belli olmaz, tamam, oldu artık. Beli eline alarak çukuru doldurdu, toprağı iyice bastırdı, toprak toprağa katılınca üzerinde hep oluşan tümseğe şekil verdi, sanki hayatında hiç başka bir iş yapmamıştı. Sonunda, bahçenin bir köşesindeki gül ağacından bir dal koparıp mezarın başucuna daldırdı. Yeniden ortaya çıkacak mı, diye sordu koyu renk gözlüklü genç kız, O mu, hayır, diye karşılık verdi doktorun karısı, fakat yaşayanların kendi kendine ortaya çıkması gerekiyor, ama bunu yapmıyorlar, Biz şimdiden yarı ölüyüz, dedi doktor, Hayır, yarı canlıyız, diye karşılık verdi karısı. Kazmayla beli götürüp kulübeye bıraktı, her şeyin düzenli olup olmadığını görmek için bahçeye bir göz attı, Hangi düzen, diye sordu kendi kendine, kendi sorusuna kendisi yanıt verdi, Tavuklarla tavşanlar birbirlerini yerken ve başka şeylerle beslenirken, ölülerin kendi yerinde, canlıların kendi yerinde olmasını isteyen düzen, Annemle babama herhangi bir işaret bırakmak isterdim, dedi koyu renk gözlüklü genç kız, benim ölmediğimi anlasınlar diye, Umudunu kırmak istemem ama, dedi doktor, senin bırakacağın işareti ancak evlerine dönerlerse fark edebilirler, buysa zayıf bir ihtimal, şöyle düşün, bize yardım eden biri olmasaydı asla buraya gelemezdik, Haklısınız, onların hayatta olup olmadıklarını bile bilmiyorum, ama onlara bir işaret, herhangi bir iz bırakmazsam, onları terk etmişim gibi hissedeceğim, Nasıl bir işaret bırakacaksın, diye sordu doktorun karısı, Elleriyle dokununca anlayacakları bir işaret, dedi koyu renk gözlüklü genç kız, ama ne yazık ki, üzerimde eski günlere ait hiçbir şey yok. Doktorun karısı ona bakıyordu, genç kız yangın merdiveninin ilk basamağına oturmuş, ellerini dizlerine koymuştu, güzel yüzünde sıkıntılı bir ifade vardı, saçları dağılıp omuzlarına düşmüştü, Onlara bırakacağın işareti biliyorum, dedi doktorun karısı. Hızla merdiveni çıkıp eve girdi, ip ve makas alıp geri geldi, Hangi işareti düşünüyorsun, diye sordu koyu renk gözlüklü genç kız, kaygılıydı, doktorun karısıysa elindeki gıcırtılı makasla kızın saçlarından bir tutam kesiyordu, Annenle baban geri gelirse, kapının tokmağına asılmış bir tutam saç bulacak, bu saç ancak kızlarının saçı olabilir, dedi doktorun karısı, Sen böyle deyince içimden ağlamak geliyor, dedi koyu renk gözlüklü genç kız, ve der demez ağlamaya başladı, dizlerine çaprazlama uzattığı kollarına başını dayadı, doktorun karısının hatırlattığı dertlerini, hüznünü ve özlemini, heyecanını serbest bıraktı, sonra, hangi duygu yollarından oraya geldiğini bilmeden, birinci kattaki yaşlı kadına da ağladığını fark etti, o çiğ et yiyicisine, o korkunç cadıya, evinin anahtarlarını ona cansız eliyle veren o kadına da ağladı. Bunun üzerine doktorun karısı, Ne tuhaf günlerden geçiyoruz, her şeyin düzeni tersine döndü, dedi, çoğu zaman ölümü simgeleyen bir şey şu anda birinin hayatta olduğunu belirtiyor, Böyle mucizeleri yaratan ellerin yanında daha büyük mucizeler yaratan eller de var, dedi doktor, Zorunluluk çok şey yaptırır, sevgilim, dedi karısı, bu kadar felsefe de mucize de yeter artık, haydi el ele tutuşalım ve hayata açılalım. Koyu renk gözlüklü genç kız, saçından kesilmiş tutamı kendi elleriyle kapının tokmağına astı, Sence annemle babam bunu bulacaklar mıdır, dedi, Kapı tokmağı, bir evin öne uzanan elidir, diye karşılık verdi doktorun karısı, ve bu etkili cümleyle birlikte ziyaretin sonlandığını söyleyebiliriz.

O gece yine kitap okundu ve yine dinlediler, başka eğlenceleri yoktu, örneğin doktor amatör bir kemancı olsaydı ne iyi olurdu, eğer olsaydı, beşinci kattan ne tatlı nağmeler dökülürdü, kıskanan komşular şöyle derdi, Bu insanlar ya güzel bir hayat sürüyorlar ya da başkalarının dertleriyle alay ederek kendi dertlerinden kaçabileceklerini sanacak kadar bilinçsizler. Şimdiyse duyulan tek müzik sözcüklerin müziğiydi, sözcüklerse, özellikle kitaplarda bulunan sözcükler ketumdur, binada oturanlardan biri merakına kapılıp kapıyı dinleyecek olsa tek bir mırıltı duyar, bu ses uzayıp sonsuza dek sürebilir, çünkü dünyadaki kitapların sayısı, eğer hepsi bir araya gelse, tıpkı evren için dendiği gibi, sonsuzdur. Gecenin ilerlemiş bir saatinde okuma sona erdiğinde, gözü siyah bantlı yaşlı adam, Ne hale düştük, dedi, bize okunanı dinliyoruz, Benim bir şikâyetim yok, sonsuza kadar bu halde kalabilirim, dedi koyu renk gözlüklü genç kız, Ben de yakınmıyorum, sanırım artık yalnızca bu işe yarayabiliyoruz, bizden önce var olmuş bir insanlığın öyküsünü dinliyoruz, içimizde gözleri hâlâ gören birinin sayesinde, onunkiler son gören gözler, günün birinde bu gözler de kör olursa, ki bunu düşünmek bile istemiyorum, bizi o insanlığa bağlayan iplik kopmuş olacak, uzayda birbirimizden uzaklaşacağız sanki, sonsuza dek, herkes bizim gibi kör olacak, Ben umudumu yitirmek istemiyorum, dedi koyu renk gözlüklü genç kız, annemle babama yeniden kavuşma umudumu, şu çocuğun annesinin ortaya çıkacağı umudumu, Hepimizin paylaştığı bir umudu saymayı unuttun, Hangisi o, Günün birinde yeniden görme umudu, Bazı umutlar çılgınlıktan başka bir şey değildir, Şöyle söyleyeyim, o tür umutlarım olmasaydı yaşamaktan çoktan vazgeçerdim, Bir örnek versene, Yeniden görmek, Onu biliyoruz, başka örnek ver, Vermem, Neden, Seni ilgilendirmez, Beni ilgilendirmeyeceğini nereden biliyorsun, beni neyin ilgilendirip neyin ilgilendirmediğine karar verecek kadar tanıyor musun beni, Sinirlenme, seni kırmak değildi amacım, Erkekler hep aynı, bir kadının karnından çıkmış olmayı kadınlar hakkında her şeyi bilebilmek için yeterli sayıyorlar, Ben kadınlar hakkında çok az şey biliyorum, senin hakkındaysa hiç, erkek olarak çok zaman geçirdim, şimdi artık yaşlı biriyim, eskiden tek gözüm körken artık iki gözüm birden kör, Kendini böyle kötüleme, Daha da fazlasını söylemeliyim, yıllar geçtikçe insanın kendine yüklediği suçların sayısı öyle artıyor ki, hiç hayal edemezsin, Ben gencim ama epey işe yaradım, Gerçekten kötü bir şey yapmadın henüz, Bunu nereden bileceksin, birlikte yaşamadık ki, Evet seninle birlikte yaşamadım, Benim sözlerimi neden hep aynı ses tonuyla yineliyorsun, Hangi ses tonu, Bu işte, Ben yalnızca seninle birlikte yaşamadığımı söyledim, Ses tonun diyorum, anlamazlıktan gelme, Israr etme lütfen, Israr ederim tabii, öğrenmek istiyorum, Şu umutlarımıza geri dönelim, Peki, dönelim, Söylemekten kaçındığım bir başka umut var, Hangisi, Kendimi suçlama listeme son eklediğim, Açıkla, lütfen, bilmece filan istemiyorum, Canavarca bir istek bu, görme yetimize yeniden kavuşmayalım diye umuyorum, Neden, Böyle yaşamaya devam etmek için, Hep birlikte mi demek istiyorsun, yoksa yalnızca sen ve ben mi, Yanıt vermeye zorlama beni, Sen de yalnızca bir erkeksen cevap vermekten kaçarsın, bütün erkeklerin yaptığı gibi, ama sen yaşlı bir adam olduğunu söyledin, eğer bu kadar uzun süre yaşamanın bir anlamı varsa, yaşlı biri hakikate sırtını dönemez, cevap ver bana, Seninle birlikte, Peki neden benimle yaşamak istiyorsun, Bunu herkesin önünde söylememi mi bekliyorsun, Her gün birbirimizin önünde en pis, en çirkin, en itici şeyleri yaptık, bana söyleyeceğin şey kesinlikle bütün bunlardan daha kötü olamaz, Madem istiyorsun söyleyeyim, çünkü ben olan bu erkek sen olan kadını seviyor, Aşkını ilan etmek bu kadar zor geldi sana demek, Benim yaşımda gülünç duruma düşmekten korkar insan, Gülünç falan olmadın, Unutalım gitsin bunu, yalvarırım, Unutma niyetinde olmadığım gibi, sana da unutturmam, Saçmalık bu, beni konuşmaya zorladın, şimdi de, Şimdi de konuşma sırası bende, Sonradan pişman olacağın bir şey söyleme, kara listeyi hatırla, Bugün samimi davranıyorsam, yarın pişman olma ihtimalinin ne önemi var, Sus, Sen benimle yaşamak istiyorsun, ben de seninle yaşamak istiyorum, Delisin sen, Artık burada seninle birlikte yaşayacağız, bir çift gibi, dostlarımızdan ayrılmak zorunda kalsak bile birlikte yaşamayı sürdüreceğiz, iki kör herhalde bir körden daha iyi görüyordur, Çılgınlık bu, sen bana âşık değilsin ki, Âşık olmak da ne ki, ben asla kimseye âşık olmadım, erkeklerle yalnızca yattım, Bu dediğin beni haklı çıkarıyor, Doğru değil bu, Samimiyetten söz ettin, o zaman söyle bana, beni sevdiğin doğru mu, Seninle birlikte olmayı isteyecek kadar seviyorum seni, bunu da birine ilk kez söylüyorum, Daha önce karşılaşsaydık bunları söylemezdin bana, benim gibi yaşlı bir adama, kafası yarı kel, saçları beyaz, gözünün biri bantlı, öteki gözü kataraktlı, O günkü kadın olsaydım söylemezdim, bunu kabul ediyorum, bunu sana söyleyen, bugünkü kadın, O halde yarın olacağın kadının ne söyleyeceğini göreceğiz, Beni sınayabilirsin, Ne biçim laf bu, ben kimim ki seni sınayayım, böyle şeylere hayat kendi karar verir, Hayat kararını verdi zaten.

Bu konuşmayı böyle yüz yüze sürdürdüler, birinin kör gözleri ötekinin kör gözlerine sabitlenmişti, yüzleri canlı ve ateşliydi ve ikisinden biri ikisinin de olmasını istediği şeyi söylediğinde, birlikte yaşamalarına bizzat hayatın karar verdiğini kabul ettiler, koyu renk gözlüklü genç kız ellerini uzattı, sadece ellerini ona vermek için, yoksa gideceği yönü bulmak için değil, elleri gözü siyah bantlı yaşlı adamın elleriyle buluştu, adam onu usulca kendine çekti ve ikisi de öyle, bir arada kaldılar, bunu ilk yapışları değildi elbette, ancak artık birbirlerini kabul ettiklerini söze dökmüşlerdi. Ötekilerin hiçbiri yorum yapmadı, kimse onları kutlamadı, sonsuza kadar mutlu olmaları dileğinde bulunan çıkmadı, aslında yaşadıkları dönemde kutlamaların, hayallerin yeri yoktu ve bu olaydaki kadar ciddi kararlar alındığında bile, körlerden biri, insan ancak kör olursa böyle kararlar alabilir, sessiz kalmak en kuvvetli alkışlamadır, diye düşünmüş olabilir, bunda şaşılacak bir şey yok. Doktorun karısı, salondaki kanepelerin üstündeki yastıklardan bir kısmını alarak rahat bir yatak oluşturacak şekilde koridora dizdi, sonra şaşı çocuğu oraya götürerek, Bundan sonra sen burada yatacaksın, dedi. Salonda daha sonra neler olduğuna gelince, olanlar, hepsinin tertemiz yıkandığı, onca suyun akıtıldığı o sabah, gözü siyah bantlı yaşlı adamın sırtını yıkayan gizemli ellerin kime ait olduğunun sonunda anlaşıldığına işaret etmektedir.

Ertesi gün, henüz yatarlarken, doktorun karısı kocasına, Evde yiyecek çok az şey kaldı, çıkıp bir dolaşmalıyız, ilk gün gittiğim o süpermarketin yeraltı deposuna yeniden gitmem gerektiğini hatırladım, eğer şimdiye dek kimse orayı bulmamışsa bir ya da iki hafta yetecek erzak edinebiliriz, dedi, Ben de seninle gelirim, bir iki kişiye de bizimle birlikte gelmesini söyleriz, Sadece ikimizin gitmesini tercih ederim, hem daha kolay olur, hem birbirimizi kaybetme riski olmaz, Bir işe yaramayan altı kişinin yüküne daha ne kadar dayanacaksın, Elimden geldiğince dayanacağım, ama gücümün eksildiği de doğru, bazen öyle oluyor ki, ötekilerle eşit olabilmek, onlardan daha fazla yükümlülük üstlenmemek için keşke kör olsam diye düşündüğümü fark edip şaşırıyorum, Sana bağımlı yaşamaya alıştık, senin desteğinden yoksun kalmak bizim için ikinci bir körlük gibi olurdu, senin gözlerin sayesinde biz biraz daha az körüz, Gücüm yettiğince devam edeceğim, daha fazlasına söz veremem, Bir gün, bu dünyada artık yararlı hiçbir şey yapamaz hale geldiğimizin fark edersek, yaşamımıza basitçe son verecek kadar cesur olabilmeliyiz, onun dediği gibi, O kim, Dün gecenin mutlu erkeği, Eminim ki bugün öyle söylemez, fikir değiştirmenin en kolay yolu sağlam bir umuda bel bağlamaktır, Onun böyle bir umudu var artık, umalım ki sürsün bu umut, Sesine bakılırsa sanki biraz bozulmuş gibisin, Bozulmak mı, neden, Sanki sana ait olan bir şeyi elinden almışlar, O korkunç yerdeyken o genç kızla aramızda geçen şeyi mi ima ediyorsun, Evet, O benim yanıma gelmişti, bunu unutma, Belleğin seni yanıltıyor, sen onun yanına gitmiştin, Emin misin, Ben kör değildim, O zaman sana yemin ederim ki, Yalan yere yemin etmiş olursun, İnsanın belleğinin böyle aldatması çok tuhaf, Bu olayda bunu anlamak zor değil, fethetmek zorunda kaldıklarımızdan çok, kendini bize kendiliğinden sunanları sahipleniriz, Ama sonra bir daha beni istemedi, ben de onu istemedim, İsterseniz zihinlerinizde buluşursunuz, bellek denen şey bu işe yarar, Kıskanıyor musun, Niye kıskanayım, hatta beraber olduğunuz gün bile kıskanmadım, yalnızca acıdım ikinize, kendime de acıdım, çünkü size asla yardımım dokunmazdı, Suyumuz var mı, Çok az. Dün akşam olup bitenlere üstü kapalı sözlerle ve gülümseyerek birkaç imada bulunulan –yaşı küçük bir çocuğun varlığı nedeniyle kelimeler ihtiyatlı seçilmişti, gerçi çocuğun karantinada tanık olduğu rezil sahneler hatırlanırsa bu konuda dikkatli olmanın pek yararı yoktu– kıt bir sabah kahvaltısından sonra doktorla karısı sokağa çıkmışlar, evde kalmak istemeyen gözyaşı yalayan köpeği yanlarına almışlardı.

Saatler ilerledikçe sokakların görüntüsü daha da kötüleşiyordu. Çöpler geceleyin çoğalmış gibiydi, sanki henüz normal yaşamına devam edebilen bir ülkeden gelen insanlar çöplerini geceleri gizlice sokaklara boşaltıyorlardı ve biz yalnızca körlerin yaşadığı topraklarda bulunmasak, bu beyaz karanlığın içinde, çöp, kalıntı, moloz, kimyasal atık, kül, yanık yağ, kemik, şişe, iç organlar, kullanılmış pil, plastik madde, kâğıt dağları yüklü hayalet arabaların ve kamyonların ilerlediğini görebilirdik, getirip atmadıkları tek şey yiyecek kalıntılarıydı, gelecek güzel günler beklenirken gerektiğinde insanın midesini oyalayabileceği meyve kabuklarını bile getiriyorlardı. Sabahın henüz erken bir saatiydi, yine de güneşin sıcağı hissediliyordu. Dağ gibi yığılı çöplerden zehirli bir gaz bulutunu çağrıştıran pis kokular yükseliyordu. Yine salgın hastalıkların baş göstermesi gecikmeyecek, dedi doktor, kimse kurtulamayacak onlardan, tamamen korunmasızız, Yağmurdan kaçarken rüzgâra tutuluyoruz, dedi karısı, Öyle sayılmaz, yağmur susuzluğumuza çare olur, rüzgâr da pis kokuların bir kısmını dağıtır. Gözyaşı yalayan köpek huzursuzca havayı kokluyordu, durup bir çöp yığınını inceledi, muhtemelen lezzetli bir yiyeceğin kokusunu almıştı, yalnız olsaydı oradan ayrılmazdı, ancak ağlayan kadın önden gidiyordu, onun görevi kadını izlemekti, başka gözyaşlarını yalayıp yalayamayacağını bilemiyordu. Yolda yürümek zor. Bazı sokaklarda, özellikle dik yokuşlarda, sel olup akan yağmur suları arabaları çarpıştırmış ya da binalara doğru sürüklemişti, arabaların kapıları kopmuş, camları patlamıştı, yerler iri cam kırıklarıyla doluydu. İki arabanın arasına sıkışmış bir insanın cesedi çürümekteydi. Doktorun karısı gözlerini kaçırıyor. Gözyaşı yalayan köpek yaklaşıyor, ama ceset onu ürkütüyor, iki adım atıyor, sonra aniden tüylerini kabartıyor, boğazından acı bir hırlama yükseliyor, bu köpeğin sorunu insanlara çok yakın olması, sonunda o da insanlar gibi acı çekmeye başlayacak. Körlerin toplanıp başka körlerin konuşmalarını dinlediği bir meydandan geçtiler, ilk bakışta hiçbiri köre benzemiyordu, ateşli bir tavırla konuşanlar başlarını kendilerini dinleyenlere çevirmiş, dinleyenler de dikkatle başlarını konuşanlara doğru döndürmüştü. Bu meydanda, örgütlü büyük sistemlerin temel ilkelerinden, özel mülkiyetten, serbest değişimden, pazardan, borsadan, vergilendirmeden, faizlerden, mülk edinmeden, kamulaştırmadan, üretimden, dağıtımdan, tüketimden, beslenmekten ve beslenememekten, zenginlikten ve yoksulluktan, iletişimden, baskılardan ve suç işleme oranlarından, piyangolardan, tutukevlerinden, ceza yasasından, medeni hukuktan, trafik yasasından, sözlüklerden, telefon rehberlerinden, fuhuş yuvalarından, silah fabrikalarından, silahlı kuvvetlerden, mezarlıklardan, polisten, karaborsadan, uyuşturucudan, göz yumulan yasadışı ticaretten, ilaç araştırmalarından, kumardan, tedavi ve cenaze masraflarından, adaletten, borçlanmadan, siyasal partilerden, seçimlerden, parlamentolardan, hükümetlerden, içbükey düşünceden, dışbükey, düz, dikey, yatık, yoğun, dağınık, kaçıcı düşüncelerden, ses tellerinin alınmasından, sözün ölümünden söz ediliyordu. Burada örgütler konuşuluyor, dedi doktorun karısı kocasına, Farkındayım, diye karşılık verdi doktor ve sustu. Yollarına devam ettiler, doktorun karısı bir sokağın köşesinde durup, eski dönemlerde yolları göstermek için dikilen haçlar gibi yerleştirilmiş şehir planını gözden geçirdi. Süpermarkete iyice yaklaşmışlardı, kaybolduğunu sandığı gün buranın yakınında, elinde tuttuğu ve şans eseri içlerini doldurduğu kocaman naylon torbaların ağırlığıyla yere çökerek ağlamış, bir köpek gelip onu avutmuş, kaybolduğu için duyduğu sıkıntıyı, ruhunu saran bunaltıyı gidermişti, o köpek şu anda yanlarındaydı, onlara fazla yaklaşan olursa hırlayıp havlayan, onları uyaran, yaklaşanlara, Beni kandıramazsınız, çekip gidin buradan, diyen köpekti. Soldaki sokak, sonra sağdaki sokak ve işte, süpermarketin kapısı karşısındaydı. Kapı tamam, kapı yerinde, bina yerinde, ama içeri girip çıkan kimse yok, bu tür kurumlarda günün her saatinde görmeye alıştığımız kalabalıklar yok. Doktorun karısı en kötüsünü düşünüp korktu, kocasına, Çok geç kaldık galiba, korkarım bir parça bisküvi bile bulamayacağız, dedi, Neden öyle dedin, Ne içeri giren var ne de dışarı çıkan, Belki henüz bodrumu keşfetmemişlerdir, Ben de öyle olmasını umarım. Onlar konuşurken, süpermarketin karşısındaki kaldırımda durmuşlardı. Yanlarında, yeşil ışığın yanmasını bekler gibi duran üç kör vardı. Doktorun karısı onların yüzüne dikkat etmemişti, kaygılı bir şaşkınlık, belli belirsiz bir korku okunuyordu o yüzlerde, içlerinden birinin konuşmak için ağzını açtığını, sonra vazgeçtiğini, omuzlarını hızla kaldırıp indirdiğini fark etmedi, Durumu birazdan öğreneceksin, diye düşünmüş olmalıydı o kör adam. Doktorun karısı kocasıyla birlikte karşıya geçmekte oldukları için, ikinci körün, Neden ne içeri giren var ne çıkan, dedi ki, dediğini duymadığı gibi, üçüncü körün ona, Lafın gelişi söylemiştir, biraz önce tökezlediğimde sen de bana, Ayağını bastığın yeri görmüyor musun, diye sormuştun, o da aynı şeyi yaptı, görürkenki alışkanlıklarımızı henüz yitirmedik, dediğini de duymadı, Tanrım, daha kaç kez böyle konuşacağız, diye bağırdı birinci kör.

Gün ışığı süpermarketin içindeki geniş alanı en dibine kadar aydınlatıyordu. Rafların neredeyse tamamı devrilmişti, ortalıkta çöplerden, cam kırıklarından, boş ambalajlardan başka bir şey görünmüyordu, Tuhaf, dedi doktorun karısı, yiyecek bulunmasa bile neden burada kimse yaşamıyor. Gerçekten de hiç normal değil bu, diye karşılık verdi doktor. Gözyaşı yalayan köpek hafifçe hırladı. Tüyleri yine dikilmişti. Burada bir koku var, dedi doktorun karısı, Kötü koku her yerde var zaten, dedi kocası, Öyle değil, bu koku başka, çürüme kokusu, Buralarda bir yerde bir ceset olmalı, Hiçbir şey göremiyorum, Öyleyse sana öyle gelmiştir. Köpek yine hırlamaya başladı. Nesi var bu köpeğin, diye sordu doktor, Sinirli, Ne yapacağız şimdi, Gidip bir bakalım, eğer bir ceset varsa uzağından geçeriz, o kadar alıştık ki artık cesetlerden korkmuyoruz, Benim için durum daha kolay, nasılsa görmüyorum. Mağazanın içinden geçip bodrum katındaki depoya götüren koridorun kapısına ulaştılar. Gözyaşı yalayan köpek peşlerinden geldi ama zaman zaman durup onları geri çağırır gibi havlıyor, sonra, görev bilinciyle yeniden peşlerine takılıyordu. Doktorun karısı kapıyı açtığında pis koku daha da çoğaldı, Gerçekten çok kötü kokuyor, dedi kocası, Sen burada bekle, ben hemen dönerim. Kadın koridorda ilerledi, içerisi giderek daha karanlıklaşıyordu, gözyaşı yalayan köpek, sanki biri tutup çekiyormuş gibi ayakları geri geri giderek kadını izliyordu. Çürüme kokusuyla doygunlaşan hava yapış yapıştı. Doktorun karısı, koridoru yarılamıştı ki birden kustu, mide bulantısının arasında, Burada ne olmuş olabilir, diye düşünüyordu, bodruma açılan madeni kapıya varıncaya kadar bu soruyu defalarca mırıldandı. Bulantı yüzünden iyice altüst olduğundan, ileride, dip tarafta belli belirsiz bir parıltı olduğunu fark edememişti. Şimdiyse oradaki parıltıyı seçebiliyordu. Merdivenin kapısı ile yükleme kapısı arasında yer yer titreşen küçük alevler görülüyordu. Yeni bir kusma isteğiyle midesi burkuldu, öyle şiddetli bir itkiydi ki yere yıkıldı. Gözyaşı yalayan köpek uzun uzun, sonu gelmezcesine uludu, bu ses bodrumdaki ölülerin ağzından yükselip koridorda yankılanan son bir inleme gibiydi. Doktor kusma seslerini, hıçkırıkları ve öksürükleri işitti, becerebildiğince koştu, tökezleyip yere düştü, ayağa kalktı, tekrar düştü, sonunda karısını kollarına aldı, Neler oluyor, diye sordu, titriyordu. Kadın kocasına, Götür beni buradan, götür beni buradan, ne olur, deyip duruyordu, kör olduğundan beri ilk kez o karısına rehberlik ediyordu, nereye olduğunu bilmeden götürüyordu onu, bu kapıların, kendisinin göremediği alevlerin uzağındaki bir yere, neresi olursa olsundu. Koridordan dışarı fırladıklarında, doktorun karısının sinirleri birden boşandı, hıçkıra hıçkıra ağlamaya başladı, böyle akan yaşları kurutmak mümkün değil, sadece zamanla azalırlar, yorulunca dinerler, köpek de zaten bu yüzden kadına yaklaşmadı, yalayacak bir el aramakla yetindi. Neler oldu, diye tekrar sordu doktor, ne gördün orada, Ölmüşler, diyebildi karısı hıçkırıklara boğularak, Kim ölmüş, Onlar, ama daha fazla konuşamadı, Sakinleşmeye çalış, kendini toparladığın zaman anlatırsın. Birkaç dakika sonra, doktorun karısı, Ölmüşler, dedi, Bir şey mi gördün, kapıyı açtın mı, diye sordu kocası, Hayır, çok zayıf alevler gördüm yalnızca, duvarlardaki yarıklara asılmış gibiydiler, sanki hiç durmadan kıvrılıp bükülüyorlardı, Senin gördüğün cesetlerin ayrışmasıyla meydana gelen fosforlu hidrojen olmalı, Sanırım öyleydi, Başlarına ne gelmiş olabilir, Bodrumu bulmuş olmalılar, yiyecekleri alabilmek için merdivene koşmuşlardır, o merdivenin basamaklarının çok kaygan olduğunu, dolayısıyla insanın kolayca düşebileceğini hatırlıyorum, içlerinden biri kayıp düştüyse hepsi peş peşe düşmüştür, muhtemelen hedeflerine ulaşamamışlardır, ulaşmış olsalar bile, merdiven öyle dar ki geri dönememişlerdir, Ama kapının kapalı olduğunu söyledin, Kapıyı öteki körler kapamıştır, bodrum dev bir tabuta dönüşmüş, bütün olanlar benim hatam yüzünden, elimde torbalarla buradan koşa koşa çıkmıştım, yiyecek taşıdığımdan kuşkulanıp iz sürmüşlerdir, Demek ki yuttuğumuz her lokma bir bakıma başkasının ağzından çalınmış oluyor, bu hırsızlığı aşırıya vardırarak başkalarının ölümüne neden oluyoruz, aslında hepimiz az çok katil sayılırız, Zayıf bir teselli, Sen zaten gereksiz yere altı somut boğazı doyurma sorumluluğunu üstlendin ve bu yüzden büyük sıkıntı çekiyorsun, dolayısıyla kendine bir de hayali suçlar yüklemeni istemiyorum, Senin gereksiz boğazın olmasaydı ben nasıl yaşayabilirdim, Orada bizi bekleyen öbür beş boğazı doyurarak yaşamaya devam ederdin, Mesele şu ki, bu daha ne kadar sürecek, Fazla uzun sürmez, yiyecekler tükenince tarlalara dalacağız, ağaçlarda meyve namına ne varsa koparacağız, elimize geçirdiğimiz hayvanları öldüreceğiz, tabii kedilerle köpekler burada bize saldırıp parçalamazlarsa. Gözyaşı yalayan köpek konuşulanla ilgilenmedi, onun meselesi değildi, kısa süre önce gözyaşı yalayan köpeğe dönüşmüş olması işine yarıyordu.

Doktorun karısı ayaklarını güçlükle sürüyordu. Geçirdiği şok gücünü tüketmişti. Kadın bitkindi, adam kör, süpermarketten çıkarlarken kimin kim olduğu anlaşılmıyordu. Belki de sert ışık kadının başını döndürdü, görme yetisini yitireceğini sandı, ama korkmadı, yalnızca bir baygınlıktı. Ne yere düştü ne de bilincini tamamıyla yitirdi. Bir yere uzanmak, gözlerini kapamak, yavaş yavaş soluk almak istiyordu, birkaç dakika sakin kalabilse, huzur içinde dinlenebilse gücünü toparlayacağına emindi, zaten toparlaması şarttı, çünkü naylon torbalar hâlâ boştu. Leş gibi kirli kaldırımlara yatmak istemiyordu, süpermarkete de ölse geri dönmezdi. Çevresine bakındı. Sokağın karşı tarafında, biraz uzakta bir kilise vardı. Bütün kiliselerde olduğu gibi onun içinde de insanlar olmalıydı, ama orası dinlenmek için iyi bir yerdi, en azından eskiden öyleydi. Kocasına, Gücümü toplamalıyım, beni oraya götür, dedi, Orası neresi, Özür dilerim, ayakta durabilirsem neresi olduğunu söyleyeceğim, Dediğin yer neresi, Bir kilise, birazcık uzanabilsem kendimi toparlarım, Öyleyse gidelim. Kiliseye altı basamak merdivenle giriliyordu, doktorun karısının bir yandan kocasına rehberlik ederken, öte yandan bu altı basamağı çok zorlanarak tırmandığına dikkatinizi çekeriz. Kilisenin kapıları ardına kadar açıktı, bu onların çok işine yaradı, çünkü önlerine bir paravan, hatta en basitinden bir paravan bile çıkmış olsaydı, bu durumdalarken, aşmayı pek başaramayacakları bir engel sayılırdı. Gözyaşı yalayan köpek kapının eşiğinde kararsızlık içinde durdu. Köpekler son aylarda çok büyük bir hareket özgürlüğüne kavuşmuş olsalar da, bütün köpeklerin beynine genetik olarak kazınmış olan, onun türünün kiliseye girmesini çok eski zamanlardan beri engelleyen bir yasak yüzünden kapıda duraksamıştı, duraksamasının bir başka nedeni de bir köpeğin, nereye giderse gitsin, kendi alanını belirlemesini buyuran bir diğer genetik kodlamaydı. Köpekler, ermişlerin ermişlikleri onaylanmadan ve ilan edilmeden önce mide bulandıran yaralarını yaladıklarında, bu işi onlara acıdıkları için yapmamışlardı, ayrıca çıkar da gözetmiyorlardı, çünkü çok iyi biliyoruz ki, bedeninde ve hatta ruhunda ne kadar çok yara olursa olsun, her dilencinin ermiş katına yükselmesi mümkün değildi, üstelik köpeklerin dili bütün bu yaraları yalamaya da yetmezdi, bu gözyaşı yalayan köpeğin çok eski dönemlerde verdiği iyi ve sadık hizmetler hiçbir işe yaramadı, kilisenin kapıları onlara kapandı. Şimdi bu köpek bu kutsal yere girmeye cüret ediyordu, kapı açıktı, kapıcı yoktu, üstelik girmesi için hepsinden daha üstün başka bir neden de vardı, gözyaşı döken kadın içeri girmişti, girmeyi nasıl başarabildiğini bilemiyoruz, kocasına tek bir şey söylemişti, mırıltıyla, Tut beni, kilise ağzına kadar doluydu, neredeyse bir karış boş yer yoktu, gerçekten de burada insanın başını koyabileceği tek bir taş bile yoktu denebilir, bu durumda gözyaşı yalayan köpek bir kez daha yardıma koştu, sağa sola hırladı, biraz da insanların üzerlerine yürüdü, ama bütün bunları da hiçbir kötülük gütmeden yaptı, sonunda doktorun karısının oturabileceği bir yer açıverdi, kadının bedeni direncini yitirmişti, gözleri kapalıydı. Kocası nabzını tuttu, zayıf olsa da atışları düzenliydi, sonra karısını kaldırmaya çalıştı, yatış pozisyonu düzgün değildi, beynine gecikmeden kan gitmeli, bu kan beyin damarlarında dolaşmalıydı, yapılacak en iyi şey onu oturur konuma getirmek, başını dizlerinin arasına sokup gerisini doğaya ve yerçekimine bırakmaktı. Birkaç kez deneyip başaramadı ama sonunda onu oturtabildi. Birkaç dakika sonra, doktorun karısı derin bir soluk alıp hafifçe kıpırdandı, kendine geliyordu. Henüz ayağa kalkma, dedi kocası, başını bir süre eğik tut, ama kadın kendini iyi hissediyordu, baş dönmesi tamamıyla geçmişti, gözleri döşeme taşlarını seçmeye başlamıştı, gözyaşı yalayan köpek kendisinin yatması için, diliyle birkaç kez yalayıp temizlemişti taşları. Kan dolaşımının güvenli ve düzenli olduğundan emin olabilmek için başını kilisenin zarif sütunlarına, yüksek kubbesine doğru kaldırdı, sonra, Şimdi daha iyiyim, dedi, der demez de delirdiğini sandı ya da baş dönmesi yerini sanrılara bırakmıştı, gözlerinin gördüğü şey gerçek olamazdı, çarmıha gerilmiş adamın gözlerinde beyaz bir bant vardı, onun yanındaki, kalbi yedi kılıç darbesiyle delinmiş kadının gözlerinde de beyaz bant vardı, gözleri bantlı olanlar yalnızca o adamla o kadın değildi, kilisedeki bütün resimlerin gözleri bantlanmıştı, heykellerin başlarına gözlerini örten beyaz bir kumaş sarılmıştı, resimlerdeki insanların gözlerine beyaz boyayla bant çekilmişti, o resimlerden birinde kızına okuma öğreten bir kadının da kızının da gözleri bantlıydı, bir adamın elinde açık duran bir kitap vardı, kitabın üzerine küçük bir çocuk oturmuştu ve ikisinin de gözleri bantlıydı, elinde üç anahtar tutan uzun sakallı bir ihtiyar vardı ve gözleri bantlıydı, bedeninde kılıç darbeleriyle yaralar açılmış bir başka adam vardı ve gözleri bantlıydı, elinde yanan bir fener tutan bir kadın vardı ve gözleri bantlıydı, elleri, ayakları ve göğsü yaralarla kaplı bir başka adam vardı ve gözleri bantlıydı, aslanlı bir adam da vardı ve hem adamın hem aslanın gözleri bantlıydı, kuzulu bir başka adam vardı ve ikisinin de gözleri bantlıydı, kartallı bir adam vardı ve ikisinin de gözleri bantlıydı, yere düşmüş boynuzlu ve keçi ayaklı bir adamın üstüne çıkmış, eli mızraklı bir adam vardı ve ikisinin de gözleri bantlıydı, elinde terazi tutan bir adam vardı ve gözleri bantlıydı, elinde beyaz bir zambak tutan bir ihtiyar vardı ve gözleri bantlıydı, kınından çıkardığı kılıcına dayanmış bir başka ihtiyar vardı ve gözleri bantlıydı, güvercinli bir kadın vardı ve hem onun hem güvercinin gözleri bantlıydı, iki elinde birer karga tutan bir adam vardı ve üçünün de gözleri bantlıydı, gözleri bantlı olmayan tek bir kadın vardı, onun da oyulmuş gözleri elinde tuttuğu gümüş bir tepsinin üzerindeydi. Doktorun karısı kocasına, Karşımda gördüklerimi sana söylediğimde bana inanmayacaksın, kilisedeki resimlerde herkesin gözleri bantlı, dedi, Çok tuhaf, neden acaba, Nereden bileyim, bunu belki de ötekiler gibi kör olacağını anladıktan sonra umutsuzluğa kapılan inançlı biri yapmıştır, belki de buranın papazı yapmıştır, haklı olarak körler bu resimleri göremeyeceğine göre resimler de körleri görmemeli diye düşünmüş ve bütün gözleri bantlamış olabilir, Resimler görmez, Yanılıyorsun, resimler onları görenlerin gözleriyle görür, ama onların da gözleri bantlanırsa körlüğün tam anlamıyla her yere yayıldığı düşünülebilir, Sen görmeye devam ediyorsun ama, Gitgide azalacak görmem, gözlerim görse bile körlüğüm her gün biraz daha artacak, çünkü beni gören kimse kalmayacak, Ya resimlerdeki gözleri rahip bantladıysa, Benimki sadece bir fikirdi, Gerçekten anlamı olan tek varsayım bu, sefaletimize biraz büyüklük katabilecek tek varsayım, o adamı körlerin dünyasından gelip buraya girerken hayal ediyorum, çok geçmeden o da körlerin dünyasına girecek, kapıları kapalı, kiliseyi bomboş olarak düşünüyorum, her yer sessiz, resimleri, heykelleri düşünüyorum, rahibin birinden ötekine gittiğini, heykellerin üzerine tırmanıp gözlerini bezle sardıktan sonra, bez açılıp düşmesin diye ikişer düğüm attığını, içine girecekleri beyaz körlük daha da yoğunlaşsın diye tablolardaki figürlerin gözlerine iki kat boya sürdüğünü hayal ediyorum, o rahip tüm zamanların ve tüm dinlerin gelmiş geçmiş en saygısız rahibi, aynı zamanda da en adili, en kökten insancıl olanı, sonunda buraya gelip Tanrı'nın görmeyi hak etmediğini ilan eden kişi o. Doktorun karısı cevap vermeye fırsat bulamadan, yanlarında bulunan biri ondan önce davrandı, Bu nasıl bir konuşma böyle, kimsiniz siz, Senin gibi biz de körüz, dedi kadın, Ama sen gözlerinin gördüğünü söyledin, duydum bunu, Lafın gelişi, giderek yitecek bir alışkanlık, bunu kaç kez yinelemek gerekecek, Peki o gözleri bantlı resimler ne demek oluyor, O dediğim gerçek, Körsen nasıl bilebilirsin bunu, Benim yaptığımı sen de yaparsan nasıl bildiğimi anlarsın, yani ellerinle dokununca anlarsın, körlerin gözleri onların elleridir, Peki, neden böyle bir şey yaptın, Düşündüm ki, bizim bu hale gelebilmemiz için bir başkasının kör olması gerekir, Resimlerin gözlerini bu kilisenin rahibinin bantladığını düşünüyorsunuz, ama ben onu gayet iyi tanırım, böyle bir şey yapmaz o, İnsanların neler yapacağı ya da yapmayacağı önceden bilinmez, beklemek gerekir, zamana zaman tanımak gerekir, zaman hükmeder, zaman, kumar masasında karşımızda oturan oyuncudur ve oyunun bütün kartları onun elindedir, bizler ancak hayatımızı verirsek bir şey elde edebiliriz, kendi hayatımızı, Kilisede kumardan söz etme, günahtır, Söylediklerime inanmıyorsan kalk ayağa, kendi ellerinle yokla, Resimlerin gözlerine beyaz boyayla bant çekilmiş olduğuna yemin eder misin, Nasıl bir yemin senin için yeterli olur, Gözlerinin üzerine yemin et, İki kez yemin ediyorum, hem senin gözlerin, hem kendi gözlerim üzerine, Doğru mu, Doğru. Bu konuşmayı yakınlarındaki körler de duymuştu, edilen yeminin doğruluğunun kanıtlanmasını kimsenin beklemediğini söylemeye gerek yok tabii, haber hemen kulaktan kulağa yayıldı, önce mırıldanarak aktardılar, sonra seslerinin tonu sürekli farklılaştı, önce inanmayan, sonra kaygılanan, sonra yine inanmayan ses tonları duyuldu, asıl kötü olan, oradakiler arasında çok sayıda bağnaz ve hayalperest insanın bulunmasıydı, kutsal resimlerin kör olduğu, onların bağışlayıcı ya da kaderine razı bakışlarının artık yalnızca kendi körlüklerine yöneldiği düşüncesi aniden tahammül edemeyecekleri bir hal almıştı, sanki biri onlara yaşayan ölülerle kuşatıldıklarını söylemişti, yükselen bir çığlık onları harekete geçirmeye yetti, ardından bir başkası duyuldu, sonra bir başkası, az sonra herkes korkuyla ayağa fırladı, panik içinde kapıya hücum ettiler, daha önceki olay burada tekrarlandı, panik onu taşıyacak bacaklardan çok daha hızlı olduğundan, kaçanın ayakları koşarken birbirine dolanır, özellikle de körse, ve aniden kendini yerde bulur, panik ona, Kalk ayağa ve koş, der, seni öldürecekler, o da koşmak ister, ama diğerleri de koşmakta ve düşmektedir, birbirine karışıp düğüm olan, kurtulmak için ellerini, kaçmak için bacaklarını çekip çıkarmaya çabalayan vücutların bu grotesk karmaşasını görüp de kahkahaları salıvermemek hiç kolay değildir. Dışarıdaki altı basamak onlara uçurum gibi gelecekti, ama sonuçta çok kötü düşmeyeceklerdi, düşme alışkanlığı vücudu dayanıklı kılar, zemine değmek başlı başına bir rahatlamadır, Buradan çıkamayacağım, insanın aklına ilk önce bu gelir, mukadderat durumlarında ise son düşünce bu olur. Hiç değişmeyen bir başka şey de, bazı kişilerin ötekilerin düştüğü kötü durumdan yararlanmasıdır, dünyanın kuruluşundan beri bütün kuşaklar ve kuşakların kuşakları bunu çok iyi bilir. Bu insanlar umutsuzluk içinde kaçışırken ellerinde olanı arkalarında bırakıyorlar, ama ihtiyaçları korkularına üstün gelip bıraktıklarını aramak için geri döndüklerinde, neyin kimin olduğu meselesini tatminkâr bir şekilde çözümleme sorunu bir yana, ellerindeki zaten az olan yiyeceğin de iyice eksildiğinin farkına varacaklardır, belki de bütün bunlar, resimlerdeki gözlerin bantlı olduğunu söyleyen o kadının bencilce bir kurnazlığıydı, bazı insanların içindeki kötülük sınır tanımaz ve bu sahtekârlıkları zavallı insanların elinde kalan ne olduğu belirsiz yiyecekleri de çalmak için uydururlar. Ama bütün suç gözyaşı yalayan köpekte elbette, çünkü meydanı boş bulunca orayı burayı kokladı, bu onun işiydi, haklı ve doğaldı, ama, deyim yerindeyse, madenin girişini göstermiş oldu, sonuçta doktorun karısıyla kocası, ellerinde yarı yarıya dolu torbalarla, hırsızlık yaptıkları için vicdan azabı çekmeden kiliseden çıktılar. Topladıklarının yarısından yararlanabilirlerse hoşnut kaldıklarını söyleyebilirlerdi, öteki yarısı karşısında ise şöyle diyeceklerdir, İnsanlar bunları nasıl yiyebiliyor, hiç anlamıyorum, rezillik herkes tarafından paylaşılsa bile, bazıları her zaman ötekilerden daha kötü durumda olur.

Bu olaylar anlatılınca, her biri kendi tarzında, arkadaşlarını hem çok üzdü, hem de çok şaşırttı, yine de, şunu söylemek gerekir ki, doktorun karısı, ifade edebilecek doğru sözcükleri bulamadığından olacak, yerin altındaki kapının, öteki dünyaya geçilecekmiş duygusu veren merdivene açılan, arkasında soluk ve titrek alevlerin belli belirsiz parladığı dikdörtgen kapı önünde duyduğu mutlak dehşet duygusunu onlara aktarmayı başaramadı. Gözleri bantlı resimler, farklı farklı tarzlarda da olsa, hepsinin imgelemini çok etkiledi, örneğin ilk körle karısı, epeyce kötü oldular, bunun bağışlanamaz bir saygısızlık olduğunu düşündüler. Herkesin, bütün insanların kör olması, kimsenin suçu olmayan kaçınılmaz bir yazgıydı, kimsenin kurtulamayacağı bir bahtsızlıktı, ama bu yüzden kutsal resimlerin gözlerine bant çekmek, onlara göre, hiç bağışlanmayacak bir saygısızlıktı, eğer bunu bir kilise rahibi yapmışsa daha da kötüydü. Gözü siyah bantlı yaşlı adamsa bambaşka yorumladı olayı, Bunun sende yarattığı şoku anlıyorum, bana gelince, ben öyle bir müze galerisi hayal ediyorum ki, bütün heykellerin gözleri bantlı, ama heykeltıraşlar, gözleri yontmaya sıra geldiğinde taşı oymak istemediklerinden değil, senin söylediğin gibi beze çift düğüm atarak bantlamak istedikleri için, sanki tek bir körlük yetmezmiş gibi, benimki gibi bir göz bandının aynı etkiyi yaratmaması tuhaf, hatta bazen bunu takan kişiye romantik bir görünüm kazandırır, sonra da bu söylediklerine güldü ve kendine de güldü. Koyu renk gözlüklü genç kıza gelince, bu sözü edilen galeriyi düşünde bile görmemeyi dilediğini, çünkü geceleri zaten yeterince karabasan gördüğünü söylemekle yetindi. Getirdikleri berbat yiyecekleri yediler, ellerinde olanın en iyisi buydu, doktorun karısı yiyecek bulmanın giderek zorlaştığını, belki de şehirden ayrılıp kırsal alanda yaşamaları gerekeceğini söyledi, orada bulacakları yiyecekler en azından daha sağlıklı olurdu, hem sahipsiz keçiler ve inekler vardır mutlaka, onları sağıp süt elde edebiliriz, ayrıca kuyularda da su vardır, istediğimiz yemeği pişirebiliriz, önemli olan iyi bir yer bulabilmek, daha sonra herkes kendi fikrini anlattı, bazıları ötekilerden daha heyecanlıydı ama hepsi için şu açıktı ki, koşullar bastırıyor ve zorluyordu, hoşnutluğunu hiç çekincesiz belirten şaşı çocuk oldu, muhtemelen kırlarla ilgili güzel tatil anıları olduğu içindi. Yemek yedikten sonra, karantina döneminden beri hep yaptıkları gibi yattılar, yatay bir bedenin açlığa daha iyi dayandığını deneyerek öğrenmişlerdi. Akşam yemek yemediler, yalnızca şaşı çocuk çenesini çalıştıracak ve midesini kandıracak bir şeyler attı ağzına, ötekiler oturup kendilerine okunan kitabı dinlediler, en azından ruhları yeterince besleniyordu, ama işin kötü yanı bedenlerindeki güçsüzlüğün zaman zaman zihinlerini bulandırmasıydı, entelektüel ilgi eksikliğinden değildi bu durum, hayır, bunun nedeni beyinlerinin bir miktar uyuşmasıydı, kış uykusuna yatmaya hazırlanan bir hayvan gibi, elveda dünya, dolayısıyla dinleyenlerden bazılarının gözkapaklarını usulca indirip, kitaptaki olay örgüsünü gönül gözüyle izlemesine sıkça rastlandığı oluyordu, daha hareketli bir macera onları uyuşukluklarından çekip alana kadar bu durum böyle sürüp gidiyordu ya da ciltli kitabın kapağının sert bir sesle kapanmasına kadar, doktorun karısı yeterince incelik sahibi olduğundan, hayallere dalmış gibi yapanların aslında uykuya daldıklarını bildiğini ima etmek istemiyordu.

İlk kör bu tatlı rehavete dalmış gibi görünüyordu ama durum öyle değildi. Gözlerinin kapalı olduğu, okunan şeye pek dikkat etmediği doğruydu, ama hep birlikte kırsala yerleşip orada yaşama düşüncesi uyumasına engel oluyordu, evinden bu kadar uzaklara giderse büyük bir hata yapacağına inanıyordu, çünkü evini emanet ettiği yazar ne kadar sempatik olsa da yine de gözetim altında tutmalı, ara sıra gidip ona görünmeliydi. Bu yüzden ilk kör gerçekten uyanıktı, buna bir başka kanıt daha aranacak olursa, gözlerindeki muhteşem beyazlıktı, uyku biraz karartmış olabilirdi, ama bu da çok kesin değildi, çünkü kimse hem uyur hem de uyanık olamazdı. Sonunda gözkapaklarının içi aniden kararan ilk kör, kuşkusunun giderildiğini sandı, Uyudum, diye düşündü, ama hayır, uyumamıştı, doktorun karısının sesini hâlâ duyuyordu, şaşı çocuk da öksürünce ilk körün içine büyük bir korku düştü, bir körlükten başka bir körlüğe geçtiğini düşündü, o güne kadar ışıklı bir körlük içinde yaşamıştı ama bundan böyle karanlık bir körlük içinde yaşayacaktı, korkusundan inledi, Neyin var, diye sordu karısı, adam gözlerini açmadan saçma bir yanıt verdi, Kör oldum, ve bunu dünyanın en taze havadisiymiş gibi söyledi, karısı ona sevgiyle sarıldı, Boş ver, adamım, hepimiz körüz, yapacak bir şey yok, Etrafı kapkaranlık gördüm, uyumuş olduğumu sandım, ama değildi, uyanıktım, Yapman gereken de bu zaten, uyumalısın, bunu düşünme artık. Bu öneri onu sinirlendirdi, bir erkeğin sıkıntısı sadece kendi bildiği bir noktaya gelmişken, karısı ona uyu demekten başka bir şey söyleyemiyordu. Öfkeyle, vereceği acı yanıt ağzından çıkmak üzereyken, gözlerini açtı ve gördü. Gördü ve haykırdı, Görüyorum. İlk haykırış inanamayan birinin haykırışıydı, ama ikinciyle, üçüncüyle ve arkadan gelenlerle birlikte gerçek doğrulandı, Görüyorum, görüyorum, karısını çılgın gibi kucakladı, sonra doktorun karısına koştu, onu da kollarına aldı, onu ilk kez görüyordu ama o olduğunu biliyordu, ve doktoru, ve koyu renk gözlüklü genç kızı, ve gözü siyah bantlı yaşlı adamı kucakladı, onda yanılmasına olanak yoktu, ardından şaşı çocuğu kucakladı, karısı hemen arkasındaydı, onun peşini bırakmak istemiyordu, adam da arada bir ötekileri öpmeyi bırakıp karısını bir daha öpüyordu, yeniden doktora dönmüştü, Görüyorum, görüyorum, doktor bey, bulundukları toplulukta neredeyse kural oluşmuştu, onunla senli benli konuşmuyordu, bu ani değişikliğin nedenini kim açıklayabilirdi ki, doktor, İyi görüyor musunuz, diye sordu, eskisi gibi görüyor musunuz, beyazlıktan hiç iz kalmadı mı, En ufak izi bile yok, hatta sanırım eskisinden daha iyi görüyorum, az bile söyledim, çünkü ben hiç gözlük kullanmadım. Bunun üzerine doktor herkesin aklından geçen ama yüksek sesle söylemeye çekindiği şeyi söyledi, Muhtemelen bu körlüğün artık sonu geliyor, hepimizin görme yetisine yeniden kavuşmamız mümkün, bu sözler üzerine doktorun karısı ağlamaya başladı, sevinmesi gerekiyordu ama ağlıyordu, insanlar amma tuhaf tepkiler veriyorlar, elbette seviniyordu, yüce Tanrım, oysa bu tepkiyi anlamak pek kolaydı, ağlıyordu, çünkü bütün zihinsel direnci aniden tükenmişti, yeni doğmuş bir çocuktan farksızdı, onun ağlaması yeni doğan bir bebeğin ilk bilinçsiz ağlaması gibiydi. Gözyaşı yalayan köpek yanına yaklaştı, kendisine ne zaman ihtiyaç duyulduğunu daima bilirdi, doktorun karısı köpeğe sıkı sıkı sarıldı, kocasını artık sevmiyor değildi, orada bulunanları artık sevmiyor değildi, ama o anda içinde öyle şiddetli, öyle katlanılmaz bir yalnızlık duyuyordu ki, bunun ancak köpeğin tuhaf bir açlıkla gözlerini yalamasıyla avutulabileceğini düşündü.

Genel sevincin yerini sinirlilik aldı, Peki şimdi ne yapacağız, diye sordu koyu renk gözlüklü genç kız, bu olaydan sonra artık uyuyamam ki, Hiçbirimiz uyuyamayız, bence burada kalmalıyız, dedi gözü siyah bantlı yaşlı adam, içine bir kuşku düşmüş gibi duraksadı, sonra ekledi, Bekleyelim. Yağ kandilinin üç alevi, çevresinde toplananların yüzlerini aydınlatıyordu. Önce heyecanlı konuşmalar yaptılar, nasıl olduğunu tam olarak anlamak istiyorlardı, değişim yalnızca gözlerde mi meydana gelecekti yoksa beyinde de bir şeyler hissedecekler miydi, sonra, sözcükler yavaş yavaş yok oldu, öyle bir an geldi ki ilk kör karısına ertesi gün evlerine döneceklerini söyledi, Ama ben hâlâ körüm, diye karşılık verdi kadın, Önemli değil, ben sana rehberlik ederim, ancak orada bulunanlar, adamın söylediklerini kendi kulaklarıyla işitenler bu basit sözlerde, koruma, gurur ve otorite gibi birbirinden çok farklı duygular bulunduğunu sezebilirdi. Görme yetisine yeniden kavuşan ikinci kişi, gecenin ilerlemiş bir saatinde, kandildeki yağ bitmek üzereyken ve alevler titreyerek uzarken, koyu renk gözlüklü genç kız oldu. Görme yetisi içinden doğmayıp dışarıdan gelerek gözlerinden içeri girecekmiş gibi, gözlerini hiç kapamamıştı, ansızın, Sanırım görüyorum, dedi, ihtiyatlı olmakta yarar vardı, her vaka birbirinden farklıydı, hatta, körlüklerin değil, körlerin olduğunun söylenmesi âdet olmuştu, oysa son zamanlardaki deneyimlerimize dayanarak körlerin değil, çeşitli körlüklerin olduğunu söylemeyi doğru buluyoruz. Daha şimdiden gözleri gören üç kişi var burada, bir kişi daha görmeye başlarsa, görenler çoğunlukta olacak, bu arada, görmenin mutluluğu henüz ötekilere uğramadığı halde yaşam onlar için bundan böyle daha kolay olacaktı, şimdiye kadar olduğu gibi acı çekmeyeceklerdi, şu kadının durumuna bakmak yeter, kopmuş bir ip gibi, sürekli üzerine binen yükü artık taşıyamayan bir yay gibi. Koyu renk gözlüklü genç kız işte bu yüzden önce doktorun karısına sarılıp öptü, gözyaşı yalayan köpekse hangisinin yardımına koşacağını şaşırmıştı, çünkü iki kadın da gözyaşlarına boğulmuştu. Genç kızın ikinci kucakladığı kişi gözü siyah bantlı yaşlı adam oldu, ağızlarından çıkan sözlerin gerçek değerini şimdi bilebileceğiz, geçen gün, bu iki insan konuşup sonunda birlikte yaşamaya karar verince çok etkilenmiştik, ne var ki şimdi durum farklı, koyu renk gözlüklü genç kızın şimdi karşısında gözleriyle görebildiği kişi, yaşlı bir adam, duygusal idealleştirmeler, ıssız adadaki sahte uyum artık bitti, kırışıklık kırışıklıktır, kellik de kellik, siyah bir göz bandı ile kör bir göz arasında fark yoktur, yaşlı adam da bunu başka sözlerle söylüyor kadına, Bana iyi bak, ben birlikte yaşamak istediğini söylediğin kişiyim, kadın da şu karşılığı veriyor, Seni tanıyorum, sen birlikte yaşadığım adamsın, nihayetinde öyle kelimeler vardır ki göründüğünden çok daha fazlasını ifade eder, kadının adamı kucaklayışı da en az o kelimeler kadar değerlidir. Görme yetisine üçüncü olarak kavuşan kişi, şafak sökmeye başladığında doktor oldu, artık hiçbir kuşku kalmamıştı, diğerlerinin de görmeye başlaması sadece bir zaman sorunuydu. Doğal ve tahmin edilebilir sevinç gösterileri yapıldı, bunları yukarıda yeterince anlattık, bu nedenle, bu gerçek hikâyenin asıl kahramanlarıyla ilgili olsa bile burada bir kez daha yinelemek gereksiz, bu sevinç anları geçtikten sonra doktor, gecikmiş soruyu sordu, Dışarıda neler oluyor acaba, bu sorunun yanıtı içinde bulundukları binadan geldi, alt katta merdiven sahanlığına çıkan biri, Görüyorum, görüyorum, diye bağırdı, bu gidişle güneş, şenlikli bir şehrin üzerine doğacaktı.

Sabah kahvaltısı ziyafete dönüştü. Masanın üzerine konan yiyecekler hem kimseye yetmeyecekti hem de normal olarak acıkmış herhangi bir insanı tiksindirecek nitelikteydi, aşırı sevincin yol açtığı taşkınlık anlarında hep olduğu gibi, açlığın yerini güçlü duygular almıştı, sevinçleri yemek sayılıyordu, bu yüzden kimse yiyecekleri eleştirmedi, henüz gözleri görmeyenler bile, gören gözler kendi gözleriymiş gibi gülüp eğleniyorlardı. Kahvaltı bittiğinde koyu renk gözlüklü genç kızın aklına bir fikir geldi, Bir kâğıda burada olduğumu yazayım, o kâğıdı gidip evimin kapısına tutturayım, annemle babam geri dönerlerse beni arayabilirler, dedi, Beni de yanına al, dışarıda neler olduğunu görmek istiyorum, dedi gözü siyah bantlı yaşlı adam, Şimdiye dek ilk kör diye andığımız kişi, Biz de çıkalım, dedi karısına, belki yazarın da gözleri açılmıştır, kendi evine dönmek istiyordur, oraya giderken yiyecek bulmaya çalışırım, Ben de öyle yapacağım, dedi koyu renk gözlüklü genç kız. Birkaç dakika sonra, yalnız kaldıklarında, doktor karısının yanına oturdu, şaşı çocuk kanepenin öbür ucunda uyukluyordu, gözyaşı yalayan köpek yere yatmış, burnunu patilerinin arasına sokmuştu, arada bir gözlerini açıp bakıyor, adeta ben nöbetteyim, diyordu, bulundukları kat yüksekti, yine de açık pencereden içeri değişik seslerin uğultusu giriyordu, sokaklar insan dolu olmalıydı, kalabalığın ağzından tek bir sözcük çıkıyordu, Görüyorum, görme yetisini yeniden kazananlar, aniden görmeye başlayanlar böyle haykırıyordu, Görüyorum, görüyorum, gerçekten de, Kör oldum, diyenler şimdiden bir başka dünyanın hikâyesine aitmişler gibi gelmeye başlamıştı. Şaşı çocuk, rüya görüyor olmalıydı, belki annesini görüyor ve ona soruyordu, Beni görüyor musun, artık beni görüyor musun. Doktorun karısı, Ya ötekiler, diye sordu, doktor cevap verdi, Bu çocuk muhtemelen uyandığında iyileşmiş olacak, ötekiler için de durum farklı değil, belki de şu anda görme yetilerine kavuşmuşlardır bile, bir tek gözü siyah bantlı yaşlı dostumuz paniğe kapılacaktır, Neden, Nedeni gözündeki katarakt, onu muayene ettiğimden bu yana epey zaman geçti, gözünü donuk bir tabaka kaplamıştır, Kör mü kalacak, Hayır, hayat normale döndüğünde, düzen yeniden kurulup işlemeye başladığında onu ameliyat edeceğim, birkaç hafta içinde olur, Neden kör olduk, Bilmiyorum, belki bir gün nedenini öğreniriz, Ne düşündüğümü söyleyeyim mi sana, Söyle, Bence biz kör olmadık, biz zaten kördük, Gören körler mi, Gördüğü halde görmeyen körler.

Doktorun karısı ayağa kalkıp pencereye gitti. Aşağıda çöple kaplı sokağa, haykırıp duran, şarkılar söyleyen insanlara baktı. Sonra başını gökyüzüne kaldırdı ve orasının bembeyaz olduğunu gördü, Şimdi sıra bende, diye düşündü. Ani bir korkuyla gözlerini yere indirdi. Şehir hâlâ oradaydı.